国家社科基金一般项目"加拿大黑人英语小说研究"结项成果（项目编号：16BWW081）

加拿大黑人英语小说研究

A Study of Black Canadian Fiction in English

綦 亮 ◎ 著

南京大学出版社

序

　　五年前，慕亮进入上海外国语大学博士后流动站学习，我是他的合作导师。他博士后阶段的研究课题是他的国家社科基金项目"加拿大黑人英语小说研究"。经过三年的刻苦钻研，他圆满完成了研究报告，并发表了近十篇核心期刊论文，以"优秀"的考核成绩出站。如今，他的专著《加拿大黑人英语小说研究》即将付梓，我感到由衷的欣慰。

　　迄今为止，国内学界对加拿大黑人文学（亦称非裔文学）依然较为陌生。每每提起黑人文学，人们首先想到的是美国黑人文学。然而，非裔流散是一个全球现象，对黑人文学的考察与研究无疑需要全球视野。17世纪初，黑人族群开始在加拿大定居，经过几百年的繁衍，已经具备了相当的规模，目前是加拿大重要的族裔群体之一。加拿大黑人文学发端于20世纪60年代，半个多世纪来一直保持稳定的产出，在小说、诗歌和戏剧等领域为世界文坛贡献了众多精品佳作，广受评论界和普通读者的赞誉。由于慕亮的这部专著是我国学界对加拿大黑人英语小说的首次系统研究，因此对我们全面了解加拿大非裔文学和北美黑人文学创作具有积极的意义。

　　这部学术著作以二十余部加拿大黑人英语小说为研究对象，基于大量一手资料，从移民困境、历史记忆、跨国书写以及对黑人身份多元构建等方面深入探讨了其思想性和艺术性。作者在书中重点探讨了两个问题：一是加拿大黑人英语小说如何把

1

非裔流散的历史经验与加拿大的社会现实紧密结合起来,探索黑人经验与流散意义,想象一种扎根于加拿大现实、具有杂糅特征的黑人身份,从不同角度丰富对种族问题的思考;二是在全球化和地缘政治共存的背景下,加拿大黑人英语小说如何从单纯的流散文学,演化成一种将流散、民族和地方融为一体的文学样式,实现从边缘到主流的进化,推动加拿大英语文学的多元发展。

引人注目的是,慕亮对研究方法的选择和运用也颇具新意。首先,他综合运用了历时研究、共时研究和对比研究,既关注加拿大黑人英语小说的整体演进,又注重归纳不同作家作品的交叉与融合,并将美国黑人文学创作和批评作为重要参照,从而构建了多维立体的研究框架。其次,他跳出"理论先行"的思维定势,在注重文本细读的同时,以文本反观理论,深挖文本的理论内涵,探讨加拿大黑人英语小说对重审非洲流散批评和加拿大文学批评的意义。我颇为赞同慕亮提出的一个重要观点:加拿大黑人英语小说"为探讨'黑色大西洋'观念以及跨民族主义和地域主义等思潮的对抗、交融和共生进一步打开了空间,提供了更多可能性"。

慕亮潜心向学,甘于寂寞,是一位有理想信念的年轻学者。我相信这部专著的出版对他来说既是一个研究阶段的总结,也是学术道路上一个新的起点。希望他能始终把上山路踩在脚下,永不言顶,为构建新时代我国的外国文学批评话语继续努力,再创佳绩。

李维屏
2021 年 10 月
于上海外国语大学

目 录

导 言 / 1

第一章 生存之痛:黑人移民经历再现 / 17
第一节 "黑皮肤,白面具":《交汇点》中黑人移民的抗争与妥协 / 20

第二节 "我生本无乡,心安是归处":《继续睡吧,亲爱的》中黑人移民的救赎之路 / 35

第三节 创伤疗愈:《苏库扬》中的失忆与记忆 / 50

小 结 / 69

第二章 历史之殇:奴隶制历史与"黑色大西洋"再审视 / 71
第一节 "中间通道"、黑人主体与加拿大书写:《黑人之书》中的"黑色大西洋" / 74

第二节 "黑色大西洋"的加勒比之维:奥斯汀·克拉克《锃亮的锄头》/ 90

第三节 为"无返之门"绘一张地图:《月满月更之时》中的奴隶制、"居间性"和家族谱系 / 106

小 结 / 121

第三章 "在别处,不在这里":跨民族书写的路径与内涵 / 125

第一节 跨民族视阈下的加拿大文学研究 / 128

第二节 历史重述与神话祛魅:劳伦斯·希尔《血缘》中的边界穿越 / 147

第三节 用文字照亮幽暗处的"黑人性":《混血布鲁斯》中的音乐、战争和欧洲 / 170

小　结 / 190

第四章 民族主义、地域主义与全球地方写作 / 193

第一节 民族主义与跨民族主义之争 / 196

第二节 地域主义文学的"黑色"维度 / 214

第三节 《我们都在希冀什么》中的全球地方写作 / 238

小　结 / 262

第五章 对黑人身份和种族问题的多维思索 / 265

第一节 《在别处,不在这里》中的身体、情欲和革命 / 269

第二节 种族不重要吗?:《月蜜》和《凯姆利恩人》中的混血身份 / 297

第三节 后种族语境下的"去黑人性"写作 / 323

小　结 / 348

结　语 / 351

后　记 / 357

参考文献 / 361

导　言

　　加拿大英语文学是世界英语文学宝库中一颗璀璨的明珠。加拿大英语文学虽然历史不长，但发展迅速，名家辈出，成就灿然。从拓荒者苏珊娜·穆迪（Susanna Moodie），到发出加拿大文学声音的"联邦诗人"①，到让加拿大文学为人熟知的埃德温·约翰·普拉特（Edwin John Pratt）、莫利·卡拉汉（Morley Callaghan）、休·麦克伦南（Hugh MacLennan），再到后来誉满天下的玛格丽特·劳伦斯（Margaret Lawrence）、艾丽丝·门罗（Alice Munro）、玛格丽特·阿特伍德（Margaret Atwood），一代又一代的优秀作家以瑰丽的想象、优美的文笔和深刻的思想，书写着属于加拿大英语文学的传奇。2013年，门罗因在短篇小说创作上取得的巨大成就加冕诺贝尔文学奖，让这段传奇之旅迸发出更加绚烂、夺目的光彩。

　　加拿大英语文学能有如今的成就，移民作家功不可没。加拿大著名文学评论家琳达·哈钦（Linda Hutcheon）曾说过："移民为这个国家（加拿大）所带来的文化繁荣，永远改变了我们

---

① 主要指查尔斯·罗伯茨（Charles Roberts）、阿奇博尔德·兰普曼（Archibald Lampman）、布利斯·卡曼（Bliss Carman）、邓肯·坎贝尔·斯科特（Duncan Campbell Scott）四位诗人。广义上的联邦诗人还包括伊莎贝拉·瓦伦希·克劳福德（Isabella Valancy Crawford）、艾米莉·波琳·约翰逊（Emily Pauline Johnson）、威廉·亨利·德拉蒙德（William Henry Drummond）、威廉·威尔弗雷德·坎贝尔（William Wilfred Campbell）、弗雷德里克·乔治·斯科特（Fredrick George Scott）等诗人。

关于'加拿大文学'构成的观念。"[①]在众多移民文学流派中,加拿大黑人英语文学是一股重要力量。加拿大黑人英语文学体量大、文类全,具有很高的思想性和艺术性,已经几乎囊括了加拿大国内重要文学奖项,并多次受到布克奖和英联邦作家奖等国际文学大奖的青睐。这种强势表现也使其顺理成章地进入《剑桥加拿大文学史》(*The Cambridge History of Canadian Literature*, 2009)、《劳特利奇加拿大文学简史》(*The Routledge Concise History of Canadian Literature*, 2011)和《牛津加拿大文学指南》(*The Oxford Handbook of Canadian Literature*, 2016)等权威文学史著作的视野,学术价值和经典地位日益凸显。

在加拿大黑人英语文学谱系中,加拿大黑人英语小说的表现又格外引人注目。虽然狄昂·布兰德(Dionne Brand)1997年凭诗集《停留之地》(*The Land to Light On*)赢得加拿大最有影响力的文学奖——总督奖,使加拿大黑人文学成功跻身加拿大主流文学行列,但小说才是加拿大黑人文学的"开路先锋"。1964年,来自巴巴多斯、被誉为"加拿大第一位多元文化作家"的奥斯汀·克拉克(Austin Clarke)发表长篇小说《穿越的幸存者》(*The Survivor of the Crossing*),标志着加拿大黑人文学的发端。经过20世纪70和80年代的积淀,黑人英语小说在20世纪90年代进入快速发展期,风格和题材日益多元,涌现出布兰德、塞西尔·福斯特(Cecil Foster)、劳伦斯·希尔(Lawrence Hill)、安德烈·亚力克西(André Alexis)和苏塞特·迈尔

[①] 琳达·哈钦:《另外的孤独》,王逢振译,《世界文学》1994年第5期,第162页。

(Suzette Mayr)等一批优秀作家,因为他们的出现,黑人英语小说的面貌和格局逐渐清晰起来,在加拿大文坛上的声音也越来越响亮。

进入21世纪,加拿大黑人英语小说迎来爆发。2003年,加拿大黑人文学的先驱、一直笔耕不辍但始终无缘文学大奖的克拉克,终以《锃亮的锄头》(*The Polished Hoe*,2002)摘得吉勒奖和英联邦作家奖,进一步提升了加拿大黑人文学的声誉。2008年,希尔凭《黑人之书》(*The Book of Negroes*,2007)再次为加拿大捧得英联邦作家奖,这部小说推出后广受好评,销量一路攀升,并被改编成电视剧,成为加拿大文学史上最畅销的作品之一。2011年,埃西·埃多彦(Esi Edugyan)发表《混血布鲁斯》(*Half-Blood Blues*),连获布克奖、总督奖、吉勒奖和罗杰斯奖提名,最终拿下吉勒奖,轰动一时。2015年,亚力克西推出寓言小说《十五只狗》(*Fifteen Dogs*),将吉勒奖和罗杰斯奖收入囊中。2018年,埃多彦凭借最新力作《华盛顿·布莱克》(*Washington Black*)再次斩获吉勒奖,成为新生代黑人作家的领军者。此外还有大卫·切利安迪(David Chariandy)的《苏库扬》(*Soucouyant*,2007),该作曾获包括都柏林文学奖、英联邦作家奖、总督奖、吉勒奖在内的十项文学奖提名,引发热议。可以说,黑人英语小说的优异表现是最近十几年加拿大文坛最令人瞩目的现象之一。

历经半个多世纪的发展,加拿大黑人英语小说的艺术成就已经得到了高度认可,在加拿大文学版图中的分量和地位与日俱增。国外加拿大黑人英语小说研究起步于20世纪60年代。20世纪60至80年代,研究主要围绕克拉克展开,主要关注作品中的移民、成长主题。研究多以正面评价为主,也有论者指出克拉克的不足,认为他过分夸大了人物的仇恨情绪,脱离现实:"克拉克的作品始终猛烈抨击剥削、歧视、种族主义和暴力,但这种强烈的情感可能会严重限制他的视野,让他无法在小说世界中保持一种可信的平衡。"[1]除了学术论著,黑人作家作品资料的搜集和整理也是这一阶段研究的重要内容。洛里斯·埃利奥特(Lorris Elliott)的《另外的声音:加拿大黑人文学》(*Other Voices: Writings by Blacks in Canada*, 1985)、《加拿大黑人文学作品目录》(*The Bibliography of Literary Writings by Blacks in Canada*, 1986)和《加拿大黑人文学:初步调查》(*Literary Writing by Blacks in Canada: A Preliminary Survey*, 1988)是这方面的代表性成果,它们系统整理了黑人作家作品,勾勒出黑人文学的概貌,为后续研究提供了重要的档案资源。这一阶段的研究总体上偏印象式解读,虽不乏真知灼见,但缺少学理性;另外,受民族文学观念的影响,加之本身规模有限,黑人英语小说没有受到太多关注。

进入20世纪90年代,加拿大英语文学创作呈现新气象。卡拉尔·安·豪威尔斯(Coral Ann Howells)认为这一阶段加拿大英语文学最显著的特点是"许多之前处于边缘群体的小说家大量涌现,小说对身份的表征让种族、族裔、性别和民族性显示出新的重要性,加拿大文坛因此具有了前所未有的多样

---

[1] Horace I. Gorddard, "The Immigrants' Pain: The Socio-Literary Context of Austin Clarke's Trilogy." *ACLALS bulletin* 8 (1989): 56-57.

性"①。研究方面,在多元文化理念持续深化和各种"后"学理论争鸣的背景下,加拿大文学研究逐渐迎来从民族文学研究到后民族、跨民族和全球化语境文学研究的范式转换。这些变化直接带动了黑人英语小说研究的发展,相比前期,这一阶段研究表现出许多新的特点。

首先,研究学理性明显增强。自20世纪90年代起,在后殖民主义、后结构主义、后现代主义等理论思潮的综合作用下,加拿大黑人文学研究中出现了民族主义和跨民族主义两种不同的学术立场。民族主义的代表学者是乔治·埃利奥特·克拉克(George Elliott Clarke),他重视加拿大黑人文学的历史源流和地域特性,突出加拿大黑人性的本土性;跨民族主义的代表学者是里纳尔多·沃尔科特(Rinaldo Walcott),他主张从流散视角理解加拿大黑人文学,强调加拿大黑人性对加拿大民族性的颠覆。民族主义与跨民族主义之争贯穿加拿大黑人文学研究,已经从学术观点的交流和对撞逐渐演化为一种具有范式意义的学术话语,这场争鸣培养了黑人文学研究的问题意识,并提供了必要的方法论指导。研究者从中获得启发,探讨黑人作家如何重构民族国家话语以及民族主义和跨民族主义之间调和的可

---

① Carol Ann Howells, "Writing by Women." *The Cambridge Companion to Canadian Literature*. Ed. Eva-Marie Kröller, Cambridge: Cambridge University Press, 2004, p. 205.

能性。[1]

其次,跨学科研究逐渐增多。学者们把文学理论同人类学、神经科学、社会学和优生学领域研究成果相结合,对黑人英语小说进行跨学科研究,议题涉及身体和记忆铭刻的反殖民功能,公民身份的认同、抗拒和困惑,以及流散与精神和身体的关联等。[2]

再次,研究队伍的种族身份日益多元。加拿大黑人文学研究界除了克拉克和沃尔科特,还包括斯玛洛·坎布莱莉(Smaro Kamboureli)、莱斯利·桑德斯(Leslie Sanders)和温福瑞德·西默林(Winfried Siemerling)等著名白人学者。坎布莱莉是多伦多大学英文系教授,加拿大文学研究权威,以少数族裔和流散文学研究著称,曾获"加布里埃勒·罗伊加拿大评论奖"(Gabrielle Roy Prize for Canadian Criticism)。她于 2007 年在牛津大学出版社出版文集《带来改变:加拿大多元文化英语文学》(*Making a Difference: Canadian Multicultural Literatures*

---

[1] 相关成果参见 Andrea Davis, "Black Canadian Literature as Diaspora Transgression: *The Second Life of Samuel Tyne*." *TOPIA: Canadian Journal of Cultural Studies* 17 (2007): 31 – 49; Sharon Morgan Beckford, "'A Geography of the Mind': Black Canadian Writers as Cartographers of the Canadian Geographic Imagination." *Journal of Black Studies* 38, 3 (2008): 461 – 483; Karina Joan Vernon, "The Black Prairies: History, Subjectivity, Writing." Diss. University of Victoria, 2008。

[2] 相关成果参见 Michael Andrew Bucknor, "Postcolonial Crosses: Body-Memory and Inter-nationalism in Caribbean/Canadian Writing." Diss. The University of Western Ontario, 1998; Margaret Christine Quirt, "Citizenship Identity in the History and Literature of English-Speaking Canada, 1947 – 1967." Diss. Trent University, 2010; Chris Ewart, "Terms of Disappropriation: Disability, Diaspora and Dionne Brand's *What We All Long For*." *Journal of Literary and Cultural Disability Studies* 4, 2 (2010): 147 – 162。

in English），收录了克拉克和希尔等作家的作品，推动了黑人英语小说的传播和被接受。桑德斯执教约克大学，是加拿大黑人文化研究中心和"加拿大非裔在线"（African Canadian Online）网站的创始人，对克拉克、布兰德和亚力克西等作家有深入的研究，在学界具有广泛影响力。西默林是滑铁卢大学教授，致力于北美研究，成果丰硕，专著《反思黑色大西洋：加拿大黑人文学、文化史和历史的在场》(*The Black Atlantic Reconsidered: Black Canadian Writing, Cultural History, and the Presence of the Past*, 2015)是国外学界对加拿大黑人文学的首次全景考察，具有重要的学术价值。

最后，国际化趋势愈发明显。加拿大黑人文学的快速发展引起了国际学者和学界的关注。西班牙韦尔瓦大学教授皮拉尔·库德尔-多明戈斯（Pilar Cuder-Domínguez）是非洲流散文学研究专家，对布兰德、希尔和埃多彦的作品有深入的探究。美国学者莎伦·摩根·贝克福德（Sharon Morgan Beckford）的专著《天生女人：加拿大黑人女性文学中的自我追寻》(*Naturally Woman: The Search for Self in Black Canadian Women's Literature*, 2011)运用神话批评，解析加拿大黑人女性文学如何揭示民族国家、父权制和宗教对女性角色的定义，以及获得自由和个体身份的女性与女性、男性和社会之间的对抗、妥协和共谋关系。来自德国格赖夫斯瓦尔德大学的博士论文《"肉身百纳被"：当代加拿大黑人文学的种族混杂建构》("'The Quiltings of Human Flesh': Constructions of Racial Hybridity in Contemporary African-Canadian Literature", 2010)探讨了加拿大黑人文学如何借助"混杂种族诗学"（Mixed

Race Poetics),在白人化的加拿大官方多元文化中开辟出生存空间。

国外研究视野开阔,方法多元,为本研究提供了丰富的参考资源。但其主要问题在于把黑人英语小说和整个加拿大黑人文学或其他国别文学放在一起研究,较少把它作为一个独立的类别进行考察,对其发生、流变、文学文化价值缺少宏观和系统的把握。

我国学界自20世纪90年代开始关注加拿大黑人英语小说。1994年,王家湘在《外国文学》译介了希尔和福斯特的短篇小说《你到底是什么人?》和《回家》,撰文介绍了加拿大黑人文学的创作情况,比较准确地指出:"早期加拿大黑人的作品从现象上反映黑人在种族歧视下的苦难,近些年来则较多表现内心深处的痛苦。特别是从加勒比或非洲移居加拿大的黑人作家,他们在作品中倾吐对故国文化传统的依恋,描述在加拿大塑造一个完整的自我、追求有意义的生活的艰辛。后者往往成为寻找一个共有的价值及生命更深刻的含义的精神探索历程。在这一过程中不同价值观念的矛盾冲突及相互作用是不可避免的,于是就会有对心灵痛苦的审视。"[1]同年,申慧辉在《世界文学》发表论文,讨论加拿大英语文学的后殖民特性,论及布兰德,认为她的创作"证实了后殖民作家企图通过文化上的成熟与自立而达到精神上的平等这个理想"[2]。20世纪90年代之后,出现了一段较长时间的"空窗期",直至最近几年,我国学界才重新开始

---

[1] 王家湘:《漫谈加拿大当代黑人文学》,《外国文学》1994年第6期,第44页。
[2] 申慧辉:《寻回被盗走的声音——当代加拿大英语文学中的后殖民意识》,《世界文学》1994年第5期,第206页。

关注加拿大黑人英语小说。研究对象主要集中于克拉克、埃多彦、切利安迪和希尔等作家,对作品的记忆、历史和反殖民主题有比较深入的探讨。①

我国加拿大黑人英语小说研究应该说起步并不晚,但缺乏连续性,所以总体上还是比较匮乏,与研究对象的规模和影响不成比例,许多优秀作家作品还没有得到应有的重视。这种缺失的背后,是我国学界对加拿大黑人文学的整体忽视。一个重要表现是,在我国学者编写的加拿大文学史中,加拿大黑人文学几乎是空白。当前这种情况,说明我们还没有意识到种族因素在加拿大文学中的重要性,使得研究倾向于白人文学,对加拿大文学的"黑色"维度以及加拿大在整个非洲流散地理学中的位置缺少足够的关注和思考。

非洲流散是一个全球现象和世界性议题,而加拿大与非洲流散紧密相连。早在17世纪,加拿大就已经有黑人出现,"1606年,一位名叫马修·达·科斯塔的黑人来到新斯科舍,这通常被认为是加拿大黑人历史的开端"②。时至17世纪中期,新斯科舍黑人已有相当的规模。美国独立战争期间,亲英派白人携带

---

① 相关成果参见秦旭:《从巴巴多斯到多伦多——加拿大作家奥·克拉克及其小说评介》,《外国文学动态》2010年第5期;秦旭,何丽燕:《论奥斯汀·克拉克〈锃亮的锄头〉和〈更多〉中的戏仿互文与反讽互文》,《外国文学研究》2010年第5期;綦亮:《多元文化语境中的人性审视——加拿大新生代非裔作家埃西·埃多彦的文学创作》,《外国文学动态》2014年第6期;袁霞:《试论〈苏库扬〉中的加勒比流散》,《外国文学评论》2014年第2期;綦亮:《"黑色大西洋"的重访与重构——论劳伦斯·希尔的〈黑人之书〉》,《当代外国文学》2018年第3期;綦亮:《跨国视阈下的历史确证与神话祛魅——劳伦斯·希尔〈血缘〉中的边界穿越》,《当代外国文学》2020年第1期。

② Joseph Mensah, *Black Canadians: History, Experience, Social Conditions*. Halifax and Winnipeg: Fernwood Publishing, 2010, p. 46.

大量黑奴从美国迁至加拿大,还有一大批黑人为了自由支持英国,也逃往加拿大,加拿大黑人数量空前增长。1842年,新斯科舍省首府哈利法克斯诞生了加拿大最著名的黑人社区——阿非利卡维尔(Africville)。据统计,1850年前,大约有一万名逃亡奴隶生活在加拿大。① 1850年,美国通过《逃亡奴隶法案》(*Fugitive Slave Law*),允许南方奴隶主到北方自由州追捕逃亡奴隶,引发巨大争议,迫使许多黑人有识之士离开美国,去加拿大继续自己的事业,其中包括玛丽·安·雷德·卡里(Mary Ann Shadd Cary)、萨缪尔·沃德(Samuel Ward)和马丁·德兰尼(Martin Delany)等重要的黑人思想家和社会活动家。19世纪五六十年代,在这些先锋的引领下,从温莎到多伦多再到查塔姆,加拿大的黑人解放呼声日益高涨,他们关于黑人身份和权力的交流与交锋,有力地促成了加拿大黑人意识的觉醒,为加拿大黑人文学的产生提供了重要的话语基础。美国南北战争结束时,有不少黑奴回到美国,此后到20世纪中期,加拿大黑人数量开始进入一个相对平缓的增长期。20世纪60年代,伴随加拿大移民政策的改变,大批黑人从加勒比和非洲涌向加拿大,加拿大再次迎来黑人移民高潮。这些是加拿大黑人文学发生和发展的历史语境。

加拿大官方虽然奉行多元文化政策,但从根本上讲,多元文化是以白人文化为根底的,"多元"只是一个幌子。福斯特说得很清楚:"我发现,这个美丽的国家种族关系并不和谐,有些事是非常离谱的。每个人都在设置障碍,好像要准备打一场持久战,

---

① Joseph Mensah, *Black Canadians: History, Experience, Social Conditions*. Halifax and Winnipeg: Fernwood Publishing, 2010, p. 52.

一场没有赢家的战争。更糟糕的是,每个人都囿于他们自己的立场,闭目塞听,故意不讲道理,不尊重差异。这种事居然发生在一个声称是多元文化的国家,一个欢庆并鼓励多样性和差异的国家!"①正因为如此,加拿大黑人作家通常具有强烈的批判意识,他们致力于确证黑人历史,表现黑人在加拿大这片"乐土"上的生存之痛,控诉社会的不公。关注加拿大黑人英语小说,有助于深入认识加拿大社会文化现实。

加拿大黑人作家有相当一部分来自加勒比,研究加拿大黑人英语小说,可以在加拿大黑人文学与加勒比文学之间建立关联;也可与美国黑人文学研究形成互参,对北美地区的黑人文学创作和批评进行整体把握,揭示出北美历史文化空间的异质性和复杂性。因为在跨民族视阈下,"'北美'这个词中的第二字显然指向一个大陆,而不是一个国家,它包括像加拿大这样在北美或美国以北地区的文化"②。劳伦斯·布尔(Lawrence Buell)指出,大西洋、美洲半球和太平洋是跨民族文学研究的三大板块。③ 加拿大关涉着大西洋和美洲半球两大区域,处于一种"节点"位置,重要性不言而喻。以加拿大黑人英语小说为切入点,进而观照加拿大黑人文学,对于全面、深入探究"黑色大西洋"、边界研究、半球研究等跨民族文学研究范式,具有重要的学理意义。

另一方面,加拿大黑人文学从根本上讲是加拿大本土产物,

---

① Cecil Foster, *A Place Called Heaven: The Meaning of Being Black in Canada*. Toronto: HarperCollins, 1996, p. 9.

② Winfried Simerling, *The New North American Studies: Culture, Writing, and the Politics of Re/cognition*. London and New York: Routledge, 2005, p. 1.

③ 参见劳伦斯·布尔:《(跨国界)美国文学研究的新走势》,王玉括译,《当代外国文学》2009 年第 1 期,第 25—26 页。

与加拿大民族主义、地域主义等社会文化思潮密切相关。跨民族主义和民族主义的理论争鸣推动了加拿大黑人文学研究,为研究的纵深发展提供了方法论指导,但对具体文学作品的观照还有待进一步加强,尤其是与地域主义的结合还有很大的空间。此外,在全球化和地缘政治并存的背景下,跨民族主义、民族主义和地域主义之间往往没有明确的分界线,而是呈现出一种交融和混杂的状态,或者说是一种全球地方形态。这些观念和范式如何影响和塑造加拿大黑人文学?加拿大黑人文学又能为解读这些观念和范式带来怎样的启示?研究加拿大黑人英语小说可以帮助我们思考这些问题。

尽管多元文化主义因为背弃承诺而成为加拿大黑人文学的批判对象,但它客观上的确为加拿大黑人作家的创作提供了相对宽松的社会文化环境,使他们能够跳出思维定式,从多元视角审视和思考黑人身份和种族问题。他们能够主动面对并深入探讨黑人同性恋和黑白混血等黑人文学批评和创作中的敏感话题,对其保持开放态度;他们甚至进行大胆的实验,在创作中淡化乃至规避黑人角色和种族题材,探寻和表达普世价值和情感,作品透露出独特的文化和美学气息。这种创作风格一方面极大地拓展了黑人文学的言说视阈,更新了我们对黑人文学功能的认知,同时也对定义和辨识黑人文学提出挑战。当下,各种"后"学和"新"学层出不穷,"后种族时代"呼之欲出,对"黑人性"的体认发生翻天覆地的变化。在这种背景下,黑人文学的核心价值在哪里?加拿大黑人英语小说可以引导我们进行这方面的探究与思索。

基于上述认识,结合国内外研究现状,本研究旨在系统阐释加拿大黑人英语小说，重点关注它对移民创伤体验的书写，对奴隶制历史的追溯，与跨民族主义、民族主义和地域主义等学术和社会文化思潮的交集，以及对黑人身份和种族问题的多角度思索。研究方法上，首先是以文本反观理论，挖掘文本的理论内涵。理论是文本意义生成和阐释的重要依据，但文本并不是被动的研究客体，文本的内涵对理论的阐释限度有反作用，制约理论的选择和运用。加拿大黑人英语小说为重新和深入认识以"黑色大西洋"为代表的跨民族文学研究范式、加拿大民族主义和地域主义的交错，以及全球地方背景下的文学创作路径，提供了有效的思考资源。其次，综合运用历时研究和共时研究。本研究既关注加拿大黑人英语小说的整体和局部演变，又注重定位不同时代、不同区域文学作品在主题材和创作手法方面的交叉，总结出它们的共性，力求突破"线性叙事"和"断代史"的叙事模式。再次，注重对比和影响研究。加拿大黑人文学是非洲流散文学和加拿大文学的一部分，同时又关联着加勒比文学和美国黑人文学等区域和国别文学，尤其与美国黑人文学的关系，更为特殊。这在很大程度上源自加拿大与美国比邻的地缘身份以及美国黑人文学的经典地位和广泛影响。可以说，加拿大黑人文学批评和创作动机，与这两方面综合作用引发的"影响的焦虑"密切相关。鉴于此，本研究注重对比和影响研究视角，将美国黑人文学和美国社会文化语境作为重要的参照系，以求客观和全面地评析。具体章节安排和大致内容如下。

第一章聚焦加拿大黑人英语小说中的移民题材作品。加拿大虽然标榜多元文化主义，倡导"宽容""平等"，但少数族裔的生存环境并没有得到本质改善，他们依然处于社会底层，举步维艰；对黑人而言尤其如此，针对黑人的歧视时有发生，给黑人族群造成巨大的心理创伤。创伤体验是加拿大黑人文学创作的重要驱动力。本章聚焦克拉克的《交汇点》(The Meeting Point)、福斯特的《继续睡吧，亲爱的》(Sleep on, Beloved)和切利安迪的《苏库扬》等移民题材作品，结合法侬的种族理论、创伤理论和文化记忆理论，阐释加拿大黑人作家如何谴责加拿大种族主义，拆穿多元文化主义社会的虚假；如何深入揭示黑人移民在白人社会的"凝视"和重压下内心的抗争与妥协，刻写黑人移民的生存之痛。

第二章解析加拿大黑人英语小说的历史意识，探讨它对奴隶制历史的回溯及其理论内涵。对奴隶制历史的记忆即黑人作家的集体无意识，是催生黑人文学创作的重要心理动因之一，也是非洲流散（文学）批评的关键切入点。英国黑人学者保罗·吉尔罗伊（Paul Gilroy）的《黑色大西洋：现代性与双重意识》(The Black Atlantic: Modernity and Double Consciousness)就以跨洋奴隶贸易史（"中间通道"）记忆为基础，从"跨民族和文化间性视角"，构建以"流散"为核心的黑人文化研究理论框架。希尔的《黑人之书》、克拉克的《锃亮的锄头》和布兰德的《月满月更之时》(At the Full and Change of the Moon)在奴隶制历史追溯以及黑人主体性彰显等方面与吉尔罗伊的理论构想存在契合，同时也为重审"黑色大西洋"提供了资源。《黑人之书》将加拿大写进非洲流散版图，《锃亮的锄头》凸显出"黑色大西洋"的加勒比维度，两部作品都从地理角度拓宽"黑色大西洋"视阈；《月满月更之时》则通过突出黑人女性的流散体验和精神传承，从女性视角重释"黑色大西洋"。

第三章阐释加拿大黑人英语小说的跨民族叙事特征。"黑色大西洋"观念是跨民族文学研究的组成部分,本章承接第二章,探析加拿大黑人英语小说的跨民族书写。跨民族文学研究是当今西方学界的学术热点。随着北美各国政治、经济和文化联系的不断加强,尤其在"9·11"事件以后,加拿大在跨民族文学研究中的重要性日益凸显。本章首先梳理加拿大跨民族文学研究成果,总结主要观点和特色;接着分析希尔的《血缘》(*Any Known Blood*)和埃多彦的《混血布鲁斯》的跨民族叙事特征。《血缘》讲述生活在美加两地的黑人家族长达一个半世纪的人生故事,以"边界穿越"为主线,展示出两国黑人历史的交融,以文学形式呼应了对早期加拿大黑人文学的跨民族观照。埃多彦的《混血布鲁斯》以二战和冷战结束后的20世纪90年代的欧洲为主要背景,讲述几位音乐人在极权主义环境下的艺术人生。小说把跨洋旅行和边界穿越等元素糅合在一起,借助二战和冷战结束后这条时间线,提供了全新的黑人文学叙事范式,丰富了加拿大黑人文学跨民族叙事的内涵。

第四章从跨民族主义过渡到加拿大民族主义,在跨民族主义、民族主义和地域主义交织的学术话语网络中解读加拿大黑人英语小说。跨民族主义和民族主义立场的交锋是贯穿加拿大黑人文学批评的主线,是加拿大黑人文学批评走向成熟的表现。对这场争鸣的考察不能忽视加拿大地域主义的影响。民族主义和地域主义相互依存,相互渗透。持民族主义立场的学者克拉克同时也受地域主义思想的影响,紧扣新斯科舍黑人历史进行文学创作。此外,英属哥伦比亚和平原地区也都有代表性的黑人文学作品,这些作品显现出加拿大黑人文学的地域特性,同时将移民和种族主题元素融入加拿大地方景观,拓宽了地域主义文学的书写空间。跨民族主义范式的出现与全球化现象息息相关。在全球化不断加深的同时,地缘政治也在持续发挥作用,"全球"与"地方"处在同一平面上并渐趋融合。布兰德的《我们都在希冀什么》(What We All Long For)一方面借助移民题材揭示加拿大的世界关联,同时深植地方,展现二代移民对多伦多全球城市空间的改造,表现出鲜明的全球地方观。

第五章分析加拿大黑人英语小说对黑人身份和种族问题的多维探讨。多元文化主义虽然无法从根本上改变黑人群体的生存境况,却为加拿大黑人作家提供了相对宽松的创作语境和丰富的话语资源。黑人和黑白混血都是黑人文学批评和创作中的敏感话题,两者都在很大程度上被排除在主流叙事之外。但它们在加拿大黑人作家笔下却被作为影响黑人身份认同的重要因素进行探究。布兰德的《在别处,不在这里》(In Another Place, Not Here)塑造了经典的黑人女同形象,深度描刻女同情感,揭橥情欲和身体对强权的抵抗。迈尔的《月蜜》(Moon Honey)和布伦休博的《凯姆利恩人》(Kameleon Man)聚焦混血群体,深入人物内心,展现他们的困惑和纠结,并着重突出他们为走出阴霾所做的努力以及最终的觉醒和重生。同样值得关注的是加拿大黑人文学中的"去黑人性"现象。布兰德和迈尔在部分作品中淡化黑人角色和种族话题,而亚力克西的整个创作生涯似乎都在"偏离"黑人文学的创作题旨。这些风格的作品证明了黑人文学广博的关怀和丰富的表现力,同时也引导我们去思索在种族意义不断更新和黑人身份不断分化与重组的时代背景下,黑人文学的使命与坚守。

第一章
生存之痛：黑人移民经历再现

加拿大文学从本质上讲是移民文学,正如琳达·哈钦所言:"移民为这个国家带来的文化繁荣,永远改变了我们关于'加拿大文学'构成的观念。"①然而作为移民国家,加拿大对移民并不十分友好,在教育、住房、立法和雇佣等领域,针对移民,尤其是非白人移民的偏见和歧视时有发生。② 加拿大 1971 年将"多元文化主义"定为官方政策,1988 年更是出台了《加拿大多元文化法案》(Canadian Multicultural Act),提倡平等,鼓励包容,但对多元文化的质疑一直不绝于耳。尼尔·比松达斯(Neil Bissoondath)批评多元文化制造了"一种加拿大式的、温和的文化种族隔离政策"③。斯马洛·坎布莱莉指出多元文化"认可构成加拿大的文化多样性,但却是通过一种有镇静作用的政治实现的,这种政治试图以一种克制的方式去承认族裔差异,目的是管理它们"④。在这些批评家看来,奉行官方多元文化的加拿大并非绝对意义上的移民天堂。

由于"黑""白"之间的两极对立,相比其他移民,黑人移民在加拿大受到更加明显的排挤,遭受了更多的苦难,"加拿大现有的关于社会差距的文献往往把黑人放在社会接受等级的最底层"⑤。绝大部分加拿大黑人作家都有移民背景,他们聚焦移民

---

① 琳达·哈钦:《另外的孤独》,王逢振译,《世界文学》1994 年第 5 期,第 162 页。

② Joseph Mensah, *Black Canadians: History, Experience, Social Conditions*. Halifax and Winnipeg: Fernwood Publishing, 2010, p. 3.

③ 转引自袁霞:《试论〈苏库扬〉中的加勒比流散》,《外国文学评论》2014 年第 2 期,第 96 页。

④ Smaro Kamboureli, *Scandalous Bodies: Diasporic Literature in English Canada*. Oxford: Oxford University Press, 2000, p. 82.

⑤ Joseph Mensah, *Black Canadians: History, Experience, Social Conditions*. Halifax and Winnipeg: Fernwood Publishing, 2010, p. 3.

潮背景下的黑人移民群体,用敏锐的洞察和辛辣的文笔谴责标榜"多元文化"的加拿大对黑人移民的排斥和不公,再现白人社会对黑人造成的心理创伤。事实上,叙说黑人移民在加拿大白人社会的艰辛与不易,是加拿大黑人英语小说重要的创作动因和贯穿始终的主题线索。当然,加拿大黑人作家并不是在简单的二元对立框架中思考这个问题,而是从多角度进行冷静、客观的审视,既暴露和批判加拿大的种族主义,也正视黑人自身的问题,探求化解冲突、走出困境的路径。本章以奥斯汀·克拉克、塞西尔·福斯特和大卫·切利安迪的作品为例,按照历时顺序,从初代移民和二代移民视角,阐释加拿大黑人英语小说如何在家乡与他乡、记忆与当下的文化张力中刻写黑人移民的生存之痛,同时也借此大致梳理出黑人英语小说的发展脉络。

尽管有学者把加拿大黑人文学的发端追溯至18世纪末,并主张将19世纪美国著名黑人活动家马丁·德兰尼(Martin Delany)在加拿大创作的《布莱克,或美国小屋》(*Blake, or the Huts of America*)视为第一部加拿大黑人小说,[①]但综合主题、作者身份和出版情况等多种因素,学界还是倾向于把克拉克1964年出版的《穿越的幸存者》看作加拿大黑人英语小说的开山之作。克拉克是加拿大黑人文学的元老级作家,亲历并见证了加拿大黑人文学的发生和发展。作为加勒比初代移民,他在异国的生活和创作之路崎岖不平,跌宕起伏,从四处碰壁到进入主流,他的人生经历本身就是一部精彩的文学作品。克拉克的不少作品都是对自己移民经历的再造与升华,其中最具代表性

---

① 这是加拿大著名黑人作家、批评家乔治·埃利奥特·克拉克教授的观点。本书将在以后的章节中予以探讨。

的无疑是"多伦多三部曲"(Toronto Trilogy)。"多伦多三部曲"包含《交汇点》(*The Meeting Point*,1967)、《命运风暴》(*Storm of Fortune*,1973)和《更亮的光》(*The Bigger Light*,1975)三部小说,前后有近十年的时间跨度,全面描绘了加勒比移民在加拿大的艰难生存境况,具有突出的写实风格。另外一位重要的加勒比移民作家是塞西尔·福斯特。同样来自巴巴多斯的福斯特在创作风格和手法上与前辈克拉克有诸多相似之处,但他更加注重刻画移民在来源国和寄居国夹缝中所感到的彷徨和纠结,以及他们走出困惑后的蜕变和成长。这一特点在他的代表作《继续睡吧,亲爱的》中得到充分体现。二代移民作家同样才华横溢,实力非凡。切利安迪的处女作《苏库扬》推出后连获大奖提名,一时声名斐然。小说以"记忆"为线索,在记忆与失忆的辩证关系中,书写流散语境下背负历史和现实重荷的加勒比移民创伤体验,探究疗愈创伤的可能性。

第一节 "黑皮肤,白面具":《交汇点》中黑人移民的抗争与妥协

加拿大是一个移民社会,而黑人可以说是加拿大最主要的移民构成之一。20世纪五六十年代,伴随加拿大移民政策的开放,黑人开始从加勒比和非洲等地区进入加拿大,加拿大迎来阶段性黑人移民高潮。一般认为,加拿大黑人文学是20世纪60年代移民潮之后出现的,其开端的标志是奥斯汀·克拉克1964年出版的长篇小说《穿越的幸存者》。克拉克于1934年生于巴巴多斯,1955年进入加拿大麦吉尔大学学习,后转入多伦多大

学，担任过加拿大广播公司专栏作家、巴巴多斯驻美国大使馆文化参赞和加勒比广播公司总经理，曾在美国耶鲁大学和杜克大学等知名高校任客座教授，2016年在多伦多去世，享年八十二岁。在长达近半个世纪的创作生涯中，克拉克总共发表了十一部长篇小说、八部短篇小说集、两部诗集和七部回忆录，著作等身；作品曾获吉勒奖、英联邦作家奖和多伦多图书奖等重要文学奖项，是公认的加拿大黑人文学的拓荒者，也是加拿大移民文学的代表性作家之一。

克拉克的小说多以巴巴多斯或多伦多为背景，再现加勒比移民在加拿大的艰苦打拼，刻画他们在与移入国基于种族、阶级和性别身份的等级社会的抗争中表现出的困惑、迷失与孤独，具有突出的心理深度和现实意义。为克拉克奠定文学声誉的"多伦多三部曲"就是其中的典型。《奥斯汀·克拉克传记》作者斯特拉·阿格洛-巴克什（Stella Agloo-Baksh）认为该作"是到目前为止对加拿大黑人移民经历最早和最全面的记录"[1]。批评家丹尼尔·科尔曼（Daniel Coleman）也有同样的看法，评价这些作品是"加拿大人对二战后加勒比移民经历最早和最全面的文学记录"[2]。而开篇之作《交汇点》因为集中再现了"与孤独、异化以及文化碰撞引发的个体和集体移民创伤混合在一起的迷

---

[1] 转引自 Margaret Christine Quirt, "Citizenship Identity in the History and Literature of English-speaking Canada, 1947 – 1967." Diss. Trent University, 2010, p. 162.

[2] 转引自 Jody Lynn Mason, "Landed: Labour, Literature, and the Politics of Mobility in Twentieth-Century Canada." Diss. University of Toronto, 2007, p. 250.

失经历"①，又在"多伦多三部曲"中占据特殊位置。

《交汇点》以写实的手法和细腻的心理描写深度呈现了20世纪60年代加勒比移民在多伦多的生存状态。20世纪50年代，加拿大公民和移民部与牙买加和巴巴多斯贸易工业部之间签署劳工协议，允许18—35岁、受过初级教育、未婚的英语区加勒比女性进入加拿大从事家佣工作，用劳动力换取落地移民身份，协议从1955年生效，至1967年结束，该协议也被称为"西印度家佣计划"(West Indian Domestic Scheme)。尽管这项计划为加勒比女性提供了就业甚至是移民的机会，但实质上是利用第三世界廉价劳动力为加拿大本国的经济发展服务，最终目的是填补加拿大国内的劳动力空缺。这些加勒比女佣来加拿大后从事的是最底层的工作，几乎没有地位和尊严可言。这种看似"双赢"的计划具有明显的剥削性质，事实上是"一种新型的殖民事业"，"由于主要是为移入国获利，这种新型殖民关系让劳工处于不利地位，比如克拉克笔下那些到海外寻求工作机会的家佣"。②《交汇点》中来自巴巴多斯的女主人公柏妮丝就属于这类人物，她通过"西印度家佣计划"来到加拿大，成为多伦多一家犹太人的女佣。繁重的工作和低微的待遇让柏妮丝产生了强烈的自卑感，"她总是把自己看作仆人，一个生活在20世纪的奴隶。让她想起自己身份的主要是那些繁重的工作，当然，还有微

---

① Whitney B. Edwards, "'Migration Trauma': Diasporan Pathologies in Austin Clarke's *The Meeting Point*, Edwidge Danticat's *The Dew Breaker*, and Cristina García's *Dreaming in Cuban*." Diss. Howard University, 2009, p. 36.

② Margaret Christine Quirt, "Citizenship Identity in the History and Literature of English-speaking Canada, 1947–1967." Diss. Trent University, 2010, p. 166.

第一章　生存之痛:黑人移民经历再现

薄的收入。"①柏妮丝为这家犹太人服务了近三年,但女主人伯曼太太"拒绝给她一直以来每月九十美元的薪水涨钱"(7)。生活的重负让柏妮丝苦不堪言,一点点耗尽她坚持下去的气力:"在为伯曼一家工作的三十二个月里,柏妮丝不止一次下定决心扔下伯曼太太一走了之,就让厨房洗涤槽里晚饭后的碗碟满满地堆在那里"(21)。

　　小说对犹太家庭的设置是意味深长的:犹太人虽然可以说是种族意义上的主流族群,却是族裔意义上的少数群体,而这种族裔身份在很大程度上弱化了他们的种族身份。和柏妮丝一样,伯曼一家也是移民,在他们生活和成长的20世纪三四十年代的多伦多,犹太人在求职和入学等很多方面都受歧视;事实上,在20世纪初,犹太人并不被认为是加拿大的合格成员,这种情况到20世纪60年代(也就是小说讲述的年代)才有所改观。②受制于本身就是他者的犹太人,充分说明加拿大黑人移民的尴尬处境。实际上,伯曼太太非常能干,每项家务都打理得井井有条,用人对她来说并不是必需品:"柏妮丝经常在想伯曼太太为什么需要用人,她是一个如此勤劳的家庭主妇……她计划家庭的月度开销,有时还做一顿四道菜的饭并照看孩子,依然能抽时间下午打个盹,这让柏妮丝确信伯曼太太是一个比自己更出色的家佣"(3-4)。伯曼太太之所以需要柏妮丝,不仅是为

---

① Austin Clarke, *The Meeting Point*. Toronto: Macmillan of Canada, 1967, p. 5. 以下引文出自同一作品,只标页码。
② 参见 Sarah Phillips Casteel, "Experiences of Arrival: Jewishness and Caribbean-Canadian Identity in Austin Clarke's *The Meeting Point*." *Austin Clarke: Essays on His Work*. Ed. Camille A. Issacs, Toronto: Guernica, 2013, pp. 238-239。

了料理家务,更是为了凸显自己的种族身份;再进一步说,"伯曼一家在与柏妮丝的黑人性的对立中构建他们的白人性,通过固化她的种族身份而让他们对自己的身份感到安全"[1]。

  小说中的另外一处情节更能说明问题。一日,伯曼家的两个孩子西瑞和露蒂放学回家,和他们同行的是邻居、犹太人盖施泰因太太的两个孩子。盖施泰因太太家的男孩看到柏妮丝后揪住她的肤色不放,不停地说"她是一个黑人""她真是够黑的"(17)。曾经因为同样的言辞而受到母亲惩罚的露蒂为柏妮丝出头,反驳说:"那又怎样?……以后不要让我再听到你说这样的话!"(18)男孩依旧不依不饶,直接对柏妮丝说"你是黑人",并搬出母亲为自己辩解:"我的妈妈说你们这些人不干净……我妈妈还说你们不应该和我们生活在一起。你们和我们不一样。"(18)露蒂也毫不示弱,再次针锋相对:"你又不是白人……你就是一个讨厌的犹太小孩,和我们一样。"(20)为了挽回颜面,证明自己的白人身份以及对柏妮丝的优越感,男孩直接否认了自己的族裔身份:"我不是犹太人,我是白人……反正她是黑人。"(20)这段看似孩子间斗气的对话蕴含丰富的文化信息,充分展现了在种族和族裔等因素的共同作用下,边缘群体内部身份认同的困惑和纠结。露蒂因为母亲伯曼太太而为柏妮丝辩护,说明在犹

---

[1] Sarah Phillips Casteel, "Experiences of Arrival: Jewishness and Caribbean-Canadian Identity in Austin Clarke's *The Meeting Point*." *Austin Clarke: Essays on His Work*. Ed. Camille A. Issacs, Toronto: Guernica, 2013, p. 248.

太人和黑人的对立之外，同为"局外人"的两者之间的互相认同。[①] 而盖施泰因的儿子及其本人的种族主义立场则表明这种认同的脆弱，与伯曼一家对柏妮丝的雇佣相比，更加直观地揭示出种族与族裔身份之间角力的背景下黑人移民的他者性。

如果说犹太角色的设置既凸显也在一定程度上模糊了柏妮丝的他者性，那么当柏妮丝离开犹太社区，她的局外人身份就显露无遗了："一旦离开房屋，进入城市的公共空间，柏妮丝不断被提醒注意自己的从属地位。"[②] 柏妮丝"从来不愿独自一人坐地铁或有轨电车。她总是感到紧张和不自在，人多拥挤的时候尤其如此。她会担心他们是不是想把她推到车轮下，或是嫌她不干净，或者认为她是个闯入者，没有权力坐在**他们的**地铁上"（200）。在电车上，一位白人孕妇宁可站着，也不愿和柏妮丝坐在一起，尽管车辆很颠簸。而最让她倍感困扰和难以释怀的是一次在地铁上的遭遇。坐在对面的小孩不经意间看到柏妮丝，大声对自己的妈妈说："快看，妈妈！"尽管母亲意识到孩子的无礼，加以阻止，但出于好奇，小孩还是一连说了几声"看！"小孩的

[①] 事实上，在 20 世纪 60 年代的多伦多，黑人和犹太人之间的确是比较友好的。克拉克在回忆录《记忆》（*Membering*）中记录了他在这个阶段与犹太人的交往。他认为，两者之间的密切关联可以追溯到美国大萧条时期，在此期间，除了对社会主义和马克思主义哲学的共同兴趣外，美国犹太作家（比如贝娄）对美国黑人作家的鼓励和帮助是另外一个重要因素。在赖特的《土生子》和艾利森的《看不见的人》发表后，这种关系得到加强。克拉克指出，在 20 世纪 60 年代美国民权运动的影响下，黑人与犹太人在美国的亲密关系传播到了加拿大。参见 Austin Clarke, *'Membering*. Toronto: Dundurn, 2015, pp. 69-70。《交汇点》的结尾还有描写犹太人和黑人并肩游行的情节，将在下文论及。

[②] Batia Boe Stolar, "Afro-Caribbean Immigrant Experiences in the White City: Austin Clarke's Toronto." *Austin Clarke: Essays on His Work*. Ed. Camille A. Issacs, Toronto: Guernica, 2013, p. 103.

行为让柏妮丝尴尬不已。到站后,她疯了似的找女厕所,找到后"把门反锁,把这个世界上所有的白色噪音和白人统统关在外面。然后坐在一个干净的、有消毒水气味的盖着盖子的(白色)抽水马桶上,……哭了十五分钟"(202—203)。

这一情节与上文提及的犹太男孩对柏妮丝的无礼举动如出一辙,都体现了白人的"凝视"对黑人的精神戕害。著名黑人革命思想家弗朗茨·法侬(Franz Fanon)在经典著作《黑皮肤,白面具》(*Black Skin, White Masks*)中对此有论及。在该书的第五章"黑人的实际经验"中,第一人称叙事者论说了白人的"看,一个黑鬼!"的召唤对黑人造成的巨大精神压力。这种召唤因为过分突出黑人的体征,使得黑人无法像常人一样生活和认知。这位叙事者讲述了和柏妮丝在地铁上类似的遭遇:一个白人小男孩的一句"看,一个黑鬼!妈妈,一个黑鬼!"给他带来巨大的心理冲击。当这个召唤在耳畔响起,他被迫意识到"黑鬼是个动物,黑鬼是坏蛋,黑鬼是邪恶的,黑鬼是丑陋的;看,一个黑鬼;这个黑鬼在颤抖,这个黑鬼在颤抖是因为他觉得冷,这个小男孩在颤抖是因为他害怕黑鬼"[1]。这种黑人恐惧症让叙事者感到被白人包围,"头顶的天空在中央裂开,大地在脚下嘎吱作响,为白人歌唱。这种白人性把我烧成灰烬"[2]。叙事者不堪白人眼光的重压,悲叹"白人的凝视,这种唯一合法的凝视,已经把我肢

---

[1] Franz Fanon, *Black Skin, White Masks*. Trans. Richard Philcox. New York: Grove Press, 2008, p. 93.
[2] Franz Fanon, *Black Skin, White Masks*. Trans. Richard Philcox. New York: Grove Press, 2008, p. 94.

第一章　生存之痛：黑人移民经历再现

解。我被固化了"①。

不难看出，柏妮丝在很大程度上就是《黑皮肤，白面具》中这位黑人叙事者的文学化身。克拉克以虚构的方式呼应了法侬对黑人在白人社会中的底层和边缘生存状态的深刻洞察。的确，《交汇点》中的多伦多是一个对黑人充满敌意的城市空间。听到柏妮丝母亲去世的消息（后来证实是假消息），柏妮丝的好友、同样来自加勒比的女佣多茨感触良多，愤愤地回忆起自己的熟人、一位名叫洛蒂的黑人女性在车祸中丧生的惨状："那就是洛蒂的死，那就是死亡找到洛蒂的方式。我的天啊，那条布鲁尔大街上都是人，都是白人，但没有一个混蛋跑到药店旁边的电话亭里去打电话喊救护车，或者喊医生和警察。洛蒂就躺在那条冰冷的街道和有轨电车轨道上，像一头爆裂开的鲸鱼一样血水四溅，奄奄一息。"(172)由洛蒂的死，多茨又回想起几年前的一起交通事故。一位白人司机因为不遵守交通规则和一位黑人司机撞车，白人司机知道错在自己，深感抱歉，诚恳地请求黑人司机原谅，并承诺赔偿；所有的目击者都认为黑人司机是无辜的。此时，警察赶到，他们"跳下巡逻车，一把抓住这位黑人绅士，冲着他喊'黑鬼这个，黑鬼那个；混账东西，你他妈的从哪里冒出来的？'然后他们把他按到警车上开始搜身，就像在电影里看到的那样，然后，我的天，他们居然把责任全部推在那个黑人身上"(173)。这件事对多茨的冲击不亚于柏妮丝在地铁上受到的屈辱，事后她一路跑回住处，把自己锁在房间里，不敢相信刚才发生的一切，从中深深感受到黑人的弱势和无助，在心里默默祷告丈夫开车

---

① Franz Fanon, *Black Skin, White Masks*. Trans. Richard Philcox. New York: Grove Press, 2008, p. 95.

时万万不要撞到白人。

加拿大著名新闻杂志《麦克林》(*Maclean's*)曾在20世纪60年代撰文称克拉克是"加拿大最愤怒的黑人"[1]。这种愤怒对克拉克来说是有充足理由的。作为第一代黑人移民作家、加拿大黑人文学的拓荒者,克拉克曾生活艰难,甚至一度求助救济金,对黑人的凄惨处境深有体会。他曾在回忆录中尖锐地指出:"加拿大必须有个底层社会,因为它是一个种族主义社会,而种族主义社会需要有个——就肤色而言通常是可见的——阶级供自己使唤。"[2]克拉克的许多作品都是他自身经历的真实写照,他把愤懑倾注到文学创作中,抗议白人社会的不公和残暴。《交汇点》入木三分地刻画了黑人移民"在加拿大塑造一个完整的自我、追求有意义的生活的艰辛"[3],暴露出加拿大白人社会对黑人移民的身心戕害。对于克拉克的这种写作方式,有论者提出质疑,认为他过分夸大了人物的仇恨情绪,脱离现实:"克拉克的作品始终猛烈抨击剥削、歧视、种族主义和暴力,但这种强烈的情感可能会严重限制他的视野,让他无法在小说世界中保持一种可信的平衡。"[4]这种观点是值得商榷的。克拉克尽管对现实充满失望,但他的文学创作绝非简单地宣泄愤怒——他不仅表现黑人移民的愤怒,还刻画出他们在极端重压之下的无奈与妥协,充分揭示出挑战与机遇并存的环境下人物的复杂性。

柏妮丝虽然对伯曼一家恨之入骨,无数次想一走了之,但

---

[1] 参见 Austin Clarke, *'Membering*. Toronto: Dundurn, 2015, p. 55。
[2] Austin Clarke, *'Membering*. Toronto: Dundurn, 2015, p. 218.
[3] 王家湘:《漫谈加拿大当代黑人文学》,《外国文学》1994年第6期,第44页。
[4] Horace I. Gorddard, "The Immigrants' Pain: The Socio-Literary Context of Austin Clarke's Trilogy." *ACLALS bulletin* (8)1989: 56-57.

"她总是临阵退缩,因为害怕失业后面对加拿大的寒冬,因为不愿放弃三楼上的三个房间(客厅、卧室——其实这两间是一间——还有卫生间)给她带来的舒适和近乎奢侈的享受,这是她作为家佣报酬的一部分"(21)。她一方面对伯曼太太派对上犹太富人们的丑恶嘴脸嗤之以鼻,庆幸自己是"一个贫穷、简单的女黑人"(9),同时又羡慕伯曼一家的财富,经常对别人炫耀,好像她才是这些财富的主人。每到发工资的日子,柏妮丝都会乘车到繁华的央街,去加拿大皇家银行存钱,这是她最开心的时刻:"银行的名字,还有那只给人印象深刻的狮子,没错,就是那只英国狮子!……像一块磁铁一样吸引她把钱存在银行的保险柜里……的确,加拿大皇家银行在柏妮丝的生活中是很特殊的……'皇家'两个字让其具备了一种独特的味道和威望。"(96—97)显然,柏妮丝把能够在加拿大皇家银行存钱视为一种荣耀和特权,通过辨识"在很大程度上决定了自己人生轨迹的英国殖民行为、殖民主义和压迫的象征"[1]实现某种心理补偿。她也因此对加拿大产生一种爱恨交织的复杂情绪,既痛恨加拿大的种族主义,又感恩加拿大所给予的,感叹"这就是加拿大为我做的。这就是我对这个叫'加拿大'的地方的见证。我的主啊,我真开心来到这里,做一个加拿大人"(97)。正如莎拉·菲利普斯·卡斯蒂尔(Sarah Phillips Casteel)所指出的:"柏妮丝既对待她不友好的寄居国怀有强烈的反感,也快乐地享受着加拿大

---

[1] Whitney B. Edwards, "'Migration Trauma': Diasporan Pathologies in Austin Clarke's *The Meeting Point*, Edwidge Danticat's *The Dew Breaker*, and Cristina García's *Dreaming in Cuban*." Diss. Howard University, 2009, p. 55.

提供的物质利益。"①

生活的艰辛带来的压力让柏妮丝产生一定程度的心理扭曲,使她排斥自己的黑人身份,主动向白人世界和价值观靠拢。每当沮丧的情绪来袭,柏妮丝就刻意回避黑人教堂活动,转而参加圣克莱尔大道上的白人教堂集会,"相比她之前的黑人浸礼会教堂,这个更干净、更有钱。参加集会的都是白人,或者说绝大部分是白人;他们来教堂不是来抱怨的,是来交换对白人和种族歧视的看法"(22)。看到黑人和犹太人并肩游行,打出"加拿大不是阿拉巴马,结束种族歧视,黑人和白人是平等的,黑人也是人"的标语,柏妮丝极为不悦,讥讽这种做法是愚蠢的:"满大街上都是黑人在祷告,在下跪,阻碍了交通,制造麻烦。祷告和下跪,当他们努力去做这两件事的时候,他们只会挨揍。我的天!看到这群该死的黑人变成这种样子,真让我恶心……还有这些加拿大的黑鬼!好吧,他们根本不知道他们有多幸运!"(220)这种尴尬场面是柏妮丝无法容忍的,因为它和柏妮丝追求的"加拿大梦"相悖。② 面对以美国标准衡量加拿大、称自己为穆斯林的妹妹的质疑,柏妮丝反诘道:"但这是加拿大,亲爱的,不是美国。你和我,我们是西印度人,不是美国黑人。我们不跟他们混在一起,让他们去蠢吧,懂吗?因为我们在西印度长大,那里没人关心肤色这些事……"(220)玛奎塔·R. 史密斯(Marquita R.

---

① Sarah Phillips Casteel, "Experiences of Arrival: Jewishness and Caribbean-Canadian Identity in Austin Clarke's *The Meeting Point*." *Austin Clarke: Essays on His Work*. Ed. Camille A. Issacs, Toronto: Guernica, 2013, p. 233.

② Kim D. Green, "To Be Black and 'At Home': Movement, Freedom, and Belonging in African American and African Canadian Literatures." Diss. Emory University, 2010, p. 77.

第一章 生存之痛：黑人移民经历再现

Smith)认为小说中的"美国黑人经验对加拿大黑人来说是一个参照点，让他们寻找一种不被主流白人文化同化的生存方式，去赞颂黑人性"①。但从另一个角度理解，小说借美国经验恰恰反衬出加拿大黑人移民迫于生存压力在激进和保守之间的摇摆，凸显出白人文化对"黑人性"的稀释以及对黑人移民的同化。

事实上，被白人文化同化的并非柏妮丝一人，多茨也面临同样的问题。她一方面清醒地认识到"这个国家永远不是家园……所有生活在这个叫'加拿大'的地方的黑人，不论是生在国外，还是加拿大本地，都是靠着上帝和白人的怜悯勉强度日……"(193)同时又对自己的族群完全没有信心，她告诫柏妮丝："……如果你继续等下去，等一个黑人甚至是西印度人来给你戴戒指，天哪，那么你得等到死那天才能结婚，或者你很有可能到死都是处女！"(16)在多茨的丈夫看来，移民经历彻底改变了妻子："我发现移民后多茨变了很多……现在有两个多茨。一个是巴巴多斯多茨，那个在布里奇顿的公交车站贩卖舒适用品、甜甜圈和干炒花生的多茨；还有一个是加拿大多茨，这个多茨在每个该死的晚上都用卷发夹把头发卷起来，然后在浴室里挂满了尼龙长袜和黑色短裤，就算无论在哪都不穿。"(84)被同化的不仅是柏妮丝和多茨这些先到的雇工，也包括像柏妮丝的妹妹埃斯特尔这样的后来者。初来乍到的埃斯特尔目的很明确，就是要成为加拿大永久居民，为此她努力接近阿加莎这样的犹太

---

① Marquita R. Smith, "'The Whole Damn World Is the Same All Over'…Or Is It?: The Relevance of Black Nationalism in Austin Clarke's Toronto Trilogy." *Austin Clarke: Essays on His Work*. Ed. Camille A. Issacs, Toronto: Guernica, 2013, p. 62.

31

白人,甚至不惜出卖肉体,通过与伯曼先生发生关系,利用后者为她争取名正言顺的身份。如果说柏妮丝因为母亲和孩子的缘故还与巴巴多斯保有一丝情感上的维系,那么作为年轻一代的埃斯特尔在这个问题上就表现得非常决绝,"家园对埃斯特尔来说就是看不见妈妈的地方;就是看不见贫穷落魄的村子和村民的地方;就是无论是刮风下雨还是晴天,都不用绕到(在高高的、腐烂的围栏里)房子后面去上露天厕所的地方。家园就是离开,离开那个家园"(135)。当怀了伯曼先生的孩子,而伯曼先生又不愿承认以后,埃斯特尔才逐渐认清现实,开始对加拿大另眼相看。

加勒比人相信地理上的水平位移能够带来社会地位的直线上升,[1]这是加勒比人大量移民的重要原因。他们希望通过移民改变命运,实现自我转化,结果是转化主体"既像自己同时又不像自己。他的理想形态应该是成为与加勒比自我不一致的对应物,或者对映体"[2]。柏妮丝、多茨和埃斯特尔都在某种意义上追逐自己的"加拿大梦",都在加勒比和加拿大自我之间不停地协商,也都在不同程度上受到寄居国文化价值观的冲击。从"落后"到"文明",巨大的反差使黑人很难不被"白化",法侬对此有精到的分析:"所有被殖民的人——也就是说,那些自卑情结在内心生根,以及那些本土文化原创性被埋进坟墓的人——都把自己和文明语言,比如宗主国文化扯上关系。被殖民者对宗

---

[1] R. M. Lacovia, "Migration and Transmutation in the Novels of McKay, Marshall, and Clarke." *Journal of Black Studies* 7. 4 (1977): 441.

[2] R. M. Lacovia, "Migration and Transmutation in the Novels of McKay, Marshall, and Clarke." *Journal of Black Studies* 7. 4 (1977): 444.

主国文化价值吸收越多,他就越想逃离丛林生活。他越排斥黑人身份和丛林生活,他就越是白人。"①这不仅是小说中女性角色的心理,也体现在男性角色身上,多茨的丈夫博伊西就是一个典型。

博伊西和多茨之间没有真正的感情,他向好友亨利吐露,之所以跟多茨结婚,是因为这是进入加拿大的捷径:"你可以说,我是走后门来到这个国家的,说白了就是我是宣了誓,要在某个时间娶那个蠢女人多茨之后,才过来的。"(83)但作为"附赠品",博伊西没有正式工作,靠妻子赚钱养家,毫无家庭地位可言。法侬认为,经济是造成自卑情结的首要因素,②这在博伊西身上表现得尤为突出。"为了应对在加拿大没有工作造成的弱势地位,西印度男性往往寻求跟白人女性发生关系。"③在欢迎埃斯特尔的聚会上,眼看自己的男同胞都在和白人女性搭讪,一位在多伦多大学就读的加勒比女生无奈地哀叹:"眼睁睁地看着我们的男人和白人女性跳舞,和白人女性约会,在白人女性身上花钱……这似乎就是我们在这个国家的命运。"(69)博伊西就是这些男人中的一员,他刻意疏远多茨,利用一切机会接近白人女性,和德国女佣布丽奇特厮混在一起。博伊西对白人女性的渴望是"他与

---

① Franz Fanon, *Black Skin, White Masks*. Trans. Richard Philcox. New York: Grove Press, 2008, p. 2.
② Franz Fanon, *Black Skin, White Masks*. Trans. Richard Philcox. New York: Grove Press, 2008, p. xv.
③ Alison Nyhuis, "Domestic Work, Masculinity, and Freedom in Austin Clarke's Toronto Trilogy." *Journal of West Indian Literature* 22.1 (2013): 90.

多茨之间的竞争"①,也是想攀附主导种族进入主流社会的心理暗示。和埃斯特尔一样,博伊西也深谙此道,直言"我想如果我能和掌权的人,而不是西印度人混在一起,那我在这能过得更好"(129)。曾经做过搬运工、已经在加拿大生活了将近二十年的亨利也对白人女性情有独钟,夸赞她们有经济头脑,在各方都不看好的情况下一心追求条件比自己好太多的阿加莎,还对博伊西强调说:"……不管是柏妮丝还是埃斯特拉,或者是你的老婆多茨,都不能让我不去想阿加莎……我发现女人必须得是白人!"(83)关于黑人男性对白人女性的觊觎,《黑皮肤,白面具》中的叙事者做了最好的展示:

> 这种突然想成为白人的欲望,从我内心最黑暗的部分,透过阴影地带,油然而生。我想别人把我当白人看,而不是黑人。但是……除了白人女性,谁又能做到呢?她对我的爱证明了我是值得白人去爱的。我像一个白人一样被爱着。我是一个白人。她的爱开启了能带来完全满足感的辉煌道路。我信奉白人文化、白人的美、白人的白。②

如果说黑人女性与白人文化的认同还稍显隐晦,那么因为无法履行传统社会分工(男主外、女主内)而带来的额外压力,黑人男性以近乎赤裸的方式否定自己的种族出身,当然也就更明

---

① Batia Boe Stolar, "Afro-Caribbean Immigrant Experiences in the White City: Austin Clarke's Toronto." *Austin Clarke: Essays on His Work*. Ed. Camille A. Issacs, Toronto: Guernica, 2013, p. 102.

② Franz Fanon, *Black Skin, White Masks*. Trans. Richard Philcox. New York: Grove Press, 2008, p. 45.

白无误地证实了黑人的他者身份。

　　无论是白人文化对黑人女性的潜移默化，还是黑人男性对白人文化的主动拥抱，都是种族、阶级和性别等因素综合作用下黑人自卑心理的外化。《交汇点》对黑人移民生存之痛的刻画不是停留于表面，而是具有相当的心理深度。克拉克以丰富的阅历和敏锐的洞察，精准剖析了生存重压之下黑人移民抗争与妥协并存的矛盾心理，使得《交汇点》跳脱出"抗议文学"的一般范畴，因为"它拒绝套用受压迫的群体会联合起来反抗歧视和剥削的叙事……提醒我们同质和简单的范畴是不存在的"①。

第二节　"我生本无乡，心安是归处"：《继续睡吧，亲爱的》中黑人移民的救赎之路

　　20 世纪 60 至 80 年代，加拿大黑人文学的主要作家是克拉克，他的创作构成了这一时期加拿大黑人英语小说的主要内容。进入 90 年代，加拿大英语文学创作出现新气象。加拿大文学研究专家卡拉尔·安·豪威尔斯认为这一阶段加拿大英语文学最显著的特点是"许多之前处于边缘群体的小说家大量涌现，小说

---

①　Batia Boe Stolar, "Afro-Caribbean Immigrant Experiences in the White City: Austin Clarke's Toronto." *Austin Clarke: Essays on His Work*. Ed. Camille A. Issacs, Toronto: Guernica, 2013, p. 108. 事实上，《交汇点》不仅揭示出黑人身份的多样性，也呈现了白人身份的混杂特征。伯曼先生就是一个典型。他从小跟黑人移民玩耍，深受美国黑人文化的影响，喜欢听爵士乐而非贝多芬。年幼偷盗不敢承认，致使黑人玩伴入狱，给他留下心理阴影；后来被黑人妓女戏耍，导致阴影加重；加之与妻子阶级地位的悬殊，使他产生了某种心理扭曲，既不敢面对，又觊觎黑人女性。多年来压抑的情绪最终促使他与埃斯特拉发生关系。伯曼先生和博伊西在一定程度上可以被视为两个平行和对应的人物。

对身份的表征让种族、族裔、性别和民族性显示出新的重要性，加拿大文坛因此具有了前所未有的多样性"①。加拿大黑人英语小说在这一时期同样获得长足发展，风格和题材日益多元，涌现出一批上乘之作，比如劳伦斯·希尔的《一番伟业》(Some Great Thing，1992)、布兰德的《在别处，不在这里》和《月满月更之时》、安德烈·亚力克西的《童年》(Childhood，1998)、苏塞特·迈尔的《寡妇们》(The Widows，1998)，等等。因为这些作家作品的出现，黑人英语小说的面貌和格局逐渐清晰起来，在加拿大文坛上的声音也越来越响亮。

这一时期的另外一位重要作家是塞西尔·福斯特。福斯特生于巴巴多斯，1979年移民加拿大，担任过《多伦多星报》和《环球邮报》的记者，20世纪90年代初转行成为职业作家，先后推出《房子里没人》(No Man in the House，1991)和《继续睡吧，亲爱的》等优秀长篇小说。福斯特是一位典型的学者型作家，除文学创作外，在学术和社会评论方面也有很高的造诣，对加拿大种族问题、黑人身份和多元文化等议题有深入的探讨，《一个叫天堂的地方：作为加拿大黑人的意义》(A Place Called Heaven: The Meaning of Being Black in Canada，1996，以下简称《一个叫天堂的地方》)、《种族无关紧要的地方：现代性的新精神》(Where Race Does Not Matter: The New Spirit of Modernity，2004)和《黑人性与现代性：人性颜色和追寻自由》(Blackness and Modernity: The Colour of Humanity and the Quest for

---

① Carol Ann Howells, "Writing by Women." *The Cambridge Companion to Canadian Literature*. Ed. Eva-Marie Kröller, Cambridge: Cambridge University Press, 2004, p. 205.

Freedom，2007)等论著在学术界和评论界具有广泛影响。

福斯特把同样来自巴巴多斯的前辈克拉克视为自己的导师，非常钦佩克拉克凭借非凡的毅力，多年来一直驻扎多伦多坚持创作，奉献了十多部文学精品。① 两者的文学之路和创作风格也的确有不少相似之处：在成为作家前都从事过新闻工作，作品都聚焦黑人移民经历，表现移民生活的艰辛与不易，具有浓厚的现实主义色彩。相比克拉克，福斯特更加关注黑人移民的身份认同问题，致力于探究处于来源国和寄居国两种力的撕扯中，黑人移民对"归属"的困惑以及对家园的追索。他的第二部小说《继续睡吧，亲爱的》在这方面表现得尤为突出。

尽管都是讲述黑人移民经历，相较于《交汇点》，《继续睡吧，亲爱的》对移民的来源国生活有更多的涉及。主人公奥娜生于牙买加的一个基督教黑人家庭，从小就显露出极高的舞蹈天分，但碍于母亲的严格家教，没有太多跳舞的机会。海归教师斯莫尔女士慧眼识珠，说服奥娜的母亲让女儿学习舞蹈，去更大的舞台展现自己的才华。奥娜最终得偿所愿，进入首都金士顿的舞蹈剧团进修，但不幸也从此降临。奥娜与剧团的一位男演员相恋并怀孕，但这位演员是有妇之夫，奥娜并不知情，只能默默生下女儿苏珊娜，和母亲一起抚养，从此断送舞蹈生涯。一次偶然的机会，奥娜了解到加拿大招收家佣的消息，处于人生低谷的奥娜看到了希望，她决定先到加拿大工作，然后把女儿接到身边，开始新的生活。

于是，和柏妮丝一样，奥娜也通过"西印度家佣计划"进入加

---

① http://www.booksincanada.com/article_view.asp?id=1348.

拿大,成为移民潮中的一员。然而,和绝大部分来加拿大逐梦的加勒比移民一样,等待奥娜的是一场不折不扣的梦魇,一个炼狱般的万丈深渊。奥娜来到加拿大后成为白人律师詹金斯一家的住家保姆,雇主不按合同办事,尽可能多地压榨奥娜的劳动力,让她洗衣、做饭、带孩子、打扫卫生,几乎承包了所有的家务。不仅如此,他们还巧立名目,克扣奥娜的工资,合同上奥娜的工资是每月六百五十美金,等到詹金斯的妻子"扣除租金、寄宿费、税费,以及其他比如健康保险、劳工补偿和来加拿大的机票等费用,奥娜在月底只到手六十五美金"[1]。美国史学家罗宾·温克斯(Robin Winks)在《加拿大黑人史》(*The Blacks in Canada: A History*)中指出,西印度向加拿大的劳工输入"对整个西印度群体来说应该是有害的,它给加拿大带来一个能够助长白人优越观念的阶层,因为西印度人干的都是苦力活"[2]。无论是柏妮丝还是奥娜,都从文学层面印证了这一判断。

相比柏妮丝,奥娜的遭遇更加悲惨,她不仅是一个卑微的苦力,还是詹金斯的泄欲工具,一次又一次被无情强暴,最终怀孕并堕胎。受尽折磨、濒临崩溃的奥娜在没有完成三年期合同的情况下逃走,尽管她明白必须忍耐,因为熬过这段时间"就能得到落地移民身份,迈出成为加拿大公民的第一步,也是和女儿团聚的第一步"(80)。出逃并没有终结奥娜的厄运。离开詹金斯一家,奥娜成了一名彻底没有身份的流浪汉,幸得好心人帮助,

---

[1] Cecil Foster, *Sleep On, Beloved*. Toronto: Random House of Canada, 1995, p. 76. 以下引文出自同一作品,只标页码。

[2] Robin Winks, *The Blacks in Canada: A History*. Montreal and Kingston: McGill-Queen's University Press, 1997, p. 439.

寄居在同为加勒比移民的金夫人家中,才算暂时找到容身之所。为了生存,奥娜被迫到血汗工厂打工,因为没有身份被移民局抓获,准备遣返回国,在金夫人的倾力相助下躲过一劫,勉强留下来,找到一份出纳员的工作。奥娜对女儿的想念之情与日俱增,"把她带到加拿大成了一种强迫性任务,一种沉溺,每天做梦都想,坐地铁和巴士都在想"(126—127)。在一次舞会上,奥娜结识了来自巴巴多斯的摩根,为了能早日和女儿团聚,奥娜决定和摩根结婚,而摩根为了获得加拿大身份,也同意这么做,两人为了各自的利益走到一起。但事实上,奥娜和摩根并没有深入交往,缺乏感情基础,奥娜很清楚,跟摩根结婚"是一场十足的赌博,有可能幸福,也有可能是一场灾难"(116)。事实上,"移民行为本身就是一场赌博,因为移民放弃了那些让他们的内心变得完整并为他们的自我和存在感编码的偶像和象征,投身一个陌生的环境,希望在那里得到在家乡无法获得的满足感"[①]。奥娜的预感是准确的。在巨大的生存压力下,奥娜经常情绪失控,大发无名火;摩根也因为找不到体面的工作心中不快,还经常被奥娜数落,两人的裂痕越来越大,最终不欢而散。摩根出门的那一刻,奥娜深感绝望,承认"或许是时候放弃,停止抗争了,是时候回到她的根,回到她一直想拼命挣脱掉的地方"(54)。

奥娜这段婚姻的最大收获或许是她终于让女儿回到了自己身边,尽管比预想的要晚了好多年。苏珊娜的移民生活是小说另外一条重要叙事线索。初到加拿大,一直跟外祖母在牙买加

[①] H. Nigel Thomas, "Cecil Foster's 'Sleep On, Beloved': A Depictions of the Consequences of Racism in Canadian Immigration Policy." *Journal of Black Studies* 38. 3 (2008): 488.

生活的苏珊娜很不适应。母亲和继父上班后,待在空无一人的房间,苏珊娜倍感孤独,"在牙买加总能听到树上的鸟儿和草丛里蟋蟀的叫声,还有隔壁传来的某人高亢的歌声,而风就在那里吹着。完全没有这种在一片陌生土地上的如此怪异和恐怖的沉静。没有这种干燥的房间里的热气,以及另外一个国家奇异和不自然的气味。这里就像一个监狱"(136)。母亲忙于生计,无暇顾及,甚至很少能看她一眼,"不像外祖母奈德,总是看着她的脸庞,从头看到脚,经常伸手去抚摸她,挑出她头上的棉绒丝,或者就在说话的时候用掌心爱抚她的头发"(138)。苏珊娜遇到的是典型的"留守"少年移民问题,与来源国的瞬时割裂和成长环境的改变也让他们深感困扰,他们缺少长辈和亲人的关爱,没有归属感。"当他们来到加拿大,发现都是和陌生人打交道,尤其是他们的父亲和继父,有些是直到他们来到加拿大才听说的。苏珊娜也不例外,所以她觉得自己和所有有着同样经历的移民孩子都是迷失的一代。"(30)为了安慰身处异乡的母亲和女儿,奥娜经常在信中刻意美化自己在多伦多的生活,但现实并非如此,这种鲜明反差让苏珊娜产生强烈的幻灭感。种种因素叠加在一起,扭曲了苏珊娜的性格,让她变得极度叛逆,染上斗殴、盗窃的恶习,被关进教养所,最后成了一名舞女。《继续睡吧,亲爱的》将加拿大黑人移民的坎坷与挣扎刻画得入木三分,尤其对于苏珊娜的困境,身为移民后代的福斯特可以说感同身受。在访谈中,当被问及小说中的人物与自身的相似性时,福斯特说道:

没有移民经历的人是不知道移民的情感付出的。我从两岁起就知道,那时我父母加入了移民队伍。他们去了别的地方,满怀憧憬去寻找美好生活,却被移民大潮吞噬。我成长过程中一直错误地以为我父母去了希望之乡,而我会来找他们。但结果对我来说是某种较早的比喻意义上的死亡,当我意识到我父母生活在我认为的天堂,并且抛弃我……却最终明白他们是在受罪——在比喻意义上已经死去。①

苏珊娜的叛逆给奥娜带来了极大的困扰,她本以为和女儿重聚是新生活的开始,却没料到女儿成了自己最大的心病。奥娜不明白自己的付出为何换不来女儿的理解,每当接到学校给家长的不当行为通知,都感到绝望。面对母亲的质疑,苏珊娜振振有词:"你都是在家里受的教育,那里一切都不一样……我既在这里上过,也在家读过书。你没有。"(180)苏珊娜被教养所释放当日,奥娜到法庭旁听,原以为是对苏珊娜进行批评教育,最后却成了对自己的公开批斗。被法官点名后,她颤抖地走上前去,"每个人都在看着她,就像脱光了她的衣服。她站在那里,为了抵御众人注视而非空调的寒冷,把毛线衫围在肩上,等待审判"(193)。律师指控奥娜忙于工作,疏于管教,没有尽到做母亲的责任,当法官逼问她这些指控是否属实时,"奥娜点头承认,泪水在眼里打转,羞愧地向世界承认自己是一个坏母亲,应该对苏珊娜走上歧途负责,并接受惩罚"(194)。此后奥娜对苏珊娜逐渐失去信心,彻底对其不管不顾,而苏珊娜则"确信她母亲脑子有问题,对自己的亲生骨肉绝对没有感情"(201),母女二人的隔

---

① H. Nigel Thomas, ed. *Why We Write: Conversations with African Canadian Poets and Novelists*. Toronto: TSAR, 2006, pp. 103 - 104.

阂越来越深,关系降到冰点,处于破裂的边缘。

　　奥娜和苏珊娜(包括摩根)在加拿大遇到的挫折与加拿大作为一个白人国家对黑人移民的排斥有直接关系。奥娜的经历自不必说,摩根也主要是因为自己的种族身份找不到体面的工作,导致自尊心受到伤害,继而影响了与妻子的关系。苏珊娜之所以在学校不听管教,表现糟糕,一个重要原因就是种族歧视。她在班里唯一的朋友是阿里,一位圭亚那移民的孩子,他们俩都因为口音被别人嘲笑,"没过多久,他们就意识到自己和别人不一样"(161)。因此,尽管苏珊娜比她的上一代更早地来到加拿大,有更强的可塑性和更长的时间融入,但"她似乎走向与奥娜和摩根一样的死胡同,让另一代人陷入相同的无力和孤立的怪圈——甚至可以说是诅咒"(176)。面对校方的刁难,奥娜据理力争,谴责学校的种族主义,为女儿辩护:"是发音,不是语言,这是问题所在……英语还是英语……这就是我们为什么需要在这些学校有更多我们自己的人,让他们来教我们的孩子,他们能听懂孩子们说的是什么,而不是愚弄孩子,说他们是讲什么外语。"(167—168)经历了种种挫折与碰壁之后,奥娜有些近乎绝望地悲叹:"我在这里打的每一场仗……总会发生一些事情,不断提醒我,我才是局外人。"(177)事实上,种族主义对黑人移民的戕害不仅体现在奥娜等人身上,他们的个案折射出加拿大白人社会对黑人族群的整体压迫。得到女儿因为盗窃被拘捕的消息,奥娜惊恐万分,联想到"就在几周前,警察枪击了一位坐在一辆停好的车前的年轻黑人妇女,致使她腰部以下瘫痪。还有一位年轻黑人男性,当他开车穿过警察的雷达测速区时,被开枪射中背部"(190)。

小说中的这些情节是对强调"平等"和"包容"的加拿大多元文化主义的绝佳嘲讽。多元文化虽然对促进加拿大社会公平正义起到关键作用,从根本上讲仍然是以白人文化为根底的,"多元"只是一个幌子。加拿大文学研究专家斯马洛·坎布莱莉质疑多元文化虽然承认文化多样性,但并没有颠覆"加拿大主流社会的传统表达"[①]。著名黑人诗人马琳·诺比斯·菲利普(Marlene NourbeSe Philip)指出,尽管多元文化声称平等对待所有族裔群体,却无视遭受种族歧视的那些人。[②] 作为一名出色的社会评论家,福斯特对加拿大多元文化社会有相当全面和深刻的论述,他在《一个叫天堂的地方》中结合自身经历,深入剖析了多元文化的弊端,道出加拿大社会的怪相:"我发现,这个美丽的国家种族关系并不和谐,有些事是非常离谱的。每个人都在设置障碍,好像要准备打一场持久战,一场没有赢家的战争。更糟糕的是,每个人都囿于他们自己的立场,闭目塞听,故意不讲道理,不尊重差异。这种事居然发生在一个声称是多元文化的国家,一个欢庆并鼓励多样性和差异的国家!"[③]在福斯特看来,多元文化主义实质上是一种"仁慈的种族主义"[④]。

《继续睡吧,亲爱的》对再现加拿大黑人移民苦难,认清加拿

[①] Smaro Kamboureli, *Scandalous Bodies: Diasporic Literature in English Canada*. Oxford: Oxford University Press, 2000, p. 82.

[②] 参见 Coral Ann Howells and Eva-Marie Kröller, eds., *The Cambridge History of Canadian Literature*. Cambridge: Cambridge University Press, 2009, p. 560。

[③] Cecil Foster, *A Place Called Heaven: The Meaning of Being Black in Canada*. Toronto: HarperCollins, 1996, p. 9.

[④] Cecil Foster, *A Place Called Heaven: The Meaning of Being Black in Canada*. Toronto: HarperCollins, 1996, p. 14.

大社会实质具有积极意义，但这部作品的深层价值并不在于对加拿大种族主义的批判，而在于细腻地刻画出黑人移民的成长历程，再现他们如何在来源国和寄居国两种力的撕扯中从对抗走向和解，回归自我，重建家园。乡关何处，这是所有移民的共同心结。对家园的叩问和追寻贯穿《继续睡吧，亲爱的》始终。得知苏珊娜马上要去加拿大和母亲会合，一位拉斯特法里派成员有些不耐烦地对苏珊娜的外祖母奈德说："过了这么多年，我们还是不能回答那个该死的问题：对黑人和你我这样的非洲人来说，哪里才是家园？为什么我们必须离开我们出生和成长的地方？……像你女儿这样跑到别人的房子里，去别人的家里做不受欢迎的房客，不做自己家的主人，这在我看来是不对的。"(11)"哪里才是家园？"这是困扰每一位移民的问题，他们当然也深知寄人篱下的难处，但为了更好的生活，有时必须背井离乡。

然而，伴随离乡而来的必然是思乡，那份苦涩乡愁时刻萦绕在心，"剪不断，理还乱"。所以，尽管奥娜已经在加拿大待了七年，而且已经申请上了加拿大公民，"她总是更倾向于认为自己是牙买加人而非加拿大人"(109)。但为了生存，奥娜又不得不压抑自己的加勒比身份，努力抹除身上的加勒比印记，努力融入加拿大。她"明白黑人生活在多伦多这样一个白人城市，必须面对和忍受一些现实，越少抱怨，越好"(42)。奥娜生于一个宗教家庭，家教严格，从小被母亲教导为人处世的准则。来到加拿大后，为生计奔波的奥娜早已抛弃宗教信仰，因为"这与她的加拿大生活格格不入，她也不想被任何事情，尤其是来自家乡的任何条条框框束缚住"(106)。在残酷的现实面前，宗教对奥娜来说一文不值，甚至成为一种绊脚石。奥娜不仅自己排斥宗教，也反对女儿去教堂,认为这种做法没有任何意义,不能解决实际生存问题。支撑奥娜走下去的不是宗教信仰,而是对美好生活的梦想,"没有梦想或者说希望,她和僵尸就没什么区别了"(185)。可是,正如前文所述,作为一个黑人移民,要实现这种梦想是何其困难!历经坎坷与曲折,奥娜并没有真正融入加拿大,被其接纳。得知母亲病逝的消息,奥娜回到阔别多年的牙买加,发现在海外漂泊这么多年,经历了如此多变故后,自己也很难再适应故乡的氛围:

> 即便她想永久搬回牙买加,她也无法真正地回来,就好像从一场梦中醒来,进入到这个群体,开始扮演一个重要的角色……她必须再调整一次,或者说重新适应。重新接受她已经抛弃的文化遗产,这太难了,没有人能保证她能被重新接纳,因为她总会用不一样的眼光看问题,总会怀疑这个群体要求她仅仅用信仰去接受的一些东西。(294)

所以,奥娜最终意识到自己既不是加拿大人,也非牙买加人,而只能是一个局外人。回到加拿大,身心俱疲、心力交瘁的奥娜决定"找回那些她为了在加拿大成功而拒绝的东西……撕掉她挤压在真实自我之上的所有面具"(302)。但事实上,奥娜并没有真正参透困局,她的回归是表面、被动和机械的,是她在进退维谷、别无选择情况下的极端表现,这也直接诱发了她的精神崩溃,让她几次失态,在大庭广众下跳起家乡的非洲舞蹈,被送进精神病院。

苏珊娜也有很强的家园情结。母亲走后,她和外祖母相依为命,在外祖母的影响下,苏珊娜成为一名虔诚的基督徒,有着坚定的宗教信仰。来加拿大多年后,苏珊娜心中依旧割舍不下牙买加,"尽管她已经是加拿大落地移民,并且已经度过成为加拿大公民所必需的三年期限,她从来没想过自己是牙买加以外的人……牙买加曾经并将永远流淌在她的血液中,那里有她的朋友和家人,有珍贵的回忆,可以打消任何想去其他地方的念头"(23)。从小和外祖母参加的伴有非洲音乐和舞蹈的庆典仪式深深地印在苏珊娜的脑海中,让她日思夜想,魂牵梦绕,"苏珊娜永远记得在家乡牙买加举行的一个独立纪念日……格兰特牧师赐福和敲响铃声后,庆典在一场盛大的即兴演奏中拉开序幕……多年后,苏珊娜依然清晰地记得那鼓声……在乏味的多伦多和整个北美,她多么想念这种音乐,这种性情的挥洒。她多么想再次看看外祖母的舞蹈"(9—10)。苏珊娜来加拿大后没有忘记外祖母的教诲,经常读《圣经》,保持宗教情怀,而这慢慢成为苏珊娜和母亲关系恶化的导火索。实际上,母女二人之所以相处不融洽,深层原因在于她们对待家园的态度不同:奥娜迫于现实压力刻意疏远家园,努力获得寄居国的认同;苏珊娜跟从内心,与寄居国保持距离,彰显家园身份。

但随着阅历的丰富和心性的成熟,苏珊娜开始学会理性地看待自己的身份,隐没掉身上的棱角。外祖母病重后,苏珊娜回乡探望,陪护的那段日子里,苏珊娜想了很多,她望着躺在病榻上的外祖母,沉浸在对她的深深的爱意之中,同时也感受到她们之间的距离,因为她终于明白"外祖母奈德只知道一种生活。她从来不需要卷起铺盖,到一个全新的陌生国家重新开始,只有盲目的野心做指引,相信生活会好起来……她从来没有被强大的自尊心和充满爱意的忠诚囚禁,永远不会梦想搁浅,然后四处游荡,慢慢堕落"(255)。苏珊娜由此反思自己与母亲的关系,不再拿外祖母和母亲做比较,因为两者的生活完全没有可比性。她开始更多地从母亲的角度去看问题,逐渐明白母亲作为一名黑人移民的付出,尤其当她进入外祖母的病房,回忆起母亲因为生下自己的同母异父的弟弟,不知该如何生存下去而流露出的恐惧和迷茫,更是瞬间懂得了母亲的不易;而奥娜的精神病发作更是极大地刺激了苏珊娜,让她正视并珍视与母亲的血缘关系。

  与此同时,苏珊娜对家乡牙买加和寄居国加拿大的看法也悄然发生改变。苏珊娜原本想利用这次返乡的机会留下来,但真正接触牙买加现实,特别是当她走进当年和外祖母一起住过的狭小房屋,她恍然大悟:"这不是那个她念念不忘,并一直称其为家的牙买加。不管从哪个方面看,加拿大都要开阔许多。她已经习惯了这种开阔,让她感到惊讶的是,她才离开两个礼拜,就开始想念了。"(259)此刻的苏珊娜豁然开朗,开始坦然接受自己的加拿大身份,不再视其为负担,对其敬而远之,而是把它当作一种资源,一笔财富,学会去接纳它,意识到"她不需要做两个苏珊娜,一个加拿大的,一个非裔加勒比的,而是可以在自己心里把两者统摄在一起"①。这成为苏珊娜走出困顿和迷局的起点,因为她体悟到,根本不需要在家园和寄居国之间取舍,两者不是非此即彼的关系,而是你中有我,我中有你,相互交融在一起;她真正要做的不是把两者对立起来,而是调和它们的关系,

---

① Tuire Maritta Valkeakari, "Passage to (Be) Longing: Contemporary Black Novels of Diaspora and Dislocation." Diss. Yale University, 2012, p. 311.

使其和谐共生。无论是家园还是异乡,都既是理想,也是现实,谁也不比谁更好,"所有的都一起发挥作用,将她解放。每件事都在证明,她不需要隐藏或压抑一种性格,以便让另外一种存活"(274)。她开始从正面看待自己的舞女身份,还会继续跳下去,因为舞蹈里有家园的文化基因,是怀念和致敬外祖母的最佳方式;她也会敞开胸怀去拥抱加拿大的移民生活,因为这里有她的青春和足迹。带着对未来的美好憧憬,苏珊娜和困扰自己多年的内心争斗做了了结,悟出了加拿大移民生活的真谛:"人们不应该刻意遮掩他们自身的某些特性,好像它们是私生子或畸形的孩子,以此为耻。相反,人们应该勇于在这片新的土地上培育这些不可或缺并且独一无二的所有。"(324—325)为生活所迫的奥娜自始至终没有明白这个道理,深陷泥淖无法自拔,"疏远了她的根、加拿大主流社会、她的家庭,最终疏远了她自己"[1]。年轻一代的苏珊娜跳出对家园的狭隘理解,实现了与自我和他人的和解,为漂泊的心灵找到了的寄托和归宿,完成了自我救赎。

苏珊娜之所以能够实现成长和蜕变,外祖母奈德的指引至关重要,虽然苏珊娜破除了对外祖母的迷信,但后者赋予她的宗教情怀是她人生最为宝贵的精神财富。另外一位关键人物是金夫人。作为老一辈移民,她不仅帮助奥娜度过了人生中最艰难的时刻,还时常开导苏珊娜,用岁月积淀下来的人生智慧为苏珊娜照亮前行的道路,在很大程度上扮演了外祖母奈德的角色,是

---

[1] Ralph Reckley, Sr., "Barriers, Boundaries and Alienation: Caribbean Women in the Novels of Cecil Foster." *MAWA Review: Quarterly Publication of the Middle Atlantic Writers Association* 13 (1998): 30.

修复奥娜和苏珊娜母女关系的关键人物。当苏珊娜因为母亲写信谎报加拿大的生活情况而心生怨恨时,金夫人语重心长地对她说:"我不是为说谎辩护,但我想说,如果我们西印度人不说谎,不对自己说谎,怎么能生存下来?有的时候真需要一个好的谎言去支撑我们,装作没事,去面对新的一天。你母亲不会对谁都说这些。"(155)正是在这些睿智、深刻的话语的滋养下,苏珊娜的心智慢慢成熟起来,心胸也更加豁达。

《继续睡吧,亲爱的》具有很强的社会批判性,同时也是对黑人移民成长和蜕变的礼赞,有鲜明的乐观主义基调,读来给人以希望和积极向上的力量。福斯特曾在访谈中阐发了加勒比文学中的"梦想"主题,指出这种梦想就是对家园的追寻:"那么家园到底在哪里?在非洲老家吗?在某种独立到来时我们建设的新加勒比吗?或者在加拿大这样一个地方,一个多元文化社会吗?在某种程度上,我想这正是我目前的想法,而且我认为一个多元文化的加拿大能够成为家园;或者它是一个我们可以长期旅居的地方。"[①]显然,福斯特比他小说中的那位拉斯特法里派人士要乐观得多。家园在福斯特的小说世界中既是地理意义上的,也是文化意义上的,更是精神层面上的;只要能获得内心的平静,无论是非洲、加勒比还是加拿大,都是家园,正应了白居易的那句诗:"我生本无乡,心安是归处。"尽管加拿大多元文化主义有种种弊端,《继续睡吧,亲爱的》没有完全把它当成标靶进行批判,在谴责的同时也对其进行客观、冷静的审视,探究它到底对黑人移民意味着什么——是诅咒?是救赎?还是兼而有之?小

---

① http://www.booksincanada.com/article_view.asp?id=1348.

说避免了对多元文化的本质主义解读,为从不同角度考察这种社会形态提供了颇具价值的文化读本。

第三节 创伤疗愈:《苏库扬》中的失忆与记忆

对加拿大黑人英语小说的发展来说,20世纪90年代是一个承前启后的阶段,经过这个时期的积累,加拿大黑人英语小说在进入21世纪以后迎来全面爆发。2002年,加拿大黑人文学的先驱、一直笔耕不辍但始终不受文学奖项青睐的奥斯汀·克拉克凭借《锃亮的锄头》一举摘得吉勒奖和英联邦作家奖两项文学大奖;2008年,劳伦斯·希尔的国际畅销书《黑人之书》再次为加拿大捧回英联邦作家奖,同时赢得颇具分量的罗杰斯作家奖;2011年,埃西·埃多彦凭《混血布鲁斯》入围布克奖、总督奖、吉勒奖和罗杰斯奖,是当年唯一同时入围四项文学大奖的两位加拿大作家之一,并最终抱得吉勒奖;2015年,安德烈·亚力克西推出寓言小说《十五只狗》,将吉勒奖和罗杰斯奖收入囊中;2018年,埃多彦以《华盛顿·布莱克》再度折桂吉勒奖,成为加拿大新生代作家中的领军人物。

说起21世纪的加拿大黑人英语小说,还有一位不得不提的作家,那就是大卫·切利安迪。切利安迪是二代加勒比移民,生于多伦多士嘉堡区,目前任教于温哥华西蒙弗雷泽大学。和许多加拿大黑人作家一样,切利安迪也是一位学者型作家,学术上颇有建树,文章多见于《卡拉罗》(*Callaloo*)和《西印度文学研究》(*The Journal of West Indian Literature*)等重要期刊,是《劳特利奇加勒比文学指南》(*The Routledge Companion to*

Caribbean Literature，2011)和《牛津加拿大文学指南》等重要著作的撰稿人,对非洲流散文学和加拿大黑人文学有深入研究,研究成果在学界具有一定影响。创作方面,近作《兄弟》(*Brother*,2017)一经推出广受赞誉,获罗杰斯奖肯定。但真正让切利安迪声名鹊起的是他十年前的处女作《苏库扬》。该作曾获包括都柏林文学奖、英联邦作家奖、总督奖、吉勒奖在内的十项文学奖提名,引发评论界热议,表现出现象级作品的实力,虽然在每个奖项上都抱憾而归,但其不凡品质已经显露无遗。小说讲述20世纪80年代多伦多士嘉堡区一家普通加勒比移民艰辛和多舛的人生故事。主人公、第一人称叙事者"我"的母亲阿黛尔过早患上老年痴呆,精神恍惚,记忆力衰退,生活几乎不能自理。悲剧由此开始:先是父亲因为工厂事故意外丧命,后是一心想当诗人的哥哥不辞而别,最后主人公也离家出走,到外地闯荡,接踵而至的不幸让这个四口之家瞬间分崩离析。两年后,因为终究放心不下可怜的母亲,主人公又回到母亲身边,陪伴照顾她,一直到她去世。

从前文分析中可以看出,《交汇点》和《继续睡吧,亲爱的》都在不同程度上关注黑人移民的创伤体验,这一叙事特征在《苏库扬》中得到进一步放大。创伤"影响受创主体的幻觉、梦境、思想和行为,产生遗忘、恐怖、麻木、抑郁、歇斯底里等非常态情感"[1]。作为失忆症患者,阿黛尔是一位典型的受创者。在主人公的印象中,"她很早之前就开始忘事。一开始是(忘记)一些普通的东西,比如购物清单、食谱、乘公交车的零钱、储蓄卡,以及

---

[1] 陶家俊:《创伤》,《外国文学》2011年第4期,第117页。

用来记录这些总是会让人疏忽的家庭琐事的各种笔。但后来母亲忘事的方式越来越有创造性。她开始忘记名字和地方,也弄不清楚目的和意义。她开始忘记语言的规则、救赎的道路和对身体应该做的恰当的事情。她开始从我们知道的那个世界抽离"[1]。随着时间的推移,阿黛尔的症状日益加重,"她会在住所周围到处游荡,翻弄垃圾箱……她会从街头小店和别人家的车库里'借'东西,不记得还有私人财产这回事"(18)。

那么是什么导致了阿黛尔的失忆?叙事者解释说有几种起因,"比如毒素或者是身体伤害,或者是已知的疾病,又或者是不那么明显的因素,比如沮丧的情绪和心理创伤"(38)。从小说的讲述来看,心理创伤是主因。阿黛尔出生于特立尼达的穷人家庭,年少时正值二战,家乡被美军征用。阿黛尔的母亲为了谋生不得不向美国大兵出卖肉体,但并不是每次都能赚到钱:"有一天,阿黛尔的母亲回到家,状态很差。她这天晚上没有赚到一分钱,衣服也被撕破。一只眼睛黑得厉害,嘴唇要么肿胀,要么裂开。"(185)生存的压力,加上街坊四邻的冷嘲热讽,让阿黛尔的母亲濒临崩溃,甚至企图自杀,幸好被阿黛尔撞见,才保住性命。一日,阿黛尔与一位美国大兵偶遇,后者对她莫名有些好感,几天后登门看望阿黛尔并送给她一些礼物,听了邻居风言风语的母亲回家后严厉斥责阿黛尔,警告她不要再和任何美国大兵来往,阿黛尔不理解母亲为何这般敏感,两人激烈争吵,最后阿黛尔夺门而出。阿黛尔离家后误闯美军基地,母亲前来寻找,被一位美军浇了一身汽油,不小心被女儿点着,浑身起火:"午后的光

---

[1] David Chariandy, *Soucouyant*. Vancouver: Arsenal Pulp Press, 2007, p.12. 以下引文出自同一作品,只标页码。

线里只有一道慢慢显现的火焰,阿黛尔在其中第一次看清楚一个人形。这个女人望着她的腹部和胳膊,看着一个神奇的光晕在她身上出现……她感觉更明显了,开始拍打自己的身体,扇动火焰,把它们从身上挥走。阿黛尔感到一阵疼痛袭来,背部和肩膀都有痛感……她看着母亲被火裹挟着,就朝她的方向转过去,去帮她把火扑掉,母亲也伸开胳膊。但她不小心绊倒,重重地摔在一堆松散的煤渣砖上。"(193)母女俩之后都被救起,但母亲的容颜尽失,阿黛尔的脸上也留下伤疤。

按照凯茜·卡鲁斯(Cathy Caruth)的界定:"创伤描述突发或灾难性事件造成的让人无法承受的体验,对这些事件的回应通常是延迟和不受控制的反复出现的幻觉和其他侵扰。"[1]安妮·怀特海德(Anne Whitehead)阐发了卡鲁斯的界说,指出:"创伤在发生之初不被充分理解,所以它不被个人占有,可以随时重述,表现为一种让人困扰和挥之不去的影响,不仅以顽固和侵扰的形式回归,而且只是在迟来的重复中被第一次感受到。"[2]"延迟""侵扰""重复"——这些是创伤体验的关键词,也是阿黛尔的病状。突如其来的火事让阿黛尔受到极大的惊吓,冲击力超出了她的承受范围,她并不十分明白当时发生了什么,只是出于本能去救助母亲,没有做出太过激的反应。但这段经历无疑成为阿黛尔心中挥之不去的阴影,随着岁月的流逝,母亲着火的形象逐渐幻化成加勒比传说中的"苏库扬",不时浮现在

---

[1] Cathy Caruth, *Unclaimed Experience: Trauma, Narrative, and History*. Baltimore: The Johns Hopkins University Press, 1996, p. 11.

[2] Anne Whitehead, *Trauma Fiction*. Edinburgh: Edinburgh University Press, 2004, p. 5.

阿黛尔的脑海中：

> 苏库扬就好比一个女吸血鬼。她在城镇边上过着隐居但非常普通的生活。她穿上老妇人的皮囊把自己伪装起来，但到了晚上她就把伪装扔掉，化作一个火球划过天际。她会锁定一个受害者，在他睡觉时吸他的血，完事后不会留下什么痕迹，就是受害者会觉得越来越疲劳，脸色会有些苍白，而且如果仔细观察的话，会发现其皮肤上有泄露实情的伤痕或标记。(135)

患病后，阿黛尔不断对主人公提起苏库扬，不断说她如何亲眼见过苏库扬："她一遍又一遍地对我讲她跟这个东西的相遇。那时她很年轻，太阳只是天边的一个小点，月亮还没有完全消失。"(136)对苏库扬形象的延迟感受和不断唤起是阿黛尔的主要病理表现，她所纠结的不是苏库扬本身，而是那起让她永远无法释怀的灾难性事件；苏库扬成为阿黛尔创伤体验的隐喻，"一种不是真正通过讲述而去讲述的方式"(66)。

阿黛尔的精神失常不仅是童年经历所致，也与日后加拿大的移民生活紧密相关。和《交汇点》《继续睡吧，亲爱的》中的母亲形象一样，阿黛尔也是移民潮中的一员，通过"西印度家佣计划"进入加拿大。作为一名生活在白人国家的黑人移民，阿黛尔始终格格不入，总是被区别对待："在有轨电车和人行道上，大家要么冷眼相待，要么皱皱鼻子转身走开，要么盯着看，看她在这个国家的那副怪样子。她尽力不去理会这些，当人们真心好奇时，还报以微笑，但有时实在是太过分，让她无法承受。除了上班,她很少离开在肉铺店上面租住的房子,靠燕麦、炖的李子干和牛奶充饥,每次吃完要到街头商店里购买时就犯愁。找她的零钱永远放在柜台上,而不是她手里。"(49)当她终于鼓起勇气到饭店用餐,却被当众嘲讽和侮辱:"没有人过来招待她。她不知道该做什么,只好朝一个空位走去。她入座后还是没有人过来。最后,一个头发灰白、身穿漂亮白色衬衫的男人悄悄坐下来。他问她想不想上床。他又问了一遍,她装作没听见,朝四周看看。这让她感到尴尬,对其他听到这番话的顾客来说也是一种尴尬。这个男人离开后又过来一位。他是这个店的老板,轻声告诉她这是一家家庭餐馆,不允许有色人种和妓女在此用餐……他明白她不是来这个国家找麻烦的,他希望她能理解并尊重这里的规矩。"(50)为了庆祝结婚纪念日,阿黛尔和丈夫去尼亚加拉瀑布游玩,"回到城里,他们发现住所已经完全被毁掉了。所有的家具要么不见要么被弄坏。所有小物件和值钱的东西都不翼而飞。捣乱分子至少在这里住了一两天,因为锅已经被用过了,锅底都是黑的,还有油腻的肉类残留。盘子散落在桌子和地上,其中一个捣乱分子临走前还在床上拉了屎"(77)。"作为'北漂'一族的缩影,阿黛尔的故事体现了加勒比移民的真实境况:加拿大民族的白色空间容不下这些属于有色人种的外国人。"[①]

如果说儿时梦魇为阿黛尔的精神错乱埋下祸根,那么悲惨的移民生活则是导致其失忆的催化剂。《苏库扬》的背景设在20世纪80年代,恰是《加拿大多元文化法案》出台的历史时期。

[①] 袁霞:《试论〈苏库扬〉中的加勒比流散》,《外国文学评论》2014年第2期,第95页。

在阿黛尔一家居住的士嘉堡老港社区,每年都会举行"遗产日"(Heritage Day)游行,"传单上说每个人都被邀请参加,因为'遗产日'游行这些天正在改头换面,认可'具有多元文化背景的人',而'不只是加拿大人'"(60)。然而,对于失忆的阿黛尔来说,这个活动是毫无意义的,她完全不知道正在发生什么:"为什么都穿戏服和制服,还半整齐地走着行军步?问题严重吗?是打仗了吗?还是说脚下猛然要炸开?"(60)游行的喧闹让阿黛尔感到不安和惊恐,受到刺激的阿黛尔在一次"遗产日"游行中走丢,被找到时混在游行人群中,"没穿衬衫、裙子和裤子,还好有胸罩和连袜裤"(61)。一边在欢庆所谓的"多元文化",另一边是在加拿大多元文化社会中被折磨得千疮百孔、近乎疯癫的边缘人,这是何等的讽刺。

深深刺痛了父辈的种族歧视也困扰着下一代。阿黛尔的长子儿时经常被住在附近的白人男孩欺负。看到他和同为加勒比移民的邻居女孩米拉走在一起,"这些男孩站成一个圈把他们围起来,放话要是看不到点什么的话,他们谁也别想走。空气中充溢着坏笑声、男性青春期无形的燥热,还有一种飘忽的想法,想看看一个黑人男孩和女孩能在一起做什么"(159)。被逼无奈,他只好在众人满怀恶意的起哄中和米拉接吻,以求安宁。主人公也未能幸免。当意识到自己的行为和性情开始显露出自己的移民身份时,他倍感焦虑:"我无法时刻控制我身体释放出的信号。我无法总是给人我应该有的感觉,或者把我的想法转变为有意义的陈述。至少,我遗传了父母的口音……"(101)怪异的口音让他成了学校中的异类,老师对他失去耐心,同学对他百般嘲笑,他开始口吃并且变得内向,对学校产生厌恶。《苏库扬》的副标题是"一部关于遗忘的小说",是很贴切的——"遗忘"既是对阿黛尔受创者身份的表征,也指向黑人移民在加拿大官方叙事中的集体缺席,是透过表象与谎言对加拿大黑人生存困境的有力揭橥。小说对老港社区种族主义行为的描写"是对欧洲裔加拿大人重写其移民和流散根源的集体行为的猛烈批判"①。

当然,从另一个方面看,遗忘又是对抗创伤的有效方法,"或许是我们如何从创伤事件中生存下来的第一步"②。正如叙事者所言,"在我们的生命中,我们努力去遗忘。认为遗忘完全是一件坏事,这种想法是愚蠢的……遗忘有时是我们希望能够完成的最具创造性和最能维系生命的事情"(32)。哥哥和"我"相继离家出走,就是希望通过遗忘抚慰伤痛。"我"出走后来到城市,"城市对我来说是一个遗忘之地。我隐姓埋名,在一个又一个的周租房中寄居,暗地里做过洗碗工、假日卖花员和热狗小贩。我还遇到过其他同样逃避过去的人,对国家、文化、部落和家庭有成见的人"(30)。然而,遗忘并不能完全解决问题;或者说,任何遗忘都是相对的,没有绝对意义上的遗忘。尽管叙事者指出遗忘的重要性,也必须承认"当我们太善于遗忘时,问题就来了。当我们**忘记**遗忘时,我们就会撞上那些我们本应下意识避免的情况。我们就是这样醒悟到深埋在沉睡自我中或在触碰他人时被劫走的故事,就是这样被细微的气味和味道所震动,就是这样被一个模糊的词,一个把我们往回、往下和往远处拖拽的

---

① L. Camille van der Marel, "Amortizing Memory: Debt as Mnemonic Device in Caribbean Canadian Literature." *Small Axe* 21. 3 (2017): 19.

② Kit Dobson and David Chariandy, "Spirits of Elsewhere: A Dialogue on *Soucouyant*." *Callaloo* 30. 3 (2007): 813.

回流所偷走"(32)。这就是遗忘的相对性及其与记忆之间的微妙关系：当达到或超过一定的限度，遗忘就成了记忆。"记忆与遗忘并非互相对立，而是同一过程的组成部分。当失忆症加重时，就迫切需要有意识地与过去建立有意义的关联。"[①]阿黛尔严重失忆，她认不出自己的孩子，却还依稀记得当年的那场灾难；依然不忘手捧海水悬于头顶的加勒比赐福仪式；甚至还时不时零碎地讲述加勒比民间传说，"那些具有古老含义的幽灵"(23)。这些都是阿黛尔与过去建立关联、找寻意义的方式，是失忆阴霾下透射出的记忆之光。

"记忆"是过去二十年西方社会学和文化研究领域的热点话题，安德里亚斯·胡伊森（Andreas Huyssen）用"记忆热"（memory boom）描述这一现象，即"记忆作为一个主要关注点出现在西方社会，一种向过去的转向，与20世纪前期现代性所特有的对未来的强调形成鲜明对照"[②]。事实上，记忆的重要性在20世纪初弗洛伊德和伯格森的心理学研究中就已经显现。20世纪二三十年代，法国社会学家莫里斯·哈布瓦赫（Maurice Halbwachs）和德国艺术史学家阿拜·瓦尔堡（Aby Warburg）提出"集体记忆"（collective memory）概念，"转而在文化框架里研究生物学意义上涉及集体知识的话语"[③]。20世纪70年代，

[①] Anne Whitehead, *Trauma Fiction*. Edinburgh: Edinburgh University Press, 2004, p. 82.

[②] 转引自 Cynthia Sugars and Eleanor Ty, "Thinking Beyond Nostalgia: Canadian Literature and Cultural Memory." *Canadian Literature and Cultural Memory*. Eds. Cynthia Sugars and Eleanor Ty, Oxford: Oxford University Press, 2014, p. 1.

[③] Jan Assmann, "Collective Memory and Cultural Identity." *New German Critique* 65 (1995): 125.

福柯在《知识考古学》(*The Archaeology of Knowledge*, 1972)等著作中阐述了"反记忆"(counter-memory),为底层研究、后殖民和流散研究提供了话语支持,进一步凸显了记忆的社会和文化维度。20世纪90年代,德国古埃及学者扬·阿斯曼(Jan Assmann)在哈布瓦赫等学者的研究基础上,把记忆、文化和社会进行关联,提出"文化记忆"(cultural memory)概念,极大地拓展了记忆研究的时空界限。阿斯曼指出,文化记忆是"一个集体概念,用于表示在一个社会的互动框架下指导行为和经验的所有知识,而且是通过一代又一代不断重复地了解和实践获得的"[1]。

文学与记忆有天然的亲缘关系,"从某种意义上说,文学既是人类记忆的产物,也是人类记忆的组成部分"[2]。因为加拿大的殖民地历史和移民国身份,加拿大文学对"记忆"又有特殊的关注,加拿大文学中不乏关于"记忆"的精品佳作,比如小川乐的《欧巴桑》(*Obasan*, 1981)、翁达杰的《身着狮皮》(*In the Skin of a Lion*, 1987)、瓦桑吉的《没有新土地》(*No New Land*, 1991)、威伯的《发现陌生人》(*A Discovery of Strangers*, 1994)、阿特伍德的《别名格蕾丝》(*Alias Grace*, 1996)等。《苏库扬》表面上写失忆,实则探讨记忆。切利安迪认为这部作品"既展示了失忆症的临床状态,也探究了文化记忆的理论和伦理,因此,在一个重要的方面,它是关于加勒比文化在加拿大的遗忘和创造

---

[1] Jan Assmann, "Collective Memory and Cultural Identity." *New German Critique* 65 (1995): 126.
[2] 陈俊松:《文化记忆批评——走向一种跨学科跨文化的批评范式》,《当代外国文学》2016年第1期,第163页。

性记忆"①。从这个意义上讲,阿黛尔对加勒比传说,尤其是苏库扬形象的不断唤起既是失忆的表现,也是文化记忆的行为,具有丰富的文化内涵。切利安迪明确指出,他在该作中要完成的任务是"突出加勒比人在当代加拿大的文化在场"②,而苏库扬是一个重要的载体和符码,它"既是个人也是文化记忆的象征,是一股既恐怖又迷人的吸血鬼力量,让人无法自拔"③。

与苏库扬承载的文化记忆主题紧密相关的是代际身份认同。从阿斯曼的定义中可以看出,代际关联是形成文化记忆不可或缺的要素。阿黛尔对主人公讲述她过往的点滴,尤其不断提及那次灾难,通过苏库扬意象把父辈记忆传导给下一代。主人公离家后隐身都市,希求在遗忘中得到精神上的慰藉,但事实证明是徒劳的:他已经完全被母亲的述说占据,就连睡梦中也会不时地念叨"苏库扬"。对主人公而言,苏库扬是"一种似乎至少表面上与一个非常不同的空间勾连在一起的文化遗产,这种遗产有时看似遥远,超脱世俗,还有些鬼魅,但同时也是扰人的在场"④。其实受扰的不仅是主人公,还有他的哥哥:后来整理房间时,"我"翻出哥哥的笔记,上面画着各种奇特的图案,仔细端详后发现是用英文写的"苏库扬"。"苏库扬在小说中成为一个

---

① Kelly Baker Josephs and David Chariandy, "Straddling Shifting Spheres: A Conversation with David Chariandy." *Transition* 113 (2014): 119.

② Kelly Baker Josephs and David Chariandy, "Straddling Shifting Spheres: A Conversation with David Chariandy." *Transition* 113 (2014): 119.

③ Jennifer Bowering Delisle, "'A Bruise Still Tender': David Chariandy's *Soucouyant* and Cultural Memory." *Ariel: A Review of International English Literature* 41.2 (2011): 6.

④ Kit Dobson and David Chariandy, "Spirits of Elsewhere: A Dialogue on *Soucouyant*." *Callaloo* 30.3 (2007): 811.

形象,说明历史创伤如何继续困扰着下一代。"[1]显然,阿黛尔的两个孩子都生活在父辈记忆的余波中,但如何接近、体悟和消化带有明显创伤印记且在很大程度上不属于自己的文化记忆,对二代移民来说并非易事。正如切利安迪在访谈中所言,他借助失忆症"探讨了文化记忆的脆弱性和持久性,尤其是文化记忆对一个二代移民的挑战。显然,阿黛尔正在忘记她在特立尼达的过往,那么记忆的重负就落在了她在加拿大出生和成长的孩子身上"[2]。不堪这种重负是主人公出走的主要原因之一,即使两年后再入家门,依然没有完全释然,不确定母亲会怎么看自己,"是一个突然在她家闲逛的陌生人,还是那个两年前发现无法在她身边生活后神秘归来的小儿子",只能无奈地承认"我不知道母亲是否因为我离开而伤心,或者她是否注意到了我的离开。我不知道如今我们之间还有什么意义"(12)。

父辈记忆的强行介入让二代移民陷入由困惑和迷茫导引出的"后记忆"(postmemory)问题。玛丽安·赫希(Marianne Hirsch)认为:"后记忆描述见证了文化或集体创伤的人的后代与那些见证者本人经历的关系,这些经历只是他们通过生活中的故事、形象和行为等'记住'的。但这些经历是如此深刻和富

---

[1] Daniel Coleman, "Epistemological Crosstalk: Between Melancholia and Spiritual Cosmology in David Charinady's *Soucouyant* and Lee Maracle's *Daughters Are Forever*." *Crosstalk: Canadian and Global Imaginaries in Dialogue*. Eds. Diana Brydon and Marta Dvorak, Waterloo: Wilfrid Laurier University Press, p. 55.

[2] Kit Dobson and David Chariandy, "Spirits of Elsewhere: A Dialogue on *Soucouyant*." *Callaloo* 30. 3 (2007): 813.

有情感地被转移给他们,似乎成了他们自己的记忆。"[1]赫希继而指出:"在这种继承过来的令人难以承受的记忆中成长,受控于自己出生或有意识之前的叙事,就是冒险让前代的故事和经历把自己错置甚至是清除。"[2]这正是主人公面临的困境。如何溯源自己的身份是每一位移民必须面对的问题,"不管是第几代移民,他们都处在一种悬空状态,既不属于这里,也不属于那里……对二代移民来说,他们处于继承来的流散传统和加拿大民族叙事的夹击之下,因此对个体身份产生了困惑和迷惘"[3]。主人公是幸运的,因为他遇到了一位非常热爱阅读的图书管理员卡梅伦女士,她"对本地历史有极大的热情,并且十分想把它传递给别人"。在她的引导下,"我了解了士嘉堡悬崖及其地质状况……我还特别了解了我们的老港社区……它不仅仅是另外一个郊区,它有自己的过往"(103)。不仅如此,主人公还在卡梅伦的帮助下加深了对来源地加勒比的认识:"卡梅伦女士帮助了我。她为我订购加勒比,尤其是特立尼达方面的历史书。她在意义缺失的地方给了我意义。"(136)卡梅伦不断鼓励主人公探索自己的历史,定位自己的身份,对他说"你的历史就是你的血和肉,你的历史就是你生活的语法"(137)。然而即便如此,在父辈记忆的阴影下,他依然感到无力言说自己的故事,哀叹"我的历史是一个没人相信的生物。我的历史是一个外来词"(137)。

---

[1] Marianne Hirsch, "The Generation of Postmemory." *Poetics Today* 29. 1 (2008): 106 - 107.
[2] Marianne Hirsch, "The Generation of Postmemory." *Poetics Today* 29. 1 (2008): 107.
[3] 袁霞:《试论〈苏库扬〉中的加勒比流散》,《外国文学评论》2014年第2期,第95页。

那么,二代移民承袭下来的记忆完全是一种消极的负担吗?有没有积极的意义?法拉·穆萨(Farah Moosa)认为切利安迪在小说中提出了一个重要问题,即"二代流散主体对流散历史,尤其是创伤历史的记忆和重新想象,在何时、以何种方式以及在多大程度上是富有成效的"①。这个问题可以引导我们从不同角度思考记忆在小说中的功能。

事实上,记忆在《苏库扬》中不仅承载创伤,也关联着疗愈和重建。卡鲁斯指出,创伤事件无法成为叙事记忆,被整合进过去的故事,因为创伤与其他事件的编码方式不同。②阿黛尔的记忆是零散和破碎的,"她讲述,但从来不解释或解密。她从来不完整地讲故事。她不能也不愿这样做"(136)。创伤体验独立于记忆系统,无法被正常再现,"要进入记忆,过去的创伤事件需要变得'可以被叙说'"③。主人公从母亲那里继承过来的记忆,在这方面发挥了重要作用。之所以如此,是因为主人公在记忆的同时也讲述;之所以能够讲述,是由于他的记忆不是父辈记忆的简单复制,而是在消化和理解基础上的再加工,是从自身视角出发的主动重构。正因为如此,两年前临走的时候,主人公完整地

---

① Farah Moosa, "'I didn't want to tell a story like this': Cultural Inheritance and the Second Generation in David Chariandy's *Soucouyant*." *Canadian Literature and Cultural Memory*. Eds. Cynthia Sugars and Eleanor Ty, Oxford: Oxford University Press, 2014, p. 324.

② 参见 Farah Moosa, "'I didn't want to tell a story like this': Cultural Inheritance and the Second Generation in David Chariandy's *Soucouyant*." *Canadian Literature and Cultural Memory*. Eds. Cynthia Sugars and Eleanor Ty, Oxford: Oxford University Press, 2014, p. 334。

③ Jennifer Bowering Delisle, "'A Bruise Still Tender': David Chariandy's *Soucouyant* and Cultural Memory." *Ariel: A Review of International English Literature* 41.2 (2011): 7.

向母亲(同时还有读者)道出了不堪回首的往事,而开头又有几分抒情和浪漫:"曾经有个名叫阿黛尔的女孩。她是那种总是似乎在别处的女孩。她从来没有时间关注普通的目标和事物,也可能是有太多的时间去注意普通的东西。"(180)借助个人化的记忆和讲述,主人公"直观上尽其所能地对阿黛尔的创伤进行整合"①,使其"可以被叙说",象征性复原了母亲的记忆,而这种叙说又能让母亲相信她的故事有人在倾听,就像叙事者安慰母亲所说的那样:"我只是想让你明白我是知道的。"(195)这对双方来说都是一种疗伤。

其实,主人公的记忆没有全然聚焦伤痛,而是从多角度追溯父辈的生活经历,呈现给读者的是一幅斑斓的生活画卷,有泪有笑,有苦有甜。母亲初到加拿大后结识了同样来自加勒比的克里斯托弗太太,一日两人突发奇想,想去北方看雪,于是她们开着借来的车,踏上了一次说走就走的旅行。一路上,她们尽情享受,无所顾忌,"她们有张地图,但不怎么看。她们根本不需要,只是开怀大笑……前方的大地在她们面前展开,有种永恒的美"(89)。天色渐晚,她们本想按原路返回,但开错方向,一路开到美国边境,被警察拦下,才算结束了这次旅行。至于后来发生了什么,母亲从来没有告诉过主人公,但应该是费了一些周折,因为"那是20世纪60年代初……而且她们又是黑人女性,那时还没有黑人性,没有民权的说法以及后来出现的种种"(91)。然

---

① Farah Moosa, "'I didn't want to tell a story like this': Cultural Inheritance and the Second Generation in David Chariandy's *Soucouyant*." *Canadian Literature and Cultural Memory*. Eds. Cynthia Sugars and Eleanor Ty, Oxford: Oxford University Press, 2014, p. 334.

而这些都不重要,这段艰苦岁月中可以纵情欢愉的时光足够珍贵,值得铭记。在詹妮弗·鲍林·德莱尔(Jennifer Bowering Delisle)看来,"这段理想化记忆具有批判性的个体和政治功能;阿黛尔怀旧和激动人心的故事被她的儿子重新构建和想象,对抗她的创伤和精神错乱,也跟加拿大20世纪60年代毫无色泽的历史形成反差"①。父母初次相遇的场景也是主人公珍藏的一段记忆。他的父亲是南亚裔加勒比移民,原本和非裔母亲不会有任何交集,因为"他们从小被教导,认为是对方毁掉了他们本应在新世界获得巨大财富的机会"(70)。但无巧不成书,一次偶遇改变了他们的命运。两人相识于多伦多的肯辛顿集市,父亲骑车快速穿行在拥挤的人流中,差点撞到母亲,由此进入母亲的视线。为了吸引母亲的注意,骑术高超的父亲玩起杂耍:"他把手从车把上移开,站在脚踏板上。他展开双手保持平衡,摇摆了几下,然后静止不动。他就这样在拥堵的街道上滑行了几秒钟,注视前方,聚精会神……就像在喧嚣人群中的走钢丝表演。"(71)就在此时,不知从哪里蹿出一只鸡,毫无防备的父亲惊慌失措,从车上掉下来后又赶紧跳上去,一本正经地对旁边的人说:"就是一个坑……没事,我没事。"(72)就是在这个滑稽而温馨的一刻,母亲爱上了父亲。萦绕在主人公记忆中的不只是创伤,还有纯真和温情,记忆对他来说"是一种重负,也是一种福祉,证明

---

① Jennifer Bowering Delisle, "'A Bruise Still Tender': David Chariandy's *Soucouyant* and Cultural Memory." *Ariel: A Review of International English Literature* 41. 2 (2011): 19.

一种深刻和亲密的家庭关联,尽管精神疾病在他们之间划开了裂痕"①。

　　这种关联在主人公对外祖母的追忆中进一步显现出来。主人公在一张照片上发现了外祖母,她的脸"是一个面具,皮肤因为热量扭曲,被弄成了一种没有感觉和坚硬的东西"(115),这张照片勾起了他的回忆。② 他年幼时曾随母亲回特立尼达探望外祖母。一天夜里,外祖母把主人公喊到身边,向他展示她膝盖部位奇特的骨骼,还特地解释说她的先辈们都是如此。在主人公听来,"她的声音低沉轻柔,她的声音是如此甜美"(117)。第二天,他被带到一口母亲经常提起的古井旁,外祖母用打上来的水为他精心梳洗;后来,他在海边接受了外祖母的赐福:"我站在浅水区,接受了赐福。我太害怕了,不敢走下去,于是外祖母就掬起一捧海水悬在我的头上。我舔了舔嘴唇上的盐,人们都笑了起来。"(195)很明显,这也是阿黛尔儿时接受的洗礼,后来一直深埋心底,即使失忆后也不曾忘记。她对儿子说,这是"一个非常非常古老的动作……比任何教堂或宗教都古老,比任何历史记录都要古老"(117)。那次事故后,阿黛尔离开家乡,跟随姑姑去特立尼达首都西班牙港生活,这次回乡对她意味着很多,是探亲,更是寻根;对主人公来说亦是如此,如果说母亲是在物理意

---

① Jennifer Bowering Delisle, "'A Bruise Still Tender': David Chariandy's *Soucouyant* and Cultural Memory." *Ariel: A Review of International English Literature* 41.2 (2011): 8.

② 家族照片是构建记忆的重要媒介,也是文学作品书写记忆的重要切入。有论者指出,《苏库扬》这样的作品"通过探讨无法言说(同时又是让人无法承受的在场)的家族故事和不断出现的家族照片之间的关系,重估主导历史和流散记忆"。参见 Allison Mackey, "Postnational Coming of Age in Contemporary Anglo-Canadian Fiction." *English Studies in Canada* 38.3-4 (2012): 238。

义上向源头靠拢,那么主人公则是在记忆层面上完成了对传统的致敬。相比他后来对母亲讲述火灾时以相对客观的方式描绘的外祖母的受难者形象,这次的回忆更具情感性和仪式感,加深了他与母亲的认同,凸显出二代移民与家园的情感联结。丹尼尔·科尔曼(Daniel Coleman)认为对加勒比仪式的回忆对主人公有特殊意义,"把他和那些陪伴他的人联结起来,意味着他可以记起的不只是失去的东西;他的回忆没有绕开或回避过去的创伤,而是保留了赐福的姿态"①。

记忆的疗愈力量还体现在小说中的另外一个人物身上,就是前文提到的米拉。米拉也是一位二代移民,相比主人公,她的家境要优越许多,她的母亲来自特立尼达中产家庭,受过良好的教育,她自己也考上大学。但米拉同样受记忆所困,尽管困惑的缘由与主人公大不相同。高中毕业聚会上,周围的白人学生大谈对黑人的厌恶,米拉极度反感,但又碍于虚荣,于是把怨气撒在阿黛尔身上,她当众打电话给阿黛尔,诅咒她的丈夫和儿子马上都会弃她而去。让她万万没想到的是,这个诅咒居然应验了,这成了她心中永远的痛。也因为这段记忆,她在主人公离家后主动去陪伴照看阿黛尔,以弥补心中的愧疚。与阿黛尔朝夕相处的日子里,米拉被阿黛尔口中神秘的"苏库扬"所吸引,主人公归来后,她好奇地询问什么是"苏库扬",正是在米拉好奇心的驱使下,主人公的记忆之门被打开。不仅如此,米拉还通过自己的

---

① Daniel Coleman, "Epistemological Crosstalk: Between Melancholia and Spiritual Cosmology in David Charinady's *Soucouyant* and Lee Maracle's *Daughters Are Forever*." *Crosstalk: Canadian and Global Imaginaries in Dialogue*. Eds. Diana Brydon and Marta Dvorak, Waterloo: Wilfrid Laurier University Press, p. 65.

记忆填补了主人公的记忆空缺,她告诉主人公,在他离开的这段时间,他的哥哥不时回来看望母亲,还给母亲留下钱。而她与主人公哥哥多年后再次相见的那一刻,当年两人因为遭受众人调戏而横亘在彼此间的隔阂还依稀可见,但这对两人来说都已不再重要:"我去开门,我们一下子认出对方,我们站了一会,没有讲话。我们没有话要对对方讲。我们无法去解释或证明什么,但我们还是一起吃饭,我们三个。"(168—169)米拉的回忆帮助主人公进一步确认了家庭成员间的情感维系,也排解和疏导了压抑心中多年的郁结。《苏库扬》不仅关注代际记忆,还把视角延伸至代内,全面探讨了记忆的修复和疗愈功能。

加勒比移民作家是加拿大黑人文学的主力军,表现加勒比黑人移民的生存之痛是贯穿加拿大黑人英语小说的主题线索和书写传统。《苏库扬》无疑是这一传统的重要组成部分。它细腻而又深刻地探究了加勒比初代和二代移民的心理困境和诉求,"他们痛苦挣扎,一方面需要记住过去,以便在一个充满敌意的地方保持清醒,同时要竭力忘掉过去,以求在一个继承过来的地方更好地生活"。[①] 它以写实的笔触逼真地刻画出受创者的病理特征,又从哲学高度揭示遗忘和记忆之间的张力与悖论,在迁移和错置纵横交错的流散语境中追索代际认同和愈合创伤的可能性,进一步突出了加拿大黑人英语小说的移民主题,丰富了其再现维度。

[①] Deonne N. Minto, "*Soucouyant*: A Novel of Forgetting by David Chariandy." *Callaloo* 33.3 (2010):887.

第一章 生存之痛：黑人移民经历再现

小 结

　　加拿大黑人文学的发生和发展与黑人移民的创伤体验密切相关。无论处于怎样的阶段，关注黑人移民的生存境况永远是加拿大黑人文学的重要创作动机与题旨。"加拿大对移民来说是一个宽容和友好之地——这是许多加拿大人的观点，也是加拿大在国际上的声誉——这个形象必须被看作一种肤浅的描述。……这种形象试图抹杀加拿大种族化群体面临的突出的社会经济方面的不公。"[1]尽管加拿大移民政策在20世纪五六十年代发生了重大转变，扩大了接受范围，向更多的黑人移民敞开，但加拿大人的意识深处一直存有严格的等级观念以及对有色群体的固有偏见。20世纪50年代加拿大移民局一位负责人的言论就充分说明了这种心理："总体上看，经验告诉我们，有色人种在当前白人的思维方式里不是固定资产……他们无法融入，而且很容易过上低水平的生活……很多人无法适应我们（寒冷）的气候。如果我们达成共识，增加有色人种的移民数量，这将是一种错误的慷慨，因为这样不会有效解决有色人种的问题，

---

[1] Minelle Mahtani, Dani Kwan-Lafond and Leanne Taylor, "Exporting the Mixed-Race Nation: Mixed-Race Identities in the Canadian Context." *Global Mixed Race*. Eds. Rebecca C. King-O'Riain et al., New York: New York University Press, 2014, p. 242.

并且很有可能会加重我们自己的社会和经济问题。"[1]不难看出,加拿大从根本上说是不欢迎黑人移民的,认为他们是一种威胁和负担,这种骨子里的排斥与不认同是黑人移民生存困境的主要原因。

本章讨论的三部作品是20世纪60年代、20世纪90年代以及21世纪加拿大黑人文学移民题材的代表作,虽然写作年代和背景不同,但都以犀利的洞察力和真切的情感剖析移民问题,打碎主流话语的种种粉饰和遮掩,还原一个真实的加拿大。同样值得注意的是,三部作品尽管都具有鲜明的批判现实主义精神,但没有落入"抗议"和"诉苦"的俗套,而是于绝望中见希望,在解构的同时积极建构,探求和解与疗愈的可能,表现出积极向上的总体基调,这是它们的可贵之处。加拿大黑人文学不仅聚焦"当下",剖解现实问题,还具备深邃的历史意识,追根溯源,穿越时空的隧道洞见历史的脉动。本书将在第二章探讨加拿大黑人英语小说对奴隶制历史的回溯及其对重审非洲流散批评范式的意义。

---

[1] Minelle Mahtani, Dani Kwan-Lafond and Leanne Taylor, "Exporting the Mixed-Race Nation: Mixed-Race Identities in the Canadian Context." *Global Mixed Race*. Eds. Rebecca C. King-O'Riain et al., New York: New York University Press, 2014, p. 242.

第二章
历史之殇：奴隶制历史与
"黑色大西洋"再审视

1993年，英国黑人学者保罗·吉尔罗伊出版《黑色大西洋：现代性与双重意识》（以下简称《黑色大西洋》），反对黑人文化研究中的民族主义和文化绝对主义。吉尔罗伊认为能够体现美国黑人知识分子特殊性的知识遗产，实际上是他们的"绝对的族裔财产"[①]；他质疑现代黑人政治文化中的欧洲根源，批评它总是对"根源"（roots）和"根源性"（rootedness）更感兴趣，而不是从"路径"（routes）的角度理解身份。[②] 为克服这种局限，吉尔罗伊强调奴隶制引发的"流动、交换和居间元素"[③]及其在黑人文化中的表征，从流散视角考察身份、历史记忆以及黑人意识与现代性的关系等问题。

吉尔罗伊的"黑色大西洋"观念开启了非洲流散研究的新篇章，但也引发了很多争议。[④] 其中一个重要的反对声音来自加拿大黑人文化文学研究界，他们认为吉尔罗伊尽管强调"跨民族和文化间性视角"[⑤]，但重心仍在英美，忽略了大西洋重要国家加拿大在非洲流散中的重要位置。加拿大著名黑人学者、多伦多大学教授乔治·埃利奥特·克拉克就批评道："对吉尔罗伊而

[①] Paul Gilroy, *The Black Atlantic: Modernity and Double Consciousness*. Cambridge: Harvard University Press, 1993, p. 15.

[②] Paul Gilroy, *The Black Atlantic: Modernity and Double Consciousness*. Cambridge: Harvard University Press, 1993, p. 19.

[③] Paul Gilroy, *The Black Atlantic: Modernity and Double Consciousness*. Cambridge: Harvard University Press, 1993, p. 190.

[④] 具体可参见 Lucy Evans, "The Black Atlantic: Exploring Gilroy's Legacy." *Atlantic Studies* 6.2 (2009): 255–268。

[⑤] Paul Gilroy, *The Black Atlantic: Modernity and Double Consciousness*. Cambridge: Harvard University Press, 1993, p. 15.

言,加拿大只不过是半个欧洲和半个美国的投射,不需要太多关注。"① 滑铁卢大学教授温福瑞德·西默林(Winfried Siemerling)也指出,加拿大是非洲流散经验的节点,对"黑色大西洋"的构想不能无视加拿大。② 事实上,对吉尔罗伊学术思想的回应不仅停留在加拿大批评界,还体现在文学创作领域,尤其是黑人文学,而这方面还没有受到太多的学术关注。③ 鉴于此,本章以《黑人之书》《锃亮的锄头》和《月满月更之时》为例,阐释加拿大黑人英语小说与"黑色大西洋"观念的交集。

对大西洋奴隶制的历史记忆是吉尔罗伊理论构想的起点,而对这段历史最为集中和形象的表述便是"中间通道"(The Middle Passage)。"中间通道"通常指16—19世纪的大西洋奴隶贸易航道。在这期间,无数黑人被强行从非洲运往美洲,有相当一部分黑人因为各种疾病和折磨死于途中,侥幸活下来的被迫成为白人种植园里的奴隶,这段惨痛的经历给黑人族群造成了巨大的心理创伤,成为一种集体记忆。在不断的意义叠加和生成过程中,"中间通道"对黑人文学创作和批评具有范式意义,其背后的重要逻辑和观念是"当前的时代应该被理解为奴隶制的余波"④。上述三部作品都以不同的方式回溯了这段历史,暗

---

① George Elliott Clarke, *Odysseys Home: Mapping African-Canadian Literature*. Toronto: University of Toronto Press, 2002, p. 9.

② 参见 Winfried Siemerling, *The Black Atlantic Reconsidered: Black Canadian Writing, Cultural History, and the Presence of the Past*. Montreal and Kingston: McGill-Queen's University Press, 2015, pp. 28 – 30.

③ 西默林的《反思黑色大西洋:加拿大黑人文学、文化史和历史的在场》有所涉及,但只是以吉尔罗伊的理论为切入点,并没有具体论证加拿大黑人文学和"黑色大西洋"的相关性,而且没有对黑人英语小说的专论。

④ Yogita Goyal, "Africa and the Black Atlantic." *Research in African Literatures* 45. 3 (2014): viii.

合了吉尔罗伊的学术思想；同时，它们又从不同角度表现出对"黑色大西洋"框架的丰富和拓展，与非洲流散批评之间存在某种对话关系。《黑人之书》通过再现大西洋奴隶贸易和美国独立战争期间黑人的北迁史，一方面确证了加拿大在非洲流散中的关键位置，从文学角度回应了加拿大在"黑色大西洋"中的缺席，同时揭示出加拿大种族主义的历史源流。《锃亮的锄头》通过突出加勒比奴隶制历史的当下延续和加勒比在跨大西洋奴隶贸易中的关键位置，以及借助内容和形式层面对西方文化霸权的颠覆，从奴隶制历史记忆和黑人他者身份反思等方面凸显"黑色大西洋"的加勒比维度。《月满月更之时》以想象性回溯奴隶制历史以及塑造挑战边界、处于居间状态的人物形象，呼应了吉尔罗伊的学术主张，又通过构建彰显女性旅行经验和女性代际维系的家族谱系，描摹出黑人流散的心理轨迹和精神导引，从女性视角对"黑色大西洋"进行再阐释。

第一节 "中间通道"、黑人主体与加拿大书写：《黑人之书》中的"黑色大西洋"

吉尔罗伊的理论构想为解读黑人文学，尤其是关注大西洋奴隶制历史以及黑人流散的文学作品——比如莫里森的《宠儿》(*Beloved*, 1987)、查尔斯·约翰逊的《中间通道》(*Middle Passage*, 1990)、卡里尔·菲利普斯的《渡河》(*Crossing the River*, 1993)等——提供了重要切入点。吉尔罗伊本人就以《宠儿》和《中间通道》为例论证"黑色大西洋"概念，认为这些作品明显关涉"历史、历史编纂、奴隶制和记忆"，表达了对"现代性和启蒙的批判"①。尤基他·卓雅（Yogita Goyal）指出菲利普斯的流散叙事与吉尔罗伊的理论有诸多契合，比如两者都排斥身份认同的民族主义范式以及任何形式的种族例外论，主张"非种族、混杂的流散路径"②。拉尔斯·埃克斯坦（Lars Eckstein）参照吉尔罗伊的论述解读莫里森和菲利普斯的创作，将他们的作品归纳为"黑色大西洋小说"③。

劳伦斯·希尔的《黑人之书》也属于这类作品。小说主人公黑奴阿米娜塔·迪亚洛因奴隶贸易流离失所，从非洲到美国再到加拿大，最后落脚英国，历经磨难，最终凭借毅力和智慧生存下来，成为英国废奴运动的主要证人。该作问世后广受好评，不仅荣获2008年度英联邦作家奖，而且长期占据欧美畅销书榜单，在全球卖出几百万册，并被改编成电视剧，是一部不折不扣的现象级作品。在相关研究中，有论者注意到它与"黑色大西洋"的关联。皮拉尔·库德尔-多明戈斯借吉尔罗伊的术语分析这部小说，认为它把焦点从"根源"转移到"路径"，代表了希尔创作的转向；她还指出，因为对加拿大等地域的关注，希尔修正和完善了"黑色大西洋"版图。④ 多明戈斯的判断是准确的，但她只是提出这两点，并没有详细论证。本节在多明戈斯研究的基

---

① Paul Gilroy, *The Black Atlantic: Modernity and Double Consciousness*. Cambridge: Harvard University Press, 1993, p. 218.

② Yogita Goyal, "Theorizing Africa in Black Diaspora Studies: Caryl Phillips'*Crossing the River*." *Diaspora* 12. 1 (2003): 7.

③ Lars Eckstein, *Re-Membering the Black Atlantic: On the Poetics and Politics of Literary Memory*. New York: Rodopi, 2006, p. xi.

④ Pilar Cuder-Domínguez, "In Search of a 'Grammar for Black': Africa and Africans in Lawrence Hill's Works." *Research in African Literatures* 46. 4 (2015): 92, 100.

础上,深入"路径"背后,解析《黑人之书》与吉尔罗伊学术思想之间的暗合,同时在加拿大黑人文学文化研究的学术语境中,探讨《黑人之书》对加拿大种族主义历史源流的揭橥以及对"黑色大西洋"话语的重构。

对奴隶制的回溯向来是黑人文学创作的重要驱动,在奴隶制终结后的很长一段时间里,奴隶制对黑人造成的精神和身体创伤依旧占据黑人作家文学想象的中心。20世纪80年代以来涌现出一大批黑人作家,"重新对非洲奴隶贸易、'中间通道'和种植园奴隶制产生广泛兴趣"[1],莫里森、约翰逊和菲利普斯是其中的杰出代表。这是吉尔罗伊提出"黑色大西洋"概念的重要语境。吉尔罗伊主张将整个大西洋视为一个完整和复杂的分析对象,强调"路径"而非"根源",其前提或者说根底是对奴隶制的记忆:"对作为一种文化和政治体系的大西洋的关注,是由那种种植园奴隶制……在其中起关键作用的经济和历史模型强加给黑人历史编纂和知识史的。"[2]埃克斯坦认为"黑色大西洋"不仅表示一个复杂的时空体,还是"一个独特的隐喻,能够唤起大西洋奴隶贸易那段重要的历史经验,上面铭刻着数百万人的命运,他们在不计其数的洲际穿越之前、之中和之后受苦并死去"[3]。

在评价莫里森的创作时,吉尔罗伊指出:"她的作品指向并致敬一些黑人作家唤起过去的策略,这些黑人作家的少数派现

---

[1] Lars Eckstein, *Re-Membering the Black Atlantic: On the Poetics and Politics of Literary Memory*. New York: Rodopi, 2006, p. x.

[2] Paul Gilroy, *The Black Atlantic: Modernity and Double Consciousness*. Cambridge: Harvard University Press, 1993, p. 15.

[3] Lars Eckstein, *Re-Membering the Black Atlantic: On the Poetics and Politics of Literary Memory*. New York: Rodopi, 2006, p. x.

第二章 历史之殇:奴隶制历史与"黑色大西洋"再审视

代主义……可以通过与恐惧形式的想象性近缘关系进行界定,这些形式无法被理解,它们从当前的种族暴力和私刑,回溯至'中间通道'的时间和认知断裂。"①《黑人之书》就运用了这样的唤起策略,通过主人公阿米娜塔的视角牵引出"中间通道"的惨痛历史及其给黑人造成的无法愈合的创伤。阿米娜塔于18世纪中期出生于非洲村落,十一岁时被贩卖至美国南卡罗来纳为奴。落入贩奴者魔爪后,阿米娜塔目睹双亲被残忍杀害,从此她脑海中不断浮现"我的母亲,躺在树林中一动不动,还有我的父亲,胸口爆裂,嘴唇还在颤抖"的场景。② 去往贩奴船的途中,阿米娜塔周围不断有奴隶死去,他们倒下后"被从绑在一起的奴隶中解开,留在原地慢慢腐烂"(56)。同行的黑奴女孩被狒狒咬死,父亲悲痛欲绝,从树上跳下,以自杀的方式结束生命。这个场景极大地刺激了阿米娜塔的神经:"我从来没见过一个人从这么高的地方落下。就在他落地的那一刻,我把眼睛移开,但我听到了砰的一声,感受到了脚尖的震颤。"(58)

贩奴船上的经历更是一场梦魇。吉尔罗伊在《黑色大西洋》中把"船"作为探讨黑人文化在不同地域之间流转的核心意象,一个重要原因是这个意象能让我们"回到'中间通道',回到没有被完全记住的奴隶贸易的微观政治学"③。小说以写实手法和丰满的细节再现了黑奴在贩奴船上的悲惨遭遇,直指"中间通

---

① Paul Gilroy, *The Black Atlantic: Modernity and Double Consciousness*. Cambridge: Harvard University Press, 1993, p. 222.

② Lawrence Hill, *The Book of Negroes*. London: Black Swan, 2009, p. 42. 以下引文出自同一作品,只标页码。

③ Paul Gilroy, *The Black Atlantic: Modernity and Double Consciousness*. Cambridge: Harvard University Press, 1993, p. 17.

道"的罪恶与反人性。玛利亚·迪德里克（Maria Diedrich）等批评家指出："'中间通道'最显著的意象是塞满奴隶的贩奴船……累加在这个意象上的,还有……影响奴隶和船员的糟糕的卫生条件,以及非洲人在白人劫持者手下遭受的暴行。"[1]这些都在小说中得到呈现。阿米娜塔走进船舱看到里面塞满了黑奴,"男人们就像篮子里的鱼一样堆叠在一起,分三层——第一层比我的脚高一些,第二层到我的腰,第三层到我的脖子。他们的头紧贴在潮湿的平板上,连一英尺的空隙都没有"(79)。舱内粪便和鲜血混合的气味让阿米娜塔窒息,感觉好像一只硕大的狮子刚刚把整个村子的人活活吞下,准备消化,而自己"正被直接带到它的肛门处"(78)。黑奴在贩奴船上的生存环境极其恶劣,他们时常遭受白人的虐待,随时可能丧命。一位上了年纪的黑奴难堪折磨,身体羸弱,步履蹒跚,生活已经基本无法自理,失去了使用价值,妻子上前扶持,遭到白人的激烈反对,"他们撞开她,把他拖到围栏边,然后扔到海里"(92)。因为过度悲痛,妻子几日后也死去,死后"被抬出去扔进大海,就像她丈夫一样"(92)。回首那段不堪岁月,阿米娜塔告诫世人不要再相信大片的水域,因为"下面就是深不见底的无数孩子、母亲和男人的墓地"(7)。

贩奴船上的所见给阿米娜塔造成了巨大的心理创伤,每当听到身体碰撞水面发出的泼溅声,她便惊恐万分,但更让她感到不安的是听不到任何声音,因为"无声的进入意味着那些身体被

---

[1] Maria Diedrich et al., "The Middle Passage between History and Fiction: Introductory Remarks." *Black Imagination and the Middle Passage*. Eds. Maria Diedrich et al., New York and Oxford: Oxford University Press, 1999, p. 6.

遗忘"(97)。吉尔罗伊认为迷失、流放和旅行叙事具有记忆功能,把黑人意识引导回"其共有历史和社会记忆的重要节点"[1]。通过聚焦"塑造黑人流散和历史基本概念"[2]的"中间通道",《黑人之书》恢复了对被遗忘的黑人身体以及相关奴隶制遗产的记忆,揭示出在一个强调跨界和流动的多元文化语境中,重返"最初生产非洲流散的帝国主义、前工业资本主义以及反黑人种族主义的合力"[3]的必要性。正如吉尔罗伊在另一部重要著作《反对种族:在肤色界线之外想象政治文化》(Against Race: Imagining Political Culture Beyond the Color Line)中所论,"奴隶制、大屠杀、卖身契、种族灭绝,以及其他难以名状的恐惧,一直存在于流散的肌体以及流散意识的生产中"[4]。

"现代性"是《黑色大西洋》中的一个关键词。吉尔罗伊对奴隶制历史和记忆的强调,一个重要目的是探究黑人文化与现代性的关系。他认为在关于现代性的争论中,"对黑人和其他非欧洲族群的社会和政治压制"没有受到应有的重视,比如马歇尔·伯曼(Marshall Berman)和哈贝马斯的现代性研究就没有涉及西方殖民史。[5] 在吉尔罗伊看来,对现代性的探讨不能无视黑

---

[1] Paul Gilroy, *The Black Atlantic: Modernity and Double Consciousness*. Cambridge: Harvard University Press, 1993, p. 198.

[2] Tuire Maritta Valkeakari, "Passage to (Be) Longing: Contemporary Black Novels of Diaspora and Dislocation." Diss. Yale University, 2012, p. 14.

[3] Tuire Maritta Valkeakari, "Passage to (Be) Longing: Contemporary Black Novels of Diaspora and Dislocation." Diss. Yale University, 2012, pp. 13 – 14.

[4] Paul Gilroy, *Against Race: Imagining Political Culture Beyond the Color Line*. Cambridge and Massachusetts: The Belknap Press of Harvard University Press, 2001, pp. 123 – 124.

[5] Paul Gilroy, *The Black Atlantic: Modernity and Double Consciousness*. Cambridge: Harvard University Press, 1993, p. 44, p. 49.

色大西洋的文化历史,因为借助奴隶制以及对奴隶制的记忆,黑人已经对现代哲学和社会思想的根底提出质疑。① 因此,吉尔罗伊在《黑色大西洋》中的主要任务是重审总体化的现代性概念,从奴隶的视角重构现代性历史。②

在重审总体化现代性的旗帜下,吉尔罗伊提出要"颠倒出现在主导种族、主导话语中的边缘和中心的关系"③。吉尔罗伊认为,奴隶并非被动的现代性他者,他们有自己的话语体系,是现代性的对话者。相对强调理性的启蒙宏大叙事,奴隶的视角不是乌托邦式的,而是革命性的。④ 弗雷德里克·道格拉斯(Frederick Douglass)的奴隶叙事《我的奴役和我的自由》(*My Bondage and My Freedom*, 1855)就是一个典型的例子。道格拉斯在其中记述了自己如何冒死对抗奴隶主,获得顿悟,对奴隶身份有了全新认识。吉尔罗伊认为道格拉斯对主奴关系的再现颠覆了黑格尔在《精神现象学》中的构想:"黑格尔的寓言正确地把奴隶制置于现代社会性的起点,我们在其中看到了一位自我的战士,在一场重要的争斗中接受了征服者的世界,放弃死亡并屈服……道格拉斯的做法是完全不同的。对他而言,奴隶会主动迎接死亡的可能性,不愿继续屈从于种植园奴隶制所依赖的

---

① Paul Gilroy, *The Black Atlantic: Modernity and Double Consciousness*. Cambridge: Harvard University Press, 1993, p. 39.
② Paul Gilroy, *The Black Atlantic: Modernity and Double Consciousness*. Cambridge: Harvard University Press, 1993, p. 55.
③ Paul Gilroy, *The Black Atlantic: Modernity and Double Consciousness*. Cambridge: Harvard University Press, 1993, p. 45.
④ Paul Gilroy, *The Black Atlantic: Modernity and Double Consciousness*. Cambridge: Harvard University Press, 1993, p. 56.

第二章 历史之殇:奴隶制历史与"黑色大西洋"再审视

惨无人道的压迫。"①玛格丽特·加纳的杀婴事件在吉尔罗伊眼中也是奴隶视角的范本,"玛格丽特·加纳的故事和道格拉斯的作品最为契合之处,在于她也拒绝给予奴隶制任何合法地位……和道格拉斯的一样,她的故事也将奴隶构建为主体"②。

在《黑人之书》中,与奴隶制历史回溯和记忆紧密关联在一起的,是对黑人主体性的彰显。小说的一个重要情节是女奴芬达的杀婴行为。芬达和阿米娜塔来自同一村落,被抓时已有身孕,之后在阿米娜塔的帮助下生下一名男婴。在贩奴船上的暴动中,芬达掏出一把刀,"一只手放在这个婴儿的脸上,猛地抬起他的下巴。她把刀子刺进孩子的脖子,豁开了他的喉咙"(106)。芬达宁可结束自己孩子的生命,也不愿让他为奴。这个场景与加纳的故事和以加纳的故事为蓝本创作的《宠儿》是一脉相承的:它们都刻画了奴隶制背景下黑人母亲扭曲和毁灭性的爱;都通过表现黑人在强权重压下主动做出的非理性和极端行为,突出黑人的主体地位,反衬出基于理性的西方现代社会的脆弱和空洞。用吉尔罗伊的话说:"不断选择死亡而非奴役,有力地表达了一种消极性原则,对立于黑格尔式奴隶对奴役而非死亡的向往,表现出现代西方思想特有的形式逻辑和理性计算。"③

当然,《黑人之书》对黑人主体的构建以及对现代性的反思更多体现在对阿米娜塔的塑造,而这又与小说的新奴隶叙事

---

① Paul Gilroy, *The Black Atlantic: Modernity and Double Consciousness*. Cambridge: Harvard University Press, 1993, p. 63.

② Paul Gilroy, *The Black Atlantic: Modernity and Double Consciousness*. Cambridge: Harvard University Press, 1993, p. 68.

③ Paul Gilroy, *The Black Atlantic: Modernity and Double Consciousness*. Cambridge: Harvard University Press, 1993, p. 68.

(neo-slave narrative)体裁密切相关。奴隶叙事盛行于美国废奴运动及美国南北战争期间，根据亨利·路易斯·盖茨(Henry Louis Gates, Jr.)的界定，奴隶叙事是"曾经被奴役的黑人创造的文体，目的是证明黑人抓捕者的罪行，同时见证每一位黑奴想获得自由和受教育的强烈欲望"[①]。除了前文提到的《我的奴役和我的自由》，玛丽·普林斯(Mary Prince)的《一位西印度奴隶玛丽·普林斯的历史》(*The History of Mary Prince, a West Indian Slave*, 1831)、道格拉斯的《一名美国奴隶弗雷德里克·道格拉斯的一生》(*Narrative of the Life of Frederick Douglass: An Amarican Slave*, 1845)以及哈丽特·雅各布斯(Harriet Jacobs)的《一名女奴的人生际遇》(*Incidents in the Life of a Slave Girl*, 1861)都是经典的奴隶叙事。20世纪60年代以来，受"黑人权力运动"和"新左"(New Left)思潮的影响，美国知识界重燃对奴隶证词、奴隶文化和奴隶抵抗等议题的兴趣，带动了奴隶制历史研究，新奴隶叙事应运而生。[②] 阿什拉夫·H. A. 拉什迪(Ashraf H. A. Rushdy)将新奴隶叙事定义为"套用了南北战争前奴隶叙事的形式、惯例和第一人称视角的当代小说"[③]，威廉·斯泰伦的《奈特·特纳的自白》(*The Confessions of Nat Turner*, 1967)、伊什梅尔·里德的《逃往加拿大》(*Flight to Canada*, 1976)、莫里森的《宠儿》和约翰逊的《中间通道》等

---

① Henry Louis Gates, Jr., *The Classic Slave Narratives*. New York: Signet Classics, 2012, p. xi.
② Ashraf H. A. Rushdy, *Neo-slave Narratives: Studies in the Social Logic of a Literary Form*. Oxford: Oxford University Press, 1999, p. 4.
③ Ashraf H. A. Rushdy, *Neo-slave Narratives: Studies in the Social Logic of a Literary Form*. Oxford: Oxford University Press, 1999, p. 3.

是新奴隶叙事的代表作。

《黑人之书》从黑奴阿米娜塔的第一人称视角回溯奴隶制历史,属于新奴隶叙事的序列。事实上,新奴隶叙事绝非简单套用奴隶叙事的诸种元素,而是在借鉴的基础上进行发挥和拓展。在白人政治诉求和市场需求等因素共同作用的文学发生机制式微的背景下,由真正意义上的黑人作家和知识分子创作的新奴隶叙事,形式上虽然接近奴隶叙事,但精神内核已经发生实质性改变。"传统奴隶叙事总是在讲述黑人受难的经历,以至于形成一种思维惯性,即黑人永远是蓄奴制的受害对象。"[1]新奴隶叙事在许多方面突破了对黑人的脸谱化,呈现更加丰满和立体的黑人形象。阿米娜塔就是一个典型,她不仅是奴隶制的受害者,也是奴隶制的反叛者。为了脱离白人世界,回归非洲家园,阿米娜塔不断地"倾听、学习和阅读"(230)。写下自己名字的那一刻,她感觉自己"成了一个人,和那个声称拥有我的人有一样多的生命和自由权利"(259)。在传统奴隶叙事中,获取知识是通往自由的第一步,故事一般遵循"识字—身份—自由"的逻辑。[2]《黑人之书》基本沿用了这个模式,但其特殊之处在于,知识的习得不仅关乎黑人个体的命运,还暗含对西方现代文明的审视。阿米娜塔为了找寻归家路,不断求助于西方拓殖者绘制的非洲地图。起初,少不更事的阿米娜塔并不理解地图上各种标识的含义;随着阅历的增加,她意识到这些地图并不是她的家园,只

---

[1] 陈后亮,申富英:《"艺术是通往他者的桥梁":论查尔斯·约翰逊的小说伦理观》,《中南大学学报》2015年第6期,第174页。

[2] 林元富:《历史与书写:当代美国新奴隶叙述研究述评》,《当代外国文学》2011年第2期,第153页。

不过是"白人的幻想"(230);最后,回首经历的磨难,她决定"画一幅我曾经住过的地方的地图"(487)。从作为西方现代性产物的地图的观看者到绘制者,阿米娜塔象征性地完成了从知识接受者到知识生产者、从边缘到中心、从他者到主体的转变。

叙述者的主体作用是奴隶叙事争论的焦点,因为尽管大多数奴隶叙事是逃亡奴隶本人撰写,但也有相当一部分"是由黑奴口述、经白人誊写员书写的"①。新奴隶叙事也存在类似的问题:公认的新奴隶叙事的开山之作《奈特·特纳的自白》就出自白人作家。拉什迪认为催生新奴隶叙事的一个重要原因,是新奴隶叙事作者希望把奴隶叙事文学形式从对它的盗用(appropriation)中解救出来。为此,"新奴隶叙事会间接或直接评价白人对奴隶声音的盗用,挑战试图掌控逃亡奴隶第一人称再现的白人作家"②。这正是《黑人之书》所做的。英国白人废奴者想为阿米娜塔代笔,替她写传记,遭到阿米娜塔的坚决反对。阿米娜塔认定没有一个废奴者能真正理解她的经历,他们"不能在我的私人花园动土"(468),"除了我,没有人可以写我的传记"(469)。书稿完成后,阿米娜塔没有选择废奴者,而是交给了女儿的未婚夫出版,坚称"我的故事就是我的故事,只能由那个能让我的文字站立起来的人出版"(487)。吉尔罗伊指出,自传代表了"自我创造"和"自我解放",它"拒绝把特殊的奴隶经历交付给完全由白人的手、笔或者是出版机构掌控的普遍理性的

---

① 林元富:《历史与书写:当代美国新奴隶叙述研究述评》,《当代外国文学》2011年第2期,第154页。
② Ashraf H. A. Rushdy, *Neo-slave Narratives: Studies in the Social Logic of a Literary Form*. Oxford: Oxford University Press, 1999, p. 6.

总体化力量"①。阿米娜塔的自传行为回应了奴隶叙事和新奴隶叙事中的主体问题,她通过维护自己的述说和写作权力捍卫了黑人的话语权,宣示了黑人的主体身份,并以此挑战了现代性权威。

《黑色大西洋》的"路径"观念对非流散研究产生了深远影响,学术贡献不言而喻。西蒙·吉甘迪(Simon Gikandi)高度评价该著,称赞它的出版"是20世纪末非洲流散社会历史的重要事件",其价值在于提供了一个"在与民族归属相关的焦虑之外思考文化关系的范式"②。吉尔罗伊的理论架构虽然体大思精,但也有比较明显的内在矛盾,即他一方面强调"跨民族和文化间性视角",同时又没有完全放弃民族和地域模式,他对"黑色大西洋"的构想仍然基于美国、欧洲、非洲和加勒比等地理坐标。③因此,一旦有民族国家或地域方面的疏漏,吉尔罗伊的理论就会引发争议;而疏漏也的确存在:吉尔罗伊没有充分考虑到大西洋区域国家加拿大在非洲流散中的重要位置。

吉尔罗伊在《黑色大西洋》中总共提到两次加拿大。第一次是用美国著名黑人音乐家唐纳德·伯德年少时从美国眺望加拿大时的感受,说明"一种摆脱族裔性、民族身份认同,有时甚至是'种族'本身的束缚的欲望"④。第二次是结合美国19世纪著名

---

① Paul Gilroy, *The Black Atlantic: Modernity and Double Consciousness*. Cambridge: Harvard University Press, 1993, p. 69.

② Simon Gikandi, "Afterword: Outside the Black Atlantic." *Research in African Literatures* 45.3 (2014): 241.

③ Lucy Evans, "The Black Atlantic: Exploring Gilroy's Legacy." *Atlantic Studies* 6.2 (2009): 256.

④ Paul Gilroy, *The Black Atlantic: Modernity and Double Consciousness*. Cambridge: Harvard University Press, 1993, p. 19.

黑人活动家马丁·德兰尼在英国、加拿大和非洲等地的旅行,阐述他的代表作《布莱克,或美国小屋》如何"以真正的泛非和流散感受力的名义,对抗狭隘的非裔美国例外论"[①]。在这仅有的两次提及中,加拿大都被背景化,几乎可以忽略不计。这种轻描淡写引起了加拿大学界的不满。著名学者、多伦多大学教授乔治·埃利奥特·克拉克批评吉尔罗伊在没有充分涉及加拿大的情况下论述"黑色大西洋",过于想当然,表现出内在的文化偏见:"对吉尔罗伊而言,加拿大只不过是半个欧洲和半个美国的投射,不需要太多关注。……他的《黑色大西洋》其实是一个巨大的百慕大三角洲,将——那个被解读为英国北美,或者是新版法国,甚至是美国卫星的——加拿大消解于无形。"[②]另外一位知名学者里纳尔多·沃尔科特虽然总体上认同吉尔罗伊的学术思想,但也明确指出他的缺失:"不愿严肃地思考加拿大黑人。"[③]

这些质疑不无道理,因为美国黑人文化过于强势,毗邻美国的加拿大黑人族群很容易被忽视。但实际上加拿大是非洲流散的重要组成部分。加拿大黑人历史可以追溯至17世纪初,"1606年,一位名叫马修·达·科斯塔的黑人来到新斯科舍省,

---

[①] Paul Gilroy, *The Black Atlantic: Modernity and Double Consciousness*. Cambridge: Harvard University Press, 1993, p. 27.

[②] George Elliott Clarke, *Odysseys Home: Mapping African-Canadian Literature*. Toronto: University of Toronto Press, 2002, p. 9.

[③] Rinaldo Walcott, "'Who is She and What is she to you?': Mary Ann Shadd Cary and the (Im)possibility of Black/Canadian Studies." *Rude: Contemporary Black Canadian Cultural Criticism*. Ed. Rinaldo Walcott, Toronto: Insomniac Press, 2000, p. 40.

第二章 历史之殇:奴隶制历史与"黑色大西洋"再审视

这通常被认为是加拿大黑人历史的开端"①。美国独立战争期间,亲英派白人携带大量黑奴从美国迁至新斯科舍,其中的一些黑人因为恶劣的生存环境选择再次迁移,离开新斯科舍迁往塞拉利昂,帮助创建了这个非洲国家。《逃亡奴隶法案》颁布后,许多黑人有识之士离开美国,去加拿大继续自己的事业,除了吉尔罗伊提到的德兰尼之外,还包括玛丽·安·雷德·卡里(Mary Ann Shadd Cary)和萨缪尔·沃德(Samuel Ward)等重要思想家和社会活动家。他们在加拿大积极宣传废奴思想,使得加拿大成为19世纪中期北美黑人解放运动的重要场所。无怪乎滑铁卢大学教授温福瑞德·西默林在专著《反思黑色大西洋:加拿大黑人文学、文化史和历史的在场》中称加拿大是非洲流散经验的节点,对"黑色大西洋"的构想不能无视加拿大。②

加拿大是《黑人之书》绘制的非洲流散疆域的重要一环。阿米娜塔在美国独立战争期间获得自由,跟随保皇派移居新斯科舍,希望在那里开始新生活。但现实是残酷的,黑人在加拿大备受歧视,完全没有立足之地。初到新斯科舍,阿米娜塔发现"这里大多数都是白人,他们从我身旁走过,好像我不存在"(328)。黑人牧师威尔金森告诉阿米娜塔,新斯科舍有大片土地,"但几乎没有一块是分给黑人的"(332)。在新斯科舍,黑人基本没有收入来源,经常居无定所,食不果腹,一位和阿米娜塔同行抵达的黑人女性甚至决定放弃自由,重新卖身为奴,换来"住的地方

---

① Joseph Mensah, *Black Canadians: History, Experience, Social Conditions*. Halifax and Winnipeg: Fernwood Publishing, 2010, p. 46.

② 参见 Winfried Siemerling, *The Black Atlantic Reconsidered: Black Canadian Writing, Cultural History, and the Presence of the Past*. Montreal and Kingston: McGill-Queen's University Press, 2015, pp. 28 – 30。

和面包"(340)。但重新为奴并没有改变黑人的境遇,他们仍然生活在水深火热之中:"合同期满时,白人保皇派都会想法把契约黑奴累到死。而且契约黑奴一旦受伤或生病,变得没用,就会被扫地出门——没有任何酬劳。"(350)不仅如此,针对黑人的暴力事件还时有发生:一群白人扬言要"给黑鬼们上一课"(355),光天化日之下将两位无辜黑人殴打致死;遭到抵抗后,来了更多白人,他们"先拆房子,然后放火烧,只要有人反抗,就拳脚相加"(356)。正是在这次种族冲突中,阿米娜塔丢掉了女儿;数年后,心灰意冷的阿米娜塔随英国塞拉利昂公司从哈利法克斯出发,去非洲寻找家园。

通过再现美国独立战争期间黑人的北迁史,《黑人之书》确证了加拿大在非洲流散中的关键位置,拓展了"黑色大西洋"的视阈。另外,通过书写这段黑人迁移史,《黑人之书》还揭示出种族问题在加拿大的历史源流。事实上,加拿大黑人史不仅在吉尔罗伊的"黑色大西洋"中是缺席的,在加拿大本国的主流叙事中也是隐身的,因为"加拿大的种族关系建构受制于一种压倒一切的动机:抬高加拿大,把加拿大记录与美国记录区分开来"[1]。由于黑人历史被抹除,"许多加拿大人不愿承认这个国家有过或依然有种族压迫和歧视"[2]。被问及为何选择奴隶制题材时,希尔回答说:"许多人对加拿大人、对加拿大黑人历史知之甚少或一无所知。相比加拿大黑人史,他们更了解美国黑人史。……

---

[1] George Elliott Clarke, *Odysseys Home: Mapping African-Canadian Literature*. Toronto: University of Toronto Press, 2002, p. 315.

[2] Joseph Mensah, *Black Canadians: History, Experience, Social Conditions*. Halifax and Winnipeg: Fernwood Publishing, 2010, p. 2.

第二章　历史之殇：奴隶制历史与"黑色大西洋"再审视

这主要来自一种道德优越感。我们认为自己比南方那些干尽卑鄙事的肮脏的美国人要好。"①《黑人之书》对加拿大黑人苦难的刻画恰恰证明"加拿大历史并不像许多加拿大人为了彰显和那个南方邻居的不同而认定的，它是关于加拿大作为一片乐土和黑人自由之地的一段让人感到舒服的讲述"②。从这个角度看，《黑人之书》可以说"是更加广阔的当代加拿大历史小说运动的一部分……因为它让我们注意到处在历史边缘上的一群人，并且明显介入历史编纂本身"③。

　　从上述分析可以看出《黑人之书》这部作品的理论和现实意义。20世纪八九十年代，多伦多和蒙特利尔时常有白人警察枪杀或伤害黑人的事件发生；1991年，蒙特利尔更是爆发了震惊全国的种族暴乱：一个黑人家庭被一群高喊"白人权力"口号的白人殴打并赶出社区。④ 这些事实表明，倡导平等和包容的加拿大多元文化主义并不能从根本上解决种族问题。《黑人之书》对加拿大种族主义源流的回溯，对于认清加拿大社会实质，疗愈这个国家的"选择性失忆"，无疑具有积极的意义。它既从奴隶制记忆、黑人主体和现代性等方面呼应了"黑色大西洋"的理论假设，也通过显现非洲流散的加拿大维度揭示出其缺憾，提醒我

---

① Jessie Sagawa, "Projecting History Honestly: An Interview with Lawrence Hill." *Studies in Canadian Literature* 33. 1 (2008): 317.

② Winfried Siemerling, *The Black Atlantic Reconsidered: Black Canadian Writing, Cultural History, and the Presence of the Past*. Montreal and Kingston: McGill-Queen's University Press, 2015, p. 8.

③ Christine Duff, "Where Literature Fills the Gaps: *The Book of Negroes* as a Canadian Work of Rememory." *Studies in Canadian Literature* 36. 2 (2011): 237.

④ 参见 Joseph Mensah, *Black Canadians: History, Experience, Social Conditions*. Halifax and Winnipeg: Fernwood Publishing, 2010, pp. 11–12。

们应该把"黑色大西洋"视为"更加宏大的跨民族黑人影响和交换的学术地图中的一个环节,而不是一个总体化和最终的范式"①。

第二节 "黑色大西洋"的加勒比之维:
奥斯汀·克拉克《锃亮的锄头》

除了对加拿大的背景化,"黑色大西洋"的另外一个缺失是对加勒比的忽视。尽管吉尔罗伊把"在欧洲、美国、非洲和加勒比空间穿行的船的意象"②作为"黑色大西洋"的核心象征,但并没有给予加勒比实质性的关注。对加勒比的讨论集中出现在《黑色大西洋》的第三章"黑人音乐与正统性政治"。吉尔罗伊用黑人音乐在加勒比、美国和英国之间的"借用、位移、转化和不断重新铭刻的历史"③,论证对黑人身份的"反反本质主义"(anti-anti-essentialism)阐释。参照黑人音乐的流转和变异,身份"可以被理解为既不是一种固定的本质,也非模糊和完全偶然的构建,需要靠唯美主义者、象征主义者和语言游戏家的意愿和奇想重新创造"④。吉尔罗伊指出,黑人身份是基于语言、姿态、身体

---

① Shane Graham, "Black Atlantic Literature as Transitional Cultural Space." *Literature Compass* 10. 6 (2013): 511.
② Paul Gilroy, *The Black Atlantic: Modernity and Double Consciousness*. Cambridge: Harvard University Press, 2003, p. 4.
③ Paul Gilroy, *The Black Atlantic: Modernity and Double Consciousness*. Cambridge: Harvard University Press, 2003, p. 102.
④ Paul Gilroy, *The Black Atlantic: Modernity and Double Consciousness*. Cambridge: Harvard University Press, 2003, p. 102.

第二章 历史之殇:奴隶制历史与"黑色大西洋"再审视

意义和欲望等实践活动的"对自我的经验感受",不是"一种简单的社会和政治范畴,可以根据支持和使其合法化的修辞在多大程度上是有说服力并且在体制上是有力的,来使用或抛弃"①。通过阐述以黑人音乐为代表的大西洋黑人文化的混杂性,吉尔罗伊尝试打破黑人文化研究中民族本质主义和多元主义之间的壁垒,挑战对种族身份的过分简化。

尽管吉尔罗伊指出西印度群岛的瑞格舞音乐在进入英国后发生变异,不再"表示一种纯族裔的、牙买加式风格,获得了一种不同的文化合法性"②,并以美国民权运动理念如何在英国促成一种新的黑人性为例说明这一点,总体上看,吉尔罗伊的重点在英美,加勒比在多数情况下是隐身的。吉尔罗伊着重分析了19世纪70年代美国"菲斯克·银禧"(Fisk Jubilee)黑人合唱团对杜波伊斯在《黑人的灵魂》中提出的多声部蒙太奇技法的启迪,以及它如何把杜波伊斯所谓的"奴隶给世界的清晰的讯息"带入英国文化。加勒比元素在《黑色大西洋》中是时隐时现的。当论述大西洋黑人音乐的性别身份再现时,吉尔罗伊提到了具有牙买加血统、因歌词曲风的性暗示太过明显而饱受争议的美国黑人乐队 2 Live Crew;证明非洲、美国、欧洲和加勒比因音乐而产生的内在关联时,吉尔罗伊的例子是 20 世纪 60 年代风靡一时的美国黑人乐队"印象"(Impressions),指出这个乐队在英国和加勒比黑人中非常受欢迎,并直接影响了瑞格舞音乐。他还谈

---

① Paul Gilroy, *The Black Atlantic: Modernity and Double Consciousness*. Cambridge: Harvard University Press, 2003, p. 102.

② Paul Gilroy, *The Black Atlantic: Modernity and Double Consciousness*. Cambridge: Harvard University Press, 2003, p. 82.

到,"印象"的流行曲《我是如此骄傲》(*I'm So Proud*)在20世纪90年代英国的瑞格舞曲排行榜独占鳌头,被重新命名为《为曼德拉自豪》(*Proud of Mandela*),由生于牙买加的英国瑞格舞曲艺术家克里斯托弗·麦克法兰和灵魂乐歌手卡罗尔·西姆斯重新演绎。不难看出,虽然加勒比在黑人音乐的跨洋传播中起到重要的串联作用,但它始终处于幕后,更多的是附属和陪衬,缺乏主体性。其实,吉尔罗伊表面强调黑人音乐的跨文化旅行,真正用意很明确,那就是通过凸显音乐的角色,"把英国,或者更准确地说是伦敦,看作黑色大西洋政治文化错综交织的路径上的交叉点或者说十字路口"①。所以詹姆斯·克利福德(James Clifford)才会说吉尔罗伊"是处在北部大西洋或者说欧洲的位置上写作的"②。

吉尔罗伊对加勒比的淡化引发了学界不同的看法。诺弗尔·爱德华兹(Norval Edwards)质疑吉尔罗伊对加勒比地区的背景化处理。他一方面承认"仅仅为了流散的包容性而要求吉尔罗伊书写加勒比"是不合理的,同时指出吉尔罗伊强调的"克里奥尔化"和"混杂性",已经成为"加勒比文化现实的概念范式和标志"。他认为加勒比在吉尔罗伊理论构想中的位置是"讽刺的",因为吉尔罗伊所做的工作和许多加勒比文化理论家十分相近,却将加勒比边缘化。在爱德华兹看来,吉尔罗伊的"阐释范式"是有启发性的,问题在于缺少"更大范围内的流散例

---

① Paul Gilroy, *The Black Atlantic: Modernity and Double Consciousness*. Cambridge: Harvard University Press, 2003, p. 95.
② James Clifford, "Diasporas." *Cultural Anthropology* 9.3 (1994): 320.

证"①。罗莎蒙德·S.金(Rosamond S. King)表达了类似的观点:"尽管加勒比人的理论和加勒比地区的理论极大地影响了现代知识话语,加勒比本身在这些对话中往往被边缘化或排除在外。这种消极做法的一个突出代表就是保罗·吉尔罗伊的《黑色大西洋》,它一方面声称研究黑人世界的现代性,却基本不涉及来自加勒比或者加勒比的例子。"②

作为大西洋奴隶贸易的重要据点,加勒比对"黑色大西洋"理论构建的重要性毋庸讳言。科菲·奥莫尼伊·塞万努斯·坎贝尔(Kofi Omoniyi Sylvanus Campbell)通过研究威尔逊·哈里斯(Wilson Harris)、德里克·沃尔科特(Derek Walcott)和大卫·戴比丁(David Dabydeen)等加勒比作家,尝试拓展基于"中间通道"的"黑色大西洋"概念的历史维度,指出这些作家创造了一种"时间上同步的混杂性",也就是说,"在这种混杂性中,前殖民元素在塑造和理解当代加勒比现实,以及在当下向未来的过渡中,发挥积极作用。"③除上述作家外,还有第一节提到的与吉尔罗伊的理论有明显关联的菲利普斯,他的代表作之一《剑桥》(*Cambridge*,1991)以白人艾米丽对在加勒比见闻的记述,以及黑奴剑桥对从非洲到英国再到加勒比的为奴经历的回忆两条叙事线索,展现加勒比的殖民历史,凸显加勒比在"黑色大西洋"疆图中的关键位置。另外一位不得不提的作家是第一章探

---

① 转引自 Lucy Evans, "The Black Atlantic: Exploring Gilroy's Legacy." *Atlantic Studies* 6.2 (2009): 262。

② Rosamond S. King, "Born under the Sign of the Suitcase: Caribbean Immigrant Literature 1959 – 1999." Diss. New York University, 2001, p. 22.

③ Kofi Omoniyi Sylvanus Campbell, *Literature and Culture in the Black Atlantic: From Pre-to Postcolonial*. New York: Palgrave Macmillan, 2006, p. 1.

讨过的克拉克,他的代表作《锃亮的锄头》是从加勒比视角考察"黑色大西洋"的重要作品。

尽管克拉克从20世纪60年代开始发表作品,著作等身,是加拿大黑人文学的开路先锋,但他的作品一直不温不火,很少受到文学奖项的青睐。《锃亮的锄头》的出现改变了这种局面,作品出版后接连拿下吉勒奖和英联邦作家奖两个文学大奖,是首部获得重量级文学奖项的加拿大黑人英语小说,回报了克拉克多年来的笔耕不辍,印证了他一流作家的创作水准。[1]《锃亮的锄头》的故事发生在20世纪50年代虚构的加勒比岛国伯姆希尔(即现实中的巴巴多斯)。主人公玛丽·玛蒂尔达是伯姆希尔种植园主贝尔菲尔兹的情人,之前做过他的仆人,她在一个礼拜天的夜晚用一把锄头杀死了贝尔菲尔兹。事后,玛丽投案自首,向前来录口供的黑人警员珀西陈述了自己的罪行,并牵扯出罪行背后关于个人、家族和整个伯姆希尔黑人社区的一段尘封的历史。

玛丽的陈述拨开层层迷雾,把读者一步一步引向事件背后。从玛丽的讲述中我们得知,她从十几岁开始就成为贝尔菲尔兹的性奴,是他的泄欲工具,受尽屈辱。虽然后来为贝尔菲尔兹生下儿子威尔伯福斯,住进种植园大宅,从仆人摇身变为主人,但仇恨的种子早已深埋玛丽的内心,只是为了儿子才一直忍辱负重。玛丽对珀西强调,她所讲的不是某个夜晚发生的事,也不完全是个人行为,而是一段历史:"我不是在谈一个单独的、孤立的夜晚。也不是某个行为,一些我身体上,仅仅是四肢做出的反

---

[1] 虽然连获大奖,但这部作品似乎并没有引起太多学术关注。

第二章 历史之殇：奴隶制历史与"黑色大西洋"再审视

应……我谈的不仅是那一个行为。我谈的是历史。"[1]的确，玛丽讲述的不只是她个人的磨难，"通过为自己发声和行动，她也在为其他受压迫的女性发声和行动"[2]。这其中就包括她的母亲。玛丽的母亲和自己的女儿一样，也长期生活在贝尔菲尔兹的魔爪下，身心受到极大的摧残。她十六岁被贝尔菲尔兹强暴，怀上孩子，是她的祖母帮她把孩子打掉，祖母每天给她喝一种特制的药水，并且用药物给她泡澡，"直到那个罪孽、那个污点和那个错误化作血水从她身体里流出来"(39)。随着述说的铺陈，我们最终明白，原来玛丽就是她母亲和贝尔菲尔兹所生，是贝尔菲尔兹的女儿，所以贝尔菲尔兹的"儿子"实际上是他的外孙。这种乱伦关系让玛丽饱受折磨，为了儿子能过正常的生活，她死守秘密，就像当初母亲对她守口如瓶一样。《锃亮的锄头》虽聚焦20世纪50年代的加勒比，却以纵深的历史感揭示出奴隶制在当代的延续，也就是说，"这部小说有力地展现了奴隶制时代继承下来的关系，如何一直持续到20世纪，影响了家庭结构并渗透在所有的身体和语言交换中"[3]。

不过，玛丽及其家人遭受的奴役只是冰山一角，"小说把玛

---

[1] Austin Clarke, *The Polished Hoe*. New York: Amistad, 2003, p. 102. 以下引文出自同一作品，只标页码。

[2] Carl Plasa, *Slaves to Sweetness: British and Caribbean Literatures of Sugar*. Liverpool: Liverpool University Press, 2011, p. 147.

[3] Judith Misrahi-Barak, "Skeletons in Caribbean Closets: Family Secrets and Silences in Austin Clarke's *The Polished Hoe* and Denise Harris's *Web of Secrets*." *Family Fictions: The Family in Contemporary Postcolonial Literatures in English*. Eds. Irene Visser and Heidi van den Heuvel-Disler. CDS Rearch Report. Vol. 23 Netherlands: University of Groningen, 2005, p. 57.

丽的个体命运融进一个更加宏大的社会斗争和生存的叙事中"[1];透过玛丽的视角呈现在读者面前的,是整个伯姆希尔黑人社区在白人统治下的苦苦挣扎和悲惨命运。玛丽的儿时玩伴克洛特尔惨遭贝尔菲尔兹强暴后上吊自杀,死时已有五个月的身孕;有人猜测她是被谋杀,上吊是为掩人耳目制造的假象。另外一位伙伴古尔博尼因为和女佣恋爱,被贝尔菲尔兹暴打致残。前来录口供的警员也因为儿时偷吃芒果受到贝尔菲尔兹的恐吓而留下心理阴影,以后每次见到贝尔菲尔兹都会小便失禁。因为提出加薪,古尔博尼的父亲等三位黑人被拉到大宅的地下通道,"手和腿被墙上的铁链、手铐和脚镣固定住"(339),随后被严刑拷打,酷刑"让他们的身体走了样,几乎无法辨认"(341),在玛丽母亲的眼中,就如同被钉在十字架上的耶稣。卡尔·普拉萨(Carl Plasa)认为地下通道部分的叙事是"整部小说叙事运作的空间隐喻"[2],挖掘出表象背后的肮脏事实。为了维护殖民统治,英国在加勒比推行殖民教育,掩盖奴隶制真相,珀西就不相信伯姆希尔有奴隶:"我在戴维斯小学从来没学过这些。教堂的主日学校也没教过,印象中,当我们在听《圣经》里的以色列人故事时,爱德华兹先生从未说起过奴隶。"(351)玛丽的陈述暴露潜藏在"地下的"污浊,挑战了官方叙事,是对殖民主义意识形态的祛魅。

《锃亮的锄头》也是从玛丽的第一人称视角展开,和《黑人之

---

[1] Lee Erwin, "Suffering and Social Death: Austin Clarke's *The Polished Hoe* as Neo-Slave Narrative." *Journal of Literature and Trauma Studies*, 2.1-2 (2013): 97.

[2] Carl Plasa, *Slaves to Sweetness: British and Caribbean Literatures of Sugar*. Liverpool: Liverpool University Press, 2011, p. 151.

书》一样都属于新奴隶叙事。玛丽和阿米娜塔在不少方面有相似之处,和后者一样,玛丽也具有坚定的信念和惊人的毅力,为了最终目的可以承受常人难以想象的痛苦;她也有极强的求知欲,虽然没有受过正规教育,但会利用一切机会去倾听、观察和阅读,这种善于学习的精神造就了她的视野和雄辩。玛丽清楚地意识到女权主义和非洲解放运动对自己和整个伯姆希尔的影响,感觉"那种声音已经理在我们心里"(59),"反抗的话语和非洲图景已经在我们脑子里酝酿"(60)。面对珀西对奴隶制的无知,她以激昂的言辞对他进行启蒙,告诉他"即便这个岛上的人不认为自己是奴隶,那么如何表达我母亲告诉我的她经受的苦难……你必须创造一个新词,如果不是奴隶制的话"(356)。

玛丽不仅洞察伯姆希尔的奴隶制现实,还了解世界范围内的奴隶制历史,对道格拉斯和奈特·特纳等19世纪美国黑人运动和起义领袖如数家珍,甚至对白人律师托马斯·R.格雷(Thomas R. Gray)执笔的《奈特·特纳的自白》这份历史文献的产生过程了如指掌:

当局派了一位托马斯·R.格雷先生,一位权威人士,去记录奈特·特纳先生的供述,但格雷先生不理解奈特·特纳的说话方式。可他并不在乎,因为他是权威……所以他在不理解特纳所讲语言的情况下也尽量记下了他说的话。正因为是权威,他用自己的话代替奈特·特纳所说的,由此写出了一份正宗的供认,不去管他把……奈特悦耳的南方黑人口音,变为他称之

为《奈特·特纳的自白》的声明,打印出来于1831年出版。(393)

　　这段话直指奴隶叙事和新奴隶叙事中的声音盗用问题。如果说《黑人之书》通过阿米娜塔对自传的书写和出版方式的选择,象征性回应了以斯泰伦的《奈特·特纳的自白》为代表的白人作家新奴隶叙事对奴隶声音的盗用,那么《锃亮的锄头》则通过追溯《奈特·特纳的自白》这部虚构作品的创作蓝本,对声音盗用进行了更为深层的揭橥。克拉克曾结合《锃亮的锄头》深入探讨了声音盗用,认为奴隶叙事和新奴隶叙事中的关键问题是"谁的声音?""谁的叙事?"他指出,格雷"盗用了奈特·特纳的声音,给我们的不是用特纳自己的话说的'自白',而是……殖民主义文化中殖民者的观点";但即便如此也比不上"斯泰伦对奈特·特纳的贬损"。[①] 为此,他将玛丽塑造为坚持用自己的声音讲述自己故事的黑人女性。如同阿米娜塔坚定维护自己的书写权力,玛丽一再强调由她自己来陈述的必要性:"……如果我不留下点什么,那么人们不论何时……明天也好,明年也好,将来也好,后来人也罢……就只能道听途说,从《伯姆希尔每日先驱报》和村子里的小道消息了解所发生的。"(101)同样是"自白",差别一目了然:玛丽是作为言说主体揭露真相,而特纳则是被言说,远离真相。还有一点值得注意的是,不同于阿米娜塔,玛丽的话语全部使用直接引语,这本身就是对声音主权的宣示和占

[①] Austin Clarke, "The Narrative that Defines Us." *The Nations across the World: Postcolonial Literary Representations*. Eds. Harish Trivedi, New Delhi: Oxford University Press, 2007, p. 20, p. 23, p. 35.

有,更加直观地彰显了黑人的主体性,也契合了吉尔罗伊在《黑色大西洋》中的论述。

保罗·巴雷特(Paul Barrett)在专著《把加拿大变黑:流散、种族、多元文化主义》(*Blackening Canada: Diaspora, Race, Multiculturalism*)中分析了克拉克的创作与吉尔罗伊理论之间的关联,指出克拉克的创作与吉尔罗伊的假设是一致的,即黑人流散的基本信条是"继续迁移"(Keep On Moving),但否认吉尔罗伊从中得出的结论,即这种迁移的信念表明了黑人精神上的不安和躁动。他认为克拉克把当代流散迁移历史化,"说明他们不是一种精神状态,而是黑人精神和社会层面上不具备迁移能力的影响"[1]。而在这一点上,克拉克更接近于法侬。"吉尔罗伊对迁移的分析聚焦移动性的跨民族意象,比如船、卧车搬运工、火车和海洋;法侬关注的是国家和殖民意义上的不动性,比如营房、警局、枷锁和雕像,将其视为殖民体系心理不动性的纪念碑。"[2]法侬揭示出吉尔罗伊忽视的一点,即殖民主体对迁移的欲望"不是内在于黑人现代性构造的,而是一种对殖民秩序不动性的回应"[3]。巴雷特在这种对照下分析了《锃亮的锄头》中玛丽和贝尔菲尔兹乘火车在美国旅行的情节。旅行给玛丽带来的兴奋感被后来她对种族歧视的洞察所掩埋:"贝尔菲尔兹先生所在的那节车厢是预留车厢,是卧铺。我待在那个他们称之为

---

[1] Paul Barrett, *Blackening Canada: Diaspora, Race, Multiculturalism*. Toronto: University of Toronto Press, 2015, pp. 68 - 69.

[2] Paul Barrett, *Blackening Canada: Diaspora, Race, Multiculturalism*. Toronto: University of Toronto Press, 2015, p. 73.

[3] Paul Barrett, *Blackening Canada: Diaspora, Race, Multiculturalism*. Toronto: University of Toronto Press, 2015, p. 74.

三等座的地方,在整个北上旅行的过程中,我坐得笔直,后背生疼……他们把我和贝尔菲尔兹先生隔离开。"(188)与象征社会流动性的火车形成鲜明对照的,是火车内部的等级划分以及由此导致的对黑人社会流动性的剥夺,在巴雷特看来,这一情节体现了克拉克与吉尔罗伊和法侬之间的亲疏关系。

巴雷特的解读揭示出《锃亮的锄头》对"黑色大西洋"的修正。其实这种修正还可以从另外一个角度理解:克拉克借助玛丽的洲际旅行,将加勒比嵌入"黑色大西洋"的版图,对其进行重新构想。玛丽和贝尔菲尔兹的目的地是纽约州布法罗,身为伯姆希尔种植园主的贝尔菲尔兹在那里有业务,他此行是为更新伯姆希尔种植园的厂房购买二手机器和装备。这一看似不起眼的情节设置将加勒比的奴隶制和美国串联起来。之后玛丽的讲述又透露出,贝尔菲尔兹家族曾长期居住在美国蓄奴制的重要据点南卡罗来纳州,在那里"有五个棉花和甘蔗种植园"(354)。受跨洋奴隶贸易的影响,加勒比与美国之间有千丝万缕的勾连,玛丽对此有清醒的认识,她告诉珀西:"这个岛上那些种植园里的人让我们用的名字,就是美国南方人用的那些名字,这说明……在西印度群岛奴役我们的这些畜生,和在美国奴役其他黑人的那些家伙没有什么区别。"(353)她还对珀西说,她相信种植园大宅的地下通道很有可能穿越加勒比海和大西洋,与"某个秘密港口,某个小峡谷相连,然后一直通向南卡罗来纳"(354)。

除了美国,小说还展示了加勒比与"黑色大西洋"的另一轴心——英国之间的紧密关系。加勒比是英国殖民体系的重要一环,对于维护英国的政治、军事和经济利益起到关键作用。贝尔菲尔兹家族的大本营就在英国,他们从英国的南安普顿来美国南卡定居,后又去加勒比经营种植园。前文提到,英国试图通过殖民教育抹除奴隶制历史,维持对伯姆希尔的殖民统治。这种殖民关系不仅体现在教育层面,还表现在经济层面,而这方面的内涵主要蕴藏在贯穿小说始终的一个重要物件(也可以说是另外一位重要人物)之中,此物就那把锄头。锄头一方面是玛丽的杀人凶器,作为一种劳作工具,还象征着殖民地的生产方式及其对于维护宗主国经济利益的重要性。克里斯·埃文斯(Chris Evans)在《种植园锄头:一种大西洋商品的沉浮,1650—1850》("The Plantation Hoe: The Rise and Fall of an Atlantic Commodity, 1650–1850")一文中全面分析了种植园锄头的演化历程及其对英帝国殖民统治的意义。文章指出,种植园锄头"是英国开拓大西洋帝国疆域的利器"[1]。从非洲发端,经过英国本土的设计以适应不同殖民地的需求,锄头在很大程度上具有了商品的性质,借助对锄头的推广和布控,英国实现了对殖民地的经济渗透。在英国的殖民/商业版图中,加勒比又格外重要,"所有的种植园社会,尤其是加勒比,都靠进口工具"[2]。

尽管随着殖民统治方式发生转变,作为旧时代象征的锄头逐渐被象征新时代的犁所取代,但它对英国殖民霸权的贡献不言而喻。《锃亮的锄头》中的锄头就产自英国。借助照进房内的光线,珀西辨认出刀片上英国生产商的名字,并把"产自英国"记录下来作为玛丽的口供。谈起锄头,玛丽滔滔不绝,跟珀西聊自

---

[1] Chris Evans, "The Plantation Hoe: The Rise and Fall of an Atlantic Commodity, 1650–1850." *The William and Mary Quarterly* 69.1 (2012): 71.

[2] Chris Evans, "The Plantation Hoe: The Rise and Fall of an Atlantic Commodity, 1650–1850." *The William and Mary Quarterly* 69.1 (2012): 99.

己为什么天天打磨锄头，不像有些女人不爱惜自己的工具："我亲眼见过她们中的一些人从来不保养她们的锄头，那些她们天天都在用的、用来谋生的工具……所以，她们的工作和劳动总是更加辛苦。她们有了工具，但这些工具不够锋利，无法让她们很好地完成工作。"(55)玛丽的这段话显然是离题了，因为她打磨锄头的主要目的是报仇；但若结合加勒比种植园锄头的实际使用和生产情况来看，这段话其实有明确的现实指涉性。加勒比地区的特殊性体现在它"不仅是英国生产商最庞大、最多样化的市场，而且是最具挑战性的"。在甘蔗种植园，"为了应付给甘蔗挖坑这项田头劳力在种植季都要忙活的、费力到残忍的苦差，锄头的刀片要被特别加固，这非常关键"。为了适应加勒比甘蔗种植园的劳作特点，英国厂家制造出了"巴巴多斯锄头"（Barbados hoes）①。从这个角度看，小说中的锄头就不仅是个人物品和复仇凶器，还"代表岛上的压迫和奴隶制历史"②，是一种富含现实意义和文化信息的殖民遗产，揭示出加勒比在"黑色大西洋"中的关键位置。

的确，伯姆希尔的奴隶制属于"一个半球和跨大西洋网络的一部分"③。玛丽的脑海中仿佛存储了一张奴隶贸易网络的世界地图，在这张地图上，南安普顿是中转站，运奴船在那里停留整顿后驶向西印度群岛，"从那一个分支，从那一个根基，从英国

---

① Chris Evans, "The Plantation Hoe: The Rise and Fall of an Atlantic Commodity, 1650–1850." *The William and Mary Quarterly* 69. 1 (2012): 81.
② Pauline Morel, "Rag Bags: Textile Crafts in Canadian Fiction since 1980." Diss. McGill University, 2008, p. 207.
③ Winfried Simerling, *The Black Atlantic Reconsidered: Black Canadian Writing, Cultural History, and the Presence of the Past*. Montreal and Kingston: McGill-Queen's University Press, 2015, p. 230.

第二章 历史之殇:奴隶制历史与"黑色大西洋"再审视

的那个南安普顿,衍生出世界上所有其他的南安普顿;美国的南安普顿和西印度群岛的南安普顿,还有……巴西的南安普顿。这个世界上肯定到处都有南安普顿!"(353)无论是现实中的西印度群岛,还是《锃亮的锄头》中基于巴巴多斯虚构的伯姆希尔,都是跨洋奴隶贸易的关键节点。玛丽母亲的祖辈就是跨洋奴隶贸易的受害者,她告诉玛丽自己的祖父母和外祖父母们"来自非洲一个叫艾尔米纳的地方,他们在美国被拽下船,后来又被运到伯姆希尔"(389)。这种黑人流散经历让玛丽无法完整地了解自己的家族历史,每当谈论起母亲的祖辈,玛丽都感到奇怪,她"在这个村子从来没有碰到过一个人,可以说自己的祖母生在伯姆希尔"(390)。正因为如此,玛丽有一种强烈的想回到原点的欲望:"当我想起这些,我在想我们是不是可以回到,如果能够的话……这个种植园上的第一座移动木屋……然后再往前,回到穿越大西洋的最后一艘运奴船,我儿子把它叫作'中间通道'……"(390)

《锃亮的锄头》虽然没有像《黑人之书》那样聚焦"中间通道",但对跨洋奴隶贸易史的记忆渗透在字里行间,是小说叙事的重要驱动。巴雷特指出:"克拉克的作品通过追溯黑人流散生活当代时空体中的奴隶制历史、'中间通道'和殖民主义,拆穿现代性和多元文化主义的虚假承诺。"[1]如果说《黑人之书》表明加拿大是"中间通道"的重要延伸,那么《锃亮的锄头》则揭示出"黑色大西洋"的加勒比之维。但相比《黑人之书》中的加拿大,《锃亮的锄头》中加勒比的分量显然要重得多,这不仅是因为后者把

---

[1] Paul Barrett, *Blackening Canada: Diaspora, Race, Multiculturalism*. Toronto: University of Toronto Press, 2015, p. 68.

故事的发生地设定在加勒比,还表现在它从内容和形式上对加勒比元素的强调。

《锃亮的锄头》中的伯姆希尔虽然深受英国的殖民压迫,但并不完全是欧洲的殖民他者,而是在不少方面表现出与欧洲强势文化的对抗。玛丽一方面为儿子取得的成就感到骄傲,同时也不满儿子过分欧化,认为他即便在牛津和剑桥上过学,"仍然是这个世界上最蠢的人之一"(176)。相比欧洲,玛丽真正认同的是加勒比。在向珀西讲解家中收藏的欧洲名画时,玛丽表现出明显的不屑,表示并没有看出受过欧式教育的儿子所欣赏的欧洲文化:

> ……当我看到这些画作时,这些东西,它们对我来说就是画。我看不出里面有什么欧洲文化。仅仅看到其中的一些欧洲的东西,仅仅因为它们来自欧洲,它们就比我在自家院子,望向周围的甘蔗田和面包果树时看到的要好?我看不出威尔伯福斯说的深藏在里面,或者说对于我们来说的优越性。我看到的是伯姆希尔。当我观看这些画作时,我看到的是我出生和成长的伯姆希尔岛,色彩斑斓,时而湛蓝,时而红艳……(176)

玛丽对欧洲文明的抗拒及其鲜明的加勒比立场"颠覆'西化'了的文化霸权"[①]。这种颠覆还体现在小说从形式上对加勒

[①] 秦旭,何丽燕:《论奥斯汀·克拉克〈锃亮的锄头〉和〈更多〉中的戏仿互文与反讽互文》,《外国文学研究》2011年第5期,第80页。

比文化因子的彰显。如前所述,吉尔罗伊在没有充分运用加勒比例证的情况下强调"克里奥尔化"和"混杂性",缺乏说服力。《锃亮的锄头》通过在语体、叙事和文类等不同层面的杂糅,将"克里奥尔化"和"混杂性"融进文本,真正展现了加勒比美学特质。首先,不同于叙事者的书面语,玛丽的(包括珀西的)话语是黑人英语,比较口语化,并不完全符合语法规范,拼写和发音与书面语有明显差别,比如 little, children, America, England 在玛丽说来就是 lil, thrildren, Amurca, Englund, 等等。在克拉克看来,传统的、殖民语言英语"没有能够承载玛丽·玛蒂尔达的叙事,也就是说她的智性能力的重量,所必需的文化种族视野"。通过这种反差,克拉克将"大写的"英语小写化和复数化,挑战所谓白人正统英语的权威,或者说,就是"把牛津英语克里奥尔化"①。其次,小说将各种叙事技法——比如直接引语、间接引语和自由间接引语等——交织在一起,呈现出明显的复调和多声部特征。在一处描写玛丽和珀西交流的文字中,小说先是用直接引语展现两人的对话,再从第三人称视角描写珀西对往事的追忆,最后借自由间接引语进入玛丽的内心,刻画她想亲近珀西又有所顾忌的矛盾心态:"我是怎么看他的? 她问自己。她回答了自己的问题:我害怕面对那些穿过我大脑和身体的想法。我怕他。一个到了我这个年纪的女人,还有这些想法,而且是在这种时候。这简直是疯了,完全疯了。"(240)这段是典型的意识流,而小说中类似的写法还有很多。此外,小说还将不同文

---

① Austin Clarke, "The Narrative that Defines Us." *The Nations across the World: Postcolonial Literary Representations*. Eds. Harish Trivedi, New Delhi: Oxford University Press, 2007, p. 31.

类糅合在一起,突出文本的混杂性。小说的一个重要情节是玛丽和珀西进行法庭角色扮演:玛丽扮被告,珀西一人分饰首席法官、副检察长和陪审团三个角色,以戏剧表演的形式互探虚实,其中还涉及莎士比亚的《奥赛罗》,上演了一部十足的"戏中戏"。《锃亮的锄头》内容上的加勒比立场与形式上的文本杂糅互相配合,构建起小说的加勒比中心视角。

《锃亮的锄头》可以说是克拉克创作生涯中的一次重要转型:从以往主要关注加拿大加勒比移民的生存困境中跳脱出来,转而聚焦加勒比地区的奴隶制历史,表现出别样的历史文化视野。小说对奴隶制历史的追溯以及对黑人主体性的彰显,表明它与吉尔罗伊批评思想的契合,而其加勒比中心视角又显示出它对"黑色大西洋"观念的丰富和拓展。这种拓展在另外一位加拿大加勒比移民作家迪翁·布兰德笔下又呈现出不同的形态。

第三节 为"无返之门"绘一张地图:《月满月更之时》中的奴隶制、"居间性"和家族谱系

除了地域方面的缺失,对性别(尤其是女性)元素的忽视也是"黑色大西洋"受到质疑的原因。的确,除了莫里森,吉尔罗伊用到的例证——比如德兰尼、杜波依斯和赖特等——几乎都是男性,表现出明显的性别偏向。在论文集《重划黑色大西洋:现代文化、地方社区、全球联结》(*Recharting the Black Atlantic: Modern Cultures, Local Communities, Global Connections*, 2007)的"前言"中,主编安娜丽莎·欧巴(Annalisa Oboe)和安

娜·斯卡奇(Anna Scacchi)指出,"认为旅行和穿越大洋能够产生对世界的全球性看法,这种观点……本身就是对黑人流散具有明确性别指向的解读,因为它主要关注的是那些已经并且依然是属于资产阶级男性特权的经历,掩盖了女性的重要性"①。一些著名学者也表达了类似观点。霍顿斯·斯皮尔斯(Hortense Spillers)认为"黑色大西洋"等跨民族框架"无视性别的复杂性和女性的关怀"②。詹姆斯·克利福德直言吉尔罗伊的理论需要修正,因为"除了个别重要例外,它聚焦的是还没有向女性开放的旅行实践和文化生产"③。从这些角度看,《黑人之书》以阿米娜塔为中心架构叙事,将其塑造为旅行主体——跨大西洋奴隶贸易的受创者和见证人,就彰显出小说从性别维度对"黑色大西洋"的重构。

说起对作为男权话语"黑色大西洋"的质疑和颠覆,就不能不提加拿大黑人女性作家,而其中首屈一指的无疑是迪翁·布兰德。布兰德生于特立尼达和多巴哥,中学毕业后移民至加拿大,在诗歌、小说和文学批评方面有极高的建树,是多伦多桂冠诗人和"加拿大总督功勋奖"(Order of Canada)得主,有"加拿大托尼·莫里森"的美誉。布兰德的创作融艺术性和政治性于

---

① Annalisa Oboe and Anna Scacchi, "Introduction: Black Bodies, Practices and Discourses around the Atlantic." *Recharting the Black Atlantic: Modern Cultures, Local Communities, Global Connections*. Eds. Annalisa Oboe and Anna Scacchi, New York and London, 2007, p. 5.

② 转引自 Cornor Ryan, "Defining Diaspora in the Words of Women Writers: A Feminist Reading of Chimamanda Adichie's *The Thing Around Your Neck* and Dionne Brand's *At the Full and Change of the Moon*." *Callaloo* 37. 5 (2014): 1230。

③ James Clifford, "Diasporas." *Cultural Anthropology* 9. 3 (1994): 319 - 20。

一体,注重表现黑人女性的迁移和旅行,从女性视角考察奴隶制、黑人流散和身份认同。她的第二部小说《月满月更之时》就是这样一部作品。小说开场设定在19世纪初的加勒比岛国,女黑奴玛丽·尤苏尔在起义失败后策划了一场集体服毒自杀。行动前,尤苏尔把自己唯一的孩子——女儿博拉托付给好友卡门纳,在卡门纳的帮助和照看下,博拉生存下来,并且生下九个孩子,这些子女继续繁衍生息,他们的后代有的留在加勒比,有的去往他乡,在与故土和故人的情感纠葛中演绎自己的人生故事。

与《黑人之书》和《锃亮的锄头》一样,奴隶制也是《月满月更之时》的重要背景,小说的构思与布兰德对奴隶制历史的了解密切相关。在回忆录《一张通往"无返之门"的地图:归属笔记》(*A Map to the Door of No Return: Notes to Belonging*)中,布兰德讲述了这部作品的创作背景,提到她是在多巴哥岛参观一座展示殖民统治遗物的博物馆里得到的灵感:"这部小说始于一座博物馆,一座小型的白色博物馆,里面收藏了18世纪英国殖民军事遗物。"[①]而小说的标题就是取自其中的一件藏品——英王乔治三世的绘图官托马斯·杰弗里斯描述多巴哥岛的一段文字:"多巴哥附近的海潮十分汹涌,特别是在多巴哥和特立尼达之间。在月满月更之时,会出现四英尺高的海浪。"[②]

布兰德在回忆录中告诉读者,尤苏尔这个人物来源于奈保尔的《失落的黄金国:一段历史》(*The Loss of Eldorado: A*

[①] Dionne Brand, *A Map to the Door of No Return: Notes to Belonging*. Toronto: Vintage Canada, 2001, p. 196.

[②] Dionne Brand, *A Map to the Door of No Return: Notes to Belonging*. Toronto: Vintage Canada, 2001, p. 200.

History),这部作品"讲述了一位名叫'提丝比'的女人,一个奴隶,一位在种植园下毒导致大规模死亡的主要嫌疑人。在审讯数月并遭受非人折磨后,她被处死"①。尤苏尔基本是以提丝比为原型塑造的。她是"造反者的女王,黑夜的主宰,伴病的高手,精于破坏和毁灭"②。尤苏尔先是在加勒比的法属瓜德罗普岛为奴,因为造反被割掉耳尖,并因为粗野的行为身背多项指控。为了还债,奴隶主罗沙尔把尤苏尔贱卖给乌尔苏拉会修女。这些修女"四处辗转,从瓜德罗普岛到马提尼克,然后是特立尼达"(9—10)。她们随身携带奴隶,来到特立尼达后买下种植园,靠经营种植园为生。她们对奴隶恩威并施,既给他们洗礼,也靠暴力维持秩序,因为无法驯服尤苏尔,将其卖给兰伯特。1819年,尤苏尔率众起义,企图杀死兰伯特,因计划泄露而失败,事后她被割掉一只耳朵,腿上套了十磅重的铁环,并被狠狠鞭打。两年后,尤苏尔卷土重来,精心策划了集体自杀作为对奴隶制的终极反抗,最后被处以绞刑。作为一名来自加勒比的黑人作家,布兰德对奴隶制历史有一种自发和天然的认知,她曾在非虚构作品《出自石头的面包》(*Bread Out of Stone*)中谈道:"我是一名黑人女性,我的祖先们躺在塞得满满的贩奴船上被运到新世界。他们中有一千五百万人在航行中幸存下来,其中五百万人是女性;还有数百万人在'中间通道'中死去、被杀害和自杀。"③与

---

① Dionne Brand, *A Map to the Door of No Return: Notes to Belonging*. Toronto: Vintage Canada, 2001, p. 205.

② Dionne Brand, *At the Full and Change of the Moon*. Toronto: Vintage Canada, 2000, p. 5. 以下引文出自同一作品,只标页码。

③ 转引自 Johanna X. K. Garvey. "'The Place She Miss': Exile, Memory and Resistance in Dionne Brand's Fiction." *Callaloo* 26.2 (2003): 486。

《宠儿》《黑人之书》和《锃亮的锄头》等作品一样,《月满月更之时》也塑造了极具反叛精神的黑人女性形象,彰显出黑人的主体性以及对基于理性逻辑的现代性的反拨,由此控诉了大西洋奴隶贸易对黑人族群的摧残和戕害。

《月满月更之时》故事的缘起是奴隶制,推动叙事进程的是奴隶制引发的流动和迁移,表明布兰德的创作与吉尔罗伊以"路径"为先导的"黑色大西洋"之间的相关性。彼得·迪金森(Peter Dickinson)注意到布兰德对边界的"再辖域化",用跨文化的流散身份认同取代"主体性的民族叙事"[1]。在对布兰德第一部小说《在别处,不在这里》的研究中,里纳尔多·沃尔科特认为布兰德借助黑人移民女性的经历"创造了一种处于居间空间的文本",进而直接指出,"布兰德的成就体现于英国黑人文化理论家保罗·吉尔罗伊所谓的'流散的批判性空间/时间'绘图法"[2]。在评价《月满月更之时》时,戈德曼援引沃尔科特的观点论证布兰德作品中的"漂移观念"(notion of drifting),认为这种观念"提供了一种不同于家园和民族国家边界性的方案"[3]。

《月满月更之时》中不乏这种游离于边界之外的人物形象,卡门纳就是一个典型。卡门纳是尤苏尔的好友,在一个雨季成功逃脱,找到逃亡黑奴聚集地特雷布扬特,他和尤苏尔有约在

---

[1] Peter Dickinson, "'In Another Place, Not Here': Dionne Brand's Politics of (Dis)location." *Painting the Maple: Essays on Race, Gender, and the Construction of Canada*. Eds. Veronica Strong-Boag et al, Vancouver: UBC Press, 1998, p. 114.

[2] Rinaldo Walcott, *Black Like Who?: Writing Black Canada*. Toronto: Insomniac, 2003, p. 47.

[3] Marlene Goldman, "Mapping the Door of No Return: Deterritorialization and the Work of Dionne Brand." *Canadian Literature* 182 (2004): 13.

先,等雨季结束后潜回种植园,在尤苏尔被处决前带走她的女儿博拉,把她带到特雷布扬特。卡门纳没有食言,完全按计划行事,但却无论如何也找不到回特雷布扬特的路:"之前发生在他身上的事既神圣又无法想象,好像他只能做一次。如果他完全按照上次的路再走一遍,有可能会迷路。这是另外一个季节,一个不同的地方。"(32)无奈之下,卡门纳只能把博拉带到尤苏尔曾经为奴的地方——乌尔苏拉会修女的种植园库莱布拉湾,在那里一住就是十年。在此期间,卡门纳一直对他曾经度过一段宁静时光的特雷布扬特魂牵梦绕,走遍整个特立尼达岛,不停地四处找寻,"每次旅行都在重复的绝望和希望中结束"(54)。直至生命的最后一刻,他都没有放弃,尽管所有的尝试都是徒劳的,用布兰德自己的话说,"他从来没有找到他在找寻并想要得到的,它在逃避、掩藏,所有的方向都把他引向无名之地"。[1]

露西·埃文斯(Lucy Evans)参照德勒兹和瓜塔耶的"块茎""游牧"概念以及格列桑的"游侠精神"(errantry)解读《月满月更之时》,认为该作是对传统意义上的"解辖域化"思想的反拨,在布兰德的构想中,"解辖域化"不一定意味着解放和赋权,还有可能是不断地疏远与异化,一个明显的例证就是卡门纳:"卡门纳对特雷布扬特的找寻是没有进展的,只是对无法获得的过去的迷恋,而不是朝向自我肯定的一种建构性运动。"[2]埃文斯的解读有一定道理,但并不完全准确。卡门纳的回溯并非完全消

---

[1] Dionne Brand, *A Map to the Door of No Return: Notes to Belonging*. Toronto: Vintage Canada, 2001, p. 202.

[2] Lucy Evans, "Tidal Poetic in Dionne Brand's *At the Full and Change of the Moon*." *Caribbean Quarterly* 55. 3 (2009): 13.

极,而是有一定建构性,因为"每绕一圈他都带回一些上面写有故事的碎片,一些对于方位的零星建议,这些他都给博拉看"(54)。在反复追寻的过程中,卡门纳不断加深对周边景物的认知,完成了自己的地图绘制:"这个岛屿附近的海潮十分汹涌而且没有规律,在这个岛和大陆之间尤其如此。在月满月更之时,会出现四英尺高的海浪……"(53)稍加比对就会发现,卡门纳这段对博拉的讲述其实就是对英国绘图官杰弗里斯所描述的多巴哥岛的改写。正如布兰德在解释对这段文字的使用中所说明的,她是"把其中的一部分用作小说标题……剩下的留给我的人物卡门纳"[1]。通过对这段描述的切割和重组,布兰德挑战了殖民观看以及强调书写和边界的帝国绘图法。在小说叙事者看来,"一张地图……只能表达有产者和统治者的意志,或者说他们的希望。这张地图无法注意到各种地图的巨大流动性,就像空气的流动性。纸张很难包容全部——即使它的纬线和经线表明延续性。纸张无法穷尽土地,就像它无法穷尽思想一样"(52)。卡门纳从"属下"位置提供了一种不同于"正统"绘图法、基于流动性以及情感和事实混合的地图绘制,体现了吉尔罗伊意义上的"流散的批判性空间/时间绘图法",揭示出"标记在全新旅程和抵达上的无法预见的迂回和环行"。[2]

小说通过卡门纳"突出了拥护所谓西方欧洲文化——植根于对量化、地图绘制以及线性历史进步的启蒙信念的欧洲中心

---

[1] Dionne Brand, *A Map to the Door of No Return: Notes to Belonging*. Toronto: Vintage Canada, 2001, p. 202.

[2] Paul Gilroy, *The Black Atlantic: Modernity and Double Consciousness*. Cambridge: Harvard University Press, 1993, p. 86.

第二章　历史之殇：奴隶制历史与"黑色大西洋"再审视

主义使命——的文明使命的人，与那些置身于集中体现在'中间通道'的'居间性'（in-betweenness）空间的'他者'之间的冲突"①。另外一位具有"居间性"特点的人物是博拉。布兰德认为"居间性"空间是一种与流散经历相伴相生、密不可分的"无法解释的空间"，就是"在脑子里有种既不在这里，也不在那里，既没办法出去，也没办法进来的感觉"②。如果说卡门纳的"居间性"主要体现在他不断追寻而不得的错置与迷失，那么博拉的"居间性"则是在过往与未来之间对当下的占有和掌控。

不同于卡门纳，博拉并不纠结于一个无法找回的过去，"她看着他年复一年不停地忙活，在雨中离开，去找寻特雷布扬特，回来时一无所获。她明白找寻是徒劳的"（65）。她从卡门纳的地理发现中获益良多，知道了"在哪里停泊，在哪里登陆，在哪里过夜"，但"不想离开库莱布拉湾"，因为"她已经为管口鱼的和弦和鲸鱼无尽的呼吸所吸引，为环形的天空、永恒的蓝色和无穷的黑夜所着迷"（62）。尽管是奴隶的后代，但她并不为奴隶制历史所累，"痛苦将会跳过她那一代……她只知道怎么不去想它"（69）。博拉不仅能与母亲那一代的惨痛历史拉开距离，也善于化解自己儿女的悲伤，面对"像啼哭的鸟儿一样"啜泣的孩子，她以看似轻淡、实则饱含哲性的话语安慰道："你们还没有开始生活，有什么好难过的？"（69）尤苏尔在博拉眼中看到的是她"游向未来"，而博拉则将其理解为一种"欲望，是嘴里的一种味道，一

---

① Marlene Goldman, "Mapping the Door of No Return: Deterritorialization and the Work of Dionne Brand." *Canadian Literature* 182 (2004): 15.

② Dionne Brand, *A Map to the Door of No Return: Notes to Belonging*. Toronto: Vintage Canada, 2001, p. 20.

种让渴求中的面庞凹陷下去的需要"(47)。博拉既不回望过去,也不放眼未来,她所看重的是对当下的沉浸,看重的是身体的感受和呼唤:"任何鸟类,任何空气的流动,任何眼中看到的风景,任何食物,任何石头或鸟儿的飞翔,她都要看个清楚并且'垂涎三尺',垂涎它们的形状、它们的厚度、它们的红色、它们的咸味。她对自己的肉体也有欲望。她会揉捏自己柔软的大腿,用手指轻抚几个小时。"(67)奴隶制末期,曾经人迹罕至的库莱布拉湾悄然发生变化,"生活的噪音愈发明显,岛屿外围的地平线出现了一条道路,有凤凰木和锡顶的小屋"(63)。然而,纵然世事变迁,沧海桑田,博拉也不为所动,"独居了这么长时间,她已经形成了一种自我中心意识,只对自己的想法感兴趣"(68)。她仿佛处于一种静止的状态,独立于年轮的转动,"虽然年近九十,却还像孩子一样率真,喜怒哀乐来得快,去得也快"(69)。可以说,在过去与未来之间,"博拉似乎是在两者之间的停顿中存在和生活"①。

有学者对博拉的塑造提出质疑。埃里卡·L.约翰逊(Erica L. Johnson)批评博拉是一位"遗忘之母"(mother-of-forgetting),"一位具有被殖民化意识的人物,无法让她的孩子承袭他们自己的历史,或者延伸开去说,一种社区、族裔或民族历史"②。朱莉娅·格兰迪森(Julia Grandison)认为博拉对生活

---

① Julian Grandison, "Bridging the Past and the Future: Rethinking the Temporal Assumptions of Trauma Theory in Dionne Brand's *At the Full and Change of the Moon*." *University of Toronto Quarterly* 79. 2 (2010): 776.
② 转引自 Lauren J. Gantz, "Archiving the Door of No Return in Dionne Brand's *At the Full and Change of the Moon*." *Meridians: feminism, race, transnationalism* 13. 2 (2016): 141。

和母亲角色的随意态度是"反社会的并对家庭有破坏作用"①。这些看法有其合理性,也都有失偏颇。博拉是小说叙事进程中的重要一环,起到承上启下的作用。她活了一百多岁,生了九个孩子,后代遍及全球,可以说是始于尤苏尔的庞大黑人家族的真正缔造者。博拉的随性和超然赋予她旺盛的生命力和生育力并给予她的孩子足够的成长空间,假如她没有这些性情去关注当下,而是像卡门纳一样无法走出过去,那么这一切是很难实现的。恰如劳伦·J.甘茨(Lauren J. Gantz)所指出的,博拉的经历说明"和记忆一样,遗忘也可以成为'新世界'黑人的未来性资源,让个体和社区在无法言说的暴力面前继续生活下去"②。如果说尤苏尔"曾发誓再也不把孩子带到这个世界上,用断后和抗命让兰伯特枯竭"(8)是一种反殖民主义姿态,那么博拉对黑人后代的繁衍、对黑人家族谱系的构建同样是对奴隶制的有力回击。这也就是为何格兰迪森一方面指摘博拉对家庭和母亲角色的态度,同时也必须承认这是"一种当下性的形式和修正性主体"③。

通过追溯家族谱系确认自我身份是黑人流散文学创作的重要题旨。布兰德在《一张通往"无返之门"的地图:归属笔记》中

---

① Julian Grandison, "Bridging the Past and the Future: Rethinking the Temporal Assumptions of Trauma Theory in Dionne Brand's *At the Full and Change of the Moon*." *University of Toronto Quarterly* 79. 2 (2010): 776.

② Lauren J. Gantz, "Archiving the Door of No Return in Dionne Brand's *At the Full and Change of the Moon*." *Meridians: feminism, race, transnationalism* 13. 2 (2016): 142.

③ Julian Grandison, "Bridging the Past and the Future: Rethinking the Temporal Assumptions of Trauma Theory in Dionne Brand's *At the Full and Change of the Moon*." *University of Toronto Quarterly* 79. 2 (2010): 776.

就是从家族切入来谈黑人流散的:"我来自一个大家族,关系庞杂,还有远房表亲和朋友,他们都一大把年纪了,有着相同的肤色和血缘。在那个地方,不管是谁,只要看看你的发际线,看看你歪头和走路的方式,就知道你是哪家的……我们的源头似乎在海上。"①莫林·莫伊纳(Maureen Moynagh)指出,布兰德"把谱系作为奴隶制创伤的场域,而谱系就位于她的小说《月满月更之时》的核心位置"②。这个判断是非常准确的。小说从19世纪初一直叙说到20世纪90年代,讲述了一个黑人家族近两百年的变迁史,通过呈现这个具有庞大时空架构的黑人家族谱系的生成和延展,拓宽了"黑色大西洋"的疆域。

和《黑人之书》一样,《月满月更之时》也突出了加拿大在非洲流散中的位置。博拉的曾孙女尤拉成年后离开加勒比,移民至加拿大多伦多定居。在给母亲的信中,她吐露了在加拿大生活的艰辛与不易:"有一年我想进大学学习,但没有完成学业,因为我感觉每个人都盯着我看……我断断续续地去大学,但就是无法克服羞怯。当然我后来发现那完全不是羞怯。我害怕从我嘴里说出的话,害怕那会显得无知。有时候我真想痛骂,朝满屋子的学生和老师吐口水。我感觉整个人烧了起来,满腔和满脑的愤怒,就想痛骂。"(238)如果说《黑人之书》揭示出种族主义在加拿大的历史源流,那么《月满月更之时》则暴露出种族主义在当代加拿大的延续。曾孙女玛雅生于加勒比库拉索,父亲死后

---

① Dionne Brand, *A Map to the Door of No Return: Notes to Belonging*. Toronto: Vintage Canada, 2001, p. 12.
② Maureen Moynagh, "The Melancholic Structure of Memory in Dionne Brand's *At the Full and Change of the Moon*." *Journal of Commonwealth Literature* 43. 1(2008): 62.

移居荷兰,后又随丈夫去往比利时。博拉的另外一位曾孙女科迪莉亚于委内瑞拉,她与父母关系紧张,还因早恋意外怀孕,堕胎后回到祖上生活的库莱布拉湾,希望有新的开始。科迪莉亚的丈夫格里弗斯也是博拉的后代,他出生后被带到西印度群岛的博内尔岛,后到库莱布拉湾谋生并在那里遇见科迪莉亚。博拉的外孙索恩斯有印度血统,他的母亲是博拉与印度人拉宾德拉纳特的女儿奥古斯塔。拉宾德拉纳特有类似于"中间通道"的经历,奴隶制终结后,他作为劳工乘船从印度来到加勒比,接替黑人从事种植园劳作。可以看出,《月满月更之时》中的迁移路线十分复杂,具有突出的发散和多维特征,挖掘出隐匿在"黑色大西洋"之下或位于其边缘的路径。"通过博拉的后代,布兰德把我们导向一个更大的流散空间,一个不仅是黑色而且也有亚洲和欧洲元素的加勒比大西洋。"①

《月满月更之时》一方面构筑宏大的黑人家族谱系拓宽"黑色大西洋"的地理疆界,另一方面通过彰显黑人家族成员之间的关系丰富"黑色大西洋"的思想内蕴。约翰娜·X. K. 加维(Johanna X. K. Garvey)指出,与吉尔罗伊没有把亲缘关系作为其理论架构的核心并且在很大程度上把女性的跨大西洋旅行经历排除在外不同,布兰德在这部作品中与处于叙事核心的黑人女性进行了性别化的流散认同。② 的确如此。在小说绘制的黑人流散版图中,黑人女性占据核心位置,这些女性因为流散经

---

① Johanna X. K. Garvey. "'The Place She Miss': Exile, Memory and Resistance in Dionne Brand's Fiction." *Callaloo* 26. 2 (2003): 492.

② 参见 Johanna X. K. Garvey. "'The Place She Miss': Exile, Memory and Resistance in Dionne Brand's Fiction." *Callaloo* 26. 2 (2003): 491。

历生活在不同时空,却总是以某种方式关联在一起,表现出某种"家族相似"。尽管博拉出世的性情隔了母亲那一辈的苦难,但在行为方式上博拉和尤苏尔是有相近之处的。和博拉一样,尤苏尔也在一定程度上游离于现实之外,即便在搜集毒药准备自杀这样严肃而悲情的行为中,也表现出明显的浪漫情怀:"她就像其他人采摘花朵一样在搜集毒药……而且就如同任何收集人,任何热恋中的人一样勤勉和投入。精确又富有激情。一切新知都是精彩的。她甚至觉察到恋人们心照不宣的悲伤和忧郁,那种挥之不去的'总觉得不够'的感觉,就像人们渴望褐雨燕、燕鸥和欧夜鹰的飞翔。"(1)在等待夜幕降临以便行动的一刻,她也有类似的行为特征:"尤苏尔就像一个恋人一样等待夜幕的降临,想让柔和的光线拥抱自己。她满怀希冀地望过一排排可可树,红绿相间的新旧树叶交织在一起。她想象在几公顷的成熟果园外,有爱正在等待着她。"(2)不难看出,博拉和尤苏尔都能在纷扰的现实中辟出一个空间,沉浸在自己的世界里,她们的血液里都流淌着一种随性的基因。这种基因也传承到了博拉的曾孙女科迪莉亚身上。和博拉一样,科迪莉亚也忠于感官体验和本能欲求,婚后相夫教子的平淡生活让她倍感压抑:"科迪莉亚的身体对她来说就是一种永无休止的苦涩。除了那些它被赋予的用处,那些她让自己的身体承担的用处之外,她对身体的含义一无所知。"(122)科迪莉亚感叹这么多年都是为别人而活,为家庭克制欲望,无暇倾听身体的召唤,积压许久的情绪最终在天命之年迸发而出:"……一种突如其来的巨大欲望占据了她。它就像一个饱满的橙子在她嘴里炸开,涌出的汁液弄湿了下巴,溅进了眼睛。她低头看着正在给一件衬衫上肥皂的手,想有人亲吻她的手指,每一根都亲,一根接一根地亲。她还想有人亲吻她的手掌,她肘部和手臂的内侧。"(99)科迪莉亚追随内心,对身体感受有异乎寻常的敏感,这些性情都可以回溯至博拉。

当然,性情上的相近只是亲缘关系的一个方面,《月满月更之时》对黑人家族谱系更为深层的构建体现在对家园或先辈的主动追寻。莫伊纳认为,这部小说中的每一个人物"都内化了某种创伤性缺失,这种缺失构成了他们的主体身份并且在很大程度上是无意识的"①。奴隶制引发的黑人流散导致的家园缺位以及对家族谱系认知的障碍,是这种创伤性缺失的主要诱因。尽管博拉阻断了奴隶制给尤苏尔造成的创伤体验,她的后辈都在一定程度上生活在奴隶制的余波中,因为他们都在以某种方式寻求与家园和先辈的关联,确认自我在家族谱系中的位置。科迪莉亚的祖上对布料有天生的敏感,能够准确辨识布料的优劣,她回到故乡后经常走访一家布店,"就是为了回忆她的家族……布料的质地让她想起他们"(103)。身居多伦多的尤拉留存着母亲交给自己的家族信物——博拉的一幅画,还记着母亲讲述尤苏尔"带着铁环,在树林中跛行",自己仿佛"看到她缠绕在树藤和乱麻之中,急着在天亮前赶回"(236)。作为黑人流散的一员,面对家族谱系的分化和家园的缺席,尤拉深感困扰,在给母亲的信中,她表达了对一个明晰的家族谱系和先辈居所的向往:"妈妈,我想要一条单一的世系线索。一条从你到我并可再往前推的线索,但一定是我可以追溯的线索……我想要一

---

① Maureen Moynagh, "The Melancholic Structure of Memory in Dionne Brand's *At the Full and Change of the Moon*." *Journal of Commonwealth Literature* 43.1(2008): 63.

个村庄,一个我可以留下来而不是想离开的村庄。一个有锡顶小屋和凤凰木的村庄。就像您对我们讲的曾祖母博拉曾住过的村庄。"(246—247)尤拉的女儿也叫博拉,从小跟外祖母生活,后来精神错乱,在她眼中,外祖母就是自己的母亲。外祖母死后,博拉经常产生幻觉,与复活的"母亲"对话,还遇见尤苏尔等家族先辈的鬼魂来访:"我母亲的一位访客,一个女士一瘸一拐地来我们家,一只脚好像很疼……她的脚踝套着一个沉重的铁环,脖子上绕了一根绳子。"(285)这些流离在世界各地的黑人家族后代都有一种追根溯源的心理机制,他们通过对先辈和家园的自觉追寻填补"流散经历造成的起源和谱系知识的缺失"[①],也因为这种追寻,小说铺延开的黑人家族谱系被贯穿为一个有机整体。

如果说博拉作为家族传承中枢的身份说明遗忘与记忆同样重要,那么其后代通过回溯先辈和家园而对家族谱系的彰显则表明记忆的不可替代性。跨洋奴隶贸易时代,无数黑奴从塞内加尔附近海域格雷岛上那扇狭长的门走出,从此背井离乡,那扇门成了再也回不去的"无返之门",经过时间的涤荡,逐渐内化为一种无根和飘零感,成为追寻家园的隐喻。对所有走出"无返之门"的黑人来说,流散不仅是地理意义上的,也是心理意义上的。布兰德曾言这扇门是一个"缺席的在场":"尽管我们没有几个人见过它,或者下意识地重视它,这扇门在其历史关联性上是我们先辈的一个起点,不仅是物理意义上的出发,也是精神层面上的

[①] Maureen Moynagh, "The Melancholic Structure of Memory in Dionne Brand's *At the Full and Change of the Moon.*" *Journal of Commonwealth Literature* 43. 1(2008): 66.

付出。"①《月满月更之时》扎根奴隶制历史记忆,既呈现了黑人流散的地理疆域,也通过凸显黑人女性的旅行经验及其代际维系,在"缺席"与"在场"、遗忘与记忆之间描摹出黑人流散的心理轨迹,为重返"无返之门"绘制了一张精神地图,"更为丰富地再现了在流散中作为黑人和女性意味着什么"②,从黑人女性视角对"黑色大西洋"进行了再阐释。

小 结

在奴隶制终结后的时代,黑人作家并没有停止对奴隶制历史的记忆和回访;而且吊诡的是,奴隶制历史与对这段历史的回溯之间似乎存有一种离心力——也就是说,在离奴隶制越久远的年代里,对奴隶制的书写力度反而越强。在英美,自20世纪60年代起,包括新奴隶叙事在内的一大批奴隶制题材作品大量涌现,其中不乏《宠儿》《渡河》和《中间通道》这样的经典之作;进入21世纪,势头不减,新生代黑人作家科尔森·怀特黑德(Colson Whitehead)2016年发表《地下铁路》(*Underground Railroad*),揽下美国国家图书奖和普利策奖,成为现象级作品。加拿大黑人文学虽稍有滞后,但发展轨迹和路径基本相同:奴隶制记忆先是在20世纪90年代的《月满月更之时》中浮现,而后

---

① Dionne Brand, *A Map to the Door of No Return: Notes to Belonging*. Toronto: Vintage Canada, 2001, p. 21.

② Cornor Ryan, "Defining Diaspora in the Words of Women Writers: A Feminist Reading of Chimamanda Adichie's *The Thing Around Your Neck* and Dionne Brand's *At the Full and Change of the Moon*." *Callaloo* 37. 5 (2014): 1230.

在21世纪的《锃亮的锄头》和《黑人之书》中被进一步挖掘,达到一个阶段性高潮。这种现象看似有悖常理,实在情理之中——这恰恰说明了创伤体验的延时性。此外,文学界对这种题材的青睐实际上反映了当下的社会问题。莫伊纳认为"在加拿大官方多元文化实行后出现如此之多的后奴隶制文本并不奇怪",因为族裔"他者"(尤其是"可见少数族群")仍然被用于证明加拿大的"超级社会正义伦理",他们得到的"认可"实际上把他们囿于"一种从属的位置,是在接受认可,而不是主动地建构认可的基础"[1]。

加拿大黑人英语小说中的奴隶制题材和移民题材互为参照,深度剖析加拿大的现实问题以及问题源流。以奴隶制为切入,还可见加拿大黑人文学与同样基于奴隶制历史记忆的"黑色大西洋"概念的关联。本章讨论的作品一方面与"黑色大西洋"存在契合,同时反衬其缺失与盲视。这些作品对奴隶制历史的追溯体现出全球视野,所关注的是奴隶制的世界影响及作为一种心理机制的生成和蔓延;它们还注重性别差异,突出黑人女性的流散体验,从女性视角考量归属和身份认同——《黑人之书》和《锃亮的锄头》都有这方面的特点,只是《月满月更之时》更加突出。正是这种混杂特质使它们能够"把大西洋表现为持续不断的文化分离和错置的力量"[2],具备了与非洲流散批评范式对话的条件。从更加开阔的学术语境看,"黑色大

---

[1] Maureen Moynagh, "The Melancholic Structure of Memory in Dionne Brand's *At the Full and Change of the Moon*." *Journal of Commonwealth Literature* 43.1(2008): 71.

[2] Johanna X. K. Garvey. "'The Place She Miss': Exile, Memory and Resistance in Dionne Brand's Fiction." *Callaloo* 26.2 (2003): 497.

西洋"观念属于跨民族文学研究的一部分。本书在下一章从跨民族主义角度观照加拿大黑人英语小说,继续探究其现实意义与理论内蕴。

第三章
"在别处,不在这里":
跨民族书写的路径与内涵

尽管吉尔罗伊的"黑色大西洋"因忽视加拿大而受到质疑，但它的确为考察加拿大黑人文学的历史意识和理论内涵提供了有效框架。作为跨大西洋研究的一部分，"黑色大西洋"批评"尝试在'民族'成为一个饱受挑战的概念的背景下探讨文学和文化发展，用大西洋世界代替民族国家作为文化生产的场域"①。从更加宏观的角度看，跨大西洋研究属于文学和文化研究"跨民族转向"(transnational turn)的一部分。在后现代和后殖民理论思潮的渗透和影响下，"民族""国家"等概念被去本质化，建构性和话语特征日益凸显，文学研究逐渐从民族向跨民族、跨国界范式转变。保罗·杰伊(Paul Jay)指出，"自从20世纪70年代批评理论兴起以来，没有什么比这些理论与跨民族主义的对接更深刻地影响了文学和文化研究"②。"跨民族主义是一个总体术语，对与文学文本(以及其他人工制品)讨论相关的民族国家范畴进行批判性考察。它强调民族无法全面再现其居民的文化、语言和族裔身份的多样性，地缘政治边界无法反映这种多样性带来的空间流动性。"③

从20世纪60年代的文化民族主义到多元文化背景下的跨民族写作，加拿大文学与加拿大民族国家之间始终存在一种建构性张力：它"关注加拿大国家并被其体制化，同时也质疑国家

---

① Julia Straub, "Introduction: Transatlantic North American Studies." *Handbook of Transatlantic North American Studies*. Ed. Julia Straub, Berlin and Boston: De Gruyter, 2016, p. 1.

② Paul Jay, *Global Matters: The Transnational Turn in Literary Studies*. Ithaca and London: Cornell University Press, 2010, p. 1.

③ Julia Straub, "Introduction: Transatlantic North American Studies." *Handbook of Transatlantic North American Studies*. Ed. Julia Straub, Berlin and Boston: De Gruyter, 2016, p. 3.

性,并勇敢地超越它,去往一个还不是很清晰、同时将产生透明度及其相关的满足和自得情绪的修辞陌生化的别处"①。作为加拿大文学的重要组成部分,加拿大黑人英语文学在主题拟写上表现出明显的跨民族倾向,前文从"黑色大西洋"视角对加拿大黑人英语小说的解读已经充分说明这一点。在参照"黑色大西洋"概念对奥斯汀·克拉克的个案研究中,迈克尔·A.巴克诺(Michael A. Bucknor)提出两个重要问题:"作为一个跨文化交换的场域,加拿大能为"黑色大西洋"研究提供什么?黑人跨民族主义能为加拿大的文化和政治图景贡献什么?"②如果说第二章的讨论回答了第一个问题,那么本章将基于第二个问题做进一步思考,分析加拿大黑人英语小说的跨民族想象。加拿大文学研究与跨民族文学研究范式紧密相关,其主要表现之一就是加拿大黑人文学文化研究中的跨民族意识。从跨民族视角对早期加拿大黑人文学进行的探究,为重新认识美国和加拿大文学史的话语构型提供了依据。劳伦斯·希尔的创作具有突出的跨民族叙事特征,其长篇小说《血缘》讲述了生活在美加两地的黑人家族长达一个半世纪的边界穿越故事,通过叙写该时期家族成员在美加边界的穿行,折射出19世纪中期北美黑人的跨国流动,为加拿大黑人文学文化研究提供了文学佐证;同时将美加

---

① Smaro Kamboureli, "Preface." *Trans. Can. Lit: Resituating the Study of Canadian Literature*. Eds. Smaro Kamboureli and Roy Miki, Waterloo: Wilfrid Laurier University Press, 2007, p. x.
② Michael A. Bucknor, "Canada in Black Transnational Studies: Austin Clarke, Affective Affiliations, and the Cross-Border Poetics of Caribbean Canadian Writing." *Beyond "Understanding Canada": Transnational Perspectives on Canadian Literature*. Eds. Melissa Tanti et al., Edmonton: The University of Alberta Press, 2017, p. 58.

两国黑人经验并置,辨明两国种族主义的特质。埃多彦的《混血布鲁斯》将眼光投向二战前后的欧洲,以黑人音乐为主线,通过描写主人公在美国和欧洲之间以及欧洲内部的迁移,把跨洋旅行和边界穿越结合起来,提供不同于"中间通道"的叙事范式,表现出更加开阔的视野。因为这种"在别处"的眼界,加拿大黑人文学呈现出独特的美学和文化气质,为从多元角度考察跨民族文学研究和创作提供了有价值的参考资源。

第一节　跨民族视阈下的加拿大文学研究

2008年,加拿大外交和国际贸易部推出"理解加拿大"(Understanding Canada)计划,取代之前的"加拿大研究计划"(Canadian Studies Program),涵盖阿富汗和平与安全、北美合作关系、维护多样性、环境与能源以及经济发展与繁荣五个方面的议题,旨在"让海外学者和有影响的团体更多地了解和理解加拿大的价值观和文化"[1]。尽管这项计划没有明确包含文学研究议题,但它带动了加拿大文学的跨民族研究,产出了不少精品成果,比如波兰加拿大研究协会2008年创立的学术期刊《跨加拿大》(*Trans Canadiana*)、荷兰学者科尼利厄斯·雷米(Cornelius Remi)等主编的《重新探索加拿大空间》(*Re-exploring Canadian Space*,2012)、西班牙学者伊娃·德利亚斯-布特尔(Eva Darias-Beautell)主编的《任性的佩内洛普和鬼

---

[1] https://www.canadainternational.gc.ca/australia-australie/academic_relations_academiques/grants-bourses.aspx?lang=eng.

魂:加拿大英语区的叙事》(*Unruly Penelopes and the Ghosts: Narratives of English Canada*，2012，以下简称《任性的佩内洛普和鬼魂》)、奥地利学者克劳斯-迪特尔·埃特勒(Klaus-Dieter Ertler)等主编的《加拿大移民的文化挑战》(*Cultural Challenges of Migration in Canada*，2012)。虽然这些著作不是文学专题研究,但文学研究始终是重要内容,而且涉及面非常广,议题丰富,既有文本解读,也有理论探讨;既包含英语区文学,也涉及法语区创作;既探讨"主流"文学,也关注少数族裔和土著文学。①

尽管有学者对"理解加拿大"提出质疑——比如坎布莱莉就对"理解加拿大"神圣不可侵犯的形象,尤其是完全用数字衡量其价值的做法表示担忧②——但不可否认,该计划对推动加拿大文学研究的国际化进程的确起到了积极作用。然而好景不长,2012年5月,推行保守政策的加拿大哈珀政府基于"世界政治意识形态的重新定位"③,宣布取消"理解加拿大"计划,引起一片哗然。一个月后,包括玛格丽特·阿特伍德等在内的二十

---

① 详见 Christl Verduyn, "The Understanding Canada Program and International Canadian Literary Studies." *Beyond "Understanding Canada": Transnational Perspectives on Canadian Literature*. Eds. Melissa Tanti et al., Edmonton: The University of Alberta Press, 2017, pp. 30-33.

② Smaro Kamboureli, "Beyond Understanding Canada: Belatedness and Canadian Literary Studies." *Beyond "Understanding Canada": Transnational Perspectives on Canadian Literature*. Eds. Melissa Tanti et al., Edmonton: The University of Alberta Press, 2017, p. 16.

③ Martin Kuester, "Canadian Studies and Canadian Literature in a Transatlantic Context: Themes, Theories, Images, Life Writing." *Handbook of Transatlantic North American Studies*. Ed. Julia Straub, Berlin and Boston: De Gruyter, 2016, p. 474.

位加拿大著名作家和学者联合署名,在《环球邮报》发文抗议此举。反对者们认为计划的取缔造成的一个严重后果是知识的流失,而其中的重要内容就是"加拿大文学研究以及国际学者对这个领域的贡献"①。"理解加拿大"计划的意义和影响不言而喻,为考察加拿大文学研究跨国历程提供了一个切入点。事实上,早在20世纪70年代,加拿大文学的跨国影响就已经开始显现:1973年,《泰晤士报文学副刊》用一整个专刊介绍加拿大文学;1976年,德国学者沃尔特·帕赫(Walter Pache)认定"加拿大文学的确是存在的";同年,德国拜罗伊特大学设立英联邦文学教授席位。这些史实充分说明加拿大文学研究的跨民族语境。然而,比加拿大文学跨国传播更为重要的是跨民族意识在加拿大文学研究中的渗透,这在新世纪的加拿大文学研究中表现得尤为明显。

2004年,"在一个多元文化的语汇已经成为常态,但正受到日常生活中的流散和跨民族政治的紧迫性挑战的时刻"②,坎布莱莉等学者提出"跨加拿大文学"(Trans. Can. Lit)计划;三年后,阶段成果《跨加拿大文学:加拿大文学研究的重新定位》(*Trans. Can. Lit: Resituating the Study of Canadian Literature*)出版,在跨民族语境下重审加拿大文学,"敏锐地意识到加拿大文学及其复杂和通常曲折的路径,是如何与历史、意

---

① Christl Verduyn, "The Understanding Canada Program and International Canadian Literary Studies." *Beyond "Understanding Canada": Transnational Perspectives on Canadian Literature*. Eds. Melissa Tanti et al., Edmonton: The University of Alberta Press, 2017, p. 35.

② Smaro Kamboureli, "Preface." *Trans. Can. Lit: Resituating the Study of Canadian Literature*. Eds. Smaro Kamboureli and Roy Miki, Waterloo: Wilfrid Laurier University Press, 2007, p. xii.

识形态、方法、教育法、经济资本、文化资本、体制和社会结构、社区、公民身份、立场、种族化、土著性、流散和全球化紧密关联在一起的"①。该文集的撰稿人之一、滑铁卢大学教授温福瑞德·西默林在 2005 年出版的专著《新北美研究：文化、写作与认可政治》(The New North American Studies: Culture, Writing and the Politics of Re/cognition)中指出："在'北美'这个组合中，第二个词显然指向一个大陆，不是一个国家，它包含了北美（或美国以北）的文化，比如加拿大。"②

西默林是加拿大文学跨民族研究的主要倡导者和践行者。2010 年，他作为主编推出文集《加拿大与其美洲：跨民族导航》(Canada and Its Americas: Transnational Navigations，以下简称《加拿大与其美洲》)，继续从北美和半球视野探讨加拿大文学的位置。在他看来，"美国的压迫及其政治、经济和文化新殖民主义倾向"让主张加拿大文化独立的人士感到不安，正是因为这种不安，"如果不考虑加拿大的北美和半球语境的话，似乎就无法将其有效地定位"③。撰稿人赫布·维勒(Herb Wyile)客观分析了北美和半球研究范式的可行性，指出加拿大学者对半球研究持怀疑态度，因为"它威胁将加拿大文学降格"；要进行有

---

① Smaro Kamboureli, "Preface." *Trans. Can. Lit: Resituating the Study of Canadian Literature*. Eds. Smaro Kamboureli and Roy Miki, Waterloo: Wilfrid Laurier University Press, 2007, p. xv.

② Winfried Siemerling, *The New North American Studies: Culture, Writing, and the Politics of Re/cognition*. London and New York: Routledge, 2005, p. 1.

③ Winfried Siemerling and Sarah Phillips Casteel, "Introduction: Canada and Its Americas." *Canada and Its Americas: Transnational Navigations*. Eds. Winfried Siemerling and Sarah Phillips Casteel, Montreal and Kingston: McGill-Queen's University Press, 2010, p. 5.

效的半球研究,必须首先认清美国与其他者之间知识水平的不均衡。① 但无论如何,在全球化程度不断加深的背景下,"加拿大文学批评正在经历后民族时期自我定义的阵痛"②。

加拿大劳瑞尔大学出版社(Wilfrid Laurier University Press)在"理解加拿大"计划中扮演重要角色,前文提到的《任性的佩内洛普和鬼魂》就是由该出版社出版的,该社不仅为加拿大文学跨国研究助力,也注重出版从跨民族视角研究加拿大文学的成果,基特·多布森(Kit Dobson)的专著《跨民族加拿大:加拿大英语文学和全球化》(*Transnational Canadas: Anglo-Canadian Literature and Globalization*, 2009,以下简称《跨民族加拿大》)就是一个例子。该著从马克思主义和后现代主义入手搭建跨民族研究的谱系,结合阿特伍德、丹尼斯·李(Dennis Lee)、小川乐(Joy Kogawa)和迈克尔·翁达杰(Michael Ondaatje)等人的创作,"将围绕1967年百年纪念的文化民族主义以来的加拿大文学重新语境化,并考察其与全球政治的关联"③。

"理解加拿大"计划的取消固然引发争议,但客观讲,并没有阻碍加拿大文学的跨国研究,相反还催生了一批跨民族视阈下

---

① Herb Wyile, "Hemispheric Studies or Scholarly NAFTA?: The Case for Canadian Literary Studies." *Canada and Its Americas: Transnational Navigations*. Eds. Winfried Siemerling and Sarah Phillips Casteel, Montreal and Kingston: McGill-Queen's University Press, 2010, p. 49.

② Herb Wyile, "Hemispheric Studies or Scholarly NAFTA?: The Case for Canadian Literary Studies." *Canada and Its Americas: Transnational Navigations*. Eds. Winfried Siemerling and Sarah Phillips Casteel, Montreal and Kingston: McGill-Queen's University Press, 2010, p. 52.

③ Kit Dobson, *Transnational Canadas: Anglo-Canadian Literature and Globalization*. Waterloo: Wilfrid Laurier University Press, 2009, p. xi.

的加拿大文学研究成果。梅丽莎·坦蒂(Melissa Tanti)等主编的《超越"理解加拿大":跨民族视角下的加拿大文学》(*Beyond "Understanding Canada": Transnational Perspectives on Canadian Literature*,2017,以下简称《超越"理解加拿大"》)就从反思"理解加拿大"切入,对加拿大文学进行了跨国观照。文集先是爬梳了"理解加拿大"的历程并分析其利弊,提出"重访这个计划时,应该把它作为一个力量之网,一个对文化政策和政治如何与学术研究和跨民族主义互动的多元说明"[1],接下来从身体、边界以及加拿大文学在海外的接受度等方面阐述了加拿大文学的跨民族内涵。瑞因加德·M.尼西科(Reingard M. Nischik)的专著《比较北美研究:对美国和加拿大文学文化的跨民族阐释》(*Comparative North American Studies: Transnational Approaches to American and Canadian Literature and Culture*,2016,以下简称《比较北美研究》)是另外一个典型。和维勒一样,尼西科也注意到加拿大在半球研究中的缺席,指出进行比较北美研究以改变这种现象的必要性:"通过把眼光投向(美国、加拿大)这两国的边界之外,比较北美研究在一个跨国政治和经济合作、责任和互相依赖日益加深的社会历史语境中,颠覆了对民族文化的传统和自反式观念。……这个路径可以有效地对抗这一事实,即加拿大到目前为止在所谓的半球研究中是被忽略

---

[1] Smaro Kamboureli, "Beyond Understanding Canada: Belatedness and Canadian Literary Studies." *Beyond "Understanding Canada": Transnational Perspectives on Canadian Literature*. Eds. Melissa Tanti et al., Edmonton: The University of Alberta Press, 2017, p. 17.

的。"[1]尼西科在研究中聚焦阿特伍德，从比较文学形象学角度阐释阿特伍德作品中的美国形象和对美国的看法；对比阿特伍德在美国和加拿大的接受度和评价，分析造成不同评价的原因。

从上述归纳和梳理中可以看出，谈论加拿大文学的跨民族解读，美国和美国文学是无法绕开的；无论是半球研究、边界研究，还是北美研究，加拿大和美国都紧密关联在一起；要深入和全面把握加拿大文学的跨民族视野，必然涉及跨民族视阈下的美国文学研究。

"民族国家"在很长一段时间里是美国研究的主导范畴，"美国"是美国研究的核心。20世纪60年代以来，在女性主义、新历史主义和后殖民主义等思潮的冲击下，民族研究范式受到挑战，跨民族研究逐渐被提上日程。"时至20世纪末……不仅在经济、政治和技术的全球化趋势，还有文学文化语境以及随之而来的'跨民族转向'的影响下，美国研究已经对跨民族视角下的美国文学和文化敞开。"[2]2004年，美国研究协会主席、著名学者雪莱·费舍·菲斯肯（Shelley Fisher Fishkin）发表题为"文化的交叉之路：美国研究的跨民族转向"（Crossroads of Cultures: The Transnational Turn in American Studies）的年会演讲，全面介绍了跨民族视角下美国研究和文学研究取得的成果，阐述了跨民族研究理念，号召同行"不断拷问一些我们过去没怎么质

---

[1] Reingard M. Nischik, *Comparative North American Studies: Transnational Approaches to American and Canadian Literature and Culture*. New York: Palgrave Macmillan, 2016, p. 22.

[2] Reingard M. Nischik, *Comparative North American Studies: Transnational Approaches to American and Canadian Literature and Culture*. New York: Palgrave Macmillan, 2016, p. 1.

疑的边界、界线和二元论的'自然性',探究它们是如何偶发并被建构的"①。2006年美国研究协会主席、《哥伦比亚美国文学史》主编埃默里·埃利奥特(Emory Elliott)同样强调跨民族视角的重要性,他在题为"美国和海外的多样性:当美国研究变为跨民族时意味着什么?"(Diversity in the United States and Abroad: What Does It Mean When American Studies Is Transnational?)的主席演讲中,援引一位学者的观点指出美国文学和美国研究中的一个主要盲点,即身在美国的美国文学研究者几乎把注意力都放在民族文学,很少关注美国文学与他国文学的关系。②

随着全球化程度的不断加深,从跨民族视角研究美国文学逐渐成为共识,正如哈佛大学教授劳伦斯·布尔(Lawrence Buell)所言:"研究美国文学的学者越来越倾向于从跨国界与比较的角度,甚至主要从全球化的角度,来思考自己的研究对象——既不考虑时期也不考虑主题。越来越多的美国研究者正从民族与世界其他地方的联系,而非与世隔绝的角度来考虑什么是民族这一问题。"③剑桥大学出版社2017年出版的《跨民族美国文学剑桥指南》(The Cambridge Companion to Transnational American Literature)是这方面的最新成果之一。该书共分"领域的形态""文学史""批评地形""文学与地缘政治"四部分,涉及

---

① Shelley Fisher Fishkin, "Crossroads of Cultures: The Transnational Turn in American Studies." *American Quarterly* 57. 1 (2005): 22.

② Emory Elliott, "Diversity in the United States and Abroad: What Does It Mean When American Studies Is Transnational?" *American Quarterly* 59. 1 (2007): 8.

③ 劳伦斯·布尔:《(跨国界)美国文学研究的新走势》,王玉括译,《当代外国文学》2009年第1期,第23—24页。

19世纪文学、现代主义文学、后现代和当代文学、边界文学、半球文学、印第安文学、亚裔文学、跨民族女性主义、酷儿女性主义等内容,全景式展现了美国文学的跨民族内涵和意蕴。菲斯肯为文集撰写了《动摇美国文学,反思民族和帝国》("Unsettling American Literature, Rethinking Nation and Empire")一文,从旅行文本和旅行作家两个层面考察跨民族美国文学研究成果和文献,重申了她十多年前提出的跨民族观念。在主编尤基他·卓雅看来,跨民族视角的优势在于:

> 它可以颠覆关于文化纯洁性的民族神话,通过对比揭示世界不同地区和族群之间的相互关联,分析过去和当下的帝国主义。……因为不再把文学视为对民族本质的表达,跨民族视角从根本上重构了美国和关于美国的文学分析的基本对象和视野。跳出美国是帝国或殖民地、例外或模范的僵局后,跨民族转向为审视和批判提供了一个有价值的机会。[①]

黑人流散文学是跨民族文学研究的重要组成部分。《跨民族美国文学剑桥指南》就专辟一章,从"黑色大西洋和流散文学"的角度阐述美国文学的跨民族意蕴。该部分首先梳理围绕"黑色大西洋"展开的争鸣,尤其关注从女性视角对"黑色大西洋"的拓展和修正,认为"黑人流散文学空间尽管有解放性,但还是有

---

① Yogita Goyal, "Introduction: The Transnational Turn." *The Cambridge Companion to Transnational American Literature*. Ed. Yogita Goyal, Cambridge: Cambridge University Press, 2017, pp. 6–7.

潜在问题——对女性而言尤其如此，她们往往是身在局内的局外人，受迫于各种扯离和消声，不是把她们禁锢于理论对话，就是将其排除在外"[①]。在接下来的讨论中，撰稿人以女性奴隶叙事、葆拉·马歇尔（Paule Masshall）的《褐色女孩，褐色砖房》（*Brown Girl, Brownstones*）以及 21 世纪黑人女性回忆录——比如特雷西·K. 史密斯（Tracy K. Smith）的《普通的光》（*Ordinary Light*，2015）和伊丽莎白·亚历山大（Elizabeth Alexander）的《世界之光》（*The Light of the World*，2015）——为例，探析美国黑人女性文学如何拓展男性话语主导下的"黑色大西洋"的理论视阈，体现美国文学的跨民族理论内涵。

  黑人文学对于跨民族视野下的加拿大文学研究同样不可或缺。前文提到的相关著作，比如《跨民族加拿大》《超越"理解加拿大"》《加拿大与其美洲》等，都涉及加拿大黑人文学。多布森在《跨民族加拿大》中解读了布兰德的《我们都在希冀什么》，分析小说在全球化城市中重新表述社区的方式，以及这些方式如何与跨国空间的加拿大相关。多明戈斯在为《超越"理解加拿大"》撰写的文章中梳理了"黑色大西洋"视阈下的加拿大黑人文学研究，并以埃西·埃多彦的《塞缪尔·泰恩的第二次生命》（*The second Life of Samuel Tyne*）为例探究加拿大黑人文学对"黑色大西洋"的介入。莫伊纳在收录于《加拿大与其美洲》的文章中剖析了加拿大黑人文学对奴隶制及其遗产的再现，探讨这

[①] Destiny O. Birdsong and Ifeoma Kiddoe Nwankwo, "Black Atlantic and Diaspora Literature." *The Cambridge Companion to Transnational American Literature*. Ed. Yogita Goyal, Cambridge: Cambridge University Press, 2017, p. 145.

些作品中的流散关联如何挑战认为加拿大是没有奴隶制历史的民族叙事以及半球研究中加拿大的缺席,呼吁从比较半球的视角观照加拿大黑人文学。

的确,文学研究的跨民族转向是加拿大黑人文学研究的重要学术语境,而加拿大黑人文学研究本身又是跨民族加拿大文学研究的最佳例证之一。事实上,加拿大黑人文学研究的一个重要方面,就是对跨民族研究范式的主要代表——"黑色大西洋"观念的批判性回应。前文指出,克拉克、沃尔科特和西默林等加拿大黑人文学研究专家都对吉尔罗伊的理论构想提出质疑,矛头直指他对加拿大的忽视,他们的研究完善了吉尔罗伊的跨民族研究方法,体现了"黑色大西洋"的加拿大维度。吉尔罗伊高度评价19世纪美国著名黑人思想家、活动家马丁·德兰尼,认为"他的人生之所以有价值,是因为他在英国的七个月、他在查塔姆的流放、他到美国南方和非洲的旅行,以及他在中南美建立黑人自治的梦想"[1];在吉尔罗伊看来,德兰尼的《布莱克,或美国小屋》是跨民族书写的典范,"以真正的泛非和流散感受力的名义,对抗狭隘的非裔美国例外论"[2]。德兰尼1812年出生于美国弗吉尼亚查尔斯镇,曾经和弗雷德里克·道格拉斯一起编辑著名的废奴报纸《北星》,他也是美国历史上最早进入哈佛大学医学院学习的黑人之一。1856年,德兰尼举家迁往加拿大安大略省的查塔姆,在那里居住了三年,其间帮助组织"地下

---

[1] Paul Gilroy, *The Black Atlantic: Modernity and Double Consciousness*. Cambridge: Harvard University Press, 1993, p. 20.

[2] Paul Gilroy, *The Black Atlantic: Modernity and Double Consciousness*. Cambridge: Harvard University Press, 1993, p. 27.

第三章 "在别处，不在这里"：跨民族书写的路径与内涵

铁路"活动，安置在加拿大获得自由的美国黑人，并且创作了《布莱克，或美国小屋》的相当一部分内容。

1859—1862年，《布莱克，或美国小屋》以连载的形式刊登在《英美非洲杂志》《英美非洲周刊》等杂志上。学界一般认为《布莱克，或美国小屋》是对《汤姆叔叔的小屋》(Uncle Tom's Cabin)的回应之作：不同于《汤姆叔叔的小屋》所突出的黑人的顺从，《布莱克，或美国小屋》塑造了一位极具反叛精神的黑人形象——小说主人公布莱克。布莱克是一位西印度黑人，被贩卖至美国路易斯安那弗兰克斯种植园为奴，在那里娶了黑奴玛吉。后来玛吉被奴隶主卖给一位北方法官的妻子，并被带至古巴。得知妻子被卖，布莱克积压多时的愤怒终于爆发，下定决心要终结万恶的奴隶制。他先是到美国南方散播起义计划，后回到种植园协助亲人、好友逃跑，逃往加拿大。安置好众人后，布莱克又从加拿大踏上去古巴的寻妻之旅，并最终和妻子重聚。但布莱克并没有因此停下脚步，他随后又去往非洲，又从非洲回到古巴，在那里成为黑人叛乱的领袖，策划推翻奴隶制。

的确，相比《汤姆叔叔的小屋》，《布莱克，或美国小屋》无论在情节构思、叙事方式，还是思想内涵上都要复杂许多，它"敏锐地聚焦19世纪50年代的政治和社会氛围：作为体制的奴隶制、作为南方扩张主义者主要目标的古巴、武装奴隶革命的'可行性'，以及最重要的，通过集体行动实现心理上的解放"[①]。小说另外一个叙事特色是其跨民族视野，这也是吉尔罗伊把它用作主要例证的主要原因。吉尔罗伊称赞"整个黑色大西洋的地形

[①] Floyd J. Miller, "Introduction." *Blake, Or The Huts of America*. Martin R. Delany, Boston: Beacon Press, 1970, p. xii.

都被吸纳进德兰尼的故事里","它启发性地将处于地方和全球之间交错纵横的网络中的黑色大西洋世界进行定位,挑战了所有狭隘的民族主义视角的连贯性,并指向对民族特殊性的虚假召唤,这种特殊性强化了这些视角,并确保将文化输出的有序流动放进齐整和对称的单元"。①《布莱克,或美国小屋》的跨民族书写在一定程度上显示出他与道格拉斯等人的分歧——后者坚定地认为黑人应该留在美国对抗奴隶制和北方的歧视。②就其论述目的而言,吉尔罗伊选择德兰尼和《布莱克,或美国小屋》是贴切的,本无可厚非,他的主要问题在于论证过程:只是简略提及德兰尼去往加拿大并在加拿大创作《布莱克,或美国小屋》这一事实,并没有展开阐述德兰尼的加拿大背景和身份,也没有挖掘小说中加拿大场景的深层意蕴,因而其跨民族视角也就缺少说服力。

这就是为何有学者指责吉尔罗伊虽然主张跨民族视角,但仍然重点关注美国黑人作家和知识分子,将黑人性美国化,所以自相矛盾:"他用机智到让人愤怒的方式,奋力用'黑色大西洋'的梦想取代'美国中心主义',恰恰证明民族主义的持续影响。"③加拿大在吉尔罗伊论述中的"隐身",为加拿大黑人文学研究完善吉尔罗伊的跨民族研究方法提供了切入点。加拿大黑人文学研究的开拓者之一、多伦多大学教授克拉克就将德兰尼

---

① Paul Gilroy, *The Black Atlantic: Modernity and Double Consciousness*. Cambridge: Harvard University Press, 1993, p. 27, p. 29.
② Floyd J. Miller, "Introduction." *Blake, Or The Huts of America*. Martin R. Delany, Boston: Beacon Press, 1970, p. xxv.
③ George Elliott Clarke, *Odysseys Home: Mapping African-Canadian Literature*. Toronto: University of Toronto Press, 2002, p. 82.

第三章 "在别处，不在这里"：跨民族书写的路径与内涵

的创作置于加拿大黑人文学的历史谱系中进行考察。克拉克提出，为了充分探讨早期加拿大黑人文学，一些曾经在加拿大居住过的美国黑人作家也应该进入研究视野。据此，他将《布莱克，或美国小屋》视为加拿大黑人小说的源头，将德兰尼看作"第一位加拿大黑人小说家"[①]。西默林也持同样的观点，认为《布莱克，或美国小屋》"有资格被称为第一部加拿大黑人小说"；他还进一步指出，这部作品可以启发思考19世纪加拿大黑人文学在加拿大文学叙事中扮演的角色，而这又能强化一个论点，即"跨边界和比较语境有助于审视与加拿大文学相关的议题"[②]。

克拉克和西默林等人的研究凸显出德兰尼之旅的加拿大维度，进一步揭示出美国文学和加拿大文学之间的跨民族关联。事实上，从跨民族的角度看，《布莱克，或美国小屋》的重要性不仅在于它是在加拿大创作的，还体现在它对加拿大的文本再现。小说对加拿大的处理有两个方面值得注意。首先是加拿大出现的位置。在19世纪废奴文学作品（比如《汤姆叔叔的小屋》）中，加拿大往往出现在结尾，是黑奴出逃的目的地，代表故事的终点

[①] George Elliott Clarke, *Odysseys Home: Mapping African-Canadian Literature*. Toronto: University of Toronto Press, 2002, p. 329. 克拉克同时也承认，谁才是第一位加拿大黑人小说家，这个问题是有争议的。除了德兰尼，艾米莉亚·埃特·约翰逊(Amelia Etta Johnson)、卢克丽霞·科尔曼(Lucretia Coleman)、威廉·哈斯利普·斯托尔斯(William Haslip Stowers)和克拉克也都是候选人，只是标准不一样：德兰尼是按照居住时间，约翰逊等是依据出生地，而克拉克是根据出版情况（他的《穿越的幸存者》是第一部在加拿大出版的黑人小说）。参见 George Elliott Clarke, *Odysseys Home: Mapping African-Canadian Literature*. Toronto: University of Toronto Press, 2002, p. 338。

[②] Winfried Siemerling, "Trans-Scan: Globalization, Literary Hemispheric Studies, Citizenship as Project." *Trans. Can. Lit: Resituating the Study of Canadian Literature*. Eds. Smaro Kamboureli and Roy Miki, Waterloo: Wilfrid Laurier University Press, 2007, p. 138.

和结局。《布莱克,或美国小屋》对加拿大的集中描写出现在第一部分的第三十三章"快乐的问候",讲述布莱克和他的同伴进入加拿大时的情景,这章也是整个第一部分的倒数第二章,可以说是第一和第二部分的衔接点,起到承上启下的作用。因此,在《布莱克,或美国小屋》中,加拿大既是终点,也是起点,见证了主人公布莱克跨大西洋之旅及其在古巴的革命事业。在西默林看来,《布莱克,或美国小屋》的重要价值在于"它修正了作为到来和终结点的加拿大乐土的修辞,这种修辞在当时的废奴话语以及后来的加拿大想象和历史编纂中占主导地位"[1]。其次是对加拿大种族主义的揭橥,这与第一个方面紧密相关。加拿大在废奴宣传和文学中往往被再现为不受奴隶制沾染的天堂,是一片没有奴隶制历史的净土。布莱克的同伴安迪显然受这种话语的影响,踏上加拿大这片陌生而又新奇的土地后,他兴奋地喊道:"这就是加拿大?这就是我们在密西西比经常听说的那片古老、美好的英国土地?"[2]但紧接着叙事者就道出了真相,暴露出安迪的天真和无知:"可怜的家伙! ……他不太明白,根据基本的英国法律和宪法权利,这个地方的所有人都是平等的,但由于一些惯常的政策和欺骗,除了一些地区,比如东部省份,他的种族是没有权利去享受和行使每项权利的,最多也就是有投票权——即便对那些拥有平等地位坐在陪审团和履行军事职责的

---

[1] Winfried Siemerling, *The Black Atlantic Reconsidered: Black Canadian Writing, Cultural History, and the Presence of the Past*. Montreal and Kingston: McGill-Queen's University Press, 2015, p. 141.

[2] Martin R. Delany, *Blake, Or The Huts of America*. Boston: Beacon Press, 1970, p. 152.

人来说也是如此。"①在当时普遍美化加拿大的背景下,"德兰尼正确地指出加拿大的种族主义这一有力的事实"②,在某种程度上成为后奴隶制语境下加拿大文学(比如《黑人之书》)奴隶制再现的先声,是探讨美加文学深层跨民族关联的重要资源。

19世纪北美奴隶制是考察加拿大文学跨民族书写的重要历史语境。诚如西默林和卡斯蒂尔在《加拿大及其美洲》的"导言"中所论,奴隶制及其余波为从半球视角解读加拿大文学提供了一个路径,"比如因为'地下铁路'在西加拿大出现的黑人写作,尤其在1850年颁布《逃亡奴隶法案》之后,这项法案进一步增加了加拿大黑人移民的数量"③。德兰尼就是这些移民中的一员,但吉尔罗伊只讨论了德兰尼,忽略了其他同期进入加拿大的美国黑人思想家和黑人运动领袖。沃尔科特注意到了吉尔罗伊的这个缺失,质疑他"不愿严肃地思考加拿大黑人,尤其是19世纪来回跨越美加边界的活动"④。除了德兰尼,这些边界穿越中的另外一位重要人物是玛丽·安·雷德·卡里。卡里是19世纪中期美国著名黑人女性评论家、教育家、女权主义者。《逃

---

① Martin R. Delany, *Blake, Or The Huts of America*. Boston: Beacon Press, 1970, pp. 152–153.

② Winfried Siemerling, *The Black Atlantic Reconsidered: Black Canadian Writing, Cultural History, and the Presence of the Past*. Montreal and Kingston: McGill-Queen's University Press, 2015, p. 141.

③ Winfried Siemerling and Sarah Phillips Casteel, "Introduction: Canada and Its Americas." *Canada and Its Americas: Transnational Navigations*. Eds. Winfried Siemerling and Sarah Phillips Casteel, Montreal and Kingston: McGill-Queen's University Press, 2010, p. 18.

④ Rinaldo Walcott, "'Who is She and What is she to you?': Mary Ann Shadd Cary and the (Im)possibility of Black/Canadian Studies." *Rude: Contemporary Black Canadian Cultural Criticism*. Ed. Rinaldo Walcott, Toronto: Insomniac Press, 2000, p. 40.

亡奴隶法案》实施后，卡里离开美国，来到加拿大安大略的温莎市定居，继续自己的事业。在当时美国种族环境恶化的情况下，她极富远见卓识地写出《移民宣言》(*A Plea for Emigration*)，系统深入地论述了黑人移民加拿大（而不是海地和非洲）的必要性和可能性。之后，她又创办反奴隶制报纸《乡下自由人》(*The Provincial Freeman*, 1853–1857)，宣传种族平等和黑人自我教育，成为北美第一位黑人女性出版人和加拿大第一位女性出版人。针对吉尔罗伊的盲点，沃尔科特在研究中聚焦卡里，探讨她对黑人研究和加拿大研究的意义。沃尔科特认为卡里虽然是一个历史人物，但有强烈的当下意义，他高度称赞卡里，指出她是一个"处于加拿大和美国、种族和性别、加拿大研究和黑人研究之间"[①]的"居间"人物；重新挖掘和评估卡里一方面可以纠正认为黑人性对加拿大而言是一个新近事物这种错误认知，同时可以重审白人话语主导下的加拿大民族叙事。对沃尔科特来说，卡里的不凡之处在于"她不仅对新生的加拿大提出要求，而且她相当一部分作品也对边界以南的那个国家提出要求"[②]。因此，将卡里纳入研究视野，可以深入理解"黑人研究能够如何

[①] Rinaldo Walcott, "'Who is She and What is she to you?': Mary Ann Shadd Cary and the (Im)possibility of Black/Canadian Studies." *Rude: Contemporary Black Canadian Cultural Criticism*. Ed. Rinaldo Walcott, Toronto: Insomniac Press, 2000, p. 33.

[②] Rinaldo Walcott, "'Who is She and What is she to you?': Mary Ann Shadd Cary and the (Im)possibility of Black/Canadian Studies." *Rude: Contemporary Black Canadian Cultural Criticism*. Ed. Rinaldo Walcott, Toronto: Insomniac Press, 2000, p. 43.

增进对跨民族黑人文化实践和身份认同的思考"[①]。

沃尔科特的研究有效地拓宽了吉尔罗伊的批评视阈,同时揭示出其男权中心思想。但对19世纪奴隶制背景下北美黑人文学跨国界生产考察最为系统和全面的,还要数西默林的专著《反思黑色大西洋:加拿大黑人文学、文化史和历史的在场》。该作由"黑色大西洋"理论构想中加拿大的缺席这一盲视切入,全景考察了19世纪中期北美地区黑人文学的跨境流动,完整展现了这一时期加拿大黑人写作的风貌。西默林以平等的眼光看待德兰尼和卡里两位核心人物,深入探究了他们在加拿大的交集(比如在办刊方面的合作),同时也分析了两者在看待移民去向和加拿大种族主义等问题上的分歧。除了德兰尼和卡里,西默林还系统梳理了哈里特·塔布曼(Harriet Tubman)、亨利·比布(Henry Bibb)、塞缪尔·R.沃德(Samuel R. Ward)、本杰明·德鲁(Benjamin Drew)、威廉·威尔斯·布朗(William Wells Brown)和塞缪尔·格里德利·豪(Samuel Gridley Howe)等美国黑人思想家在加拿大的活动,生动呈现了黑人力量在加拿大的聚集和发展。在此基础上,西默林提出一个重要观点:19世纪50年代是加拿大黑人意识形成的关键时期,其间黑人移民数量激增,黑人和废奴运动广泛开展,黑人组织和公共活动频繁出现,形成了"加拿大黑人文艺复兴"(Black

---

[①] Rinaldo Walcott, "'Who is She and What is she to you?': Mary Ann Shadd Cary and the (Im)possibility of Black/Canadian Studies." *Rude: Contemporary Black Canadian Cultural Criticism*. Ed. Rinaldo Walcott, Toronto: Insomniac Press, 2000, p. 44.

Canadian Renaissance)①。研究指出,"加拿大黑人文艺复兴"是"兼具民族和跨民族维度的故事,植根于当时的加拿大以及西加拿大的特殊环境,同时也被北美、半球和黑人跨大西洋视野所界定"②。这个概念的提出对于审视只关注白人和男性作家的"美国文艺复兴",以及反思加拿大文学史的基础,具有积极的意义。

上述分析表明,加拿大文学与跨民族文学研究范式紧密相关。与学术大国——美国毗邻的特殊地缘身份,以及以英法两种传统为根底的多元文化环境,使得加拿大文学和加拿大文学研究具有明显的跨民族倾向。而作为加拿大文学研究的重要组成部分,加拿大黑人文学研究从发轫之初就与跨民族视野有千丝万缕的联系,尤其是对早期加拿大黑人文学研究中透射出的跨民族意识,对重新认识美国文学和加拿大文学史中的话语构型问题具有重要的学理价值。那么加拿大黑人文学在跨民族叙事方面有何具体表现?又有哪些学理意义?本章将在以下篇幅中探讨这些问题。

---

① Winfried Siemerling, *The Black Atlantic Reconsidered: Black Canadian Writing, Cultural History, and the Presence of the Past*. Montreal and Kingston: McGill-Queen's University Press, 2015, p. 98.

② Winfried Siemerling, *The Black Atlantic Reconsidered: Black Canadian Writing, Cultural History, and the Presence of the Past*. Montreal and Kingston: McGill-Queen's University Press, 2015, p. 132.

第二节　历史重述与神话祛魅：劳伦斯·希尔《血缘》中的边界穿越

　　总体上看，跨民族文学研究大致涵盖边界研究、北美研究、半球研究、跨大西洋研究等方面。而如前文所述，无论是跨民族视阈下的加拿大文学研究，还是加拿大黑人文学研究，美国和美国文学都是重要的构成要素。仅就美加两国而言，在跨民族文学研究的诸多方面中，最具相关性的范畴之一是边界研究。"边界既分隔也连接，既是国家间的分界线，也是交汇点。……无论边界被制图活动或民族主义话语如何归化，它们都是历史产物。"[1]边界研究范式源自奇卡诺（墨西哥裔美国人）研究，"作为一种阐释框架将边界文学等同于墨西哥裔美国文学，尤其是在20世纪六七十年代奇卡诺激进运动中出现的文学"[2]。自20世纪80年代中期起，边界研究日益成为文学、文化研究的重要组成部分。[3]然而长期以来，边界研究只关注美墨边界，忽视美加边界；如同加拿大在"黑色大西洋"话语中的缺席一样，在边界研

---

[1] John Alba Cutler, "Borders and Borderland Literature." *The Cambridge Companion to Transnational American Literature*. Ed. Yogita Goyal, Cambridge: Cambridge University Press, 2017, p. 158.

[2] John Alba Cutler, "Borders and Borderland Literature." *The Cambridge Companion to Transnational American Literature*. Ed. Yogita Goyal, Cambridge: Cambridge University Press, 2017, p. 159.

[3] Reingard M. Nischik, *Comparative North American Studies: Transnational Approaches to American and Canadian Literature and Culture*. New York: Palgrave Macmillan, 2016, p. 61.

究中,加拿大也通常是隐身的。① 但随着有关北美自由贸易协定和"9·11"事件后边界监控的争论不断增多,以及对美加文学比较研究的升温,美加边界正受到越来越多的关注,这些关注不仅来自政客、经济学家,也包括文学和文化批评家。②

前文提到的《跨民族美国文学剑桥指南》《加拿大与其美洲》和《比较北美研究》等著作都有不少篇幅涉及边界研究语境下的美加文学。但仍有论者认为,因为穿越美加边界对北美人,尤其是加拿大人来说太过普通和平常,所以边界穿越"在文学中还没有突出的表现"③。这个观点是值得商榷的。事实上,美加边界穿越在加拿大文学中并不少见,在具有鲜明跨民族叙事特征的黑人文学中更是如此。④

加拿大黑人文学研究之所以有突出的跨民族意识,一个重要原因是黑人文学本身就具有明显的跨民族视野,这在第二章

---

① 既有客观原因也有主观因素。客观上,一些体制化路径和惯例阻碍对加拿大文化的学术探究;主观上,加拿大学者对半球研究、边界研究以及北美研究的合法性本身就持有疑虑,质疑其背后美国主导下的帝国主义动机,所以不愿参与其中。参见 Winfried Siemerling and Sarah Phillips Casteel, "Introduction: Canada and Its Americas." *Canada and Its Americas: Transnational Navigations*. Eds. Winfried Siemerling and Sarah Phillips Casteel, Montreal and Kingston: McGill-Queen's University Press, 2010, p. 8, p.10。

② Reingard M. Nischik, *Comparative North American Studies: Transnational Approaches to American and Canadian Literature and Culture*. New York: Palgrave Macmillan, 2016, p. 61.

③ Reingard M. Nischik, *Comparative North American Studies: Transnational Approaches to American and Canadian Literature and Culture*. New York: Palgrave Macmillan, 2016, p. 64.

④ 在"多伦多三部曲"的完结篇《更亮的光》中,博伊西最终扔下妻子多茨出走美国;在克拉克的另一部作品《更多》(*More*, 2008)中,酗酒赌博成性的丈夫抛弃妻儿去美国生活;还有《苏库扬》中的母亲与同伴驾车到美加边境,这些都是边界叙事的文本佐证。

讨论的三部作品，尤其是希尔的《黑人之书》中已经得到充分印证。从非洲到美国，从美国到加拿大，再从加拿大回到非洲，最后落脚英国，小说通过主人公阿米娜塔的流散路线，"对18世纪的种族奴隶制和黑人生活进行跨民族观照，挑战对黑人文化和身份的本质主义看法以及把家园作为固定地理位置的静态建构"①。作为希尔的巅峰之作，《黑人之书》取得巨大成功，跨民族叙事风格是重要因素。但回首希尔的创作历程就会发现，"跨越边界"一直是其作品中重要的叙事因子，这在他的第二部长篇小说《血缘》中已经得到充分表现。

尼西科在《比较北美研究》中辟专章讨论美国和加拿大文学中的边界叙事，以蒂姆·奥布莱恩（Tim O'Brien）、乔伊斯·加罗尔·欧茨（Joyce Carol Oates）和艾丽丝·门罗（Alice Munro）的创作为例，总结出"因为政治原因的穿越""作为阈限空间的边界"和"'9·11'前后的边界"三种叙事模式。事实上，如果把目光投向加拿大黑人文学，就会发现另外一种叙事模式——家族叙事。《血缘》就是这样一部作品。和布兰德的《月满月更之时》一样，《血缘》也将家族置于黑人流散的中心，表现出家族小说的叙事特征。"家族小说……通过描写在一定历史时期家族人物的命运来展现社会历史生活的变迁"，再现"家族这一特殊的社会单位在历史变迁过程中的消长兴衰，以及家族人物间的情感纠葛"。②《血缘》讲述生活在美加两地的兰斯顿·

---

① Markus Nehl, *Transnational Black Dialogues: Reimagining Slavery in the Twenty-First Century*. Verlag, 2016, p. 158.
② 王璐：《当代加拿大华裔文学家族小说范式初探》，《暨南学报》2010年第2期，第25页。

凯恩家族从19世纪中期至20世纪90年代近一个半世纪的人生故事,借助"边界穿越"这一线索,从跨民族视角探究黑人与美加两国的历史关系,对美国和加拿大黑人史进行文学重现和重构。

小说从凯恩家族的第五代传人凯恩五世讲起。凯恩五世一心想当作家,没有固定的职业,人到中年后先是孩子未能出世,之后又和妻子离婚,人生跌至谷底。一次偶然的机会,凯恩五世看到安大略省卫生部面向少数族裔的招聘广告,岗位是讲稿撰写人,于是前去应聘,顺利被录用。一日,他从上司那里得知加拿大政府准备废除反歧视法和省人权委员会,而就在此时,他也恰巧接到任务,要为部长在加拿大黑人记者协会上的讲话准备讲稿。为了表达愤怒和不满,他把这则内部消息巧妙地写进了讲稿,让部长当众出丑,泄露了政府机密,自己也因此丢掉了饭碗。经历人生起伏和重大变故后的凯恩五世没有因为失业而消沉,反而彻底放下,全力追逐自己的作家梦,立志要写一本家族史。

之所以对家族史着迷,多半是因为凯恩五世的祖上都非等闲之辈,用他自己的话说,他是"伴随四段家族传奇长大的"[①]。首先是他的父亲凯恩四世。凯恩四世"1923年出生在安大略的奥克维尔,年少时和父母、姐姐回到美国,二战时去当了兵,1950年又回到加拿大,在多伦多大学学医"(4)。在多伦多,凯恩四世遇到了后来的妻子、加拿大白人多萝西·珀金斯。凯恩四世日后成为当地一名颇有名气的医生,并为加拿大黑人民权奔走呼

[①] Lawrence Hill, *Any Known Blood*. Toronto: HarperCollins, 2011, p. 4. 以下引文出自同一作品,只标页码。

吁,在奥克维尔乃至多伦多黑人社区有较大影响。但因为和白人结婚,凯恩四世与家人的关系一直比较紧张,尤其是他的姐姐米莉森特,极力反对这桩婚事,并因此长期居住在美国巴尔的摩,基本不与弟弟家来往。姑姑的神秘感也在一定程度上坚定了凯恩五世探索家族史的决心,他失业后独自驾车来到巴尔的摩,希望能从姑姑那里发掘出更多的家族史料。

  由于长时间独居,不与家人来往,米莉森特起初对侄子的来访并不友好,以为他是为生活所迫,前来求助。凯恩五世表明来意后,米莉森特慢慢改变了态度,为他提供资料,帮助他揭开家族的层层面纱。在一间老旧的卧室里,凯恩五世读到了祖父凯恩三世和祖母露丝之间的通信,走进了这位先辈的世界。凯恩三世 1896 年生于马里兰州首府安纳波利斯,从小家教严格,受过良好的教育,曾在巴尔的摩的弗雷德里克·道格拉斯高中学习,之后考取奖学金,进入宾夕法尼亚的黑人大学——林肯大学深造。大学期间,凯恩三世遇到了心上人露丝,但两人的交往并没有得到双方家人的认可。一战期间,凯恩三世参加了艾奥瓦州的黑人军官训练营,之后和露丝秘密结婚,婚后不久,被派往法国参战。战后,凯恩三世听从了父亲的建议,加入非洲卫理公会,先后在密苏里的自由城和科罗拉多的丹佛任牧师,由于条件艰苦,加上教派立场不同,他和妻子过得并不舒心,甚至出现感情危机。为了挽救婚姻,寻找新的生活,他们离开美国,来到前辈曾经生活过的奥克维尔。他们在那里遇到了热心肠的黑人少年亚伯丁,与其建立了深厚的友谊。凯恩三世的善良、正直和雄辩让他很快在奥克维尔站稳脚跟,成为黑人社区的领袖人物,还获得了多伦多大学的神学学位。但好景不长,大萧条期间,奥克维尔黑人数量骤减,凯恩三世又举家迁回巴尔的摩。

随着调查的深入,凯恩三世的父亲、凯恩五世的曾祖父凯恩二世也逐渐走入后辈的视野。凯恩二世1858年生于奥克维尔,1866年随母亲来到巴尔的摩。不久后,母亲染重疾去世,凯恩二世被贵格会教徒休梅克收养。他天资聪颖、勤奋好学,以优等成绩从中学毕业,考入林肯大学,大学毕业后继续求学,获神学博士学位。1908年,凯恩二世"成为巴尔的摩最大的非洲卫理公会的牧师"(135)。他天赋过人,少年时代就意识到"需要超越种族仇恨,需要让有色人种在美国完全立足"(424)。凯恩二世注重家教,教导子女们要以自己的种族为荣,凯恩三世的为人处事就深受父亲的影响。

在所有家族先辈中,最具传奇色彩、也最让凯恩五世痴迷的是他的曾曾祖父兰斯顿·凯恩。凯恩是一名黑奴,1828年生于弗吉尼亚的种植园。凯恩是捕鼠高手,凭借这个本事赢得了种植园主的信任。种植园易主后,凯恩被卖至马里兰州,在那里结识了女奴露丝,学会读书认字。在露丝的帮助下,凯恩乘坐长老会成员罗伯特·威尔逊的帆船,从美国边境罗切斯特城出发,穿越安大略湖来到奥克维尔。来奥克维尔后,凯恩和同样来自美国的黑奴玛蒂尔达结婚生子,过上了相对安定的生活。但造化弄人,美国著名废奴主义者约翰·布朗的出现彻底改变了凯恩的人生轨迹。听闻发生在美加边境的运奴事件,布朗来奥克维尔拜访威尔逊,为他筹划的起义寻求支援,成功招募到凯恩。一日清晨,凯恩给家人留下一张纸条和所有钱财,追随布朗回到美国,参与布朗起义,袭击哈珀斯费里,成为传奇。美国内战结束后,玛蒂尔达带着孩子重回巴尔的摩,就有了后来的故事。

第三章 "在别处,不在这里":跨民族书写的路径与内涵

《血缘》虽然没有《黑人之书》宏大的流散路径,但同样具有深邃的历史感。通过表现凯恩家族在美加两国之间长达一个半世纪的穿行,《血缘》以文学形式确证了加拿大黑人的历史身份。如果说《黑人之书》揭示出18世纪加拿大黑人的历史踪迹,那么《血缘》则描摹出19世纪加拿大黑人的历史图景。前文指出,19世纪是加拿大黑人意识萌发和塑形的关键时期,这一时期北美黑人的跨国界流动和文化生产已经受到学界的充分关注。① 此处有必要再次回顾这段历史。从美国独立战争起,对黑人族群来说,美加两国的地理界线开始变得模糊,这一趋势到了美国南北战争前后更加明显。《逃亡奴隶法案》的颁布恶化了美国种族关系,迫使更多的美国黑人北迁。在哈里特·塔布曼(Harriet Tubman)的组织下,许多黑奴通过"地下铁路"来到加拿大。而从1850年起,亨利·比布、玛丽·安·雷德·卡里、萨缪尔·沃德、马丁·德兰尼、本杰明·德鲁、威廉·威尔斯·布朗和塞缪尔·格里德利·豪等一大批黑人领袖和活动家在加拿大聚集,他们办刊、办报、办学、创作和调研;他们虽然立场和方法不尽相同,有时甚至相互抵牾,但他们都有共同的事业和目标——解放黑人。在这些先锋的引领下,加拿大黑人组织和活动空前活跃,一时间,加拿大成为北美黑人解放运动的核心地带。

《血缘》对凯恩的讲述就是对这段历史的重现。帮助凯恩逃亡的威尔逊在历史上确有其人,他在"地下铁路"期间用船只往

---

① 见本章第一节的讨论。

奥克维尔运输逃亡奴隶。[①] 凯恩的妻子玛蒂尔达也是通过"地下铁路"来到罗切斯特城,被威尔逊偷运至加拿大。在加拿大期间,凯恩除了长居奥克维尔,还曾去多伦多参加黑人活动,接触黑人解放思想:"1851年春天,我乘马车去多伦多旅行了两天,去参加北美黑人大会。大约有五十名黑人出席了这次会议,他们来自西加拿大和美国。我们谈了很多,我的脑袋开始嗡嗡作响。我们谴责奴隶制;我们支持逃亡奴隶来加拿大。……我听说有一份来自温莎的报纸,叫作《逃亡奴隶的声音》(*Voice of the Fugitive*)。会后,我开始四处搜集购买这份报纸。我还去走访了查塔姆的一个黑人社区。"(462—463)这里提到的北美黑人大会历史上也称作"自由有色人种大会"(Convention of the Coloured Freemen),1851年9月在多伦多召开,主要议题是讨论加拿大是否是美国黑人最理想的移民去处。北美黑人大会是美国南北战争前后、在国家和地区层面上不定期召开的黑人会议,参加者主要包括美国黑人宗教领袖、商人、政客、作家、废奴主义者等,议题广泛,涉及黑人生存福祉的方方面面。因为19世纪中期黑人运动在加拿大的蓬勃发展,1851年的会议选在多伦多召开,而这次会议的主要倡导者就是前文提到的比布。比布是最早来加拿大的废奴主义者之一,创作了美国内战前最著名的奴隶叙事《亨利·比布,一位美国奴隶的生活和冒险故事》(*Narrative of the Life and Adventure of Henry Bibb, An*

[①] 希尔在《血缘》的附录里对小说涉及的历史事件做了说明,其中就谈到了威尔逊。参见 Lawrence Hill, *Any Known Blood*. Toronto: HarperCollins, 2011, p. 512 关于威尔逊的史料,还可参见 Robin Winks, *The Blacks in Canada: A History*. Montreal and Kingston: McGill-Queen's University Press, 1997, p. 245。

American Slave,1849)。来到加拿大后,他参与创办了加拿大反奴隶制协会,并与妻子一同创办了加拿大第一份黑人报纸《逃亡奴隶的声音》,通过这个重要平台,比布"呼吁举行北美会议,把黑人联合起来对抗美国奴隶制,鼓励黑人移民加拿大",这次会议也成为"加拿大对《逃亡奴隶法案》最重要的回应之一"。[①]

凯恩的这段自述透露出的另外一个重要信息是他对查塔姆的走访。"19世纪中期,查塔姆是人权活动家的交汇点和司令部,他们被视为亡命徒或流浪汉。很多人不久就离开了。……即便如此,1850—1860年,查塔姆仍然是北美黑人废奴斗争的焦点,酝酿了许多对抗奴隶制的活动。"[②]作为对《逃亡奴隶的声音》的回应,卡里在温莎创办了当时加拿大的另外一份重要黑人报纸《乡下自由人》,宣扬种族平等和黑人自立,主张融入,反对自我隔离。这份报纸在温莎和多伦多各办了一年,最终在1855年落脚查塔姆。不久,另外一位重量级人物德兰尼也来到查塔姆,他的到来使查塔姆成为"北美逃亡黑奴的首都"[③]。查塔姆为他提供了"一个安全的居所、一份可以参阅的黑人报纸,以及

[①] Winfried Siemerling, *The Black Atlantic Reconsidered: Black Canadian Writing, Cultural History, and the Presence of the Past*. Montreal and Kingston: McGill-Queen's University Press, 2015, p. 96.

[②] Boulou Ebanda de B'béri, "The Politics of Knowledge: The Promised Land and Black Canadian History as a Model of Historical 'Manufacturation'?" *The Promised Land: History and Historiography of the Black Experience in Chatham-Kent's Settlements and Beyond*. Eds. Boulou Ebanda de B'béri, Nina Reid-Maroney and Handel Kashope Wright, Toronto: University of Toronto Press, 2014, p. 27.

[③] Winfried Siemerling, *The Black Atlantic Reconsidered: Black Canadian Writing, Cultural History, and the Presence of the Past*. Montreal and Kingston: McGill-Queen's University Press, 2015, p. 130.

来自西加拿大反奴隶制社区的支持"①,可以让他心无旁骛地思考和规划自己的事业,正是在这里,他创作了《布莱克,或美国小屋》的大部分内容。查塔姆的重要性还体现在它与约翰·布朗的关联。《血缘》中提到,在奥克维尔会面之前,凯恩和布朗在查塔姆就已经有过面对面的交流:"在西加拿大,很多人在谈论废除美国的奴隶制。在黑人中流传一个消息:一位来自美国的白人要在查塔姆发动黑人,准备解放那些被盗的人。他的名字叫约翰·布朗。……他说起话来更像黑人,不像我见过的任何一位白人。1858年5月,他在查塔姆的一间屋子里召集我们举行秘密会议,让我们发誓保密。……布朗说他要给奴隶制当头一棒,他要把黑奴从种植园中解放出来,并领导他们参加这场斗争。"(466—467)这段叙述有明显的历史指向。1858年5月,布朗前来查塔姆与德兰尼会面,召开查塔姆秘密会议,"参加会议的有三十三个黑人,十二个白人……会上成立了黑人和白人联合战斗的革命组织,布朗当选为总司令"②。会上通过了布朗为将来的革命政府起草的《临时宪法》,提出"奴隶是,而且应当是独立自由的,正像上帝万古不变的法律要求人人应当独立自由那样"③。查塔姆会议为哈珀斯费里起义打下基础,进一步彰显出加拿大与19世纪北美黑人解放运动的紧密关系。

如前所述,黑人历史在加拿大官方叙事中往往是隐身的。"加拿大的建国和定居者完全被呈现为白人,轮流受到'第一民

---

① Winfried Siemerling, *The Black Atlantic Reconsidered: Black Canadian Writing, Cultural History, and the Presence of the Past*. Montreal and Kingston: McGill-Queen's University Press, 2015, p. 130.
② 黄启芳:《约翰·布朗》,《世界历史》1982年第3期,第86页。
③ 转引自黄启芳:《约翰·布朗》,《世界历史》1982年第3期,第86页。

族'族群的帮助(或阻碍),而这些族群此后恰好又从这个民族'消失'。这种对作为替代品的白人性的绝对强调,必然遮蔽了黑人性",这是当代加拿大话语关涉"黑人性"时的运作方式之一;而其后果就是,"20世纪70年代以前,黑人作为公民在历史课本、历史课程安排、文学课程中是缺席的"。[①] 希尔曾坦言:"加拿大黑人历史有太多引人入胜和尚未发掘的方面,它们值得被戏剧化,使其动人、有趣、迷人,把人们吸引到故事中来。现在仍然有大约两千五百万加拿大人,对黑人在世界范围和加拿大的经历几乎一无所知。"[②] 借助对19世纪中期加拿大黑人解放运动的文学再现,《血缘》揭示出加拿大黑人的历史维度,达到了与《黑人之书》同样的效果。但和《黑人之书》不同的是,《血缘》没有驻留在某个历史阶段,而是利用家世小说和边境穿越的体裁和题材特点,更具历时性地描画了加拿大黑人社群的历史。

小说不仅聚焦19世纪中期加拿大黑人社区历史,还把视角延伸至20世纪初,其中的关键人物就是凯恩三世。因为情感和家庭缘故,凯恩三世夫妇于20世纪20年代从美国移居奥克维尔。凯恩三世来奥克维尔后继续从事教会活动,生活环境的改变缓解了夫妇二人的紧张关系,而凯恩三世在特定时刻表现出的优秀品质和人格魅力,则更是增进夫妻情感的催化剂。受父亲的影响,凯恩三世极为看重自己的黑人身份,有一种天然的责任感和使命感。一日,亚伯丁告诉凯恩三世奥克维尔要举行一

[①] Jennifer Harris, "Ain't No Border Wide Enough: Writing Black Canada in Lawrence Hill's *Any Known Blood*." *The Journal of American Culture* 27. 4 (2004): 367.

[②] H. Nigel Thomas, ed. *Why We Write: Conversations with African Canadian Poets and Novelists*. Toronto: TSAR, 2006, pp. 142–143.

年一度的黑人滑稽剧慈善演出,凯恩三世听后大为不悦。在日后的布道会上,他高声疾呼,坚决反对这种形式的表演,因为它践踏了黑人的尊严:"我们是坐过运奴船的。但我们生存下来,并且来到这里。我们有家人,我们有教堂。说到底,我们想要的,也是所有人都要想得到的:食物、住所、安逸和爱。……把黑人装扮成黑脸小丑,莫名其妙地把自己绊倒,这对我们来说是一种耻辱。就在两代人之前,这个城镇曾对逃亡奴隶伸出援手,这种事情是不能在这里发生的。"(288—289)凯恩三世的言论引来众人反对,指责他是"一位美国闯入者,不懂奥克维尔的人情世故",并要求他道歉,但凯恩三世坚守立场,寸步不让。这场争论反倒让奥克维尔的黑人团结起来,"他们同意……不参与这场演出"(289)。凯恩三世对黑人尊严的捍卫提升了他在社区中的声望,也在一定程度上促成了奥克维尔黑人意识的觉醒。奥克维尔虽然偏安一隅,但并非世外桃源。20 世纪 30 年代,奉行白人至上的三 K 党曾造访奥克维尔,企图阻止一位白人女子和黑人男子结婚。在公共舆论的压力下,他们最终退让,其中的几位成员还受到法律制裁。这一事件在《血缘》中得到再现。[①] 亚伯丁和白人女子伊芙琳相恋,招来三 K 党,他们来势汹汹,要求凯恩三世交出亚伯丁,否则就要烧掉他的房子,所幸凯恩三世早已提前告知警局,才化解了这次险情。《血缘》凭借对家族变迁和边境穿越的主题糅合,显示出加拿大黑人的历史绵延——如果说

[①] 希尔在小说附录里提到了此事对他创作的启发。参见 Lawrence Hill, *Any Known Blood*. Toronto: HarperCollins, 2011, p. 521。2000 年,希尔在《环球邮报》发表文章《像我们一样黑》("Black Like Us"),更加详细地讲述了这起事件。参见 https://www.theglobeandmail.com/opinion/black-like-us/article765839/。

小说对凯恩的刻画昭明重要历史时刻的风起云涌,那么对凯恩三世的描摹则显露出日常生活表象下的暗流涌动,两者共同作用,勾勒出加拿大黑人社群的历史风貌。

在挖掘加拿大黑人历史源流的同时,《血缘》还将加拿大黑人和美国黑人经验并置,从共时视角探究各自的特征属性。由于美国黑人文化的巨大影响,加上特殊的地缘身份,加拿大黑人文化和批评界在面对这个南方近邻时总有一种压迫感和焦虑感。加拿大著名黑人批评家克拉克深感加拿大黑人生活在美国黑人的阴影下,"美国黑人学者倾向于把加拿大黑人看作他们失败的自我"[1]。著名黑人作家安德烈·亚历克西感叹"美国黑人已经创造了一种足够强大的文化,抵抗美国白人的不断渗透"[2],而加拿大却少见这种文化。事实上,在对待美国黑人文化的问题上,希尔本人也表现出明显的"影响的焦虑",认为"加拿大人往往依靠美国经验,他们对于在加拿大做黑人意味着什么的理解是二手和借来的"[3]。那么,应该如何处理两者的关系?是避而不谈,还是厚此薄彼?显然,《血缘》采取了更为合理的方法:积极面对,平等对待。希尔曾在访谈中指出:"我在《血缘》中感兴趣的是探讨把美国和加拿大黑人经验联结起来的东西。……我感兴趣的是在边境上来回迁移这种想法。"[4]通过对

---

[1] George Elliott Clarke, *Odysseys Home: Mapping African-Canadian Literature*. Toronto: University of Toronto Press, p. 34.

[2] André Alexis, "Canadian Blacks are Seen as Quieter Clones of Their Bold American Counterparts." *This Magazine*, (1995): 19.

[3] Lawrence Hill, "Black Like Us," in https://www.theglobeandmail.com/opinion/black-like-us/article765839/.

[4] H. Nigel Thomas, ed. *Why We Write: Conversations with African Canadian Poets and Novelists*. Toronto: TSAR, 2006, p. 133.

代际传承的跨境观照,小说将加拿大和美国黑人文化有机融合在一起,为更好地审读对方提供了有效参照。

凭由对美加黑人社会文化的并置与交错,《血缘》清晰地展现了两国种族主义的差异。小说家兼评论家塞西尔·福斯特指出,加拿大的种族主义是一种"仁慈的种族主义"[①],它潜藏在加拿大社会的方方面面,虽不咄咄逼人,却同样具有破坏力。凯恩四世在加拿大的求学经历充分说明了这点。他在多伦多大学读书时想租一间公寓,妻子多萝西独自相中了一个理想住处,离学校近,房东是位名叫沃森的白人,多伦多大学医学院的毕业生。得知凯恩四世也在多伦多大学学医,沃森欣然应允,接受了第一个月的租金,还交付了钥匙。次日,夫妻二人一同来入住,发现出租公告还在,凯恩四世就有种不祥的预感。果然,沃森吞吞吐吐,欲言又止,"兰斯顿马上明白他们是租不到这间房了。拒绝就像落日一样肯定会到来——但兰斯顿意识到会是一种独特的方式。这里不是美国。没人会破口大骂,或用枪恐吓。兰斯顿等待着那个拒绝,加拿大式的拒绝"(35)。不出凯恩四世所料,沃森很有礼貌地解释说昨天多萝西走后,他又把房子租给了一对退休夫妇,因为他们更需要。这显然是借口,真实情况是沃森在背后调查了凯恩四世的背景,知道他是黑人后改变了主意。从此以后,凯恩四世成了一名黑人民权运动家。事实上,因为有丰富的跨国生活经历,凯恩四世对美加种族主义的不同是有深刻体认的。他二战期间在美国参军,在华盛顿乘车,遇到一位站台搬运工对他说:"你知道,二等兵,你是个聪明或者说幸运的

[①] Cecil Foster, *A Place Called Heaven: The Meaning of Being Black in Canada*. Toronto: HarperCollins, 1996, p. 14.

人,因为你在北方旅行。如果你朝南方去……他们会把你隔离起来。把你装进家畜车里。"(371—372)来加拿大后,他本以为能找到像美国一样的黑人区,但没人明白"黑人区"这个词的意思。所以,当多萝西邀请他去温莎调查餐厅种族歧视时,他完全没有兴趣,甚至有些抵触:"如果我热衷于体验种族隔离,那么我就待在巴尔的摩了。在那里,我能进去的饭店全是黑人开的。如果我想用餐,那只能在后门点外卖。……我不需要去温莎。我不需要上种族隔离的课。"(82)

美加种族主义不同的运作方式还反映在凯恩五世的美国之旅中。小说中,"美加两国种族差异方面的不同,在父亲和儿子相反的旅行轨迹中表现得很明显"①。同样是租房,同样是被拒绝,凯恩五世在巴尔的摩的经历就完全不同。美国房东先是对他上下打量,然后当面大爆粗口,凯恩五世都不相信他所听到的,只能安慰自己说"巴尔的摩显然不是奥克维尔"(94)。而在宾夕法尼亚大道上,凯恩五世因为一起枪击事件险些丧命,印证了他临行前父亲的警告:"在巴尔的摩他们会把你吃掉。"(57)也引出了事后在米莉森特的家庭聚会上,一位宾客对他的提问:"我的意思是,我想你既然已经去过……宾夕法尼亚大道,我想你已经接受了黑人性的负担了吧。那么你觉得这里怎样,和加拿大比?"(243)凯恩四世断定不会在加拿大发生的事情,都一一在身处美国的儿子身上应验,美加种族主义形态的差别一目了

---

① Winfried Siemerling, "'May I See Some Identification?' Race, Borders, and Identities in *Any Known Blood*." *Canada and Its Americas: Transnational Navigations*. Eds. Winfried Siemerling and Sarah Phillips Casteel, Montreal and Kingston: McGill-Queen's University Press, 2010, p. 155.

然。在针对《血缘》的访谈中,希尔曾表示:"关于加拿大黑人和美国黑人的不同,已经谈了很多,但在这部小说里,我想把一些经历结合起来,反其道而为之。我想通过发生在两个国家的家族故事,把两者糅合在一起。"① 显然,希尔在《血缘》中所为并非搁置差异,而是通过使双方成为彼此的一面镜子,更好地阐发差异。诚如里纳尔多·沃尔科特在评价该作时所言:"希尔的这部作品似乎说明,如果不严肃和持续地考虑美国在那段历史中的位置,就无法理解加拿大黑人历史的某些方面。"② 反之亦然:若不考量加拿大黑人经验,也很难准确和全面把握美国种族主义社会的特性。

通过跨越边界而对美加黑人经验进行融合,《血缘》不仅辨明两国种族主义的特质,还对深植于各自历史文化中的神话进行了祛魅。凯恩家族起源于19世纪的美国奴隶制,具体说,是"地下铁路"这段历史。从19世纪初至19世纪中期,美国废奴主义者创建秘密通道和避难所,帮助黑奴逃往自由州和加拿大,史称"地下铁路"。"地下铁路"之所以成为可能,一个重要前提是废奴宣传把加拿大描绘成一片没有压迫和歧视的"乐土",是指引黑奴前行的北极星;久而久之,就有了"北极星神话"(north star mythology)。"北极星神话在'地下铁路'历史中找到它的

---

① Winfried Siemerling, "A Conversation with Lawrence Hill." *Callaloo* 36. 1 (2013): 11.
② Rinaldo Walcott, *Black Like Who?: Writing Black Canada*. Toronto: Insomniac, 2003, p. 67.

最佳化身,在这段历史中,加拿大被表现为乐土。"①因此,对加拿大人来说,"地下铁路"就成为他们确认自身道德优越性依仗的资源,"它生发出一种传奇,可以让加拿大人强化他们对待黑人立场上的自满态度"②。同一时期的奴隶叙事也大都从正面表现加拿大,帮助固化了这种神话。沃德就曾在《一位逃亡奴隶的自传》(*Autobiography of a Fugitive Slave*, 1855)中说过:"世界上没有哪个国家像加拿大这样受到奴隶主的仇视;也没有哪个国家像加拿大这样被奴隶们热爱和追求。"③

《血缘》对凯恩家族史源头的追溯以兰斯顿·凯恩的第一人称视角写就,具有奴隶叙事的特征。在这份留给儿子凯恩二世的手稿中,凯恩完整讲述了自己的一生,交代了家族故事的缘起。有学者认为,这部分叙事与约西亚·亨森(Josiah Henson)、道格拉斯、布朗和豪等人的奴隶叙事之间有明显的互

---

① Maureen Moynagh, "Eyeing the North Star? Figuring Canada in Postslavery Fiction and Drama." *Canada and Its Americas: Transnational Navigations*. Eds. Winfried Siemerling and Sarah Phillips Casteel, Montreal and Kingston: McGill-Queen's University Press, 2010, p. 140.

② Robin Winks, *The Blacks in Canada: A History*. Montreal and Kingston: McGill-Queen's University Press, 1997, p. 233.

③ 转引自 Maureen Moynagh, "Eyeing the North Star? Figuring Canada in Postslavery Fiction and Drama." *Canada and Its Americas: Transnational Navigations*. Eds. Winfried Siemerling and Sarah Phillips Casteel, Montreal and Kingston: McGill-Queen's University Press, 2010, p. 140。温克斯指出,1836—1859年出版的最著名的三十部奴隶叙事作品,基本都持这种论调。参见 Robin Winks, *The Blacks in Canada: A History*. Montreal and Kingston: McGill-Queen's University Press, 1997, p. 241。

文关系。①"通过以奴隶叙事的形式讲述凯恩的故事,希尔间接指涉了美国和加拿大黑人文学史,指向了逃亡奴隶的自传书写",以此"让读者关注奴隶制的正面文学遗产"②。以凯恩为第一人称讲述的另外一层积极意义,在于它以奴隶叙事的文类形式颠覆了奴隶叙事本身所支持的"北极星神话"。在马里兰州,凯恩"了解到在北方,有个叫'乐土'的地方,那里所有人都是自由的"(436),这是他逃往加拿大的主要动力,也遵循了奴隶叙事的基本套路——"往北走,去寻找自由"③。然而来到奥克维尔后,凯恩发现实际情况并非如此。尽管那里的黑人不受鞭打,尽管那里的白人不断强调"美国的奴隶制是多么邪恶","黑人仍然被当作局外人"(461)。小说中的这些描写是有历史依据的。事实上,19世纪中期,黑人在加拿大的生存境况堪忧:他们被排除在宗教活动之外,原先支持黑人受教育的牧师,因为白人施压,也提议建立隔离学校;报纸上有关黑人的玩笑开始增多,有些地方甚至被称为"黑鬼窟";之前可以雇佣白人的黑人,如今被剥夺

---

① Nadine Flagel, "Resonant Genres and Intertexts in Neo-Slave Narratives of Caryl Phillips, Octavia Butler, and Lawrence Hill." Diss. Dalhousie University, 2005, p. 269. 还可参见 Winfried Siemerling, "'May I See Some Identification?' Race, Borders, and Identities in *Any Known Blood*." *Canada and Its Americas: Transnational Navigations*. Eds. Winfried Siemerling and Sarah Phillips Casteel, Montreal and Kingston: McGill-Queen's University Press, 2010, p. 158。

② Nadine Flagel, "Resonant Genres and Intertexts in Neo-Slave Narratives of Caryl Phillips, Octavia Butler, and Lawrence Hill." Diss. Dalhousie University, 2005, p. 265.

③ Nadine Flagel, "Resonant Genres and Intertexts in Neo-Slave Narratives of Caryl Phillips, Octavia Butler, and Lawrence Hill." Diss. Dalhousie University, 2005, p. 269.

了这种权利;还有人认为,黑人应该对所有的严重罪行负责。①这些现象充分表明彼时加拿大紧张的种族关系。但这些往往被排除在传统奴隶叙事之外,因为它们重点关注逃亡的过程,"很少涉及逃奴逃亡之后的生活"②。其实,在对"地下铁路"历史的认知上,也存在类似的问题:认为"'地下铁路'到加拿大的边界就停止了,多越过一寸都不行"③。正如莫伊纳所言:"'地下铁路'叙事……是对边界的界定。"④因此,"北极星神话"之所以成为神话,边界至关重要。通过跨越边界,展示逃奴逃亡之后的生存状态,《血缘》延展了传统奴隶叙事和"地下铁路"叙事的视界,揭露出"神话"背后的现实。

如果说凯恩逃向自由的北方之旅揭橥"北极星神话"的建构性和话语性,那么他获得自由后的南方之行则将美国黑人解放史上的重要事件约翰·布朗起义问题化。1859 年 10 月 16 日,布朗率领一支二十多人的队伍(包括他的三个儿子和女婿的两个弟弟),袭击弗吉尼亚的哈珀斯费里,计划占领那里的军火库,感召更多黑奴加入起义,进入附近山区建立游击据点。由于人员不足,缺少缜密的安排,在控制军火库后没能进一步壮大起义

---

① 参见 Robin Winks, *The Blacks in Canada: A History*. Montreal and Kingston: McGill-Queen's University Press, 1997, p. 248。

② Robin Winks, *The Blacks in Canada: A History*. Montreal and Kingston: McGill-Queen's University Press, 1997, p. 242.

③ Jennifer Harris, "Ain't No Border Wide Enough: Writing Black Canada in Lawrence Hill's *Any Known Blood*." *The Journal of American Culture* 27. 4 (2004): 368.

④ Maureen Moynagh, "Eyeing the North Star? Figuring Canada in Postslavery Fiction and Drama." *Canada and Its Americas: Transnational Navigations*. Eds. Winfried Siemerling and Sarah Phillips Casteel, Montreal and Kingston: McGill-Queen's University Press, 2010, p. 140.

队伍。次日,奴隶主调来一千多名民团将布朗包围,罗伯特·李也从巴尔的摩调来部队参战。与敌军奋战两昼夜后,布朗身负重伤,起义失败;被俘后,布朗以"谋叛罪"被处以绞刑。这起事件有力地推动了美国黑人解放进程,是美国南北战争的重要导火索。事发数月后,马克思高度评价其意义:"现在世界上所发生的最大的事件,一方面是由于布朗的死而展开的美国的奴隶运动,另一方面是俄国的奴隶运动。"①

《血缘》通过凯恩的二次越境,对这段历史进行了文学再现。凯恩的现实原型是奥斯本·P. 安德森(Osborne P. Anderson)。安德森 1830 年生于宾夕法尼亚,1850 年移居查塔姆,做过卡里的废奴报纸《乡下自由人》的印刷工。1858 年,他参加了查塔姆会议,之后加入布朗的起义队伍。安德森是起义的幸存者之一,他日后回到加拿大,撰写出版了回忆录《来自哈珀斯费里的声音》(*A Voice from Harper's Ferry*, 1861)。希尔从安德森其人其作中得到许多创作灵感,但同时也承认,他"完全没有严格按照安德森来塑造凯恩"②。的确,希尔对凯恩的刻画几乎是一种重塑。作为奴隶叙事的主角,凯恩并没有表现出传统奴隶叙事主人公坚韧和勤劳的清教品质;相反,他极具个性和叛逆精神。来到加拿大后,他不愿和其他黑人一样务农,干体力活,因为这让他想起种植园的经历;他也不安于平淡无奇的家庭生活:"我不适合结婚,不适合做礼拜、带孩子、做一成不变的工作。"(473)

---

① 转引自杨玉圣:《关于约翰·布朗起义的两个问题》,《山东师大学报》1983 年第 3 期,第 34 页。

② Winfried Siemerling, "A Conversation with Lawrence Hill." *Callaloo* 36. 1 (2013): 13.

第三章 "在别处,不在这里":跨民族书写的路径与内涵

凯恩也参加了查塔姆会议,当众人因为布朗的激昂陈词而落泪时,他却不为所动,因为他根本不认同布朗的做法:"约翰·布朗从来没有在种植园生活过,他不了解黑人。他以为很容易就能解放几千名黑人,在他的指引下拿起武器。……他不了解黑人。他们会看他一眼,然后说他是个疯子。"(467)[①]实际上,凯恩追随布朗的主要原因,不是因为他想解放黑奴,而是为了摆脱婚外情带来的麻烦。凯恩坦白,他曾在尼亚加拉湖边小镇游玩时与一位女子发生关系,被教会提起诉讼,这件事也成为凯恩家族的污点。而在起义过程中,凯恩又与布朗的女儿黛安娜互生情愫,眼看行动失败,他退回到黛安娜的藏身处,两人一起逃走。很明显,凯恩是一个典型的"反英雄","在希尔的想象性重构中,这段奴隶叙事具有了流浪汉小说的色彩"[②]。

被问及为何会塑造凯恩这样一位有争议的人物时,希尔回答说:"我的工作是创作一个可信的、有戏剧性的、有趣的人物形象,能够反映人类经验的重要方面。"[③]通过刻画这样一个虽有瑕疵,却更立体、丰满的人物形象,《血缘》在一定程度上褪去了哈珀斯费里起义的英雄主义光环,使其生活化。其实,把这件足

[①] 加拿大当时对布朗的态度是比较复杂的,经历了一个先抑后扬的过程。起初,部分保守派认为他的做法是疯狂的;布朗被处死后,对他的评价逐渐走高,甚至赞扬他的牺牲是美国历史"最光辉的篇章之一"。参见 Robin Winks, *The Blacks in Canada: A History*. Montreal and Kingston: McGill-Queen's University Press, 1997, p. 269.

[②] Maureen Moynagh, "Eyeing the North Star? Figuring Canada in Postslavery Fiction and Drama." *Canada and Its Americas: Transnational Navigations*. Eds. Winfried Siemerling and Sarah Phillips Casteel, Montreal and Kingston: McGill-Queen's University Press, 2010, p. 142.

[③] Winfried Siemerling, "A Conversation with Lawrence Hill." *Callaloo* 36.1 (2013): 14.

以改变美国历史走向的重要事件嵌入凯恩的讲述,从他的个体视角进行观察,本身就是对公共历史的私人化处理。而透过凯恩的视角,也的确呈现出一些戏剧化场景,比如队伍内部出现不同意见,"几个人说布朗误导了他们,让他们以为是去解放奴隶,不是袭击一个美国军工厂"(484);还有一名成员慌乱中开枪误伤了一位手无寸铁的黑人。事实上,哈珀斯费里起义不仅出现在凯恩的自述中,还被融入其他文本。在调查家族史的过程中,凯恩五世最先接触到(或者说最先重构)的,不是曾曾祖父的手稿,而是他的曾祖父凯恩二世的收养人休梅克的日记。休梅克在日记中记录了凯恩二世的成长过程,其中一则提到,在一次毕业典礼上,凯恩二世遇见了黑人领袖道格拉斯,后者告诉他,他的父亲参加了布朗的行动,是一个好人;在随后的演讲中,道格拉斯高度称赞布朗:"朋友们,大家都在说我的成就,但我的成就和布朗的比简直一文不值。我是为奴隶而活,他可以为他们去死。"(422)休梅克的日记从另一个角度呈现了布朗的这次旷世之举,与凯恩的记述形成对照,而所有这一切又都统辖在凯恩五世的家族史书写中。《血缘》将哈珀斯费里起义置于一个文本网络中,对其进行多元审视,"创造性而非模仿式地介入美国黑人文化的某些方面"[①]。在论述"历史编纂元小说"(historiographic metafiction)概念时,琳达·哈钦指出:"将历史非自然化的后现代欲望所造成的一个结果,是一种对于已经发生的原始**事件**

[①] Winfried Siemerling, "'May I See Some Identification?' Race, Borders, and Identities in *Any Known Blood*." *Canada and Its Americas: Transnational Navigations*. Eds. Winfried Siemerling and Sarah Phillips Casteel, Montreal and Kingston: McGill-Queen's University Press, 2010, p. 157.

和我们从中建构的历史**事实**之区分的全新的自我意识。事实是我们已经赋予其意义的事件。因此,不同的历史视角会从同样的事件中得出不同的事实。"①《血缘》是一部典型的"历史编纂元小说",它以历史为基础,对原始事件进行想象性加工和个性化阐释,打破虚构和事实的界线,"质疑了美国黑人历史和神话生产的方式"②。

经由凯恩五世对百年家族史的跨民族追索,《血缘》探究了加拿大黑人历史身份、美加种族主义的特征属性,以及两国黑人文化史中的神话生产。它拒绝对美国和加拿大黑人历史进行本质主义理解,致力于揭示两者之间的互相渗透和影响,彰显出地理边界的意识形态和文化属性。在沃尔科特看来,这部小说"为我们理解各种边界跨越中黑人与两国的历史关系提供了范本"③。在学界普遍关注美墨边界的情况下,考察《血缘》这类作品,对于丰富边界研究的维度,促进跨民族文学研究的多元化发展,无疑具有积极意义。另外,当下美国保守主义政治气氛渐浓,曾有论者在网上发表题为"为什么我们比任何时候都需要边界小说?"的专栏文章,呼吁文学创作界发出声音,增进沟通和交流,提供解决方案。④ 从这个角度看,《血缘》不仅理论价值突

---

① Linda Hutcheon, *The Politics of Postmodernism*. London and New York: Routledge, 2002, p. 54.

② Jennifer Harris, "Ain't No Border Wide Enough: Writing Black Canada in Lawrence Hill's *Any Known Blood*." *The Journal of American Culture* 27. 4 (2004): 371.

③ Rinaldo Walcott, *Black Like Who?: Writing Black Canada*. Toronto: Insomniac, 2003, p. 68.

④ Justin Hunter, "Why We Need Border Fiction More Than Ever." https://litreactor.com/columns/why-we-need-border-fiction-more-than-ever.

出，而且颇具前瞻性和现实意义，它虽聚焦美加边界，但其叙事与题旨，对于思索世界范围内的边界问题以及如何从文学角度做出回应，都能带来启发。

第三节　用文字照亮幽暗处的"黑人性"：
　　　　《混血布鲁斯》中的音乐、战争和欧洲

在跨民族加拿大文学研究中，除了涉及边界研究的美加文学，加拿大与欧洲的相互影响也是一个重要方面。虽然地缘身份使得美加之间有天然的近缘关系，但欧洲对加拿大的影响似乎更加深远："加拿大在文化上是美国的延伸，但在意识形态和政治上是欧洲的拓展。"[①]的确，加拿大与欧洲渊源颇深。从16世纪起，加拿大沦为法英殖民地；"七年战争"（1756—1763年），法国战败，"巴黎和约"让加拿大正式归属英国；1867年，新不伦瑞克、新斯科舍、安大略和魁北克四省成立加拿大联邦，成为英国最早的自治领；1931年，加拿大成为英联邦成员，获得立法权；1982年，英国通过《加拿大宪法法案》，加拿大获立法、修宪的全部权力。长期的殖民地经历把加拿大与欧洲紧紧捆绑在一起，在政治理念和文化习俗等方面，加拿大都表现出深深的欧洲烙印。加拿大最具辨识度的文化符码——官方多元文化主义政

---

① George Elliott Clarke, *Directions Home: Approaches to African-Canadian Literature*. Toronto: University of Toronto Press, 2012, p. 102.

策，就是以英法政治文化传统为基础架构的。①

　　文学是最能体现加拿大与欧洲密切关系的领域之一，"如果说经典加拿大'文明'是欧洲的延展，那么加拿大文学也同样如此"②。和所有殖民地文学一样，加拿大文学也是从效仿宗主国文学起步的，1867年"联邦诗人"的出现标志着加拿大民族文学意识的萌芽，"到20世纪中期，尤其是1967年加拿大独立百年纪念以后，加拿大文学逐渐成熟起来，成为独立的民族文学"③。从作家的个人经历看，加拿大文学与欧洲也有千丝万缕的联系：短篇小说大师莫利·卡拉汉（Morley Callaghan）曾旅居巴黎，是海明威、庞德、斯泰因、菲茨杰拉德和乔伊斯的现代派文学沙龙的重要成员；女性作家的杰出代表玛格丽特·劳伦斯（Margaret Lawrence）在英国居住了十多年，在那里度过了她创作生涯的重要时期；著名草原作家弗雷德里克·菲利普·格鲁夫（Frederick Philip Grove）生于德国，把"对文学领域新发

---

① 加拿大一直处于美国和欧洲的夹缝中，是美国和欧洲争夺话语权的重要场域。欧洲传统对加拿大的影响之深，从加拿大批评界对美国强权的回应中可见一斑。20世纪60年代，在加拿大民族主义情绪高涨的背景下，政治哲学家乔治·格兰特（George Grant）强硬表示："……对民族主义的威胁来自南方，不是来自海的那端。作为一个加拿大人，就是和法国人一起，建设一个比美国的自由主义实验更有秩序和更稳定的社会。" George Grant, *Lament for A Nation*. Montreal and Kingston: McGill-Queen's University Press, 2005, p. 5. 法国加拿大问题研究专家安德烈·齐格弗里德（Andre Siegfried）也可以作为一个参照，他认为加拿大的问题"不是美国民族威胁加拿大民族；而是美国文明形态威胁取代英国文明"。转引自George Elliott Clarke, *Directions Home: Approaches to African-Canadian Literature*. Toronto: University of Toronto Press, 2012, p. 103。

② George Elliott Clarke, *Directions Home: Approaches to African-Canadian Literature*. Toronto: University of Toronto Press, 2012, p. 103.

③ 朱徽：《加拿大英语文学简史》，成都：四川大学出版社，2005年，第7页。

展的想法和经历带到加拿大"①。文学批评方面,加拿大和欧洲也有明显的关联和互相影响,"加拿大文学讨论中的许多理论发展,尤其是女性作家和女权主义创作方面,可以在跨大西洋(通常是法国)的结构主义和后结构主义研究中找到源头"②。事实上,不少加拿大文学研究专家都有深厚的欧洲背景:著名学者、《剑桥加拿大文学史》主编卡拉尔·安·豪威尔斯执教于伦敦大学;多伦多大学教授、加拿大文学研究权威斯马洛·坎布莱莉是希腊移民。在加拿大文学研究的整体版图中,有相当一部分是从欧洲和跨洋视角对加拿大文学的阐发,这些研究推动了加拿大文学研究的国际化和多元发展,《取得进展:欧洲批评家论加拿大文学》(*Gaining Ground: European Critics on Canadian Literature*, 1985)、《拉开距离的阅读:对加拿大女性文学的欧洲阐释》(*Reading(s) from a Distance: European Perspectives on Canadian Women's Writing*, 2008)和《流散代际性:英国和加拿大小说中的身份、代际关系和流散》(*Diasporic Generationality: Identity, Generation Relationships and Diaspora in Selected Novels from Britain and Canada*, 2015)等就是这方面的有益探索。③

---

① Martin Kuester, "Canadian Studies and Canadian Literature in a Transatlantic Context: Themes, Theories, Images, Life Writing." *Handbook of Transatlantic North American Studies*. Ed. Julia Straub, Berlin and Boston: De Gruyter, 2016, p. 481.

② Martin Kuester, "Canadian Studies and Canadian Literature in a Transatlantic Context: Themes, Theories, Images, Life Writing." *Handbook of Transatlantic North American Studies*. Ed. Julia Straub, Berlin and Boston: De Gruyter, 2016, p. 482.

③ 有关这方面的研究,还可参见本章第一节的讨论。

加拿大和欧洲之间的历史文化渊源，在很大程度上决定了加拿大黑人作家对欧洲元素的吸收和再现。加拿大黑人文学批评的开拓者之一、多伦多大学教授克拉克就坦言，自己曾痴迷于家乡的欧洲文明痕迹以及美国黑人文学的欧洲想象："那就是当时的我，从孩子到少年，迷恋被赋予力量的盎格鲁-撒克逊（以及海军和军事的）文化，它定义着哈利法克斯；我还放飞想象力，被美国黑人文学吸引到国外，它把英国、法国、西班牙和苏联（俄国）描绘成没有歧视的天堂。"[1]欧洲对美国黑人作家有非凡的吸引力，"美国黑人身份这种观念就植根于欧洲的哲学和实践"[2]。许多美国黑人作家都有丰富的旅欧经历，对他们来说，"去欧洲……似乎既完成了理想的个人逃避，也实现了有报道价值的社会抗议"[3]。吉尔罗伊在《黑色大西洋》中对"跨民族和文化间性视角"的构建，其主要路径就是阐释杜波依斯和赖特等美国黑人知识分子和作家对欧洲哲学思想的吸收和改造。因为加拿大与欧洲在政治文化等方面的高度契合，相比美国黑人作家，加拿大黑人作家与欧洲的交集似乎并没有那么多，但这并不影响他们对欧洲的文学再现。在《加拿大黑人文学的欧洲观念》一文中，克拉克详细分析了美国和加拿大黑人对待欧洲的不同态度，解读了苏塞特·迈尔、克莱尔·哈里斯（Claire Harris）、金·巴里·布伦休博（Kim Barry Brunhuber）、麦卢斯·萨斯

---

[1] George Elliott Clarke, *Directions Home: Approaches to African-Canadian Literature*. Toronto: University of Toronto Press, 2012, p. 105.

[2] George Elliott Clarke, *Directions Home: Approaches to African-Canadian Literature*. Toronto: University of Toronto Press, 2012, p. 106.

[3] George Elliott Clarke, *Directions Home: Approaches to African-Canadian Literature*. Toronto: University of Toronto Press, 2012, p. 109.

菲尔德(Mairuth Sarsfield)和亚历克西等加拿大黑人作家的欧洲书写，剖析其作品对欧洲"乐园"形象的想象、对欧洲征服和被征服者形象的塑造，以及对加拿大与欧洲文化融合的探讨。①

克拉克选择的这几位作家很有代表性，他们有的具有欧洲血统（比如迈尔和布伦休博），有的生活在加拿大法语区（比如萨斯菲尔德）。但说起欧洲题材作品创作，还有一位作家是不得不提的，那就是埃西·埃多彦。埃多彦1978年生于阿尔伯塔省卡尔加里，父母是加纳移民；曾在维多利亚大学学习创意写作，参加约翰·霍普金斯大学写作研讨班，获硕士学位。2004年，埃多彦发表处女作《塞缪尔·泰恩的第二次生命》，广受赞誉，一鸣惊人。2011年，她推出第二部长篇《混血布鲁斯》，进入当年布克奖、总督奖、吉勒奖和罗杰斯小说奖等文学大奖的决选名单，并最终捧得吉勒奖，成为新生代加拿大黑人作家中的佼佼者。2018年，埃多彦凭借最新力作《华盛顿·布莱克》再次斩获吉勒奖，一举奠定了她在当今加拿大文坛的重要地位。

在上述几部作品中，《混血布鲁斯》对欧洲着墨最多。小说以二战和冷战结束后的90年代为背景，讲述几位音乐人的传奇人生和感情纠葛。20世纪30年代，来自美国的西德尼和琼斯与保罗、恩斯特、弗里兹和法尔克等德国年轻音乐人在柏林组成"热力时光摇摆"乐队，名噪一时。20世纪30年代末，迫于纳粹的种族主义，他们不得不转入地下，并最终离开柏林，去巴黎继续自己的音乐梦想。来到巴黎后不久法德两国进入战争状态，他们克服种种艰难险阻，在爵士乐巨匠路易斯·阿姆斯特朗的

---

① 参见 George Elliott Clarke, *Directions Home: Approaches to African-Canadian Literature*. Toronto: University of Toronto Press, 2012, pp. 110–115。

第三章 "在别处,不在这里":跨民族书写的路径与内涵

启发下,最终完成传世之作《混血布鲁斯》,但也为此付出沉重代价:乐队灵魂法尔克因为签证问题没能离开已经陷落的巴黎,被关进集中营。半个世纪以后,已入耄耋之年的西德尼和琼斯重访柏林,然后转道去波兰看望奇迹般存活下来、但已是盲人的法尔克。西德尼借此机会向法尔克忏悔自己当年如何为了赶录唱片藏匿他的签证,使他不幸落入纳粹的魔爪,身心遭受巨大折磨。早已看破人生的法尔克淡然接受了这个事实,故事在悠扬的乐声中落下帷幕。

黑人音乐是《混血布鲁斯》故事情节的黏合剂。黑人音乐与黑人文学之间有天然的亲缘关系,两者互为对方的灵感来源。莫里森曾言:"我总是以音乐做比附,因为所有的策略都在音乐里。……音乐让你渴望得到更多。它从来不真正给你全部。它扇你脸,然后拥抱你,扇你脸,然后拥抱你。文学应该做同样的事情。"[①]在莫里森的《爵士乐》、沃克的《紫色》和拉尔森的《看不见的人》中,黑人音乐都是推动情节、烘托主题的重要元素。黑人音乐是黑人构建和彰显身份的主要媒介,"在世界流散黑人的经验交换过程中,传递黑人文化并对黑人认同产生关键性作用的是黑人音乐"[②]。杜波依斯非常看重黑人音乐的文化和意识形态功用,他的代表作《黑人的灵魂》的每一章开头都有一段黑人乐章,在他看来,"黑人民乐——奴隶们有节奏的哭喊——在当前不仅是唯一的美国音乐,而且是出现在大洋这边的对人类

[①] 转引自 Paul Gilroy, *The Black Atlantic: Modernity and Double Consciousness*. Cambridge: Harvard University Press, 1993, p. 78。

[②] 江玉琴:《黑人音乐与流散黑人的认同性意义:兼论保罗·吉洛伊的流散理论》,《深圳大学学报》2012 年第 5 期,第 14 页。

经验最美丽的表达。它曾经被忽视……然而,它仍旧是这个国家非凡的精神遗产,是黑人族群最伟大的赐了。"①莫里森同样高度评价音乐对黑人身份认同的意义:"美国黑人通过把他们的经验转化为艺术,得以维系、疗愈和滋养,而最重要的艺术形式就是音乐。"②而对吉尔罗伊从"跨民族和文化间性视角"构建的"黑色大西洋"来说,黑人音乐更是起到关键作用。吉尔罗伊从流散视角出发,探讨黑人音乐在加勒比、美国和欧洲之间的"借用、错置、转化和不断重新铭刻的历史",审视对黑人身份和文化的极端本质主义和多元主义解读,尝试打破两者之间的壁垒。③

《混血布鲁斯》具有突出的跨民族叙事特征,而主要的叙事动力就是黑人音乐。从美国到柏林到巴黎再到波兰,音乐是串联小说人物跨国之旅的主线。有论者指出,《混血布鲁斯》"是一个关于友谊、背叛、忠诚及通过音乐获得救赎可能的故事"④。西德尼和琼斯来自巴尔的摩,两人是儿时玩伴,从小热爱爵士乐。来到柏林后,他们遇到了保罗、恩斯特、弗里兹等志同道合的音乐人。一次偶然的机会,保罗发现了还是个孩子的法尔克,把他带到乐队,担任小号手。法尔克是一位天才乐手,演奏浑然天成、震慑人心。虽然年轻,但因天赋出众,他逐渐成为乐队的领袖,但也正是由于才华过人,招来了嫉妒,原本团结一心的乐队开始出现裂痕。第一人称叙事者西德尼表面上与法尔克相安

---

① W. E. B. Du Bois, *The Souls of Black Folk*. New York: Bantam Dell, 2005, p. 186.
② 转引自 Paul Gilroy, *The Black Atlantic: Modernity and Double Consciousness*. Cambridge: Harvard University Press, 1993, p. 78。
③ 参见第二章第二节中的相关论述。
④ Maaza Mengiste, "An Interview with Esi Edugyan." *Callaloo* 36. 1 (2013): 46.

无事，内心早生怨恨，而当得知自己没有被阿姆斯特朗选中录制唱片时，他的不满达到顶点："他有天赋，他有大把的天赋。把他剁成两半，他还是比我强三倍。这不公平。我拼了命地演奏，结果只是二流水平，而那个该死的孩子刚起床，嘴往号子上一搁，就能吹出夜莺的声音，这不公平。"①在阿姆斯特朗的劝慰下，西德尼逐渐感到释然，认识到音乐并不是一个人生命的全部，所以不再纠结，开始放下。巴黎陷落，西德尼感到局势紧迫，提议加紧录制唱片，并将其命名为《混血布鲁斯》，在一间破旧的录音室里，几位音乐人拿起乐器，奏出美妙的和弦。然而，因为太过在意唱片的录制，西德尼藏匿了法尔克的签证，导致他没能逃出巴黎，这成了西德尼一生的愧疚，直到半个多世纪后在波兰与法尔克重逢，才解开心结。在《混血布鲁斯》中，黑人音乐与人物的命运际遇交融在一起，真可谓"人生如乐，乐如人生"；形式上，小说通篇用黑人英语写成，语言极富韵律，仿佛是文字谱就的乐章，极具艺术感染力。因此，"阅读《混血布鲁斯》，就好比通过文字倾听爵士乐和悲叹的痛楚"②。

黑人音乐在小说中不仅见证了几位音乐人的悲欢离合，还承载了他们的社会理想，是他们反抗强权、对抗体制的武器。"对流散黑人来说，一旦他们面临社会的排斥与歧视，往往转向黑人音乐，寻找他们的认同与精神支持。"③吉尔罗伊指出，音乐

---

① Esi Edugyan, *Half-Blood Blues*. New York: Picador, 2011, p. 252. 以下引文出自同一作品，只标页码。

② Maaza Mengiste, "An Interview with Esi Edugyan." *Callaloo* 36. 1 (2013): 46.

③ 江玉琴：《黑人音乐与流散黑人的认同性意义：兼论保罗·吉洛伊的流散理论》，《深圳大学学报》2012年第5期，第17页。

对研究黑人流散和现代性至关重要,因为它支撑了葛兰西意义上的知识分子,这些人的经历能让人们看清现代性危机和现代价值,他们"无法依靠与现代国家的关系或者文化产业里的安全体制位置给予的利益,去运作"①。也就是说,这些知识分子被排除在现代国家和产业体制之外,处于一种流放和他者状态。《混血布鲁斯》中的音乐人也身处这种境地,他们虽然不属于知识分子群体,却同样被边缘化。西德尼和琼斯是美国黑人,他们去欧洲的主要原因,是美国南方深重的种族主义传统让他们无法实现音乐梦想,就像西德尼所说的:"知道吧,我在一战前的巴尔的摩出生。如果你是在一战前的巴尔的摩出生,那么你就会一心想出来,尤其当你是个穷鬼、黑人,还有满脑子的远大理想时。"(38)他们的德国同伴也面临类似的困境。保罗是犹太人,是纳粹的头号清除对象。尽管他长相英俊,气质出众,看上去就是一位"完美的雅利安男子"(70),但这都改变不了他的族裔身份实质。公共场合,他必须对纳粹军官笑脸相迎,还得和后者一起高喊"希特勒万岁",只能私下表达愤懑。最终,他还是没能逃脱厄运,被关进集中营,再也没有出来。恩斯特倒是正宗的德国人,而且家境殷实,但他坚守自己的音乐理念,不附和主流趣味,为了换取同伴去巴黎的通行证,他留在德国,最后战死沙场。

当然,最能说明问题的还是法尔克。一战后,法国派非洲殖民地士兵(主要是塞内加尔)进驻战败国德国的莱茵兰地区,他们和当地的德国白人女子发生关系,生下混血儿,纳粹称其为

---

① Paul Gilroy, *The Black Atlantic: Modernity and Double Consciousness*. Cambridge: Harvard University Press, 1993, p. 76.

"莱茵兰杂种"(Rhineland Bastards)。法尔克就是其中的一位。纳粹时期,"德国犹太人和黑人在法律上都不是德国人,不管他们是否有德国血统,因为德国血统的定义是纯粹的雅利安人"①。因此,尽管法尔克有德国血统,但血统不纯,也不能算是德国人,所以就产生一个悖论:德国黑人不是德国人。西德尼和琼斯也是黑人,但他们是美国人,情况不同。"第三帝国时期的黑人生活情况……是极为复杂的。这是因为有太多不同类型的黑人,对他们的处理方式视他们所属的群体而定。"(50)纳粹最不能容忍的是法尔克这样的德国黑人,因为他们玷污了德国血统;当时甚至有人提议阉割"莱茵兰杂种",他们认定这些混血儿"说明的不仅是白人种族优越感和统治力的丧失,还有白人性和雅利安性的实际毁灭"②。曾经亲历纳粹统治的混血作家汉斯·J.马萨奎洛(Hans J. Massaquoi)在回忆录《注定见证:作为黑人在纳粹德国的成长》(*Destined to Witness: Growing Up Black in Nazi Germany*)中承认,他是二战结束后很久才知道"有一小部分德国黑人——就是那些悲惨的'莱茵兰杂种',他们的父亲是一战期间法国和比利时殖民地驻军——在希特勒的集中营中被清除掉"③。所以小说中琼斯才会说:"如果你是美国黑人,那还行。……可如果你是一个德国黑人,一个混血,……

---

① Molly Littlewood McKibbin, "Subverting the German Volk: Racial and Musical Impurity in Esi Edugyan's *Half-Blood Blues*." *Callaloo* 37. 2 (2014): 415–416.

② Molly Littlewood McKibbin, "Subverting the German Volk: Racial and Musical Impurity in Esi Edugyan's *Half-Blood Blues*." *Callaloo* 37. 2 (2014): 417.

③ Hans J. Massaquoi, *Destined to Witness: Growing Up Black in Nazi Germany*. New York: William Morrow and Company, Inc., 1999, p. viii.

那会很难看。"(241)法尔克因为混血身份受到的歧视,对他产生了巨大的心理冲击,以至于他对西德尼杜撰自己的身世,说他的父亲是一位喀麦隆贵族,受威廉二世邀请来德国学医,认识了母亲,把这个虚构"用作一种镇痛剂,一种机制,恢复他作为德国黑人被拒绝的合法地位、尊严和私人继承物"[1]。在法国,法尔克同样格格不入,因为他来自敌国。法尔克的悲惨遭遇,有偶然因素,但其实也是一种必然。

"热力时光摇摆"乐队成员显然是一群局外人,在极权世界里没有容身之所,用埃多彦的话说,"他们中没有谁能做真正的自我"[2]。然而他们并不因此而放弃,而是通过音乐发声,对抗独裁。"小说虽然着力讲述了当时纳粹立法下的种族排他行为,但也通过爵士乐的美学和伦理对其进行有力的抗拒。"[3]纳粹种族主义是一个严密的体系,既有物理层面上的(比如对犹太人的种族灭绝)实施,也有文化意义上的表现。两次世界大战期间,德国政府的主要任务之一,就是强调和复兴德国文化遗产,为保守主义政治服务,而主要路径就是复兴德国民乐,音乐民族主义在当时大行其道。[4] 希特勒对瓦格纳的推崇就是一个典型的例

---

[1] Molly Littlewood McKibbin, "Subverting the German Volk: Racial and Musical Impurity in Esi Edugyan's *Half-Blood Blues*." *Callaloo* 37. 2 (2014): 420.

[2] Esi Edugyan, *Dreaming of Elsewhere: Observations on Home*. Edmonton: University of Alberta Press, 2014, p. 18.

[3] Pilar Cuder-Domínguez, "Oblique Kinds of Blackness in Esi Edugyan's *Half Blood Blues*." *Journal of the Spanish Association of Anglo-American Studies* 39. 2 (2017): 99.

[4] 参见 Molly Littlewood McKibbin, "Subverting the German Volk: Racial and Musical Impurity in Esi Edugyan's *Half-Blood Blues*." *Callaloo* 37. 2 (2014): 425-426。

第三章 "在别处,不在这里":跨民族书写的路径与内涵

子。在这种大环境下,爵士乐显然没有立足之地,被降格为"必须被清除的次文化"①。20世纪20年代,"黑人艺人还可以来欧洲过不错的生活。在德国更是如此,因为《凡尔赛条约》,其边界对外国人开放",但到了30年代,爵士乐手已经被禁止在公共场合演出,"在德国,爵士乐比病毒还糟糕"(78)。然而就是在这种被压制和放逐的艺术形式中,几位乐手从底层发出了最强音。他们创作的《混血布鲁斯》就是对纳粹党歌《霍斯特·威塞尔之歌》(又称《旗帜高扬》)的颠覆。一次闲谈中,西德尼悲叹"音乐正在死去……什么都没了,只有瓦格纳"(241),随后琼斯补充说还有《霍斯特·威塞尔之歌》。阿姆斯特朗不了解《霍斯特·威塞尔之歌》,听完琼斯的解释和演奏后,他找到了灵感,鼓励大家把这首歌打碎重塑,"用它向世界,向德国佬说些什么"(244)。几位音乐人一直把阿姆斯特朗的激励记在心中,并最终在法尔克的带领下完成唱片录制,"公然挑战了纳粹意识形态"②。这个唱片的意义已经超出了音乐本身,成为对正义和光明不懈追求的象征,半个多世纪后,人们聚集在柏林,在法尔克音乐节上致敬这段传奇。

"混血布鲁斯"的另外一重含义体现在"混血"二字,它既指乐队成员的混血身份,比如法尔克和西德尼,也指乐队整体的身份多样性。除了几位固定成员,还有后来加入的加拿大黑人女

---

① Pilar Cuder-Domínguez, "Oblique Kinds of Blackness in Esi Edugyan's *Half Blood Blues.*" *Journal of the Spanish Association of Anglo-American Studies* 39. 2 (2017): 96.

② Molly Littlewood McKibbin, "Subverting the German Volk: Racial and Musical Impurity in Esi Edugyan's *Half-Blood Blues.*" *Callaloo* 37. 2 (2014): 426.

性戴利拉和美国黑人音乐家比尔·科尔曼。和阿姆斯特朗一样,科尔曼也是真实人物,是著名的爵士乐号手。戴利拉虽然不参与演奏,但是她把乐队引荐给阿姆斯特朗,促成了他们的合作。显然,"热力时光摇摆"乐队是由一些具有不同种族、族裔和民族背景的音乐人组成的,是一个"基于文化表达的流散共同体"[1],这使得他们的创作具有别样的艺术气息,赋予其作品相当多的混杂性和异质性。法尔克虽是乐队的灵魂,但演奏并不以他为中心,乐手们总是选择恰当的时间进入,与其他表演者形成共鸣。在为阿姆斯特朗演示纳粹党歌时,先是琼斯开头,然后法尔克"拿起小号,开始很轻柔地对着和背着那些文字,吹出让人不安的紧张节拍,好像在狡猾地嘲弄它们",接下来阿姆斯特朗"从松拍进入"(242),三人合作,奏出震撼的弦乐,"他们的号角是如此纯粹,如此尖锐,听他们演奏你其至有种负罪感,好像在偷听"(243)。《混血布鲁斯》的创作过程也大致如此:先是科尔曼导入,琼斯和西德尼跟进,之后法尔克在不经意间融进来,这时西德尼稍稍退出,但法尔克并没有立刻起势,而是随西德尼调整,最后"迸发出一个纯净、精彩的音符"(288)。此时此刻,西德尼听出了不一样的法尔克,重新认识了彼此,仿佛获得新生:"那是孩子的成熟之音。……也让我的听上去光芒四射。那种热度是慢慢透出来的,有些不现实。我顿时明白了孩子对我意味着什么。……或许我只是最终原谅了自己,原谅自己的失败。……我们都获得了自由,兄弟们。至少在那一晚,我们都是

---

[1] Molly Littlewood McKibbin, "Subverting the German Volk: Racial and Musical Impurity in Esi Edugyan's *Half-Blood Blues*." *Callaloo* 37.2 (2014): 424.

自由的。"(288—289)西德尼的体悟来自创作过程中的融通和交流,那里没有中心和主导,乐手们成为"一个复杂和多层次交换过程中的对话者"[1]。小说展示了不同音乐形式和理念之间的碰撞和交融,所关注的不是纯与不纯的问题,而是改编、变异和全新艺术形式的生产过程。其实乐手们清楚,这首《混血布鲁斯》"肯定不是真正的布鲁斯,因为它没有正确的和弦结构",但这些不重要,因为"布鲁斯从来都不是关于和弦的"。[2]"混血布鲁斯"是黑人音乐跨洋传播的产物,是"美国和德国黑人的杂糅"[3],它对纳粹党歌的挑战和颠覆,精髓在于用异质代替同质,用多元取代一元。

再回到吉尔罗伊的《黑色大西洋》。黑人音乐的跨洋流转是吉尔罗伊论述"黑色大西洋"概念的重要例证,而其中的一个主要议题,就是"种族正统性政治"(the politics of racial authenticity)。吉尔罗伊认为,随着黑人音乐成为一个全球化现象,"正统性"问题日益突出:"……对黑人文化原汁原味的、民间或地方的表达被认为是正统的,并因此受到正面评价,而之后这些文化形式的半球或全球显现,正因为它们与一个容易辨认的来源点之间(假定或实际的)距离,被批评为不正统、缺乏文化

---

[1] Pilar Cuder-Domínguez, "Oblique Kinds of Blackness in Esi Edugyan's *Half Blood Blues.*" *Journal of the Spanish Association of Anglo-American Studies* 39. 2 (2017): 94.
[2] Esi Edugyan, *Half-Blood Blues.* New York: Picador, 2011, p. 285.
[3] Molly Littlewood McKibbin, "Subverting the German Volk: Racial and Musical Impurity in Esi Edugyan's *Half-Blood Blues.*" *Callaloo* 37. 2 (2014): 427.

或美学价值。"①在吉尔罗伊看来,"正统性"问题的来源有三方面的原因:一是种族主义对黑人文化创造力的质疑;二是将黑人与身体、白人与精神关联在一起的二元论;三是为证明黑人民族主义政治的合法性,而对一种连贯和稳定的种族文化的构建。②最后一条是吉尔罗伊着重强调的,因为这与《黑色大西洋》的整体目标相一致——反对黑人文化研究中的民族主义和文化绝对主义。吉尔罗伊指出,黑人民族主义和欧洲民族主义之间存在共谋,因而鼓吹"正统性"无异于复制压迫者的话语。吉尔罗伊不赞成"正统性"的提法,强调"黑色大西洋文化的混杂特征",质疑"任何对种族身份和非种族身份、民族文化正统性和大众文化背叛之间的简单化(本质主义或反本质主义)理解"③。《混血布鲁斯》中美国爵士乐手的欧洲之旅,其实就是黑人流行文化全球化进程的前奏和缩影。实际上,爵士乐是"正统性"问题争论的主要领域。吉尔罗伊在说明这个问题时的一个主要例证,就是美国著名爵士乐手温顿·马沙利斯(Wynton Marsalis)和迈尔斯·戴维斯(Miles Davis)之间的不同观点:前者坚定维护爵士乐传统,后者主张释放爵士乐的创造性能量。④《混血布鲁斯》的态度是非常明确的,它通过突出爵士乐的开放与包容性,再现具有流散和杂糅特质的爵士乐,对追求本源和血统的纳粹音乐

---

① Paul Gilroy, *The Black Atlantic: Modernity and Double Consciousness*. Cambridge: Harvard University Press, 1993, p. 96.
② 参见 Paul Gilroy, *The Black Atlantic: Modernity and Double Consciousness*. Cambridge: Harvard University Press, 1993, p. 97。
③ Paul Gilroy, *The Black Atlantic: Modernity and Double Consciousness*. Cambridge: Harvard University Press, 1993, p. 99.
④ 参见 Paul Gilroy, *The Black Atlantic: Modernity and Double Consciousness*. Cambridge: Harvard University Press, 1993, p. 97。

文化的冲击和瓦解，以文学形式呼应了吉尔罗伊在"正统性"问题上的立场。

还有学者从其他角度分析《混血布鲁斯》与吉尔罗伊学术思想的关联。皮拉尔·库德尔-多明戈斯注意到，小说将美国黑人经验在黑人流散的中心位置问题化。小说虽然从美国黑人西德尼的视角讲述，但真正支撑起整个叙事以及德国黑人和加拿大黑人（比如黛利拉）身份的是法尔克。多明戈斯指出，通过挖掘不同形式的"黑人性"并运用爵士乐这种黑人文化形式，埃多彦创造了自己的"反霸权"（counter-hegemonic）文本，将自己的创作嵌入体现黑人身体复杂穿行轨迹的"黑色大西洋"连续体。[1]吉尔罗伊在《黑色大西洋》中着重讨论的，就是如何破除美国黑人文化和政治历史争论中的族裔特殊论和民族主义。多明戈斯解读出埃多彦作为一名加拿大黑人作家对"黑色大西洋"观念的独特阐释，其观点总体上看是有的放矢的，但她用法尔克这个德国黑人形象来论证小说对美国中心论的反拨，则不具备说服力。吉尔罗伊虽然强调"跨民族和文化间视角"，以美国黑人作家和知识分子与欧洲哲学文化思潮的互动为例，勾画"黑色大西洋"版图，但作为一名欧洲黑人学者，其学术思想中有一种明显的欧洲中心主义预设。此处有必要再次引用詹姆斯·克利福德的观点：吉尔罗伊"是处在北部大西洋或者说欧洲的位置上写作的"[2]。这在很大程度上削弱了欧洲对美国中心位置的颠覆力

---

[1] 参见 Pilar Cuder-Domínguez, "Oblique Kinds of Blackness in Esi Edugyan's *Half Blood Blues*." *Journal of the Spanish Association of Anglo-American Studies* 39.2 (2017): 100。

[2] James Clifford, "Diasporas." *Cultural Anthropology* 9.3 (1994): 320.

量。如果多明戈斯仅仅用法尔克来说明小说的去美国中心视角,是没有问题的,一旦联系"黑色大西洋",就会出现漏洞。

其实,多明戈斯的分析还是遵循了对"黑色大西洋"的经典质疑,即从空间视角定位"黑色大西洋"的地域缺失,比如对加拿大和加勒比等地区的忽视。[①] 实际上,随着研究的推进,从时间维度审读"黑色大西洋"概念也成为一个学术议题,米歇尔·M.赖特(Michelle M. Wright)的《"黑人性"动力学:超越"中间通道"认识论》(*Physics of Blackness: Beyond the Middle Passage Epistemology*, 2015)就是这方面的代表性成果。该书批判性地考察了西方的"黑人性"话语,指出这种话语表现为一种基于线性时间观的"中间通道"认识论,即把大西洋奴隶制作为构建"黑人性"的历史起点。赖特认为,这种认识论无视黑人族群(比如黑人女性和黑人同性恋)的差异性和不同诉求,是一种排他性话语。为了克服这种局限,赖特借助量子物理学知识,提出——和牛顿物理学线性时间观相对的——副像性时间(Epiphenomenal time)概念,从水平(horizontal)而非垂直(vertical)的视角对"黑人性"进行多维考察。在赖特看来,杜波依斯的《黑人的灵魂》(*The Souls of Black Folk*)、盖茨的《意指的猴子》(*Signifying Monkey*)和吉尔罗伊的《黑色大西洋》是"中间通道"认识论的典型代表。尽管《黑色大西洋》的叙事结构——从现代性到奴隶制,到美国黑人思想家与欧洲的交集,再回到奴隶制——不严格遵照线性时间观,但它对奴隶制历史记忆的强调以及对女性元素的忽视,使它没有完全脱离"中间通道"范式。

[①] 参见第二章的讨论。

在副像性时间观的基础上,赖特尝试突破以大西洋奴隶制为原点的统一、连贯的认识范式,把注意力转向二战/战后,提出"二战/战后"认识论("World War II/postwar" epistemology)。赖特指出,相比"中间通道"认识论,"二战/战后"认识论的优势在于它是发散和多维的,能在广度、深度、含混性、不确定性等方面拓展对"黑人性"的认知。①

赖特的研究为我们探讨《混血布鲁斯》与"黑色大西洋"观念的关联提供了一个新的视角。事实上,这种关联(或者说"去关联"),与其说是空间的,不如说是时间意义上的:小说提供了一条与"中间通道"完全不同的时间线索——二战/战后。如果说"中间通道"认识论"可以用一条线(或一支箭)来表示",那么"二战/战后"认识论就是"一个有许多箭头的圆圈,向外指向所有的方向"②。《混血布鲁斯》以1940年法尔克在巴黎被捕开篇,后切换到西德尼和琼斯1992年的柏林之行;再闪回到1939年的柏林,讲述乐队的一系列遭遇;又转移到1992年西德尼和琼斯的波兰之旅;再回到1939年的巴黎,聚焦《混血布鲁斯》的创作过程;最后定格于1992年几位老友在波兰的重逢。时间在小说中是平面化和循环式的,过去、当下和未来交错在一起,这种处理方式典型地体现了基于副像性时间观的"二战/战后"认识论。从广度上讲,"二战几乎涉及了世界上绝大部分非洲黑人和流散

---

① 参见 Michelle M. Wright, *Physics of Blackness: Beyond the Middle Passage Epistemology*. Minneapolis: University of Minnesota Press, 2015, pp. 152–153。

② Michelle M. Wright, *Physics of Blackness: Beyond the Middle Passage Epistemology*. Minneapolis: University of Minnesota Press, 2015, p. 20.

黑人"①，而有相当一部分是"中间通道"认识论无法（或者说不愿）涵盖的。埃多彦明确指出，第三帝国统治下的德国黑人命运很少被谈及，"原因主要有几点：首先，他们数量相对较少；其次，他们的命运被那个年代更大的悲剧事件遮盖了；再次，应该如何对待这些黑人公民，法律上太过含糊，以至于今天看来，他们所受到的待遇通常令人费解或自相矛盾"②。通过聚焦二战，《混血布鲁斯》拓宽了"黑人性"的再现视阈；同样重要的是，作为人类历史上最为混沌和杂乱的时期之一，二战中的人和事充分展现了"黑人性"的含混，"比如在希特勒部队服役的德国黑人和保卫意大利的巴西黑人部队"③。换言之，二战期间，"黑""白"之间的界线并不是那么分明，而这又将我们引向小说的"混血"主题。法尔克在虚构自己的身世时特别提到，他父亲虽然在非洲地位显赫，但在德国只不过是"身着文明服装的野蛮人"，然而他从来没有听他父亲说过德国一句坏话："他来到德国，就这样。他把自己变成一个德国人。"(158)这段表述是很耐人寻味的，它揭示出法尔克的矛盾心态：这种虚构既是法尔克的自我防御，同时也是向"德国性"的间接和主动靠拢，借此补偿现实中因为身份不纯而承受的缺失，是一种自我赋权。小说对时间线的选择，使它可以窥见特定时代背景下特殊黑人群体的心理挣扎和纠结，在"中间通道"认识论强调压迫者和受压迫者之间的对抗之

---

① Michelle M. Wright, *Physics of Blackness: Beyond the Middle Passage Epistemology*. Minneapolis: University of Minnesota Press, 2015, p. 152.
② Esi Edugyan, *Dreaming of Elsewhere: Observations on Home*. Edmonton: University of Alberta Press, 2014, p. 16.
③ Michelle M. Wright, *Physics of Blackness: Beyond the Middle Passage Epistemology*. Minneapolis: University of Minnesota Press, 2015, pp. 152–153.

外,提供了一种新的叙事范式。

埃多彦是一位创作风格多变的作家,总是能给读者和评论界带来惊喜。她的处女作《塞缪尔·泰恩的第二次生命》聚焦阿尔伯塔小镇,《混血布鲁斯》又把目光投向欧洲。正如有学者指出的,埃多彦的作品"总是冒着风险,不按照加拿大读者熟悉的剧本描写黑人经历;奴隶制遗产,以及移民到一个有敌意的加拿大大都市并适应那里的生活"①。显然,《混血布鲁斯》不属于第一章讨论的移民主题作品,亦有别于第二章探讨的奴隶制题材创作;从跨民族叙事角度看,也不同于《血缘》,因为它并不专注于美加边界,而是把跨洋旅行(美国和欧洲之间)和边界跨越(德国和法国之间)结合起来。当然,《混血布鲁斯》对加拿大边缘化的处理方式,又与《锃亮的锄头》和《月满月更之时》等作品有类似之处;同时,也就把它与其他加拿大黑人文学的欧洲书写区分开来——后者多数将加拿大和欧洲并置。克拉克指出,加拿大黑人作家虽然也关注欧洲,但因为加拿大本身的欧洲文化特质,他们不愿走出加拿大,亲身感受欧洲。他们缺少美国黑人作家的旅欧热情,更倾向于潜入"地下",或者热衷植根于——加拿大、加勒比、非洲,甚至是美国的——土著经验的'乡土'题材,原因在于,"他们的首要职责(或者说期待),是把'黑人性'从最隐秘或最模糊的地方彰显出来"②。埃多彦是个例外,她曾在德国居住过一年多的时间,做了深入调查,掌握了大量一手资料,凭

---

① Pilar Cuder-Domínguez, "Oblique Kinds of Blackness in Esi Edugyan's *Half Blood Blues*." *Journal of the Spanish Association of Anglo-American Studies* 39.2 (2017): 90.

② George Elliott Clarke, *Directions Home: Approaches to African-Canadian Literature*. Toronto: University of Toronto Press, 2012, p. 115.

借独到的敏锐度和洞察力,挖掘出"莱茵兰杂种"这一特殊黑人群体,用文字照亮了幽暗处的"黑人性"以及"黑人性"本身的幽暗部位,使得《混血布鲁斯》显现出一种别样的美学和文化品格,丰富了加拿大黑人文学跨民族叙事的内涵。

小 结

当代文学研究范式的更新与全球化进程密不可分,在全球政治经济一体化的背景下,跨民族文学研究表现出无限生机和活力。无论是研究还是创作层面,加拿大黑人文学都体现出明显的跨民族意识。对早期加拿大黑人文学的跨国观照冲破阻隔,融会贯通,揭示出美加两国文学和文化史的互渗,为重审乃至重写两国文学史提供了依据。《血缘》通过描写黑人家族美加边界的百年穿越史,凸显出边界的虚构性,与跨民族视阈下的加拿大黑人文学研究形成互文。《混血布鲁斯》融边界穿越和跨洋旅行于一体,在更加开阔的空间里审视黑人身份。两部作品都展现了黑人社群的跨民族生成。"大都会的种族和文化霸权带来的意识形态压力,让种族少数群体在权力的话语和物质分配上边缘化,由此产生新的跨国流散'黑人'群体。"[①]《血缘》中凯恩家族在多伦多和巴尔的摩之间的流转,

---

[①] Michael A. Bucknor, "Canada in Black Transnational Studies: Austin Clarke, Affective Affiliations, and the Cross-Border Poetics of Caribbean Canadian Writing." *Beyond "Understanding Canada": Transnational Perspectives on Canadian Literature*. Eds. Melissa Tanti et al., Edmonton: The University of Alberta Press, 2017, p. 59.

《混血布鲁斯》里西德尼和琼斯从巴尔的摩的出走,以及后来乐队在德国和巴黎等地的迁移,都揭橥促成黑人族群跨境流动的政治经济学。

"只有民族的,才是世界的。"但在当前全球化程度不断加深的语境中,只强调民族特性,恐怕会举步维艰。然而,文学批评和创作又始终无法绕开民族性;文学阅读也往往受制于某种和民族身份相关的"期待视阈"。事实上,曾有论者因为《混血布鲁斯》中对加拿大的淡化而对埃多彦的加拿大作家身份提出疑问。对此,埃多彦坦言道:"加拿大作家写的每一本书都必须以加拿大为背景吗?那会很局限并且很奇怪。……这里有太多人是来自'别处'的。你读的文学,有时背景就是在'别处',这是一定的。"①正是这种"在别处"的眼光,延展了《混血布鲁斯》的叙事视野,营造出独特的时空架构,为重新认识黑人文学创作和批评经典范式提供了思路。但在加拿大社会文化语境中,要真正具备并践行"在别处"理念,并非易事,因为加拿大毕竟有深厚的民族主义传统,"理解加拿大"计划的取缔就是最佳例证;此外,民族主义还与地域主义交织在一起,两者的关系错综复杂。因此,要充分理解加拿大黑人文学的内涵,还必须将其置于民族主义、地域主义以及由此延伸出的全球地方话语中进行考察。

---

① Maaza Mengiste, "An Interview with Esi Edugyan." *Callaloo* 36. 1 (2013): 50.

第四章
民族主义、地域主义
与全球地方写作

尽管跨民族加拿大文学研究成果丰富,特色鲜明,但不能忽视跨民族主义的对立面——民族主义在加拿大文学批评和创作中的影响。从时间上看,民族主义在跨民族主义之前;从学理上看,两者之间并不是严格的线性关系,而是互相交错、渗透。虽然跨民族主义成为显学,但地缘政治并没有消失,"民族问题仍然是当今世界的重要议题之一,它所唤起的情绪并没有因为全球化、信息化的迅猛发展而如潮水般消退。它依旧是现代人类社会的核心话题"①。受殖民地历史和与超级强国为邻的地缘身份影响,加拿大对民族问题尤其敏感,民族问题对加拿大来说有特殊的意义。从19世纪60年代的"加拿大第一"(Canada First)②运动,到20世纪50年代的文化民族主义浪潮,再到21世纪"理解加拿大"计划的取缔,对民族身份的强调一直是加拿大社会发展进程中的主线。

与加拿大民族主义密切相关的是加拿大地域主义。加拿大地域辽阔,区域差异明显,"加拿大的空间结构是如此难以把握……以至于这个国家只能把自己理解成不同地域的总和"③。正如民族主义与跨民族主义的杂糅,加拿大地域主义与民族主义也是相互缠绕,难分彼此,两者的关系时而疏远,时而亲近:

---

① 孙红卫,《民族》,北京:外语教学与研究出版社,2019年,第5页。
② 1867年,加拿大自治领成立,迈出独立的重要一步,但英法裔之间的民族矛盾并没有因此消解。在这种背景下,以联邦诗人罗伯茨等为代表的英裔知识分子发起"加拿大第一"运动,宣传"新民族主义",旨在消除分歧,增强民族凝聚力。参见徐丹:《19世纪末加拿大联邦诗人的新民族主义运动》,《郑州大学学报》2013年第5期,第172页。
③ Hans R. Runte, "Nationalism, Regionalism and Regional Nationalism: Myths and Realities of Canadian Multiculturalism." *Canadian Studies* 1 (1994/1995): 63.

第四章 民族主义、地域主义与全球地方写作

"在民族主义情绪高涨的时期,地域主义被认为是制造分裂的负面力量;而到1988年之后的自由贸易时代,当民族和文化特性受到全球化的威胁时,对差异和特性的坚持在加拿大又具有了新的价值。"① 和民族一样,地域同样是加拿大身份认同的重要参照,诺斯洛普·弗莱(Northrop Frye)曾有过精辟的总结:"加拿大的身份问题……从来不是一个'加拿大问题',而是一个地域问题。"② 民族主义和地域主义都是深入理解加拿大政治文化的关键。

跨民族主义文学研究虽然代表着前沿和方向,但民族主义和地域主义是加拿大身份的底色,渗透进加拿大社会肌体的方方面面,在文学创作和批评方面更是有突出的表现。在两种思潮的发展和演化历程中,文学都扮演了重要角色。作为加拿大文学的有机组成部分,加拿大黑人文学自然也与它们息息相关。加拿大黑人文学一方面紧跟学术潮流,同时也关联着加拿大文学中的经典议题。本章从跨民族主义话题延伸开去,将加拿大黑人文学批评和创作置于由跨民族主义、民族主义和地域主义交织而成的学术话语网络中进行考察。跨民族主义和民族主义之争是贯穿加拿大黑人文学批评的主线。第三章的分析指出,加拿大黑人文学是跨民族视阈下加拿大文学研究的重要组成部分。事实上,在加拿大黑人文学批评中,跨民族主义是一个非常重要的视角,而其主要支持者是里纳尔多·沃尔科特。沃尔科

---

① Janice Fiamengo, "Regionalism and Urbanism." *The Cambridge Companion to Canadian Literature*. Ed. Eva-Marie Kröller, Cambridge: Cambridge University Press, 2004, p. 241.

② Northrop Frye, *The Bush Garden: Essays on the Canadian Imagination*. Concord: House of Anansi, 1995, p. xxii.

特虽然质疑吉尔罗伊的某些观点，但总体上服膺他的学术思想，倾向于从流散角度研究加拿大黑人文学。乔治·埃利奥特·克拉克是民族主义立场的代表性学者，他的学术研究深受加拿大民族主义和地域主义的影响，主张在加拿大社会文化框架内理解加拿大黑人文学。克拉克把学术主张融入文学实践，创作了极具地域特色的文学作品，凸显出加拿大地域主义文学的族裔维度，而从克拉克的研究和创作推演出去，又可见更加广阔的加拿大黑人文学地域版图。跨民族主义和民族主义并非截然对立，而是相互交融，两者的关系映射出"全球"和"地方"的对立统一：全球化进程不断加深的同时，地方特性也进一步凸显，全球与地方呈现出交汇之势。布兰德的小说《我们都在希冀什么》一方面具有突出的跨民族叙事特征，同时借助二代移民的城市体验探究全球与地方的共生和交融，表现出鲜明的全球地方观。无论是民族地域维度，还是对全球地方的整体观照，都体现了加拿大黑人英语小说与加拿大重要文化和文学思潮的深层关联，及其对于探讨前沿学术议题的参考价值。

第一节　民族主义与跨民族主义之争

本研究在第三章第一节中讨论了跨民族加拿大文学研究的代表性成果，分析其观点和特征，从中可以看出，跨民族主义已经成为加拿大文学研究中的重要和有效视角；而在跨民族加拿大文学研究中，加拿大黑人文学研究是一个重要的组成部分，它对19世纪中期美加黑人跨民族写作的考察，为重审美加黑人文化史提供了话语资源。但在加拿大黑人文学研究中还有一个至关重要的立场,那就是民族主义。加拿大黑人文学研究中的民族主义立场,印证了民族主义观念在加拿大文学中的重要地位和持续影响。"在对全球化和跨民族议题的关注遮盖了民族问题的背景下,尽管有学者质疑把文学和民族挂钩是否有用,但这种观点从来没有完全消失,即一个民族的独特身份是在其民众的文学创作中表达出来的。"[1]

民族主义和跨民族主义立场的代表学者分别是前文多次提及的乔治·埃利奥特·克拉克和里纳尔多·沃尔科特,两位都是加拿大黑人文学文化研究的著名学者,对加拿大黑人文学批评做出了开拓性贡献。克拉克的学术思想概括起来主要有两方面的内容:一是论证加拿大黑人文学的历史身份;二是阐释加拿大黑人文学的加拿大特性。国外批评界普遍认为,加拿大黑人文学是20世纪60年代加拿大移民潮之后才出现的,公认的第一部加拿大黑人文学作品是克拉克1964年出版的《穿越的幸存者》。麦吉尔大学教授洛里斯·埃利奥特曾断言:"20世纪70年代之前,没有实际证据证明加拿大有大量的黑人文学作品。"[2]克拉克反对这种观点,认为加拿大黑人文学不是一个当代现象,而是有深厚的历史底蕴,是"一些有长居经历的人创作的鲜活艺术"[3]。克拉克把加拿大黑人文学的历史追溯至18世纪末的新斯科舍省。新斯科舍是最早出现黑人的加拿大省份,

---

[1] Shelley Hulan, "Canadian Criticism in English: Literature and Nation." *The Cambridge Companion to Canadian Literature* (2nd edn). Ed. Eva-Marie Kröller, Cambridge: Cambridge University Press, 2017, p. 283.

[2] Lorris Elliott, *Literary Writings by Blacks in Canada: A Preliminary Survey*. Canada, Multiculturalism and Citizenship Canada, 1988, p. 4.

[3] George Elliott Clarke, *Odysseys Home: Mapping African-Canadian Literature*. Toronto: University of Toronto Press, 2002, p. 14.

是加拿大黑人历史的发源地。1991年,克拉克出版两卷本《水上火:新斯科舍黑人文学选集》(*Fire on the Water: An Anthology of Black Nova Scotian Writing*,以下简称《水上火》),收录了18世纪末到20世纪90年代三十余位新斯科舍黑人作家作品,大致勾勒出新斯科舍黑人文学的整体面貌。在选集"前言"中,克拉克创造性地把"非洲"(Africa)和新斯科舍旧称"阿卡迪亚"(Acadia)融合在一起,提出"阿非利卡迪亚"(Africadia)概念,"用于指称滨海地区,尤其是新斯科舍非裔群体"[1],将新斯科舍非裔文学命名为"阿非利卡迪亚文学"(Africadian Literature),论述其口头传统、宗教精神、身份主题和现实主义创作原则。

在后续研究中,克拉克系统分析了"阿非利卡迪亚文学"以及整个加拿大黑人文学的缘起和发展。他将大卫·乔治(David George)、波士顿·金(Boston King)和约翰·马仑特(John Marrant)等18世纪末为摆脱奴役从美国迁居新斯科舍的黑人宗教人士定义为"阿非利卡迪亚文学"的先驱,更是把马仑特的创作视为"加拿大黑人文学的源头"[2]。在克拉克对加拿大黑人文学历史源流的考察中,19世纪是一个重要的时间段,根据克拉克的梳理,这一阶段的加拿大黑人文学主要有两种表现形式:一是宗教作品,二是美国黑人作家创作的奴隶叙事和废奴作品。克拉克的一个重要观点是:研究加拿大黑人文学要有

---

[1] George Elliott Clarke, *Fire on the Water: An Anthology of Black Nova Scotian Writing* (vol. 1). Nova Scotia: Pottersfield, 1991, p.9.
[2] George Elliott Clarke, *Odysseys Home: Mapping African-Canadian Literature*. Toronto: University of Toronto Press, 2002, p. 328.

全局眼光，不能只关注小说、诗歌和戏剧等主流文类，宗教文字等边缘文类同样重要。他挖掘出教会史学家创作的"教堂叙事"（church narrative）这一特殊文类，比如彼得·E.麦克罗（Peter E. McKerrow）的《新斯科舍黑人施洗者简史》（*A Brief History of the Coloured Baptists of Nova Scotia*, 1895），指出这类作品直面对新斯科舍黑人社区历史的压制和扭曲，蕴含黑人族群的集体记忆，不仅是重要的史料，而且具有极高的文学价值，应该被视为加拿大黑人文学的经典。①

克拉克以新斯科舍为基点对早期加拿大黑人文学的考察，将18至20世纪的加拿大黑人文学串联起来，确证了加拿大黑人文学的历史延续性。1996年，克拉克在《加拿大民族研究》（*Canadian Ethnic Studies*）杂志刊登了一份长达一百多页的参考文献，搜集整理了1785—1996年两百多年间出现的英法双语，包括翻译在内的加拿大黑人作家作品，完整展现了加拿大黑人文学的历史脉络和谱系。加拿大诗人、批评家M.诺比斯·菲利普（M. NourbeSe Philip）曾感叹："作为一个在加拿大工作的'非洲流散'作家，我深刻意识到，这里缺少一种英国或美国那样的黑人文学传统。"②克拉克的研究充分揭示出加拿大黑人文学的历史身份，证明加拿大同样有黑人文学传统。

克拉克加拿大黑人文学研究的另外一个重要方面，是他对加拿大黑人文学加拿大性的论述。加拿大黑人文学的加拿大性

---

① 参见 George Elliott Clarke, *Directions Home: Approaches to African-Canadian Literature*. Toronto: University of Toronto Press, 2012, p. 46。

② M. NourbeSe Philip, *Frontiers: Selected Essays and Writings on Racism and Culture*, 1984–1992. Stratford: Mercury, 1992, p. 45.

之所以成为一个问题,与加拿大紧邻美国的特殊地缘身份以及美国黑人文学的巨大影响力密切相关。美国黑人文学文化的强势很容易让人忽视加拿大的位置。吉尔罗伊的《黑色大西洋》尽管声称从"跨民族和文化间性视角"考察非洲流散现象,但基本还是围绕欧美来架构,将同属北美的加拿大排除在外。加拿大黑人文学到底是怎样的一种文学?是美国黑人文学的衍生和附属?还是自成一格的文学类型?克拉克的观点非常明确,尽管他借助美国黑人文学阐释加拿大黑人文学,但认为两者有完全不同的文化特质。克拉克首先强调,加拿大黑人来源混杂,是"多种文化的聚集"[1],具有突出的多样性,有别于同质的美国黑人,因此"加拿大黑人文学是多声部的,就像百纳被一样"[2]。其次,也最为关键的是,克拉克认为加拿大独特的社会文化体制塑造了加拿大黑人文学的特殊品格,因此主张在加拿大的文化和社会政治语境中解读加拿大黑人文学,反对将其与加拿大割裂开。比如,他指出,英法两种传统的共存和牵制就使种族问题在加拿大被边缘化:魁北克法语区关注的是独立,而非种族歧视;英语区受欧陆的影响,注重彰显自己相对于美国的道德优越性,因而遮掩种族问题,所以相比"种族"(race),加拿大黑人更关心如何对抗"抹除"(erase)。[3] 受此影响,加拿大黑人作家对种族问题有独到的理解和阐释,在创作中刻意偏离"美国模式"。加

---

[1] George Elliott Clarke, *Odysseys Home: Mapping African-Canadian Literature*. Toronto: University of Toronto Press, 2002, p. 23.

[2] George Elliott Clarke, *Eyeing the North Star: Directions in African-Canadian Literature*. Toronto: McClelland and Stewart Inc., 1997, p. xiii.

[3] 参见 George Elliott Clarke, *Eyeing the North Star: Directions in African-Canadian Literature*. Toronto: McClelland and Stewart Inc., 1997, pp. xvii - xviii.

拿大黑人剧作家沃尔特·M.博登(Walter M. Borden)的《钢丝时刻》(*Tightrope Time*)对著名美国黑人剧作家洛林·汉斯伯里(Lorraine Hansberry)的代表作《阳光下的葡萄干》(*A Raisin in the Sun*)的重写就是一个典型的例子。通过对比,克拉克发现,博登的创作在参照汉斯伯里的同时对其进行改造,用法侬式的存在主义心理分析代替后者的社会现实主义,"只是略微提及'种族';或者说,它没有以惯常的社会-经验主义方式解析'种族'";这种重写是"对'最初'来源的激进再阐释",显示了美国黑人文学如何"被吸收和归化进加拿大语境"①。

克拉克强烈质疑吉尔罗伊的理论构想,批评他虽然想摆脱"非裔美国的地方主义",但重点仍旧是非裔美国作家和知识分子,实际上是"将黑人性美国化"②。他坚信"加拿大黑人文化中有一种加拿大性,不能被统摄在'帝国式的'美国黑人主义旗下"③。克拉克试图证明,加拿大黑人文学与加拿大政治文化框架有天然和内在的联系,具有本土性和原发性特征,是一种具备独立文化属性的文学类型。

不难看出,克拉克的学术思想明显受加拿大民族主义观念的影响。在加拿大民族主义发展史上,《梅西报告》("Massey Report")无疑具有里程碑意义。1951年,加拿大国家艺术、文学和科学发展皇家委员会(因为时任主席是文森特·梅西,也称

---

① George Elliott Clarke, *Odysseys Home: Mapping African-Canadian Literature*. Toronto: University of Toronto Press, 2002, p. 76, p. 80, p. 81.

② George Elliott Clarke, *Odysseys Home: Mapping African-Canadian Literature*. Toronto: University of Toronto Press, 2002, p. 82.

③ George Elliott Clarke, *Odysseys Home: Mapping African-Canadian Literature*. Toronto: University of Toronto Press, 2002, p. 46.

"梅西委员会")发布调查报告(即历史上著名的《梅西报告》),全面评估了加拿大文化发展状况,将其提升到国家主权的高度,建议政府加大在科教文化领域的资助力度,因为作为一个新生国家,加拿大仍在创建自己的艺术、文学和文化传统。报告指出,只有具备这些传统,才能保持国家的思想个性,应对英美等国文化工业的威胁。[①] 此后,加拿大艺术委员会和加拿大国家图书馆等一批机构相继成立,有力地推动了加拿大文化事业的发展。《梅西报告》清楚地表明,加拿大民族主义的一个重要内容,是抵御英美等传统强国的渗透,保持独立的文化身份,这种述说方式影响深远。著名作家玛格丽特·阿特伍德在经典之作《生存:加拿大文学主题指南》(*Survival: A Thematic Guide to Canadian Literature*,1972)中也遵循类似的理路,她尝试把加拿大和英美等国区分开来,确认能够定义加拿大文学和文化传统特色的关键词:每个国家或文化都有一个核心的象征,如果说美国是"边疆",英国是"岛屿",那么加拿大则是"生存"。[②] 在这个问题上立场更鲜明、表达更有力度的,是政治哲学家乔治·格兰特(George Grant)的《一个民族的挽歌:加拿大民族主义的失败》(*Lament for a Nation: The Defeat of Canadian Nationalism*,1965,以下简称《一个民族的挽歌》)。该著从加拿大总理、保守派政客约翰·迪芬贝克(John Diefenbaker)的倒台切入,在保守主义和自由主义互相角力的背景下思考加拿大的国家命运。

[①] 参见 Shelley Hulan, "Canadian Criticism in English: Literature and Nation." *The Cambridge Companion to Canadian Literature* (2nd edn). Ed. Eva-Marie Kröller, Cambridge: Cambridge University Press, 2017, p. 284。

[②] 参见 Margaret Atwood, *Survival: A Thematic Guide to Canadian Literature*. Toronto: House of Anansi, 2012, pp. 26–27。

格兰特首先分析了保守党落选的原因,然后矛头直指自由派,痛斥他们为了经济利益鼓吹"大陆主义"(continentalism),把加拿大无条件地出卖给美国,导致"加拿大作为一个主权国家的终结"①。他尖锐地指出:"一旦决定让加拿大成为美国资本主义的附属,那么加拿大民族主义问题就没什么可说的了。"②格兰特坚决抵制现代性和技术文明包裹下的美国价值观对加拿大的侵蚀,维护加拿大的独立。

克拉克对加拿大黑人文学加拿大性的强调,包括他对新斯科舍黑人文学的挖掘,都受加拿大民族主义观念,尤其是格兰特立场的影响。克拉克非常认同格兰特对技术理性和资本国际化的批驳,质疑现代化进程中政治哲学道德底线的缺失。克拉克曾说,格兰特的《一个民族的挽歌》塑造了他对文化特殊性的思考,支撑了他对"阿非利卡迪亚文学"的考察③。克拉克认为"阿非利卡迪亚文学"的主要特征之一,是它注重写实,反对浮夸,"斥责现代性是一种变节……批判任何忽视精神的信条"④。在评价复兴时期的新斯科舍黑人文学时,他指出这种文学"拒绝被随意纳入后现代的反民族主义计划,以及随之而来的受技术驱动且涵盖各种商品、服务和知识产权的全球化'自由市场'的构

---

① George Grant, *Lament for A Nation*. Montreal and Kingston: McGill-Queen's University Press, 2005, p. 4.

② George Grant, *Lament for A Nation*. Montreal and Kingston: McGill-Queen's University Press, 2005, p. 40.

③ 参见 George Elliott Clarke, *Odysseys Home: Mapping African-Canadian Literature*. Toronto: University of Toronto Press, 2002, p. 13。

④ George Elliott Clarke, *Fire on the Water: An Anthology of Black Nova Scotian Writing* (vol. 1). Nova Scotia: Pottersfield, 1991, p. 23.

想"①。这些观点显然受格兰特的启发。

　　克拉克学术思想的另外一个重要来源是后殖民批评理论。对加拿大的后殖民属性，或者说后殖民理论在加拿大的适用性，学界向来有争议。劳拉·莫斯(Laura Moss)对加拿大的"定居者殖民地"(settler-colonial)身份提出质疑，因为这种归类"会掩盖殖民主义对定居区域的土著人造成的可怕后果"②。尼尔·贝斯纳(Neil Besner)指出后殖民性是潜在的，"不是简单地从国家身份或者是从这个或某个殖民状态之'后'出现的"③，所以不赞同"后殖民加拿大"这个提法，认为这个术语抹杀了加拿大文化和历史的复杂性，体现了一种线性和二元对立思维。也有学者肯定加拿大的后殖民身份。比尔·阿希克罗夫特(Bill Ashcroft)等人在《逆写帝国：后殖民文学的理论与实践》(*The Empire Writes Back: Theory and Practice in Post-Colonial Literature*，以下简称《逆写帝国》)中把"后殖民"理解为"自殖民开始至今，所有受到帝国主义进程影响的文化"④，将非洲各国、澳大利亚、加拿大、印度和加勒比等国家和地区文学界定为后殖民文学。

　　克拉克明确表示自己所受的是后殖民方面的学术训练，他

---

① George Elliott Clarke, *Odysseys Home: Mapping African-Canadian Literature*. Toronto: University of Toronto Press, 2002, pp. 120–121.
② Laura Moss, "Is Canada Postcolonial?: Introducing the Question." *Is Canada Postcolonial?: Unsettling Canadian Literature*. Ed. Laura Moss. Waterloo: Wilfrid Laurier University Press, 2003, p. 2.
③ Neil Besner, "What Resides in the Question, 'Is Canada Postcolonial?'" *Is Canada Postcolonial?: Unsettling Canadian Literature*. Ed. Laura Moss. Waterloo: Wilfrid Laurier University Press, 2003, p. 44.
④ 比尔·阿希克罗夫特，等：《逆写帝国：后殖民文学的理论与实践》，任一鸣译，北京：北京大学出版社，2014年，第1页。

对"后殖民"的理解在很大程度上源自阿希克罗夫特等学者的研究。① 他借鉴"地域"和"种族"两类后殖民批评模式解读复兴时期新斯科舍非裔文学,提议用一种后殖民"定位"(placement)和"移置"(displacement)理论考察博登对汉斯伯里的重写,都体现了《逆写帝国》的影响。② 和阿希克罗夫特等学者一样,克拉克主张在全球殖民进程中审视加拿大的后殖民议题,他判定加拿大是后殖民社会,因为"它的现代史出自不同帝国(先是英国和法国,后来是英国和美国)之间断断续续的权力斗争"③。他以英美两国为主要参照论述加拿大的后殖民状况,认为英国在加拿大的文化影响已经消失殆尽,而美国的影响与日俱增,因此若要问"加拿大是后殖民地吗?",那么回答是:"是的,但仅仅对于英国而言。"④ 和格兰特一样,克拉克极度不满美国对加拿大的文化和经济渗透,痛斥加拿大向美国卫星国的沦落,哀叹"加拿大将——作为英国的后殖民地和美国的殖民地——死去,星

---

① 参见 George Elliott Clarke, *Odysseys Home: Mapping African-Canadian Literature*. Toronto: University of Toronto Press, 2002, p. 20。

② 参见 George Elliott Clarke, *Odysseys Home: Mapping African-Canadian Literature*. Toronto: University of Toronto Press, 2002, p. 81。阿希克罗夫特等学者认为"对定位与移置的关注,是后殖民文学的一个主要特征",并区分了四类后殖民批评模式:"民族或地区性模式""基于种族的模式""比较模式""更为广泛的比较模式"。参见比尔·阿希克罗夫特,等:《逆写帝国:后殖民文学的理论与实践》,任一鸣译,北京:北京大学出版社,2014年,第8,12页。

③ George Elliott Clarke, *Directions Home: Approaches to African-Canadian Literature*. Toronto: University of Toronto Press, 2012, p. 8.

④ George Elliott Clarke, "What Was Canada?" *Is Canada Postcolonial?: Unsettling Canadian Literature*. Ed. Laura Moss. Waterloo: Wilfrid Laurier University Press, 2003, p. 39.

条旗将在和平塔——庄严地——飘扬"①。可以看出,克拉克的后殖民立场与他的民族观是交融在一起的。贝斯纳认为"加拿大"和"后殖民主义"不兼容,一个重要原因是担忧后殖民策略会让批评家们误以为其已经超越了长期占据加拿大批评界中心位置的"地域"和"民族"等概念范畴。② 对克拉克而言,这种担忧显然是多余的。克拉克的后殖民批评实践是基于"地域"和"民族"对加拿大社会现实的深度文化透视,"后殖民"不是目的,只是手段;或者说他彰显了贝斯纳提醒后殖民批评家们要注意的问题:"地域和民族观念中的那些冲突和张力没有……被一种后殖民凝视收纳或突出,而是重新定位。"③

克拉克从历史(时间)和地域(空间)两个维度将加拿大黑人文学概念化,表现出比较明显的本质主义倾向,引起某些批评家的不满,最具代表性的质疑声来自沃尔科特。沃尔科特1997年出版专著《像谁一样黑?:书写黑色加拿大》(*Black Like Who?: Writing Black Canada*),阐述自己的学术思想,主张从流散视角出发,在跨民族语境中解读加拿大黑人文学,强调加拿大黑人性的"居间性"以及对加拿大民族国家话语的重构,认为加拿大黑人是一种"反叙事"(counter-narrative),抗拒以民族国家为导

---

① George Elliott Clarke, "What Was Canada?" *Is Canada Postcolonial?: Unsettling Canadian Literature*. Ed. Laura Moss. Waterloo: Wilfrid Laurier University Press, 2003, p. 35.
② 参见 Neil Besner, "What Resides in the Question, 'Is Canada Postcolonial?'" *Is Canada Postcolonial?: Unsettling Canadian Literature*. Ed. Laura Moss. Waterloo: Wilfrid Laurier University Press, 2003, p. 45。
③ Neil Besner, "What Resides in the Question, 'Is Canada Postcolonial?'" *Is Canada Postcolonial?: Unsettling Canadian Literature*. Ed. Laura Moss. Waterloo: Wilfrid Laurier University Press, 2003, p. 45.

向的身份认同。① 在随后的论文《黑人性的修辞,归属的修辞》("Rhetorics of Blackness, Rhetoriy of Belonging")中,沃尔科特直言克拉克的做法属于"本土主义",没有深究国家体制和话语对身份和归属的架构,而是把重点放在确认哪些人是民族国家的一部分,实际上是多元文化等官方叙事的复制。②

针对沃尔科特的质疑,克拉克在2002发表的论文集《奥德赛归家:图绘非裔加拿大文学》(*Odysseys Home: Mapping African-Canadian Literature*)中进行了自我辩护。克拉克明确表示,加拿大是黑人性的重要维度,在加拿大黑人文学研究中,"'加拿大中心'视角是有必要的,因为如果不考虑黑人性在这个白人定居者主导的国家得以星火燎原的创造性方式的话,就无法理解非洲流散在世界范围内的延展"③。他剖析了欧陆和美国的激进与保守政治思想对自己的影响,认为自己既不属于自由派,也不完全赞同保守主义。克拉克并不避讳自己的本质主义,认为这样做是为了证明加拿大黑人的真实存在;但同时指出,"黑人性"是一个相对概念,黑人群体的多样性证明黑人性从根本上讲是一种政治和文化建构,并非超验的种族范畴。④ 尽管克拉克采取中庸路线,但他的逻辑起点——"所有主张文化差

---

① 参见 Rinaldo Walcott, *Black Like Who?: Writing Black Canada*. Toronto: Insomniac, 2003, p. 103. 这里参照的是该书的第二版。

② 参见 Rinaldo Walcott, "Rhetorics of Blackness, Rhetorics of Belonging: The Politics of Representation in Black Canadian Expressive Culture." *Canadian Review of American Studies* 2 (1999): 12-15。

③ George Elliott Clarke, *Odysseys Home: Mapping African-Canadian Literature*. Toronto: University of Toronto Press, 2002, p. 10.

④ 参见 George Elliott Clarke, *Odysseys Home: Mapping African-Canadian Literature*. Toronto: University of Toronto Press, 2002, p. 16。

异的做法都是保守的"①——又表明他与民族主义的内在认同,所以他的自我辩解并没有平息反对声。

2003年,沃尔科特推出第二版《像谁一样黑?:书写黑色加拿大》,再次与克拉克针锋相对。在沃尔科特看来,《奥德赛归家:图绘非裔加拿大文学》虽然对于了解加拿大黑人文化有所启发,但"没有为弄清楚黑人性在加拿大的意义提供一个理论和概念框架"②。沃尔科特颇为尖锐地指出,克拉克缺少一种"流散感受力"(diasporic sensibility),"与其说他爱黑人,不如说他爱民族国家";他还借助弗洛伊德的心理分析揭示克拉克的困境,批评他竭力证明加拿大黑人与加拿大的历史渊源,恰恰反映了"没有归属感的深层绝望",是一种"精神忧郁"(melancholia)。③2012年,克拉克出版《奥德赛归家:图绘非裔加拿大文学》的续篇——《归家的方向:非裔加拿大文学解读》(*Directions Home: Approaches to African-Canadian Literature*)予以回应。克拉克开宗明义,阐明研究的真正目的:"纠正那种无知的想法,即认为加拿大黑人先民是一群没有文化的受害者,他们的文化作品可以被毫无问题地从整体性学术研究中删除。"④和《奥德赛归家:图绘非裔加拿大文学》一样,克拉克在该书中也采用了"先抑后扬"的辩护策略。他首先承认自己在一定程度上忽视了全球

---

① George Elliott Clarke, *Odysseys Home: Mapping African-Canadian Literature*. Toronto: University of Toronto Press, 2002, p. 16.
② Rinaldo Walcott, *Black Like Who?: Writing Black Canada*. Toronto: Insomniac, 2003, p. 15.
③ Rinaldo Walcott, *Black Like Who?: Writing Black Canada*. Toronto: Insomniac, 2003, p. 22, p. 20.
④ George Elliott Clarke, *Directions Home: Approaches to African-Canadian Literature*. Toronto: University of Toronto Press, 2012, p. 4.

化语境下民族国家界限的消亡,然后把问题抛向跨民族主义者:既然全球化将加拿大黑人经验抹除,那么应该如何探讨黑人和加拿大身份? 相对前作,克拉克在《归家的方向:非裔加拿大文学解读》中对加拿大黑人历史性和加拿大性的强调更具穿透力,更显"激进"。在他看来,认为加拿大黑人没有历史,或者将加拿大从加拿大黑人文本中排除出去,这些做法和种族主义没有什么区别,甚至可以称其为"文化种族灭绝"①。

沃尔科特的观点影响了不少学者。凯瑟琳·麦基切克(Katherine McKittrick)认为克拉克的主要问题是"不承认那些感觉自己跟民族国家没有干系的人,以及那些1945年以后来加拿大的人,或者是那些1945年之前来多伦多等城市中心并一直居住在那里的、具有不同背景和历史的人",由于这种缺失,他"终止了纵横交错在加拿大黑人空间里的各种对话"。② 麦基切克指出:"加拿大黑人地理并不像克拉克所说的那样,仅仅是一幅地图上的档案标识:加拿大黑人空间和地方彼此沟通,指向不同的历史、政治和社会地理,它们既在加拿大民族国家和多重加拿大黑人地理场所之内,也在其外。"③ 德西·瓦伦丁(Desi Valentine)表达了类似的看法,称克拉克支持的是"一种激进的非裔加拿大地方自治计划",仅仅把眼光局限在某些区域和族群,"忽视了体现当前加拿大族裔身份特征的极具多样性的文化

---

① George Elliott Clarke, *Directions Home: Approaches to African-Canadian Literature*. Toronto: University of Toronto Press, 2012, p. 9.
② Katherine McKittrick, "'Their Blood Is There, and They Can't Throw It Out': Honouring Black Canadian Geographies." *Topia* 7 (2001): 27, 31.
③ Katherine McKittrick, "'Their Blood Is There, and They Can't Throw It Out': Honouring Black Canadian Geographies." *Topia* 7 (2001): 31.

差异",建议用一种"允许民族种族和社会文化身份被阐释为多重而非绝对事物"的"本地世界主义"(vernacular cosmopolitanism)来拓展克拉克的研究。①当然,也有学者认同克拉克的立场。切利安迪就主张在新斯科舍省的黑人历史和加拿大文化政治话语框架内理解克拉克的黑人文学批评,认为克拉克的民族主义并没有妨碍他意识到黑人文化的混杂性。②

民族主义与跨民族主义之争一直是加拿大黑人文学研究的重要内容,已经从学术观点的交流和对撞逐渐演化为一种具有范式意义的学术话语。对于其日渐增长的权威性和影响力,有论者表示担忧,认为这场争论最终会固化为话语霸权,阻碍学术争鸣:"沃尔科特-克拉克争辩虽然对于新兴的加拿大黑人研究来说至关重要,但随着时间的推移,似乎……不再那么有效,而且两大阵营都固守自己的立场,妨碍了进一步的争论。"③这种忧虑自有其道理,但对加拿大黑人文学研究的整体发展而言,这场争论的正面作用无疑要大于负面影响。民族主义与跨民族主义之争的意义在于它帮助培养了研究的问题意识,同时进行了必要的方法论训练。争论之初,研究者更多持旁观姿态,随着研究进程的深入,他们逐渐参与到争论中来,对其进行补充、深化和拓展,将其内化为自己的批评思想和方法,形成一种批评自觉。克拉克和沃尔科特的批评实践对文学现象和作家作品研究

---

① Desi Valentine, "Contesting Clarke: Towards A Deracialized African-Canadian Literature." *Ariel: A Review of International English Literature* 4 (2014): 123, 117, 124.

② 参见 David Chariandy, "'Canada in Us Now': Locating the Criticism of Black Canadian Writing." *Essays on Canadian Writing* 74 (2002): 198。

③ George Elliott Clarke, *Directions Home: Approaches to African-Canadian Literature*. Toronto: University of Toronto Press, 2012, p. 5.

有诸多启发,有不少研究成果都直接或间接借鉴了两者的观点或方法。莎伦·摩根·贝克福德(Sharon Morgan Beckford)借助克拉克对新斯科舍黑人女性文学的挖掘,探讨加拿大黑人女性文学如何"以地域景象的隐喻介入民族国家中的归属问题,从而将黑人性植入加拿大民族国家叙事"[1]。杰奎琳·彼得罗普洛斯(Jacqueline Petropoulos)将研究置于沃尔科特的理论框架中,阐释黑人文学如何通过批驳与加拿大多元文化主义话语相连的静止文化起源观念,创造一种彰显加拿大黑人身份多元、复数和居间的全新流散美学。[2]

值得注意的是,虽然研究者在克拉克和沃尔科特之间有所偏重,但在更多情况下是对两者的综合;当应用于具体的文学批评时,民族主义与跨民族主义并非泾渭分明。安德里亚·戴维丝一方面援引克拉克的观点论述加拿大黑人文学对黑人历史的追溯,另一方面参照沃尔科特的理论阐释其对加拿大性的重写,构想"一种更加激进、更具解放潜能的加拿大民族国家概念"[3]。比娜·弗雷沃尔德(Bina Freiwald)将克拉克与沃尔科特糅合在一起搭建研究框架,认为两者有共同的诉求,即他们都深刻意

---

[1] Sharon Morgan Beckford, "'A Geography of the Mind': Black Canadian Women Writers as Cartographers of the Canadian Geographic Imagination." *Journal of Black Studies* 38. 3 (2008): 465.

[2] 参见 Jacqueline Petropoulos, "Performing African Canadian Identity: Diasporic Reinvention in 'Afrika Solo'." *Feminist Review* 84 (2006): 104。

[3] Andrea Davis, "Black Canadian Literature as Diaspora Transgression: *The Second Life of Samuel Tyne*." *TOPIA: Canadian Journal of Cultural Studies* 17 (2007): 35.

识到并且强烈批判加拿大建国叙事对"黑人性"的遮蔽。① 此类成果表明论者对学术研究的限度和效用有了更加深入的认识，揭示出可能连克拉克和沃尔科特本人都没有意识到的其理论中所蕴含的自我解构因子，说明民族主义和跨民族主义的共生状态和相互转化的可能，也牵引出民族主义和跨民族主义论战的学理内涵。

民族主义与跨民族主义学术论争是多种因素综合作用的产物，其中有加拿大民族主义文化传统，还有后现代和后殖民主义思潮的影响。克拉克将"民族"视为先验存在，凸显民族文化的同质性及其对于塑造集体身份的重要性，与以本尼迪克特·安德森（Benedict Anderson）为代表的现代派民族理论不谋而合；沃尔科特将"民族"看作话语建构，强调民族文化的异质性以及个体对于集体身份认同的干扰与颠覆，这与霍米·巴巴（Homi Bhabha）的后现代民族理论一脉相承。此外还有一个重要诱因，那就是西方非洲流散研究学术范式的转变。吉尔罗伊在《黑色大西洋》中的论述是对流散概念最具代表性的阐释之一。他强调不同区域黑人文化的相关性，突出"流动、交换和居间元素，质疑想成为中心的欲望"②，为流散研究提供了重要的方法论指导。但事实上，正如前文论及的，不论是克拉克的民族主义，还是沃尔科特的跨民族主义，都因为吉尔罗伊对加拿大的忽视而对他提出挑战，这

---

① 参见 Bina Freiwald, "Identity, Community, and Nation in Black Canadian Women's Autobiography." *Identity, Community, Nation: Essays on Canadian Writing*. Eds. Danielle Schaub and Christl Verduyn, Jerusalem: The Hebrew University Press, 2002, p. 35。

② Paul Gilroy, *The Black Atlantic: Modernity and Double Consciousness*. Cambridge: Harvard University Press, 1993, p. 190.

就充分说明地方性是流散研究不可忽视的一个方面。

如果说吉尔罗伊的"黑色大西洋"是对20世纪90年代英国学界文化研究范式的呼应,那么进入21世纪,在全球化趋势不断加深但地缘政治依然突出的背景下,如何从历史和多元的角度评价"流散",将其语境化而不是本质化,则是当下非洲流散研究要思考的重要命题。针对各方的质疑,克拉克反驳说:"假设地缘政治划分不存在,出于对流散的忠诚而把它打发到一边,就是用超现实主义取代现实主义,用米老鼠代替马基雅维利。"① 这番话虽有几分戏谑,却是切中肯綮,直击问题的要害。沃尔科特虽然总体上认同吉尔罗伊的学术思想,但纵观沃尔科特的学术研究就会发现,他并不是被动地接受吉尔罗伊的思想,而是对其进行拓展,与之展开对话,构建出一套适用于加拿大非洲流散族群的批评话语。沃尔科特对吉尔罗伊的改进主要表现在两个方面。一是进一步挖掘黑人流行文化的批评功能。与吉尔罗伊仅仅关注黑人音乐不同,沃尔科特将研究对象扩展至黑人电影、诗歌表演和黑人节日等领域,更为全面地探讨黑人流散关联及其对民族国家观念的颠覆。二是强调全球视野与地域观照的结合。尽管吉尔罗伊和沃尔科特都认识到跨民族视角的重要性,但后者更加关注跨界框架内的地方空间重塑。有论者指出,吉尔罗伊的主要问题在于他的理论与他分析的社会现实是脱节的。② 相比吉尔罗伊,沃尔科特更加注重保持文化和政治之间

---

① George Elliott Clarke, *Directions Home: Approaches to African-Canadian Literature*. Toronto: University of Toronto Press, 2012, p. 6.

② Lucy Evans, "The Black Atlantic: Exploring Gilroy's Legacy." *Atlantic Studies* 6.2 (2009): 264.

的平衡,意识到"对流散或黑色大西洋交换、对话、沟通和差异进行理论化时,需要注意国家和其他形式的体制力量"①。

虽然沃尔科特和克拉克的学术路径迥异,但他们的研究在很大程度上都是基于加拿大对非洲流散的重构。然而,始终纠结于加拿大黑人文学的流散身份,沃尔科特的重构并不彻底,而克拉克的力度显然要大许多。当然,克拉克也并非绝对意义上的民族主义者,他对美国黑人文学的吸纳就是证明。② 应该看到,克拉克对格兰特的吸收是有条件的,或者说他对格兰特政治意义上的民族主义进行了学术改造。但无论如何,加拿大黑人文学中的民族主义和跨民族主义论战彰显出加拿大黑人文学的地域和民族身份,有力地揭示出流散的地理特性以及"生产流散群体的历史条件和经历"③,给我们的学理启示是:任何跨民族研究都必须足够重视本土经验和地方空间的重塑,处理好"解辖域化"和"再辖域化"之间的关系。

第二节 地域主义文学的"黑色"维度

谈及加拿大民族主义,就不得不提另外一个重要观念——加拿大地域主义。弗莱认为,对加拿大而言,"身份是地方和地

---

① Rinaldo Walcott, *Black Like Who?: Writing Black Canada*. Toronto: Insomniac, 2003, p. 37.
② 参见第三章第一节的论述。
③ P. T. Zeleza, "Rewriting the African Diaspora: Beyond the Black Atlantic." *African Affairs* 104. 414 (2005): 39.

域的,植根于想象和文化作品"①。乔治·伍德科克(George Woodcock)指出,加拿大文学传统从根本上讲是地域的,在这个国家不同的地区有不同的发展。② 在加拿大文学发展过程中,民族主义和地域主义两种思潮相互牵扯,此消彼长。"联邦诗人"时代,对统一民族身份的诉求是文学创作的主旨,诗人往往通过对地域细节的描绘表达加拿大性,查尔斯·罗伯茨就"通过对新不瑞克(即新不伦瑞克)的山川湖泊、虫草鸟兽的观察向人们展示了特拉马特拉地区的自然风光,……通过对局部、荒野和边疆地带生活的描写创造了一个真实的加拿大神话"③。20世纪五六十年代,在文化民族主义浪潮的冲击下,地域主义饱受质疑,著名学者E. K. 布朗(E. K. Brown)批评地域主义文学"最终一定要失败,因为它强调表面和特别的东西,……而忽略了最基本和人类共同的东西"④。20世纪70年代以后,随着多元文化政策和多元文化法案的实施,以及后现代、后结构和后殖民主义批评理论的渗透,批评界和创作界开始反思同质和排他性的民族文学话语,地域主义文学再次受到重视,地域主义文学经典——比如罗斯的《我和我的房子》(*As for Me and My House*)和格罗夫的《沼泽地的定居者》(*Settlers of the Marsh*)

---

① Northrop Frye, *The Bush Garden: Essays on the Canadian Imagination*. Concord: House of Anansi, 1995, p. xxii.

② 参见 Janice Fiamengo, "Regionalism and Urbanism." *The Cambridge Companion to Canadian Literature*. Ed. Eva-Marie Kröller, Cambridge: Cambridge University Press, 2004, p. 241。

③ 丁林棚:《加拿大地域主义文学批评的历史、形式与视角》,《东华大学学报》2010年第3期,第179—180页。

④ 转引自丁林棚:《加拿大地域主义文学批评的历史、形式与视角》,《东华大学学报》2010年第3期,第180页。

等——被重新发掘,地域主义作家作品大量涌现,鲁迪·威伯(Rudy Wiebe)的《大熊的诱惑》(*The Temptations of Big Bear*, 1973)和《发现陌生人》(*A Discovery of Strangers*, 1994),以及米里亚姆·托尤斯(Miriam Toews)的《复杂的善意》(*A Complicated Kindness*, 2005)等就是其中的精品佳作。

加拿大文学素有浓厚的地域色彩,在发展历程中出现了形色各异的地域主义文学,比如滨海文学、平原文学、魁北克文学和西海岸文学等。加拿大黑人文学与加拿大地域主义文学有紧密的关联。克拉克为何对新斯科舍黑人文学进行命名,并以它为基点描绘整个加拿大黑人文学的历史图谱？克拉克是土生土长的新斯科舍人,祖先是美国第二次独立战争期间(1812—1815年)迁往新斯科舍的美国黑人。他对新斯科舍黑人文学的特殊关注,与他的身世背景有很大关系,但更为深层的原因是加拿大的地域主义文学传统。克拉克的文学观带有明显的加拿大地域文学思想的印记。他曾说:"没有几个作家敢说他们能为所有的加拿大人代言,与所有的加拿大人交谈……比方说,意大利裔加拿大作家就有两个派别。有的来自西海岸、温哥华,他们的经历跟多伦多或蒙特利尔的作家就不一样。"[①]克拉克认为这种区域差异在加拿大黑人中同样存在,新斯科舍黑人社区就有突出的宗教性和农业社会特征。他直言,新斯科舍黑人文学之所以要被区别对待,"是与加拿大文学中的整个地域主义问题相关

[①] Pilar Cuder-Domínguez, "On Black Canadian Writing: In Conversation with George Elliott Clarke." *Atlantis* 23. 2 (2001): 192.

的"①,而这也是他特别关注新斯科舍黑人教堂叙事的主要原因。克拉克不仅强调新斯科舍的特异性,还注意到整个加拿大黑人文学的地域特征,认为这"体现了普遍的加拿大的区域变化",并总结出加拿大黑人文学的地域特点:西海岸作家倾向于实验,具有先锋色彩;平原地区作家注重写实;安大略是多元传统和风格的聚集地;魁北克作家关注语言问题;东海岸作家呈现出更多的经典和现实主义风格。②

无论时代如何变迁,地域和地域主义概念都深深扎根在加拿大作家意识中。在克拉克的学术思想中,一方面是对加拿大黑人文学地域特征的强调,另一方面是对加拿大黑人文学加拿大特性的彰显。在谈及如何权衡自己的地域主义和民族主义立场时,克拉克说:"……作为一名来自历史悠久的阿非利卡迪亚——新斯科舍黑人——的阿非利卡迪亚作家,我的'民族主义'首先是地域的:我所属的——与西印度和美国黑人密切相关的——'黑人'文化是扎根在新斯科舍,而不是别的地方。"③克拉克的地域主义思想既有历史原因,也是对现实的回应。全球化时代,在跨国资本不断蚕食边界、制造"世界大同"幻象的背景下,地域主义在某种程度上具备了民族主义的功能,在捍卫区域文化身份方面发挥了重要作用。贾尼斯·菲亚门戈(Janice Fiamengo)总结得好:"在民族主义情绪高涨的时期,地域主义

---

① Pilar Cuder-Domínguez, "On Black Canadian Writing: In Conversation with George Elliott Clarke." *Atlantis* 23.2 (2001): 192.

② George Elliott Clarke, *Odysseys Home: Mapping African-Canadian Literature*. Toronto: University of Toronto Press, 2002, p. 332.

③ 綦亮:《关于非裔加拿大文学创作和批评的对话——乔治·艾利奥特·克拉克教授访谈》,《当代外语研究》2018年第2期,第94页。

被认为是制造分裂的负面力量；而到1988年之后的自由贸易时代，当民族和文化特性受到全球化的威胁时，对差异和特性的坚持在加拿大又具有了新的价值。"[1]地域主义和民族主义既互相区别，又相互关联，但在民族国家身份不断被消解和抹除的当下，两者更多的是交汇融合，构成一个矛盾统一体。这就是为何克拉克考察新斯科舍黑人文学，其灵感来源于格兰特的民族主义思想；为何在他看来，这一地区黑人文学最重要的品质是其对现代性和技术理性的排斥，以及对精神和信念的推崇。[2] 因此，对加拿大黑人文学地域性和民族性的强调在克拉克的学术观念中并行不悖，合二为一，说明无论是跨民族主义还是民族主义范式占主导，"在加拿大文学中，对地方社会、政治的思考对文学创作和批评依然产生着不可抗拒的影响，因为从英语文学视角出发对加拿大文学的审视，首先就是对'地方'或'地域'概念的介入——加拿大是有异于不列颠和美利坚的一个国度"[3]。

新斯科舍文学是加拿大地域主义文学的重要组成部分，托马斯·哈里伯顿（Thomas Haliburton）的《钟表商》（*Clockmaker*, 1836）、托马斯·麦卡洛克（Thomas McCulloch）的《斯特普休尔的信》（*The Stepsure Letters*, 1862），以及欧内斯特·巴克勒（Ernest Buckler）的《山与谷》（*The Mountain and the Valley*, 1952）等是新斯科舍文学的代表作。黑人文学

---

[1] Janice Fiamengo, "Regionalism and Urbanism." *The Cambridge Companion to Canadian Literature*. Ed. Eva-Marie Kröller, Cambridge: Cambridge University Press, 2004, p. 241.

[2] 参见本章第一节的论述。

[3] 丁林棚：《加拿大文学中的地域和地域主义》，《国外文学》2008年第2期，第29－30页。

是新斯科舍文学的重要元素。新斯科舍是加拿大黑人最早的聚集地,是加拿大黑人社区的源头之一,在加拿大地域黑人经验的生成和发展过程中发挥了关键作用。克拉克的学术研究扎根新斯科舍,梳理出 18 世纪以来新斯科舍黑人文学的历史脉络,揭示出新斯科舍的黑人文学传统。新斯科舍黑人文学的高潮出现在 20 世纪 70 年代。20 世纪 60 年代,加拿大最著名的黑人社区之一、新斯科舍首府哈利法克斯的阿非利卡维尔在城市化进程中遭到严重破坏,这一事件促成了年轻一代的觉醒,他们以艺术和文学为媒介,表达自己的政治诉求和身份意识,形成"阿非利卡迪亚文艺复兴"(Africadian Renaissance)。①

弗雷德里克·沃德(Frederick Ward)的《里弗利斯普:黑色记忆》(*Riverlisp: Black Memories*,1974,以下简称《里弗利斯普》)是这一时期的代表作之一,该作被认为是"第一部阿非利卡迪亚小说"②。作品基于沃德对前阿非利卡维尔居民的访谈和交流,借助文学想象重建阿非利卡维尔被毁之前的黑人集体记忆。《里弗利斯普》在写作手法上极具实验性,甚至很难说是一部严格意义上的小说,更像是小说、散文和诗歌的杂糅;小说通篇用黑人英语写成,韵律感很强,加之多变的叙事视角和穿梭在当下与过去的时空场景,具有很强的艺术感染力。克拉克充分肯定这部作品的艺术成就,认为其中的主导观念是"一首作者可以自由探索的旋律,可以根据自己的意愿与其保持距离,就像一

---

① 参见 George Elliott Clarke, *Odysseys Home: Mapping African-Canadian Literature*. Toronto: University of Toronto Press, 2002, pp. 107–125。

② George Elliott Clarke, *Odysseys Home: Mapping African-Canadian Literature*. Toronto: University of Toronto Press, 2002, p. 107.

个爵士乐艺术家,可能会偏离一首熟悉的曲子,转而去追寻它的魅影"①。小说融先锋派手法和写实精神于一体,暴露和批判了新斯科舍的种族歧视。在题为"在七年"的一章中,小说从黑人少年吉米·李的视角揭示出黑人承受的敌意以及由此产生的恐慌和仇恨。在骑行过程中,李和他的同伴被突如其来的"黑鬼!黑鬼!"叫骂声震住了:

> 这个词就如同天空中的一声巨响向我们袭来,过了一会儿,一个受到惊吓的胖男孩骑上我的自行车,掉头跑掉!我没有马上走。我想看看是谁(什么东西)说的。一开始没有看清,有些疑惑,后来看到了:他就蹲在那里,在他家前门栏杆的后面。是一个金发小男孩,比我还小。"从我的地盘滚出去,黑鬼!"这是我第一次听白人男孩这么说。我狠狠地看了他一眼,因为现在我必须做一个"坏黑鬼"。②

这一幕不禁让我们想起柏妮丝在《交汇点》中的遭遇,《黑皮肤,白面具》中白人的"召唤"和"凝视"对黑人造成的精神压力再

---

① George Elliott Clarke, *Directions Home: Approaches to African-Canadian Literature*. Toronto: University of Toronto Press, 2012, p. 199.
② Frederick Ward, *Riverlisp: Black Memories*. Plattsburgh, New York and Montreal: Tundra Books, 1974, p. 54.

次找到了文学注脚。①《里弗利斯普》兼具艺术性与现实意义，告诫"如果不通过斗争保护领地，那么新斯科舍的每一个黑人社区将面临什么"，以此"唤醒阿非利卡迪亚人，去守护他们的文化遗产"②。

另外一位代表性作家是克拉克教授本人。克拉克不仅是一位出色的学者，在文学创作方面也取得了卓越的成就，是总督文学奖得主、加拿大国家桂冠诗人，《剑桥加拿大文学史》辟专节讨论他的创作。和他的文学批评一样，克拉克的文学创作也有鲜明的地域特色，致力于挖掘新斯科舍以及整个滨海地区的黑人历史，恢复被淹没和压制的黑人声音。他的小说处女作《乔治与鲁》(*George & Rue*, 2005)就是这样一部作品。小说取材于真实的历史事件。在一次偶然的交谈中，克拉克从母亲那里获知了一段一直被隐瞒的家族史：他有一对表兄弟乔治·汉密尔顿和鲁弗斯·汉密尔顿，1949年因为合伙杀害一位白人出租车司机，被当众处以绞刑。这段历史对克拉克造成了极大的触动，他以两位表亲为原型，在大量调查取证的基础上创作出《乔治与鲁》，以虚构的形式把那段被埋没的黑人命运拉回人们的视线。

汉密尔顿兄弟生于新斯科舍三英里平原小镇，从小食不果

---

① 处在白人性的包围和重压下，《黑皮肤，白面具》中的叙事者感到"头顶的天空在中央裂开，大地在脚下吱嘎作响，为白人歌唱。这种白人性把我烧成灰烬"。参见 Franz Fanon, *Black Skin, White Masks*. Trans. Richard Philcox. New York: Grove Press, 2008, p. 94. 相比《交汇点》，《里弗利斯普》中的描写与《黑皮肤，白面具》中叙事者的感受有更加直接的对应。

② George Elliott Clarke, *Odysseys Home: Mapping African-Canadian Literature*. Toronto: University of Toronto Press, 2002, p. 116.

腹,生活贫困:"这两个黑人男孩降生的肮脏环境,连猪都无法忍受。"①整个小镇可以说一个黑人贫民窟,生活条件极其恶劣,"一旦流感爆发,会死很多人,都来不及埋"(17)。兄弟二人的父亲阿萨是一个屠夫,有酗酒和家暴的恶习,对妻子和孩子来说,"他就是撒旦"(22)。他用皮带抽打妻子,"打到哪里,哪里就会起泡,然后再把泡抽开"(27);孩子过来帮母亲,他又会像监工对待奴隶一样教训他们,"兄弟俩蹲在那里,像老鼠一样尖叫,但皮带还是一次次抽下来……"(28)在这种家庭环境里,"两个孩子就像有毒的野草一样生长"(22)。成年后,兄弟俩各奔东西,乔治当过兵,务过农,后来结婚生子,在新不伦瑞克省的小城贝克思点定居;鲁弗斯一直过着居无定所的生活,之后来到新不伦瑞克和哥哥会合,但没过多久就因打劫被判入狱两年。乔治的生活相对平静,但也承受巨大压力,他没有固定职业,只能靠打零工维持生计,其间还和雇主发生冲突,基本丢掉饭碗。等到鲁弗斯刑满出狱,两人再相聚时,"家中没有钱,没有食物,没有木柴"(102)。"兄弟俩曾经是骨瘦如柴、饱受折磨的黑人男孩。如今,他们是皮包骨头的黑人男子,戴着尖角黑色帽子,穿着二手棉布汗衫。"(103)而此时,乔治的第二个孩子马上就要出生,原本拮据的生活更加艰难。在鲁弗斯的鼓动下,两人决定铤而走险,通过非正常手段获取财富。他们碰巧遇到白人出租车司机西尔弗,准备对他下手。其实,乔治并不想谋害西尔弗,因为他的第一个孩子出生后,从医院接他们回家的就是西尔弗。但已经失去理智的鲁弗斯顾不上这么多,他趁乔治外出时用准备好的斧

---

① George Elliott Clarke, *George & Rue*. London: The Harvill Press, 2005, p. 26. 以下引文出自同一作品,只标页码。

子砍死西尔弗,小说对砍杀过程的描写近乎直白,触目惊心:"斧子就像火车一样迅速朝西尔弗砍来。他的耳朵——曾经充盈着音乐和笑声——如今满是鲜血。血在车里就像炸开了一样;震耳欲聋的咆哮声在西尔弗的脑壳里响起。他的头颅猛地从脖子上耷拉下来,喷出红色的液体。"(127)事后,鲁弗斯和乔治瓜分了西尔弗身上的钱物,把他的尸体藏在后备箱。由于作案手段拙劣,案件很快告破,兄弟俩被送上绞刑架。

不难看出,黑人暴力是小说探讨的主要议题。在黑人文学中,黑人暴力现象并不少见,前文讨论的《锃亮的锄头》就是一个典型的例子。相较之下,《乔治与鲁》中的暴力行为更具冲击力,因为受害者的选择具有随意性,而且不是一般意义上的黑人压迫者。西尔弗虽然对黑人有一定偏见,但"对他们没有恶意;在他看来,他们就是上帝把他们造出来的那个样子"(118);他甚至"为奴隶制感到遗憾,认为发生这种事太糟糕了"(119)。那么,应该如何理解这部作品中的黑人暴力?从黑人文学的叙事方式和精神内蕴来看,这种处理是否是一种"政治不正确"?恰恰相反——小说越是强调白人的正面形象,就越凸显出黑人的受害者身份;小说书写黑人暴力,并非渲染暴力,而是意在暴力背后的深意,拷问是什么让黑人成为施暴者。鲁弗斯的暴力倾向与父亲的家暴有直接关系,从小耳濡目染,父亲的劣行直接影响了他的性情和行为方式。那么阿萨的暴戾又源自何处?克拉克曾在访谈中指出,他对这个角色的塑造是有现实依据的,他儿时曾目睹类似的家暴事件:"我小时候,许多新斯科舍(阿非利卡迪亚)黑人男子都(几乎是骄傲地)虐待孩子和配偶,这种行为在早于我那个年代的几十年甚至几个世纪前就存在了。"①他后来了解到,汉密尔顿兄弟的祖上曾在美国佐治亚州的种植园为奴,在美国第二次独立战争期间来到新斯科舍,这让克拉克意识到,阿萨及其孩子们的暴行与奴隶制不无关系:"可以说,因为他们的奴隶先辈被白人奴隶主和监工虐待,汉密尔顿父母把这种压迫延伸到他们的骨肉身上。因此,兄弟俩对西尔弗的攻击是他们所承受的暴力的延续。"②在克拉克看来,奴隶制是黑人暴力的罪魁祸首,奴隶制让暴力思维像病毒和遗传病一样在黑人中间蔓延,让黑人在施害者和受害者之间的撕扯中苦苦挣扎。通过描写黑人暴力,《乔治与鲁》暴露出"虐待受害者对施虐狂和受虐狂角色的内化"③,以及奴隶制对黑人身心的戕害。

如果说奴隶制是黑人暴力的历史源头,那么汉密尔顿兄弟在成长过程中遇到的种种阻力和障碍,则是导致他们走上犯罪道路的现实催化剂。正如克拉克所言,尽管汉密尔顿兄弟的惨剧已经成为历史,"20世纪40年代以及更早,滨海地区针对'有色人种'的社会政治态度仍然需要检视,尤其考虑到这些态度把黑人囚禁在无知、贫穷和失业的困境中(这些都是滋生罪犯和杀

---

① Kristina Kyser, "George and Ruth: An Interview with George Elliott Clarke about Writing and Ethics." *University of Toronto Quarterly* 76.3 (2007): 866–867.
② Kristina Kyser, "George and Ruth: An Interview with George Elliott Clarke about Writing and Ethics." *University of Toronto Quarterly* 76.3 (2007): 867.
③ Kristina Kyser, "George and Ruth: An Interview with George Elliott Clarke about Writing and Ethics." *University of Toronto Quarterly* 76.3 (2007): 866.

手的绝佳条件)"。① 在学校里,兄弟俩完全被当作异类,备受歧视,老师喊他们"黑鬼",同学往他们脸上撒粉笔末,让他们变白。在部队,乔治找不到自己的位置,他不仅要参加正常训练,还要给大家做饭,训练结束后,白人可以打牌娱乐,而他"还得煎鸡蛋,打扫营房"(74)。战争结束,乔治来到多伦多和蒙特利尔求职,发现"没有一份工作是给黑人男孩的"(83);后去新不伦瑞克首府弗雷德里克顿的失业救济办求助,被告知"火车上没有搬运工作,没有白人需要帮助,没有公司需要两只胳膊去搬运、转移和稳定包裹"(105)。就在行凶前,坐在西尔弗的车上,乔治和鲁弗斯看到的是"大量生产鞋、肥皂、独木舟、牙签、卷纸和糖果但不雇佣一位黑人的工厂"(116)。贫穷是兄弟二人坠入深渊的直接导火索,而如小说所言,这种贫穷对滨海地区的黑人来说是与生俱来、世代相传的:"这就是贫穷,东海岸式的贫穷,历史悠久,是一种灾难性的谱系。"(26)的确,白人社会的偏见将黑人禁锢在社会最底层,让他们很难有翻身的机会。汉密尔顿兄弟被捕和行刑前后社会各界的反应,更加说明了滨海地区黑人生存环境的险恶。发现案情后,警方首先怀疑黑人,"他们和往常一样发起疯狂追捕,扫荡贝克思点的黑人区——'营地'"(156)。检察官博伊德认定兄弟二人是一个致命的"鲁弗斯-乔治"犯罪组合,必须让他们伏法,因为他明白"如果证据不能让陪审团满意,如果他不能给两个孩子定死罪,那么马上就要到手的新不伦瑞克副总检察长的位子就会泡汤"(176)。这起案件让弗雷德里克

---

① Kristina Kyser, "George and Ruth: An Interview with George Elliott Clarke about Writing and Ethics." *University of Toronto Quarterly* 76.3 (2007): 868-869.

顿的白人极度恐慌,媒体也推波助澜,兄弟俩成了众矢之的,"事实上,弗雷德里克顿迫不及待地想看到束手无策的黑人杀人犯被绞杀"(194)。汉密尔顿兄弟被处死后,他们住过的贝克思点"被妖魔化为'斧子镇'";即便在家乡三英里平原,乔治和鲁弗斯也成为公敌,"那些认识汉密尔顿兄弟的人达成共识,不承认他们曾出生过,还要去他们洗礼的地方,用墨水把他们的名字从注册簿上抹掉"(214)。这一事件引发的一系列连锁反应充分揭示出"加拿大体制化种族主义的波纹效应"[1]。

这种体制化种族主义让黑人无路可走,逼迫他们只能以极端的方式对抗社会的不公。法侬曾说:"去殖民化永远是一个暴力现象。"[2]《乔治与鲁》中的黑人暴力是对殖民化白人社会的强力控诉,"动摇了一个陶醉在多元文化主义政策成就的社会感到的自在和自满,这种政策被认为是加拿大身份最根本、引以为傲和备受尊敬的特征"[3]。但小说同时也表明,暴力并不能从根本上解决问题。克拉克的深刻之处在于,他不仅暴露白人社会的阴暗面,也反思黑人自身的局限。鲁弗斯曾流浪至阿非利卡维尔,小说中,这个黑人社区具有很强的排外性和自我保护意识,即便对黑人也是如此:"鲁弗斯可以打牌、买私货,但不能住在那里。"(64)试想,如果这个黑人社区能够收留鲁弗斯,让他有归属

---

[1] Gugu D. Hlongwane, "Whips, Hammers, and Ropes: The Burden of Race and Desire in Clarke's *George & Rue*." *Studies in Canadian Literature* 33. 1 (2008): 292.

[2] Franz Fanon, *The Wretched of the Earth*. Trans. Constance Farrington. London: Penguin Books, 2001, p. 27.

[3] Ana Maria Fraile-Marcos, "The Transcultural Intertextuality of George Elliott Clarke's African 'Canadianite': (African) American Models Shapin 'George & Rue.'" *African American Review* 47. 1 (2014): 126.

第四章 民族主义、地域主义与全球地方写作

感,那么他很有可能会走上一条完全不同的道路。乔治的雇主奥瑞是一个讨好白人的黑人,他故意刁难乔治,拖欠他工钱,乔治一怒之下卷走了他所有的工具,其中就有那把作案的斧子。无论从哪方面看,汉密尔顿兄弟的悲惨结局都是一种必然,《乔治与鲁》也因此呈现出一种浓烈的宿命论色彩。汉密尔顿兄弟固然有罪,但黑人暴力背后的深层原因是什么?在一个无情和冷漠的白人社会,在一个黑人彼此之间都缺乏相互信任和支撑的环境中,黑人有被救赎或者说自我救赎的可能吗?这些是小说留给读者的问题,也是它的力量所在。

人们习惯把新斯科舍、新不伦瑞克和爱德华王子岛称为加拿大滨海诸省,称这一地区的文学为滨海文学。除了前文提及的罗伯茨、哈里伯顿、麦卡洛克和巴克勒,滨海文学的代表性作家还包括爱丽丝·琼斯(Alice Jones)、大卫·亚当斯·理查兹(David Adams Richards)、奥尔登·诺兰(Alden Nowlan)和阿里斯泰尔·麦克劳德(Alistair MacLeod)等。滨海地区自然资源丰富,曾经是加拿大最发达的区域,但自20世纪以来,随着经济发展方式的转型,滨海地区逐渐没落;而在全球化和新自由主义浪潮的冲击下,滨海地区的步履更显艰难。久而久之,怀旧与踟蹰逐渐成为滨海地区的主要文化特征。[1] 与此相对应,在加拿大文学批评领域出现一种边疆理论,将东部视为"文化上是保守、呆板,且缺乏实验性的"[2]。事实上,滨海地区作家一直与这

---

[1] 参见 David Creelman, *Setting in the East: Maritime Realist Fiction*. Montreal and Kingston: McGill-Queen's University Press, 2003, p. 15。

[2] Herb Wyile, *Anne of Tim Hortons: Globalization and the Reshaping of Atlantic-Canadian Literature*. Waterloo: Wilfrid Laurier University Press, 2011, p. 23.

种脸谱化和刻板印象做斗争,主动规避对特定地方的感性、怀旧或浪漫化观念。① 以沃德和克拉克为代表的新斯科舍黑人文学典型地体现了这种努力,他们的创作"反映了体现这个地域特征的地理、阶级、性别、族裔以及文化方面的差异和等级"②,为深度透视滨海地区社会现实,以及从多元视角考察其文化风貌提供了有效参考。

尽管有争议,克拉克基于地域的治学方法对加拿大黑人文学研究的启迪是显而易见的。2001 年,温哥华黑人作家兼批评家韦艾德·康普顿(Wayde Compton)推出《蓝图:英属哥伦比亚非裔文学与口头文学》(*Blueprint: Black British Columbia Literature and Orature*,以下简称《蓝图》),收录了 19 世纪以来英属哥伦比亚地区的代表性黑人文学作品,首次系统整理了英属哥伦比亚黑人文学。该著确证了第一首诗歌、第一部小说以及第一部科幻作品等英属哥伦比亚黑人文学发展史上的多个"第一"。《蓝图》致力于从地域和历史维度探究加拿大黑人文学,很容易让人想起克拉克的《水上火》,《蓝图》之于英属哥伦比亚黑人文学,就如同《水上火》之于新斯科舍黑人文学。2010 年,康普顿出版《迦南之后:种族、写作和地域论丛》(*After Canaan: Essays on Race, Writing, and Region*),探讨早期英属哥伦比亚黑人作家如何利用主流话语确立言说身份,以及黑人

---

① 参见 Herb Wyile, *Anne of Tim Hortons: Globalization and the Reshaping of Atlantic-Canadian Literature*. Waterloo: Wilfrid Laurier University Press, 2011, p. 24。

② Herb Wyile, *Anne of Tim Hortons: Globalization and the Reshaping of Atlantic-Canadian Literature*. Waterloo: Wilfrid Laurier University Press, 2011, p. 25.

社区的历史文化记忆等议题,明确指出"挖掘地方黑人历史和更加宏大的、全球性的流散冲动没有什么区别"①。

大卫·南迪·奥德海姆博(David Nandi Odhiambo)是英属哥伦比亚地区最具代表性的黑人小说家之一。奥德海姆博1965年生于肯尼亚内罗毕,1977年移民加拿大曼尼托巴省温伯尼,后移居蒙特利尔和温哥华等地,现任教于夏威夷大学西瓦湖岛分校,2019年获夏威夷最负盛名的凯兹文学奖。1998年,奥德海姆博发表处女作《解散的国家》(*Diss/ed Banded Nation*)。主人公本尼迪克特是肯尼亚人,五岁时父母在车祸中丧生,由外婆带大。本尼迪克特十七岁时离开肯尼亚到温哥华闯荡,在那里结识了雅茨等好友,和他们一起组建了乐队,在酒吧驻唱。本尼迪克特在温哥华待了十年,一直没有固定的职业,生活窘迫,感情生活也不顺利,最终因为非法移民身份被遣返回国。小说具有突出的先锋色彩:首先,全文没有一个大写字母,而且句法也不同于一般的标准英语;其次,采用闪回的叙事手法,在当下与过往的时空场景之间不断切换。主题上,小说注重探讨黑人和白人之间的冲突和融通,揭示黑人移民在白人国家的生存困境,也涉及白人的反思和自我批判。奥德海姆博的第二部小说《吉普利盖特的机遇》(*Kipligat's Chance*, 2003)出版后备受好评。和《解散的国家》一样,这部作品仍旧聚焦温哥华的肯尼亚移民。第一人称叙事者、主人公吉普利盖特在温哥华一所高中读书,利用课余时间参加中长跑训练,希望利用体育特长去美国读大学。小说细腻地展现了青少年移民对家庭、朋友的情感纠

---

① Wayde Compton, *After Canaan: Essays on Race, Writing, and Region*. Vancouver: Arsenal Pulp Press, 2010, p. 107.

结以及移民的代际冲突。吉普利盖特的哥哥考茨是一位热血青年，一心想改造世界，看不惯父亲的保守，最终离家出走，去贫民窟体验生活，没有随父母去加拿大，这成了吉普利盖特一家永远的痛。相比第一部作品，这部小说的视界有所扩大，不仅关注肯尼亚移民的生活状态，还表现不同移民之间的相处；小说试图说明，在加拿大，不仅少数族裔融入主流有困难，少数族裔之间也有矛盾，并不能和谐共存。

卡琳娜·弗农(Karina Vernon)也从克拉克的学术思想中汲取灵感，致力于平原地区的黑人文学研究。平原文学是加拿大地域文学的重要构成，"在加拿大文学地域主义的版图上，平原文学散发出与众不同和最为特殊的光彩"[①]。辛克莱·罗斯(Sinclair Ross)、W.O.威廉·米切尔(W. O. Mitchell)、罗伯特·克罗耶奇(Robert Kroetsch)和盖伊·范德海格(Guy Vanderhaeghe)等是平原文学的代表性作家，在整个加拿大文学史上也具有重要影响。相对其他区域的加拿大文学，平原文学具有更加突出的地域特色，"随风起伏的广阔草原、远处的天际、时而忧郁时而狂暴的风、静谧的雪，这些是作品中反复出现的意象"[②]。

那么，平原地区的黑人文学创作状况是怎样的？在弗农看来，平原地区黑人历史和文化没有受到足够重视。官方历史强调新斯科舍和"地下铁路"时期的加拿大黑人史，忽略20世纪初

[①] 丁林棚：《加拿大地域主义文学研究》（英文），北京：北京大学出版社，2008年，第97页。

[②] Janice Fiamengo, "Regionalism and Urbanism." *The Cambridge Companion to Canadian Literature*. Ed. Eva-Marie Kröller, Cambridge: Cambridge University Press, 2004, p. 249.

平原地区的黑人移民史;黑人不仅在官方历史编纂中被边缘化,也被排除在平原地区的文化自我呈现之外;即便是从事加拿大黑人文化研究的学者也"不断忽视平原地区独特的黑人历史和文学文化"①。总体上看,平原地区"是一个同质的白色牛仔乡村,没有种族问题"②。但事实上,平原地区也是黑人移民的主要目的地,历史上曾出现过两次黑人移民潮:第一次发生在20世纪初,移民主体是来自美国俄克拉荷马、堪萨斯、得克萨斯和密西西比的黑人自耕农,主要目的是寻找免费政府土地、逃避种族压迫;第二次就是伴随加拿大移民政策的开放,从20世纪50年代起一直持续至今的黑人移民潮,移民多来自非洲、美洲和加勒比。③ 弗农强调,如果不去确证平原黑人身份,那么就意味着"这个地区还要继续保持沉默,一笔历史、记忆和知识的财富将会永远消失"④。为此,她在博士论文《黑色平原:历史、主体性和写作》("The Black Prairies: History Subjectivity, Writing")中提出"档案研究"(archival research)概念,将其视为"一个融合了几代平原黑人作家的集体个人和历史记忆的场域",用于"书写一段不同的平原史,这段历史有赖于一些作家创作的有时是转瞬即逝的档案文件、回忆录、文献资料和口头文学,作为黑人农民和定居者,这些作者也许从来没有想过自己是作家或历史学

---

① Karina Joan Vernon, "The Black Prairies: History, Subjectivity, Writing." Diss. University of Victoria, 2008, p. 8.

② Karina Joan Vernon, "The Black Prairies: History, Subjectivity, Writing." Diss. University of Victoria, 2008, p. 11.

③ 参见 Karina Joan Vernon, "The Black Prairies: History, Subjectivity, Writing." Diss. University of Victoria, 2008, pp. 9-10。

④ Karina Joan Vernon, "The Black Prairies: History, Subjectivity, Writing." Diss. University of Victoria, 2008, p. 7.

家——甚至不是'平原'人"①。研究系统考察了19世纪70年代至21世纪前10年的平原黑人写作,解读它们"如何通过记录和记忆那些长久被遗忘的,将黑人性重新置于平原的想象中"②。

的确,正如弗农的研究所揭示的,平原地区有深厚的黑人写作传统。克莱尔·哈里斯、苏塞特·迈尔、伊恩·萨缪尔斯(Ian Samuels)和谢丽尔·福戈(Cheryl Foggo)等都是平原地区的优秀黑人作家,而前文讨论的埃多彦更是平原黑人文学的杰出代表。2004年,不到三十岁的埃多彦发表处女作《塞缪尔·泰恩的第二次生命》(以下简称《生命》),受到评论界广泛关注,英国《卫报》甚至将其与奈保尔早期的作品相提并论。小说讲述20世纪60年代平原地区的黑人移民故事。主人公塞缪尔·泰恩出生于加纳的一个富裕之家,父亲亡故后家道中落,随叔叔雅各布到英国求学,后移居加拿大。来到加拿大后,泰恩成为卡尔加里的一名经济预报员,但因为性格孤僻,不善言辞,很不适应政府工作,感觉暗无天日,看不到未来,与家人的关系也日渐疏远,家庭生活陷入危机。被解雇后,泰恩更是一心想逃离压抑的城市生活,而就在此时,他恰好得到了叔叔死后留给自己的小镇房产,迎来转机。来到镇上后,泰恩在好心人雷的帮助下开了一家电器维修店,生活逐渐走上正轨。但好景不长,一直神神秘秘的邻居波特突然亮出底牌,告诉泰恩是他把雅各布养老送终,所以

---

① Karina Joan Vernon, "The Black Prairies: History, Subjectivity, Writing." Diss. University of Victoria, 2008, p. 19, p. 22.
② Karina Joan Vernon, "The Black Prairies: History, Subjectivity, Writing." Diss. University of Victoria, 2008, p. 17.

他才是房产的真正继承人。雪上加霜的是，泰恩的双胞胎女儿蓄意纵火，烧掉了波特的房子，而之前一向友善的雷也开始向泰恩施压，建议他把房子让给波特，否则就要向政府告发他女儿的行为。无奈之下，泰恩只好把女儿送往教养所，并把房子的一半让给波特，与其同住一个屋檐下。多年的失意加上突如其来的打击让泰恩的妻子不堪重负，郁郁而终。妻子死后，泰恩也瞬间失去了生活的方向和动力，在懊悔、痛苦和不甘中度过了余生，看似美好的"第二次生命"终成泡影。

《生命》构思精巧，综合运用多种叙事手法，将原本平淡无奇的日常事件编排得跌宕起伏，引人入胜，既有严肃文学的深邃与厚重，又不乏通俗文学中的惊悚和悬疑桥段，具有很强的可读性。埃多彦在小说中成功营造了一种局促和压抑的氛围，以冷静、克制的笔法对以泰恩为代表的平原地区黑人移民进行了深度呈现，将他们漂泊海外的无助、怅惘和困惑刻画得丝丝入扣，令人信服。小说虚构的阿斯特尔小镇就是现实中的北阿尔伯塔阿萨巴斯卡区的琥珀谷（Amber Valley）黑人社区，该社区由20世纪初平原地区第一次黑人移民潮时期的俄克拉荷马移民建立，是阿尔伯塔最大的黑人社区。小说中的波特来自美国，是首次移民潮时代黑人移民的后代；泰恩一家是二次移民潮时期来自非洲的初代移民，他们的孩子是二代移民；雷则是当地白人。《生命》通过对具有不同种族和民族身份，以及不同年龄层次社区居民的交错与并置，揭示出阿斯特尔小镇的异质性，质疑了对

233

平原地区"作为一种标准化白人性空间的建构"①。

不仅如此,小说中的加拿大平原地带绝非主流叙事宣扬的那样,没有种族问题。泰恩的双胞胎女儿伊薇特和克洛伊就是种族歧视的受害者。姐妹俩在学校饱受孤立和排挤,被嫌不懂礼数、发音不准,备受打击的伊薇特抱怨"她受够了必须用甜言蜜语哄别人跟她玩,受够了总是被问到底是从哪里来的,受够了别人跟她说话时以为她不说英语"②。受白人社会冷眼与嘲弄的刺激,她们行为乖张,情绪极不稳定,她们的蓄意纵火与此不无关系。雷尽管表面上与人为善,实际是典型的排外主义者,主张加拿大不能无节制地吸收外来移民,宣称移民"不能只享受做加拿大人的好处,还要承担做加拿大人的义务"③。雷的排外立场反映了当时加拿大对待移民的整体态度。虽然20世纪50年代起加拿大移民政策开放,对黑人移民敞开国门,但"有关无论什么类型的移民是否都'适合'这个国家的潜在争论"④从未停歇。透过雷这个人物形象,"埃多彦展现出影响他对盎格鲁-加拿大'白人性'限制性理解的意识形态基础"⑤。小说不仅暴露

---

① Andrea Katherine Medovarski, "Un/settled Migrations: Rethinking Nation Through the Second Generation in Black Canadian and Black British Women's Writing." Diss. Toronto: York University, 2007, p. 107.

② Esi Edugyan, *The Second Life of Smauel Tyne*. New York: Amistad, 2004, p. 27.

③ Esi Edugyan, *The Second Life of Smauel Tyne*. New York: Amistad, 2004, pp. 141-142.

④ Andrea Katherine Medovarski, "Un/settled Migrations: Rethinking Nation Through the Second Generation in Black Canadian and Black British Women's Writing." Diss. Toronto: York University, 2007, p. 110.

⑤ Andrea Katherine Medovarski, "Un/settled Migrations: Rethinking Nation Through the Second Generation in Black Canadian and Black British Women's Writing." Diss. Toronto: York University, 2007, pp. 109-110.

了平原地区的种族主义,还关注不同来源黑人移民之间的冲突和对抗,波特与泰恩的紧张关系就很能说明问题。总之,借助对卡尔加里和阿斯特尔小镇人情世故的多维和立体剖析,《生命》揭示出加拿大平原地区的"黑色"维度,颠覆了传统文献和话语对该区域的刻板印象和程式化再现。

另外一个值得关注的是魁北克地区黑人文学。魁北克文学也是加拿大地域文学的重要组成部分,英法两种文化的共存使得魁北克文学独具特色。"加拿大小说之父"麦克伦南的《两种孤独》(*Two Solitudes*)描写了该地区法裔和英裔从冲突到融合的历程,是对魁北克地方和文化风貌的经典再现。魁北克地区黑人历史可以追溯至 17 世纪。在新英格兰奴隶贸易的影响下,新法兰西也从非洲、加勒比和美国贩卖黑奴,18 世纪初,奴隶制被写进法律,这种情况一直延续到 18 世纪中期英国接管魁北克。黑奴当时大都是上层社会人士的仆人,也有部分黑人从事农耕、造船和采矿业。[①] 此后,黑人族群又通过移民等方式进入魁北克,形成了小勃艮第等稳定的黑人社区和定居点。

麦卢斯·萨斯菲尔德(Mairuth Sarsfield)的《没有晶莹的阶梯》(*No Crystal Stair*, 1997)是魁北克黑人文学的代表作之一。萨斯菲尔德生于蒙特利尔,是加勒比裔黑人作家,曾在美国、非洲和日本等地工作、生活,因为文学创作方面取得的成就被授予魁北克骑士勋章,美国俄亥俄州的克利夫兰还设有"麦卢斯·萨斯菲尔德日"。《没有晶莹的阶梯》以二战为背景,讲述蒙特利尔小勃艮第黑人社区的人生故事。女主人公马丽昂是加勒

[①] 参见 Joseph Mensah, *Black Canadians: History, Experience, Social Conditions*. Halifax and Winnipeg: Fernwood Publishing, 2010, pp. 46–47。

比移民,祖上从事捕鲸业,祖父和父亲是19和20世纪加拿大庞大筑路工程中的劳工。丈夫死后,她独自抚养两个女儿,靠在一家餐馆打工维持生计。作为少数族裔,她时刻担心自己的孩子被当作局外人,无法融入,无奈地自叹道:"来自别处的人为什么那么容易产生自卑情结?我该怎么做才能让自己的孩子在自信和自豪中成长?"[1]她的担忧和焦虑是有充分理由的。小说中呈现的蒙特利尔虽然是一个吸收各方移民的多元城市,但白人价值观占据绝对的主导地位,黑人、犹太裔等都处于边缘地带,被主流社会无视和排斥:他们只能从事最低下的工作,被禁止进入某些公共场所,甚至"不允许为战争献血!"(128)

小说不仅表现蒙特利尔"当下"的种族歧视,还从历史角度对其进行回溯。马丽昂热爱阅读、钟情文学创作的大女儿皮帕在一次出游时对同伴解释,一些蒙特利尔有色人种"不愿承认他们是18世纪80年代魁北克奴隶的后代,却吹嘘自己和魁北克一位出色诗人的近缘关系,这位诗人创作过一首关于放火烧毁蒙特利尔老城的玛丽-约瑟夫·安琪莉可(Marie-Joseph Angélique)的诗,而他们可能从未读过"(86)。这里提到的玛丽-约瑟夫·安琪莉可是加拿大历史上著名的黑奴。她生于葡萄牙的玛德拉,后被贩卖至新英格兰和蒙特利尔。安琪莉可生性叛逆,追求自由,在蒙特利尔为奴时与一位白人男仆坠入爱河,两人准备一起逃回欧洲,但没有成功。一段时间后,蒙特利尔老城突发大火,众人都怀疑是安琪莉可所为;经过一个多月的审判,安琪莉可于1734年6月被处以绞刑。事实上,从来没有

---

[1] Mairuth Sarsfield, *No Crystal Stair*. Toronto: Women's Press, 2004, p. 12. 以下引文出自同一作品,只标页码。

充分的证据证明安琪莉可就是纵火犯——她是种族主义的牺牲品,有力揭橥蒙特利尔的种族主义源流。然而,这段历史在所谓的"正史"中是被"屏蔽"的。正是基于这样的空缺,加拿大黑人历史学家、诗人阿富阿·库珀(Afua Cooper)创作了《绞杀安琪莉可:未被讲述的加拿大奴隶制与蒙特利尔老城的烧毁》(*The Hanging of Angélique: The Untold Story of Canadian Slavery and the Burning of Old Montreal*, 2006),旨在让这段历史重见天日,让被"消声"的逝者和他者重新发声。《没有晶莹的阶梯》虽然没有展开讲述安琪莉可的故事,但这段提及显然具有明确的历史指向,包含丰富的历史文化信息,与历史研究之间形成共鸣,从文学角度唤醒公众对蒙特利尔黑人史的记忆。蒙特利尔尽管有长期的黑人居住史,但在麦克伦南的《两种孤独》等白人作家作品中,黑人群体是缺席的,《没有晶莹的阶梯》这样的作品对于从多元视角审视蒙特利尔和魁北克地区的社会文化构成与实质,无疑具有积极意义。

从上述分析可以看出,加拿大黑人文学有强烈的地方感,是加拿大地域主义文学的有机组成部分,黑人作家的创作有效地拓展了加拿大地域主义文学的视阈。这种拓展主要体现在移民和种族题材的引入。"对地方的再现从来不仅仅是对现实的中性描写,尽管——或者说,尤其当——它们可能会对一种透明的指涉性表示占有权。它们在某种程度上来说永远是政治的,一种对土地的(语言和想象的)占有。"[1]经典加拿大地域主义文学

---

[1] Janice Fiamengo, "Regionalism and Urbanism." *The Cambridge Companion to Canadian Literature*. Ed. Eva-Marie Kröller, Cambridge: Cambridge University Press, 2004, p. 246.

突出地方的景物特征,但随着文化和社会学研究中跨学科趋势的不断增强,把景物与社会割裂开的做法已经不合时宜。① 通过揉进移民和种族主题元素,加拿大黑人英语小说揭示出地域特征背后的意识形态运作,丰富了地域主义文学的内涵,同时有力表明黑人在加拿大的历史和文化印记,确证了黑人族群与加拿大的天然和紧密的联系。

第三节 《我们都在希冀什么》中的全球地方写作

无论是创作层面上加拿大文学的地域特色,还是批评层面上学术界对这种写作模式的关注,背后都暗含了一种文化逻辑——对现代性宏大叙事的挑战和反拨。"现代主义目的论极尽贬低地方之能事:把它降格为一块被进步抛弃的落后之地……一种对立于普世科学理性的特殊性文化。"② 对地方的关注追求的是"小叙事",体现了后现代主义思潮的要义和旨归,表达了一种对历史意识的不信任,即"把文明和进步等同于政治、社会和文化同质化,以总体和普世的名义把对地方的压制合法化"③。

---

① 参见丁林棚:《加拿大地域主义文学研究》(英文),北京:北京大学出版社,2008 年,第 101 页。
② Arif Dirlik, "The Global in the Local." *Global/Local: Cultural Production and the Transnational Imaginary*. Eds. Rob Wilson and Wimal Dissanayake, Durham and London: Duke University Press, 1996, p. 23.
③ Arif Dirlik, "The Global in the Local." *Global/Local: Cultural Production and the Transnational Imaginary*. Eds. Rob Wilson and Wimal Dissanayake, Durham and London: Duke University Press, 1996, p. 23.

第四章 民族主义、地域主义与全球地方写作

全球化以及与此密切相关的跨国主义无疑是宏大叙事和普世价值的典型代表。那么地方意识和视野是否与全球化和跨国主义截然对立？著名全球化和文化研究专家黛安娜·布莱顿（Diana Brydon）指出，地方转向至少有两种形式："它可以表现为对特殊性的强烈关注，与全球浪潮保持一定距离，也可以表现为一种更新的意识，意识到地方和全球如今是如何以我们还在努力理解的方式交互重叠在一起的。"[1]这种权威判断告诉我们，地方和全球并非泾渭分明，更多情况下，两者是你中有我，我中有你。一方面，全球化在很大程度上是地方意义上的全球化，它"强化了不同民族国家内的地方联结、互信和身份政治"；另一方面，"对地方联结的关注需要在各方面和全球化进程关联起来，不落入现代主义二元论的老生常谈，即普遍的（全球）消除特殊的（地方）"。[2] 的确，在全球化和地缘政治并存的当下，全球与地方相互渗透，互为依存，换句话说，我们正在经历的是"一个全新的文化生产和民族再现的世界空间，它日益全球化（被穿越不同边界的资本逻辑的力量整合在一起），同时在日常质感和构

---

[1] Diana Brydon, "Cracking Imaginaries: Studying the Global from Canadian Space." *Rerouting the Postcolonial: New Directions for the New Millennium*. Eds. Janet Wilson, Cristina Sandru and Sarah Lawson Welsh, London and New York: Routledge, 2010, p. 112.

[2] Rob Wilson and Wimal Dissanayake, "Introduction: Tracking the Global/Local." *Global/Local: Cultural Production and the Transnational Imaginary*. Eds. Rob Wilson and Wimal Dissanayake, Durham and London: Duke University Press, 1996, pp. 5 - 6.

成上更加地方化(分裂成差异、联合和抵抗的竞争性空间)"[1]。

作为对这种现实的回应,学界出现了"全球地方"(glocal)概念。"全球地方"的提法最初来自日本商业领域,表示"全球地方化,一种适应当地状况的全球视野"[2]。英国社会学家罗兰·罗伯逊(Roland Robertson)是最先系统论述"全球地方"概念的学者之一。他反对把全球和地方、同质化(homogeneity)和异质化(heterogeneity)割裂和对立起来,认为主要问题不是二者选其一,而是探究这两种趋势如何共同作用,成为当代生活的主要特征。罗伯逊提出"全球地方",具体说来,是基于以下考量:绝大部分关于全球化的讨论无视地方性,包括一些大规模的地方性,比如在世界各地出现的民族主义运动。这种解读忽视了两个问题。首先,它忽视了被称为地方的,在多大程度上是以跨越或者说超越地方的方式建构的。换言之,对地方性的推行在很大程度上是从上而下,或者由外及内完成的。其次,在全球化研究中,对时空关系的探究还不够深透,还没有把它与普遍性(universalism)和特殊性(particularism)问题进行关联。进一步说,对全球化的探讨往往只关注时间,忽略空间,这种线性思维阻碍了对地方性的发掘,一个直观表现是,学界倾向于使用"全球化"以及"现代性-全球化"这些明显表示时间维度的术语,

---

[1] Rob Wilson and Wimal Dissanayake, "Introduction: Tracking the Global/Local." *Global/Local: Cultural Production and the Transnational Imaginary*. Eds. Rob Wilson and Wimal Dissanayake, Durham and London: Duke University Press, 1996, p. 1.

[2] Roland Robertson, "Glocalization: Time-Space and Homogeneity and Heterogeneity." *Global Modernities*. Eds. Mike Featherstone, Scott Lash and Roland Robertson, London: Sage Publications, 1995, p. 28.

而非"全球性"(globality)这种更多暗含空间指向的语汇。① 综合上述讨论,罗伯逊明确提出:"全球本身并非与地方对立。相反,经常被称为地方的,本质上也是全球的一部分。"②

另外一位在全球地方研究方面产生广泛影响的学者是美国社会学家乔治·雷瑟(George Ritzer)。他把"全球地方"定义为"全球和地方的相互渗透,在不同地域产生独特的结果"③。和罗伯逊一样,雷瑟也认为全球地方是对强调同质和西方主导地位的现代性理论的挑战。相比罗伯逊,雷瑟更进一步,提出"增长全球化"(grobalization)概念,作为对"全球地方化"(glocalization)的补充。"增长全球化""聚焦民族、公司、组织和其他实体,想要把它们自己强加在不同地域的野心、欲望,或者更确切地说,需要。它们主要的兴趣,是见证自己的权力、影响以及(在某些情况下)利润在世界范围内增长"④。与"增长全球化"紧密相关的是"虚无"(nothing),一种缺少实质内容的社会形式;与"全球地方化"密切相连的是"实在"(something),一种具有实质内容的社会形式。但这几者之间的关联并非一成不变,在特定情况下,可以产生新的组合。以旅游业为例,原本具有鲜明地方特色的产品,在利益驱动的全球化的冲击下,将会受

---

① 参见 Roland Robertson, "Glocalization: Time-Space and Homogeneity and Heterogeneity." *Global Modernities*. Eds. Mike Featherstone, Scott Lash and Roland Robertson, London: Sage Publications, 1995, pp. 26–27。

② Roland Robertson, "Glocalization: Time-Space and Homogeneity and Heterogeneity." *Global Modernities*. Eds. Mike Featherstone, Scott Lash and Roland Robertson, London: Sage Publications, 1995, p. 35.

③ George Ritzer, "Rethinking Globalization: Glocalization/Grobalization and Something/Nothing." *Sociological Theory* 21.3 (2003): 193.

④ George Ritzer, "Rethinking Globalization: Glocalization/Grobalization and Something/Nothing." *Sociological Theory* 21.3 (2003): 194.

制于大规模生产和标准化,从而丧失地方特色。因此,"全球地方化"也会导向"虚无"。据此,雷瑟认为应该客观看待"全球地方",不应高估其颠覆力量——在雷瑟看来,作为一个整体,人类社会(尤其是消费领域)向"虚无"状态滑落的趋势非常明显。当然,雷瑟也没有完全否认"全球地方"的正面作用,表示"全球地方以及不同地域间的互动是——或者至少能够成为——独特性和创新的重要来源"①。

罗伯逊认为全球和地方存在整合,以对抗全球化的可能性。与罗伯逊不同,雷瑟没有把全球化作为对立的一方,因为他认为全球化具有席卷一切的力量,没有不受全球化影响的方面。他转而对全球化进行剖解,论析"增长全球化"和"全球地方化",指出两者之间的冲突是全球化的关键动力。② 尽管路径不同,两者的研究对于廓清"全球地方"概念,从多维角度考察全球化进程,具有积极意义。但也有学者提出不同看法。维克多·鲁多梅托夫(Victor Roudometof)认为两者都有不足之处:罗伯逊的问题在于没有明确交代时间范畴内的全球-地方关系,导致其视角"无法有效处理权力问题";雷瑟的缺失在于"仅仅把全球地方化作为增长全球化的对立面……因此,他对全球地方化的阐释缺少跨学科视角,去关注全球地方在不同学科和研究领域的各种运用"③。之所以会有这些盲区或者说缺陷,是因为他们都

---

① George Ritzer, "Rethinking Globalization: Glocalization/Grobalization and Something/Nothing." *Sociological Theory* 21. 3 (2003): 208.

② George Ritzer, "Rethinking Globalization: Glocalization/Grobalization and Something/Nothing." *Sociological Theory* 21. 3 (2003): 207.

③ Victor Roudomelof, "Theorizing Globalization: Three Interpretations." *European Journal of Social Theory* 19. 3 (2016): 393, 397.

第四章 民族主义、地域主义与全球地方写作

忽视了全球地方化（或者说地方）的主体性，反映出他们借助液体的流动和散播（diffusion）这种概念隐喻想象全球化扩张的思维方式。为此，鲁多梅托夫提出用折射（refraction）的概念隐喻进行完善，指出"全球地方是经过地方折射的全球化……地方不是被全球化消解、吸收或毁灭，而是与全球化共生……最终，全球地方化，或者说多重全球地方化的终极状态，是全球地方性"①。

全球地方化不仅是社会学范畴，也是文学研究中的重要议题。2018年，国际著名出版机构施普林格出版社推出论集《全球地方时代的语言和文学》（*Language and Literature in a Glocal World*），把社会学领域的全球地方研究引入文学研究，在全球地方视角下重新解读了亚洲、欧洲和非洲文学。研究在全球化、全球地方和世界文学之间进行关联，论述文学的全球地方化。无论全球和地方之间的势位如何变化，它们永远是一对矛盾统一体，歌德在德国民族主义全盛期提出世界文学的理想就是一个力证，因而对文学的全球地方观照也必然涉及对世界文学的重新认识："世界文学的历史是应该彰显不同区域和文明的相似性和关联性，以此来收缩世界，还是应该呈现每一个区域和语言的地方特性，表明我们这个世界是多么丰富多样？"②研究指出，全球地方化背景下，文学阅读和研究面临诸多问题："在全球地方时代，应该读什么？谁在读？用什么语言读？是谁决

---

① Victor Roudomelof, "Theorizing Globalization: Three Interpretations." *European Journal of Social Theory* 19. 3 (2016): 399.

② Sandhya Rao Mehta, "Introduction: Framing Studies in Glocalization." *Language and Literature in a Glocal World*. Ed. Sandhya Rao Mehta, Singapore: Springer, 2018, p. 8.

定应该读什么？全球地方将重新界定文学的标准，还是再次确认已有的态度和偏见？"①

前文分析表明，加拿大黑人英语小说一方面具有突出的全球视野和跨民族叙事特征，同时又表现出鲜明的地域特色和地方性。实际上，还有一些作品把这两方面有机结合在一起，融全球性和地方性于一体，放眼全球的同时聚焦地方，呈现出独特的全球地方叙事格局。布兰德的《我们都在希冀什么》就是这样一部作品。《我们都在希冀什么》是布兰德进入21世纪以来的第一部小说，2006年获多伦多图书奖，不少评论家认为这是布兰德最出色的一部小说作品。小说讲述多伦多的移民故事。俊和金是来自越南的政治难民，他们在逃亡过程中不慎弄丢了儿子归，懊悔不已；来到多伦多后，他们生下了儿子平和女儿宣，有了自己的产业，但一直生活在遗失儿子的阴影中。作为二代移民，宣生性叛逆，生活理念和价值观与父辈有较大差异。她和同为二代移民的卡拉、杰姬和奥库有更多的共同语言，他们组成了一个小团体，讲述和演绎着各自的人生故事。小说的另外一条叙事线索是归，他被遗失后没有完全消失，而是生存下来并辗转来到多伦多，先是和平住在一起，后来又与宣相认，但就在和父母重逢前，被一群盗车贼殴打，生死不明。小说以这种戏剧性的方式结尾，给读者留下充分的想象和回味空间。

加拿大黑人英语小说中不乏以多伦多为背景的作品，奥斯汀·克拉克的"多伦多三部曲"、福斯特的《继续睡吧，亲爱的》和

---

① Sandhya Rao Mehta, "Introduction: Framing Studies in Glocalization." *Language and Literature in a Glocal World*. Ed. Sandhya Rao Mehta, Singapore: Springer, 2018, pp. 6–7.

切利安迪的《苏库扬》等都是经典的例子。相比这些作品,《我们都在希冀什么》更加直观地把多伦多置于全球化语境中进行审视,全面和深透地再现了多伦多作为一个国际都市的多元性和混杂性。"多元,就是我们的力量"(Diversity, Our Strength),这句城市标语集中体现了多伦多的发展理念和城市精神。20世纪30年代之前,多伦多居民主要是英国人及其后裔,从30年代开始,随着城市规模的扩张和移民政策的变动,多伦多的人口构成日益多元,尤其是70年代以来,来自亚洲、非洲和中东地区的移民迅速增长;时至80年代,多伦多已经成为一个具有极强文化包容性的世界都市。每年,有来自超过一百五十个国家的七万多移民涌入多伦多,有一百多种语言在这个城市汇聚。[1]多伦多也因此被认为是"卓越的加拿大全球城市",一个"文化轴心"以及移民的所谓"入口"。[2]

然而,在加拿大文学批评传统中,城市并不受重视。相比英美文学中的城市情结,加拿大倾向于"将自然作为想象空间,彰显理想中的民族独特性"[3]。弗莱的经典论述就十分能说明问题。在为1965年版《加拿大文学史》撰写的"结语"中,弗莱深入辨析了加拿大文学文化心理,将其归结为一种"戍边心态"(garrison mentality),依据便是加拿大的自然环境影响了加拿

---

[1] 参见 Melanie U. Pooch, *DiverCity: Global Cities as a Literary Phenomenon*. Transcript Verlag, 2016, pp. 79–80。

[2] Melanie U. Pooch, *DiverCity: Global Cities as a Literary Phenomenon*. Transcript Verlag, 2016, p. 80.

[3] Ana Maria Fraile-Marcos, "Introduction: Urban Glocality and the English Canadian Imaginary." *Literature and the Glocal City: Reshaping the English Canadian Imaginary*. Ed. Ana Maria Fraile-Marcos, London and New York: Routledge, 2014, p. 7.

大人的心理和文学想象。弗莱在加拿大诗歌中发现了"一种对自然深深的恐惧……这不是因为危险、不适或自然的神秘而产生的恐惧,而是灵魂对于这些所显现的东西感到的恐惧";进而指出,"加拿大文学中的核心部分似乎都表现出一种自然界的迫近"。① 阿特伍德对加拿大文学"生存"主题的判断,也是部分基于加拿大自然环境对作家的影响。这种影响在早期作家身上表现得尤为明显:为了生存,他们要克服诸多外部障碍,比如"土地、气候,等等"②。在民族主义呼声高涨的时代背景下,弗莱和阿特伍德不约而同地聚焦自然,这是构建加拿大文学民族性的重要尝试,有其必然性。

但城市对加拿大文学的重要性是无论如何也不能忽略的,一个最直接的原因是:"加拿大是一个城市化国家。……从某种程度上讲,加拿大是这个世界上最城市化的国家之一,其绝大部分人口都集中在少数几个城市。"③随着城市化进程的推进以及城市文学和空间研究的兴起,"城市"逐渐成为加拿大文学批评的关键词。《加拿大市中心:加拿大城市书写》(*Downtown Canada: Writing Canadian Cities*, 2005)是比较有代表性的研究成果。该著敏锐捕捉到加拿大文学批评对城市的边缘化,挖掘加拿大文学的城市书写内涵,"确证城市在加拿大空间和文化想象的中心地位","尝试抹平大多数加拿大人的城市生活经验

---

① Northrop Frye, *The Bush Garden: Essays on the Canadian Imagination*. Concord: House of Anansi, 1995, p. 227, p. 249.

② Margaret Atwood, *Survival: A Thematic Guide to Canadian Literature*. Toronto: House of Anansi, 2012, p. 28.

③ Douglas Ivison and Justin D. Edwards, "Introduction: Writing Canadian Cities." *Downtown Canada: Writing Canadian Cities*. Eds. Justin D. Edwards and Douglas Ivison, Toronto: University of Toronto Press, 2005, p. 3.

和加拿大公共神话,以及加拿大文学和文化批评之间的鸿沟,到目前为止,这种批评主要关注乡村和荒野空间,以及小城镇"。[1] 另外一部值得关注的研究成果是《文学与全球地方城市:重塑英语区加拿大想象》(*Literature and the Glocal City: Reshaping the English Canadian Imaginary*, 2014)。该著把城市视角和全球地方研究结合起来,提出"城市全球地方性"(urban glocality)概念,以城市为抓手,剖析加拿大英语文学的全球地方意蕴。研究认为,加拿大城市不仅是民族国家的象征,而且是"一个复数的、具有颠覆性、多层次的全球空间:扎根在地方,同时与世界上的其他区域和城市关联在一起"[2]。通过聚焦城市历史和空间的堆积与重叠,"城市全球地方性拒绝把空间看作固定的、把时间看作线性的;关注的不仅是全球和地方空间的同步性,还有城市空间不同时空体的交错"[3]。基于上述认识,该研究"旨在在城市和全球化话语中重置文学,将文学和全球地方城市构想为一种抵抗、冲突、创造性和主体性场域,挑战并改变之前对全球化的同质理解,以及对民族主体性和(文学)身份的排

---

[1] Douglas Ivison and Justin D. Edwards, "Introduction: Writing Canadian Cities." *Downtown Canada: Writing Canadian Cities*. Eds. Justin D. Edwards and Douglas Ivison, Toronto: University of Toronto Press, 2005, p. 4, p. 6.

[2] Ana Maria Fraile-Marcos, "Introduction: Urban Glocality and the English Canadian Imaginary." *Literature and the Glocal City: Reshaping the English Canadian Imaginary*. Ed. Ana Maria Fraile-Marcos, London and New York: Routledge, 2014, p. 2.

[3] Ana Maria Fraile-Marcos, "Introduction: Urban Glocality and the English Canadian Imaginary." *Literature and the Glocal City: Reshaping the English Canadian Imaginary*. Ed. Ana Maria Fraile-Marcos, London and New York: Routledge, 2014, p. 6.

他性想象"[1]。

　　本节参照全球地方研究以及城市视角下的加拿大文学研究,论述《我们都在希冀什么》中以多伦多为基础的全球地方书写。有论者指出,这部作品"是对这座城市(多伦多)的多元性和'独特性'的首次文学再现"[2]。可以说,在对多伦多全球化城市身份的再现力度上,没有一部加拿大黑人英语小说能够比肩《我们都在希冀什么》。埃莉诺·泰(Eleanor Ty)称《我们都在希冀什么》为"加拿大全球小说",之所以是"全球的",是因为其中的"全球意识",即讲述的故事"不是某个地方的故事,而是多重地点和多重中心的叙事。通常,叙事中涉及多个流散群体"[3]。小说开篇的一段描写就生动呈现了多伦多的全球化图景:

　　这里有意大利社区和越南社区;还有乌克兰、巴基斯坦、韩国和非洲社区。在这个世界上随便挑一个地方,就能在这里找到来自那里的人。他们都坐在欧吉布威族印第安人的土地上,但几乎没人知道或在意,因为这个谱系是无论如何也找寻不到的,除非以城市的名义。……在这个城市里,有保加利亚的技工,厄立特里亚的会计,哥伦比亚的咖啡店主,拉脱维亚的图书出

---

[1] Ana Maria Fraile-Marcos, "Introduction: Urban Glocality and the English Canadian Imaginary." *Literature and the Glocal City: Reshaping the English Canadian Imaginary*. Ed. Ana Maria Fraile-Marcos, London and New York: Routledge, 2014, p. 8.

[2] Melanie U. Pooch, *DiverCity: Global Cities as a Literary Phenomenon*. Transcript Verlag, 2016, p. 86.

[3] Eleanor Ty, "Representing 'Other' Diasporas in Recent Global Canadian Fiction." *College Literature* 38.4 (2011): 101.

第四章　民族主义、地域主义与全球地方写作

版商,威尔士的屋顶工人,阿富汗的舞者,伊朗的数学家,在泰国餐厅打工的泰米尔厨师,操牙买加口音的卡拉布雷斯男孩,弗森的节目主持人,有菲律宾和沙特血统的美容师,以换轮胎为生的俄罗斯医生;还有来自罗马尼亚的收账员,克罗克角的鱼贩子,日本的杂货店店员,法国的煤气表读表员,德国的面包师,与爱尔兰的调度一起共事的海地和孟加拉的出租车司机。①

事实上,小说的主要人物设置本身就体现了多伦多的全球化特质:宣是越南二代移民,她的玩伴卡拉、杰姬和奥库是非裔二代移民,他们组成了一个微型的流散群体,他们的密切关系是多伦多全球性的一个缩影。几位好友经常到宣的住处聚会,一次聚会过后,他们望向窗外,看到的是另外一幅全球化景象:"隔壁是一家沙威玛店,正发出阵阵烤羊肉的香味,这家店曾经卖过炸面圈和冰激凌,接下来将会成为一个寿司店。一群不同身份的行人从店的橱窗前路过:穿'福步'的印度锡克教徒,身着'唐可娜儿'的葡萄牙女孩,脚蹬'彪马'的蒙面索马里女孩,文身的哥伦比亚少年……都尝试超越定义他们的边界。但他们不只是尝试;他们根本就没有边界。"(213)

《我们都在希冀什么》致力于"把多伦多作为一个文化多元城市来解读,在'黑人'社区之外探究城市生活和融合"②。小说

---

① Dionne Brand, *What We All Long For*. New York: Thomas Dunne Books, 2005, pp. 4‑5. 以下引文出自同一作品,只标页码。
② Melanie U. Pooch, *DiverCity: Global Cities as a Literary Phenomenon*. Transcript Verlag, 2016, p. 88.

249

中的多伦多是一个真正意义上的全球城市,"一个特殊性不在于其民族身份,而是体现在与世界其他地方的相关性的城市空间"①。《我们都在希冀什么》不仅聚焦多伦多内部的多元和混杂性,而且展现多伦多与外部世界的关联,而这主要是通过归这个人物实现的。归的故事穿插在不同章节间,从第一人称视角讲述,与整部作品的第三人称视角形成鲜明对照,完全可以作为一个独立的短篇小说来阅读。归和父母失散后,被带到马来西亚比东岛难民营,在那里生活了七年。失去儿子后,俊和金生活在无尽的自责中,一直深陷负罪感无法释怀,虽然已经在多伦多落脚,但他们身体和精神的一部分似乎永远留在了那个梦魇般的夜晚。因为过度忧伤和焦虑,俊夜不能寐,金也会半夜醒来,不停地给每一个东南亚国家的相关部门写信,打探儿子的下落。归在比东岛遇到了一位同样来自越南的僧人,在后者的帮助下,他学会了很多生存技能:"比东岛是一个繁荣的地方,随处都有小商机。表面上看毫无希望,背后却是生机勃勃。我自己就很有一套。我靠洗衣服和刷碗谋生,还靠跑腿赚钱。……我必须说,我擅长从艰苦的环境中捞饬点东西出来。"(198)这位僧人实际上就是一个江湖骗子,僧人身份只不过是掩饰,而归就是他的打手。他们离开比东岛后去往新加坡,在那里短暂停留,后又去曼谷谋生。一次偶然机会,归碰到了另外一位僧人,一位黑客,他的高科技手段对归有更大的吸引力,于是归加入他的团伙,开始了新的行当:"我们控制了从马来西亚和泰国……以及其他地方的非官方难民交易,还入侵了海外的银行账户。"(284)此外,

---

① Allison Mackey, "Postnational Coming of Age in Contemporary Anglo-Canadian Fiction." *English Studies in Canada* 38. 3–4 (2012): 229.

他们还从事盗版书和唱片交易。正是从这个黑客那里,归了解到他的母亲在不断打探他的消息,并顺藤摸瓜,来到多伦多和家人重聚。

归的故事一方面显现出东西方在全球化时代的关联,同时也"给整部小说着上一种悲观的色调,揭示出全球化的阴暗面"①。全球化的阴暗面不仅体现在多伦多与其他区域的跨国关联,还表现在城市内部移民群体的生存困境。俊在越南是工程师,金是医生,两人都有体面的职业,但"来到这块希望之地后,当局并不承认他们的职业证明,结果金就在唐人街旁边的美容院做起了美甲,而俊只能干苦力,把水果和其他物品从卡车上卸下来,运到士巴丹拿道商店的后门"(65)。边缘人的社会地位让他们恐惧和不安,形成了一种典型的移民心态:"害怕拿不出证据,没有文件什么的可以证明身份或地点。"(63)因此金总是把各种证件放在一起封好,她最关心的是出生证、身份证、移民文件、公民身份文件和卡,"会不厌其烦地检查,并且要复制十份,放在饼干罐、梳妆台抽屉和和面包盒里"(63)。俊和金是"被政治或经济上的危急情况错置了的后殖民全球者"②,他们的遭遇暴露出全球化城市的内在缺陷和弊端,暗示全球化以及与其密切相关的多元文化主义并不能"完全缓解流散错置和种族化的痛苦的情感遗产"③。

---

① Joanne Leow, "Beyond the Multiculture: Transnational Toronto in Dionne Brand's *What We All Long For*." *Studies in Canadian Literature* 37. 2 (2012): 196 – 197.

② Eleanor Ty, "Representing 'Other' Diasporas in Recent Global Canadian Fiction." *College Literature* 38. 4 (2011): 110.

③ David Chariandy, "'The Fiction of Belonging': On Second-Generation Black Writing in Canada." *Callaloo* 30. 3 (2007): 828.

同样使多伦多全球城市身份问题化的,是城市空间的等级划分。"如果这个城市的历史正在被书写,如果说这个历史是富人为了自己的地盘而发动的高端战争——那些关于滨水区开发、剧院、房产交易和私有化协议的战争,那么穷人的战争就是控制好他们的小街小巷。"(256—257)路过万瑙利街,杰姬惊异于周遭恶劣的生活环境,小说从她的视角质疑了全球化城市对穷人居住环境的漠视:

> 肯定是万瑙利街吓着杰姬了。……他们怎么就不能挑个地方种点树,怎么就不能搞个花圃,种点连翘属植物、玉簪属植物,来点勿忘我、夹竹桃、黄栌、薄荷灌木和迷迭香?让这个城市变得美丽一些,就那么难吗?……稍微动点脑筋,他们就可以让它变得美丽,但或许他们认为穷人配不上美丽。……给这些建筑上点颜色,会要他们的命吗?当然,把屋顶盖高一点,走廊拓宽一些,可能会增加些预算,但考虑一下效果,应该是物有所值。(260—261)

《我们都在希冀什么》明确揭示出多伦多城市空间的阶级属性——在多伦多的城市规划中,下层人士显然是被无视的。

如果说归这个人物表明"多元文化的多伦多是如何被牵扯进明显不平等的全球化形式"[①],那么全球城市多伦多内部的压

---

① Joanne Leow, "Beyond the Multiculture: Transnational Toronto in Dionne Brand's *What We All Long For*." *Studies in Canadian Literature* 37. 2 (2012): 193.

制、边缘化和不平等,则更加直观地说明小说对作为一种理想社会形态的全球化的不信任。当然,这并不意味着小说不赞成或者说排斥全球化身份——社会形态和公民身份紧密相关,但并非完全一致。相反,通过讲述二代移民的人生故事,《我们都在希冀什么》探讨了"二代移民少年如何重新想象跨民族感受力(或者说后民族感受力)"①。小说尽管以初代移民引出整个故事,但推动故事进程的主角无疑是以宣为代表的二代移民。他们并不认同父辈的人生观和价值观,"把他们聚拢在一起的是他们共同的欲望:过和父母不一样的生活"②。两代人最大的隔阂之一,是他们对待家园的看法。作为初代移民,他们的父辈有一种强烈的"家园情结":他们既不能完全割舍来源国,又无法真正融入寄居国,对他们来说,来源国和寄居国都是家园,又都不是家园,因此他们始终在"夹缝"中生活,在两种力的撕扯中徘徊、踯躅。他们的人生虽然被打上了深深的跨国烙印,是表面上的全球公民,但本质上仍然囿于民族国家的伦理框架。但二代移民没有这些纠结,也拒绝妥协;他们生性叛逆,个性十足,都刻意和父辈保持距离:宣不和父母住在一起,自己租房子住;奥库"不想做任何他父亲做的事情,他们除了基因,没有什么共同点"(84)。在他们面前,"不要再说什么本来可以怎样,不要再用讽刺的口吻谈那些在家乡、在东方、在岛上……永远都发生不了的事情,不要再来一句以过去开始的句子,那个过去从来不是他们

---

① Allison Mackey, "Postnational Coming of Age in Contemporary Anglo-Canadian Fiction." *English Studies in Canada* 38. 3-4 (2012): 227.

② Allison Mackey, "Postnational Coming of Age in Contemporary Anglo-Canadian Fiction." *English Studies in Canada* 38. 3-4 (2012): 231.

的过去",他们也不想去过他们父母所谓的"正常的加拿大生活"(47)。从这个意义上讲,《我们都在希冀什么》"提供了方法,让对民族(和跨民族)认识论的创造性颠覆持续进行并保持开放"①。

二代移民向往的是对边界更加彻底的跨越,他们"批判排他的'家园'和民族观念,重新协商与流散家庭历史的关系,想象不同的归属形式"②。那么,二代移民理想的归属在哪里?他们对民族和跨民族身份认同范式的排斥,最终导向何处?首先,他们身份认同的基本架构是全球式的,用前文引文中的话说,他们不只是尝试跨越定义他们的边界,"他们根本就没有边界"。但同时必须指出的是,对于作为一种社会形式的全球化现象,二代移民也并非完全赞同,正如基特·鲍勃森(Kit Bobson)所指出的:"民族国家对他们来说是空洞的,但……世界范围内庆祝不同族裔文化群体的全球聚集同样不能令他们满意。"③宣和奥库曾参加魁北克的反全球化示威游行,就是一个证明。二代移民无疑具有全球意识,但他们反对空洞和说教的全球观,他们真正认同的是具有实质内容的全球立场,一种将"全球"和"地方"有机结合起来的全球地方主义。借助二代移民群体,《我们都在希冀什

---

① Allison Mackey, "Postnational Coming of Age in Contemporary Anglo-Canadian Fiction." *English Studies in Canada* 38. 3–4 (2012): 250.
② Allison Mackey, "Postnational Coming of Age in Contemporary Anglo-Canadian Fiction." *English Studies in Canada* 38. 3–4 (2012): 229.
③ Kit Dobson, "'Struggle Work': Global and Urban Citizenship in Dionne Brand's *What We All Long For*." *Studies in Canadian Literature* 31. 2 (2006): 100.

么》尝试用一种"根植性话语"(discourse of groundedness)[1]代替移民话语,把焦点从"这里"和"那里"的比较,转移到"在开阔的跨民族框架内将二代移民的地方空间语境化"[2],突出地方经验的重要性。

小说对地方经验的强调主要体现两个方面。首先,彰显国内流动经历,拓宽基于跨国位移的传统移民话语。《我们都在希冀什么》弱化了跨越国界的传统移民形象,更多地着墨于穿行于不同地域的"国内移民"。俊和金经过一段时间的打拼,在多伦多开了一家餐馆,后来移居多伦多郊区小镇列治文山。之所以搬离多伦多城区,是因为"他们痛恨那个不断引人注意的自我,那个因为肤色,或语言,或两者兼而有之而无法融入的自我,他们认为到郊区能一劳永逸地清除那个人"(55)。但宣却不以为然,她"讨厌列治文山的房子,太做作了"(55),坚持住在多伦多市中心的大学街。杰姬一家也是很有代表性的国内移民。小说没有过多交代他们的来源,而是聚焦其国内移民经历。他们原本住在新斯科舍的哈利法克斯黑人社区,为了过上更好的生活来到多伦多,但现实并不如他们所愿,在他们生活的亚历山大公园一带,人们普遍对新斯科舍有偏见,"任何人听到又有谁费尽周折大老远过来,想在多伦多找工作,甚至还能带一些钱回家,都会不高兴"(92)。宣和杰姬两家代表了两种截然相反的(移出

---

[1] Andrea Katherine Medovarski, "Un/settled Migrations: Rethinking Nation Through the Second Generation in Black Canadian and Black British Women's Writing." Diss. Toronto: York University, 2007, p. 5.

[2] Andrea Katherine Medovarski, "Un/settled Migrations: Rethinking Nation Through the Second Generation in Black Canadian and Black British Women's Writing." Diss. Toronto: York University, 2007, p. 9.

和移入多伦多)国内移民路径,揭示出《我们都在希冀什么》这类作品与传统移民小说(比如克拉克的"多伦多三部曲"和福斯特的《继续睡吧,亲爱的》)之间的不同:后者主要围绕人物的跨国流动展开叙事,戏剧张力主要来自来源国和寄居国之间的文化冲突;前者中,"这里"和"那里"的张力被"内化",人物迁移的轴心从国家变为城市,这种变化说明,移民路线涵盖地方、区域和国别等多个维度,跨国界只是众多路线中的一种,是起点(或中转)而非终点,对移民路径的考察应该兼具全球与地方视野。

其次,突出二代移民与城市的紧密维系。不同于他们的父辈,《我们都在希冀什么》中的二代移民是真正意义上的城市的孩子,与城市有一种天然的亲近:

> ……当他们乖乖坐在餐桌旁听父母大谈从前"家乡那边"生活是怎样的,当他们听到由此对别处的房子、别处的风景、别处的天空、别处的树木的描述时,他们感到无聊透顶。……每个人早晨离家的时候就像开始一次长途旅行,把自己从束缚他们父母的别处海岸的海草中解放出来。他们冲出房门,远离父母的梦游,穿过尚未被标注的城市边界,滑过冰雪来到他们的出生地——城市。(20)

相对"那时别处",二代移民更注重此时此地的城市体验,与这座城市之间有一种血缘关系:他们"出生在这个城市。……人们期待他们去揭开谜团,去翻译习语、姿势或词语……好似他们的脐带也和这座母亲城市连在一起"(67)。城市对二代移民有巨大的吸引力,在城市的环境中,他们如鱼得水,城市的活力让他们沉醉其中。卡拉是一位送信员,她享受在多伦多街道上骑行的感觉:"……她爱这个城市。……她喜欢它给予的分量感和平衡感。"(32)宣主动靠近、拥抱多伦多,用心感受,留意其中的一切细节:"不论哪一天,在哪个角落,在哪个十字路口,你都能发现这个城市的异质性,就像自然光一样。宣总是发现自己在观察这个城市。"(142)多伦多各种国际语言的共存和混杂让宣如痴如醉:"……这就是这座城市的美,它多声部的喃喃。它总是让宣充满希望。"(149)

当然,这些二代移民并非全然无忧无虑,他们心中也有解不开的结,也有很难迈过去的坎。宣一家来到加拿大后一直生活在失去归的阴影中,这种氛围也深深地影响了宣,让她承受了相当大的心理压力,她始终感觉自己是一个局外人,很难走进父母的内心。卡拉是一位私生子,母亲是加拿大白人,父亲是牙买加移民,在卡拉五岁那年,母亲因为父亲欺骗自己的感情跳楼自杀,留下了尚处襁褓中的儿子,这给卡拉造成了无法愈合的心理创伤,也让父亲成了她一生无法原谅的敌人。二代移民在成长过程中有属于他们那一代人的困惑,所幸的是,他们在城市中找到了慰藉,通过转向城市,"他们找到了表达群体感和归属感的基点"①。城市是二代移民宣泄情感的出口,为他们建立全新社会关系提供了平台,在很大程度上行使了民族国家和家庭的功能;或者更确切地说,"《我们都在希冀什么》中的二代移民不是

---

① Andrea Katherine Medovarski, "Un/settled Migrations: Rethinking Nation Through the Second Generation in Black Canadian and Black British Women's Writing." Diss. Toronto: York University, 2007, p. 71.

找寻'家园'的替代品,而是在多伦多这样一个流散空间里,找寻并实现与他人的亲密接触,以塑造共有的认同与投入"①。宣与卡拉等人的友谊就是一个例证。

综合上述两点,可以说,布兰德的这部作品"重点考量的是地方而非移民,书写一种新型城市,让二代移民可以重新思考政治构成的范式"②。这种反思一方面体现在移民对城市环境的偏向;另一方面,也更重要的是,表现在二代移民对城市空间的改造和重构,这是一种更为深层的介入,显示出二代移民对全球化城市消极因子的意识和修正。二代移民既是城市的一代,也是挑战权威和陈规的一代。面对忽视底层人居住环境的城市规划,杰姬不仅质疑,而且用想象对其进行重构:"如果这个城市无意去种植一些灌木,那么她就用自己的树和花去培育。而且她的确这样做了。在她的脑海里。"(264)如果说杰姬的对抗主要体现在意识层面,那么涂鸦小组就将其付诸行动。涂鸦小组也是宣的好友,成员都是二代移民,队长是印度裔男孩库马兰,他们是小说中的一个特殊也是非常值得关注的群体,尽管"戏份"不多,却是表达小说主旨的重要角色:

> 库马兰的涂鸦小组为他们自己的自如、隐蔽和灵活而感到自豪。……他们是一种批判性的存在,没有

---

① Heather Smyth, "'The Being Together of Strangers': Dionne Brand's Politics of Difference and the Limits of Multicultural Discourse." *Canadienne* 33. 1 (2008): 281.

② Andrea Katherine Medovarski, "Un/settled Migrations: Rethinking Nation Through the Second Generation in Black Canadian and Black British Women's Writing." Diss. Toronto: York University, 2007, pp. 38 – 39.

人会注意到他们,除非他们想被注意。他们把自己的创作——写标语和签名——看作激进的意象,对抗英国化城市的垂死诗学。这个涂鸦小组已经丰富了这个城市的轮廓。夜深人静,街上因为黑暗而显得潮湿,这时你就能看到他们矫捷和优雅的身影。他们体现了宣、奥库和卡拉这一代人的精神。(134)

的确,涂鸦小组用实际行动践行着二代移民的价值观,他们的作品既是艺术创造,也是一种后殖民政治行为,暴露出多伦多全球化背后的被殖民的历史痕迹;他们借助涂鸦行为征服公共空间,丰富了城市景观。"通过征服公共空间,把英国化诗学转变为文化异质性的创造性艺术共同体,实现了对二代移民声音的视觉化,让多伦多的城市空间适应其全新的、具有文化多样性的群体。"[1]

和库马兰等人的涂鸦行为相呼应的是宣的艺术创作。如果说涂鸦小组是对公共空间的占有,那么宣的创作则是将公共空间私人化。在小说刻画的所有二代移民形象中,宣是最具个性的一位。受成长环境的影响,宣明确抗拒传统的家庭伦理,她"不想要责任。……但是她想要一个紧紧的拥抱,一个充满气味和触感的拥抱。她想要的是情感,不是责任"(61)。宣是一位同性恋者,对卡拉一往情深,但她更重要的身份是达达主义者。达达主义(Dadaism)是20世纪初出现在欧洲的文艺流派,涉及视觉艺术、文学和美术设计等多个领域,主要宗旨是主张非理性状

---

[1] Melanie U. Pooch, *DiverCity: Global Cities as a Literary Phenomenon*. Transcript Verlag, 2016, p. 105.

态，拒绝约定俗成的艺术标准，追求无意和随兴的创作境界，影响了后来的超现实主义等流派。达达主义表面上是艺术运动，但矛头直指资本主义中产阶级呆板、陈腐的价值观，具有很强的社会批判性。宣始终认为自己是先锋派艺术家，她十八岁离家独居，在租住的房子里打造她称之为 lubaio 的艺术品。这件作品造型奇特，更像是一个机械装置，上面布满了各种文字和图形，是一件典型的达达主义作品。宣极度不满多伦多市中心某些景观的设计，批评它们粗劣和俗气，想通过自己的艺术实践对其进行改造，这是她创作 lubaio 的初衷之一。

另外一个重要原因，是她想建造一个平台，把城市中各种人群的欲望和希望集中起来，作为"给这个城市的信息"(17)，有朝一日将它们公之于众。为此，她准备了一本名为"希望之本"的笔记本，有合适的机会就去采访市民，记录下他们的想法。另外，她还拍照捕捉城市中的各种场景。这些笔记和照片都成为她装点、丰富 lubaio 的素材。在和奥库去魁北克参加抗议全球化的游行中，宣就拍下多张照片，记录了当时的混乱场面。一年后的韩日世界杯，身处多伦多的宣兴奋不已，因为这是用镜头观察城市的绝佳机会："宣爱世界杯。她喜欢被包围在熙攘、兴奋的人群中。这个六月，她拿着相机去了每一个街头派对。"(204)当不同国家的球迷相聚狂欢，此刻的街道"就是这种后民族、跨族裔，或者说跨文化碰撞的交汇点"[1]，彰显出多伦多的全球化城市特质。而透过宣的镜头，全球化事件和城市又得到再阐释，成为一种全球地方资源。大型体育赛事与"全球地方"概念有密

---

[1] Melanie U. Pooch, *DiverCity: Global Cities as a Literary Phenomenon*. Transcript Verlag, 2016, p. 102.

不可分的关系——事实上,"正是意识到奥运会或者世界杯这样的'全球'事件,可以从不同的镜头中被解码,才出现了全球地方性观念"①。因此,这一情节设置可以说颇有深意,突出了宣的艺术创作与全球地方理念的关联。小说中的二代移民"发现城市本质的缺憾,将其视为一个战场,一种可以实施政治行动和创造有生机的自我意识的空间"②。和库马兰等人的涂鸦一样,宣的达达主义艺术创作也是一种政治行为,"把流散片段转化成美,把个人和非官方的历史转变为社区成员对彼此的信息"③,将全球城市立体化和异质化,构想为一种抵抗和冲突的主体性场域,揭示出变革的可能性和必要性。

《我们都在希冀什么》既是全球小说,也是一部城市小说。前文指出,受民族主义思潮的影响,加拿大文学批评向来偏重自然,回避城市。另外一个不可忽视的因素是加拿大作为殖民地对帝国文化的移植,这种移植使得加拿大"无法出现任何意义上的加拿大城市中心",从而让"荒野一直占据民族主义文学和批评的主题中心"。④《我们都在希冀什么》对多伦多的文学再现有力证明,城市是加拿大文学创作和批评的关键要素。以二代

---

① Victor Roudomelof, "Theorizing Globalization: Three Interpretations." *European Journal of Social Theory* 19. 3 (2016): 401.

② Kit Dobson, "'Struggle Work': Global and Urban Citizenship in Dionne Brand's *What We All Long For*." *Studies in Canadian Literature* 31. 2 (2006): 89.

③ Heather Smyth, "'The Being Together of Strangers': Dionne Brand's Politics of Difference and the Limits of Multicultural Discourse." *Canadienne* 33. 1 (2008): 287.

④ Myles Chilton, "Two Toronto Novels and Lessons of Belonging: The Global City in Modern Canadian Literature." *Studies in the Literary Imagination* 41. 1 (2008): 53.

移民的城市体验为基点,小说充分展现了全球与地方的深度交融与重叠,说明"实际地理位置在任何社会进程中都是不可或缺的组成部分,因此对把控全球化的运作来说至关重要"[1]。全球与地方是对立统一的关系,两者相互影响,"地方的资源必须被充分挖掘,以彰显其所有的跨民族复杂性,以及空间和历史遗产"[2]。这部作品给我们的一个重要启示是:全球化语境下的文学批评,尤其要关注"作者的一种能力,即向我们展示在一个既定的环境中生活是怎样的一种**感觉**,说明一个特定**地方**社会自然秩序……如何被遇见、经历和生活"[3]。《我们都在希冀什么》探究了全球与地方的辩证关系,为全球地方研究提供了文学素材,也有助于深入理解跨民族和地域主义范式在加拿大文学批评和创作中的共生和交错。

小　结

当今世界全球化进程持续推进,但反全球化始终是一股不可忽视的暗流,民族国家的界限和壁垒没有消失,由此引发的对抗、冲突甚至是杀戮依然刺激着人们的神经。"9·11"事件、英国脱欧等引发的保护主义充分说明,地缘政治依旧是世界历史

---

[1] Robert Eric Livingston, "Glocal Knowledges: Agency and Place in Literary Studies." *PMLA* 116. 1 (2001): 148.

[2] Joanne Leow, "Beyond the Multiculture: Transnational Toronto in Dionne Brand's *What We All Long For*." *Studies in Canadian Literature* 37. 2 (2012): 210.

[3] Neil Lazarus, "Cosmopolitanism and the Specificity of the Local in World Literature." *Journal of Commonwealth Literature* 46. 1 (2011): 133.

进程的主导因素。但在很多情况下,这些纷争的缘起并不是对"民族"的强调,而是对"民族"的漠视。霍米·巴巴一语中的,他认为在一个看似跨民族的世界上,我们必须不断地"重新思考'民族'可能意味着什么。民族的存在是一种持续不断的刺激物。今天,当'民族'一词被提起时,我们更多的是意识到它不做什么、它是如何不起作用的,而非它是如何起作用的"①。

加拿大黑人文学批评和创作体现了跨民族主义、民族主义和地域主义等学术和社会思潮的相互影响与渗透及其对加拿大文学的综合作用。民族主义观念在加拿大根深蒂固,成为一种集体无意识,加拿大黑人文学批评对加拿大性的关注与此密切相关。克拉克自不必说,沃尔科特尽管提倡跨民族研究视角,也曾不无遗憾地表示:"要清晰地表述加拿大黑人性,这项工作之所以难,不是因为我们没有人尝试去书写,而是我们有太多人几乎总在关注别处,很少注意这里。"②沃尔科特的"这里"与埃多彦的"在别处"形成一种有趣而又深刻的对照,这种反差是加拿大文学的内在品质,是推动加拿大文学不断演进的文化张力。加拿大民族主义还与地域主义缠绕在一起,相互牵制、制衡,有时还互相转化。加拿大黑人文学是非洲流散文学不断区域化的表现,而加拿大黑人文学的地域特征又是这一趋势更进一步的具象。在加拿大黑人文学批评和创作中,都可见地域主义传统的影响。但从前文分析可以看出,加拿大黑人英语小说的地域

---

① 转引自生安锋:《霍米·巴巴的后殖民理论研究》,北京:北京大学出版社,2011年,第59—60页。

② Rinaldo Walcott, *Black Like Who?: Writing Black Canada*. Toronto: Insomniac, 2003, p. 27.

书写并不完全局限在加拿大地域层面，而是掺杂进移民元素（《解散的国家》《吉普利盖特的机遇》和《生命》皆如此），彰显出加拿大地域景观的种族和族裔维度，这也是它对加拿大地域主义文学的拓展所在，同时也表明了全球与地方的交融。全球化和地方化并行不悖，没有绝对意义上的全球化，也不存在与世隔绝的地方，因而不能孤立地看待任何一方，而是要融汇贯通。在这方面，《我们都在希冀什么》可以说是一个范例，它在跨界叙事中揉进对地方的细察，尝试在两者之间取得一种平衡，为考量加拿大文学批评中的核心概念以及全球地方语境下的文学创作形态和路径，提供了借鉴。

从跨民族主义到民族主义，从地域主义到全球地方写作，阐释视角的跨度从一个侧面说明了加拿大黑人英语小说的丰富内涵和多元价值；之所以有这种品质，与它对黑人身份和种族问题的多元思考密不可分。

第五章
对黑人身份和种族问题的多维思索

前文的分析表明,加拿大黑人英语小说深刻反思了加拿大的多元文化主义,暴露出"包容"和"平等"背后对边缘群体的压制和消声。无论是对黑人移民生存现实的刻写,还是对加拿大奴隶制历史的追溯,都揭示出多元文化主义背后的意识形态运作,挑战和颠覆了加拿大社会文化中的诸多"神话"。然而,对加拿大黑人文学来说,多元文化主义并非全然是负面的:它一方面是加拿大黑人文学的批判对象,同时也为加拿大黑人文学的创造性和批判性实践提供了空间。"虽然许多评论家因为多元文化政策的矛盾、不连贯和不完整而对其进行攻击,但正是多元文化主义含混、冲突、多元和矛盾的定义",使得加拿大黑人作家能够"利用加拿大多元文化主义的语言和话语,将其质询的方式反转,从黑人流散视角重写加拿大"。[1] 加拿大黑人作家在质疑多元文化主义的同时,也从中获取黑人身份和意识的建构(或解构)资源。

作为一种国家政策,多元文化主义虽然对改善加拿大黑人的生存环境没有起到实质作用,却有助于保证不同来源黑人文化之间的相互独立,这决定了加拿大黑人意识不会受制于一个先入为主的和单一的国家认同,从而具有突出的多义和复调性。沃尔科特认为,加拿大黑人与加拿大是一种"在与不在"(belong and not belong)[2]的关系,"加拿大黑人……是一个综合体,总是处于修正和成为的过程中,是从失根、迁移、交换,以及反抗和

---

[1] Paul Barrett, *Blackening Canada: Diaspora, Race, Multiculturalism*. Toronto: University of Toronto Press, 2015, p. 9.

[2] Rinaldo Walcott, *Black Like Who?: Writing Black Canada*. Toronto: Insomniac, 2003, p. 50.

自我重新定义的政治行为的多重历史中形成的"①。在克拉克看来,多元文化主义的影响是区分加拿大黑人和美国黑人的重要因素:

> 这两个"新世界"国家(加拿大和美国)都是移民国家,由来自世界各地的人组成。但美国要求它的移民成为美国人,也就是说他们得讲英语、信仰基督教,并且支持自由主义意识形态。与此相反,加拿大要求它的移民效忠女王,可以讲英语,也可以说法语,而且只要不违反宪法自由和权利,就可以继续保留他们自己的文化传统。受此影响,加拿大黑人——除了共享"黑人性"和非洲根基之外——可以自由地成为和表达其他基本身份:拉斯特法里的、巴巴多斯的、法国的、尼日利亚的、埃塞俄比亚的、索马里的、非裔美国的、英国的,等等。②

克拉克指出,加拿大黑人拥有的不是杜波依斯意义上的"双重意识"(double consciousness),而是一种"多重意识"(poly-consciousness),③因而"加拿大黑人文学是多声部的,就像百纳

---

① Rinaldo Walcott, *Black Like Who?: Writing Black Canada*. Toronto: Insomniac, 2003, p. 103.
② 綦亮:《关于非裔加拿大文学创作和批评的对话——乔治·艾利奥特·克拉克教授访谈》,《当代外语研究》2018年第2期,第92—93页。
③ George Elliott Clarke, *Odysseys Home: Mapping African-Canadian Literature*. Toronto: University of Toronto Press, 2002, p. 16.

被一样"①。

  本章从性政治、混血身份以及"去黑人性"写作等方面探讨加拿大黑人英语小说对黑人身份和种族问题的多维思索。加拿大是世界上较早和少数实行同性婚姻合法的国家,同性恋在加拿大有特殊的文化含义。以布兰德为代表的女同性恋黑人作家是加拿大黑人作家中的一道风景线,她们将女性身体构想为抵抗场域,突出非洲流散的酷儿维度,围绕情欲重写流散叙事,揭示出黑人在白人社会承受的多重压制以及黑人身份的复杂性。这种复杂性还体现在加拿大黑人作家对混血身份的关注。混血身份往往代表种族的不纯,因而通常被质疑或回避。加拿大黑人文学直面混血问题,运用多种艺术手法展现混血人物的困境和觉醒,把它作为影响黑人身份认同的重要因素进行探究。混血身份牵引出对后种族社会的展望与设想。后种族社会是否已经到来?后种族语境下应该如何定义黑人文学的价值?加拿大黑人文学中的"去黑人性"写作为思考这些问题提供了资源。"去黑人性"风格作品淡化黑人角色,规避种族题材,致力于抒写普世价值与情感,表现出独特的文化和艺术气质。这些作品的出现与加拿大社会文化体制密切相关,表明加拿大黑人文学的多样性,同时也提醒我们注意:在"后种族社会"和"后黑人时代"的喧闹和幻象中,黑人文学创作不能偏离对黑人历史和生存境况的关注。

---

① George Elliott Clarke, *Eyeing the North Star: Directions in African-Canadian Literature*. Toronto: McClelland and Stewart Inc., 1997, p. xiii.

第五章　对黑人身份和种族问题的多维思索

第一节　《在别处,不在这里》中的身体、情欲和革命

加拿大黑人英语小说对黑人身份和种族问题多维思索的一个重要表现是对"性政治"(sexual politics),或者说黑人同性身份的关注。同性恋在很长一段时间都是一个讳莫如深的话题,因为"非正常"的性取向,同性恋群体通常被看作异类,受到排挤和歧视。20世纪中叶开始,受女性主义和后结构主义等批判思潮以及民权运动和先锋派文化的影响,同性恋的维权意识开始萌发,并在1969年"石墙酒吧"(Stonewall Inn)事件中达到阶段性高潮。"石墙酒吧"位于纽约市喜莱敦广场东侧的格林尼治村克里斯托弗街,是纽约同性恋者的聚集地。1969年6月27日午夜,纽约市警察局公共道德处七名警官进入酒吧,声称调查酒精饮料许可,欲以无证经营为由实施拘捕。与以往不同,这次突击检查中,同性恋者们没有"配合行动",而是聚集在酒吧外,愤怒地朝警方扔石块和酒瓶,爆发冲突。在增援警力的镇压下,骚动暂时平息,但第二日又起对峙,并演化成持续五天的示威游行。"石墙酒吧"事件是同性恋维权史上的标志性事件,受其影响,"美国乃至西方世界的同性恋运动迅速发展,开始影响主流社会并渐渐成为不容忽视的政治力量"[①]。2001年,荷兰同性婚姻法正式生效,成为第一个同性婚姻合法化的国家,将同性恋维权运动往前推进了一大步。

[①] 朱刚:《性别研究》,载赵一凡,等:《西方文论:关键词》,北京:外语教学与研究出版社,2006年,第713页。

"石墙酒吧"事件不是一个孤立的同性恋维权事件，其背后同性恋文学文化力量的积聚和助力不容忽视。西方不少著名作家和知识分子都有同性恋倾向，比如拜伦、普鲁斯特、王尔德、伍尔夫、巴尔特、福柯和波伏娃等；对同性恋问题的学术探讨也有较长的历史。在1905年出版的《性学三论》(Three Essays on the Theory of Sexuality)的第一篇《性变态》("Sexual Perversions")中，弗洛伊德讨论了性对象和性目的方面的变异，提出性错乱现象通则。弗洛伊德对传统性观念的挑战，对同性恋写作和研究产生巨大影响。[1] 总体上看，同性恋研究包括"男同性恋研究"(gay studies)和"女同性恋研究"(lesbian studies)。男同性恋研究理论家关注对男同性恋的"猎奇与厌恶心理如何在现代社会的严密监管和诊断之下得到宣泄，从而说明恐同情绪如何系统性地压制男同性恋的性欲主体"[2]。女同性恋研究的兴起与女性主义密切相关。和女性主义一样，"女同性恋是反抗男性中心主义的一种行为，不仅仅是一种'性选择'或'另一种生活方式'，它还是一种对传统秩序的根本批判，是妇女的一种组织原则，一种试图创造一个分享共同思想环境的表现，是女性在同类中寻找中心的尝试"[3]。1949年，波伏娃发表影响深远的《第二性》(The Second Sex)，提出"女人不是天生是女人，是被

---

　　[1] 参见何昌邑：《西方女同性恋文学及其理论建构》，《云南民族大学学报》2013年第6期，第117页。
　　[2] 都岚岚：《酷儿理论等于同性恋研究吗？》，《文艺理论研究》2015年第6期，第186页。
　　[3] 林树明：《女同性恋女性主义批评简论》，《中国比较文学》1995年第2期，第78—79页。

社会构建成女人"[1],为女同性恋研究提供了重要灵感。美国学者珍妮特·福斯特的《文学中妇女的性变异》(*Sex Variant Women in Literature*, 1956)表现出女同性恋文学批评的意识;1976年,著名诗人艾德里安娜·里奇(Adrienne Rich)发表论文《这便是我们的女同性恋》("It is the Lesbian in Us"),产生广泛影响。[2] 里奇在文中称女同性恋是"一种自我欲望的意识,选择自我,它也可以指两名妇女间最原始的强烈情感,一种在这世界普遍被浅薄无聊、扭曲异化或罪恶所笼罩的强烈情感"[3]。在之后的论文《强迫的异性爱和女同性恋的存在》("Compulsory Heterosexuality and Lesbian Existence", 1980)中,里奇论证了"女同性恋连续统一体"概念及其女性主义内涵:"我说的女同性恋连续统一体,是一个贯穿每个妇女的生活和整个历史的女性生活的范畴,……如果我们扩展其含义,包括更多形式的妇女之间和妇女内部的原有的强烈情感,如分享丰富的内心生活,结合起来反抗男性暴君,提供和接受物质支持与政治援助,反对男人侵占女人的权力。"[4]女同性恋研究是女性主义不断深化和自我反思的表现,显示了女性主义去本质化和去总体化的发展趋势。

---

[1] 何昌邑:《西方女同性恋文学及其理论建构》,《云南民族大学学报》2013年第6期,第118页。

[2] 参见林树明:《女同性恋女性主义批评简论》,《中国比较文学》1995年第2期,第78页。关于更多女同性恋研究的成果,可参见何昌邑:《西方女同性恋文学及其理论建构》,《云南民族大学学报》2013年第6期,第117—119页。

[3] 转引自林树明:《女同性恋女性主义批评简论》,《中国比较文学》1995年第2期,第79页。

[4] 转引自林树明:《女同性恋女性主义批评简论》,《中国比较文学》1995年第2期,第79页。

20世纪80年代以来,在男同性恋和女同性恋研究的基础上,出现了一种新的研究范式——酷儿研究(queer studies,也称"怪异研究")。酷儿"在很大程度上是由男同性恋、女同性恋发展演变而来的,或者说是这二者平行发展到一定阶段的一个必然产物"①。拉康的精神分析、德里达的解构主义和福柯的话语分析是酷儿研究的重要理论来源。福柯在《性史》(*History of Sexuality*)中力图说明,性的历史不是身体活动的历史,而是话语实践的历史;不是性本身的历史,而是关于性都说了些什么的历史。② 相比同性恋研究,酷儿研究更显激进:如果说同性恋研究(尤其是女同性恋研究)仍旧受制于二元论,将异性恋想象为假想敌,那么酷儿研究是"对所有现存性别秩序的反抗"。正如有论者所指出的,酷儿理论"有意打破性的本体范畴,并且为了这个目的有意识地采用戏仿的办法,不仅游戏男女能指,而且游戏表达界定性身份的各种情爱行为。遭到颠覆的不仅是男/女二元对立,而且是同性恋/异性恋二元对立"③。加州大学伯克利分校教授朱迪斯·巴特勒(Judith Butler)是当今西方最负盛名的酷儿理论家之一,她的代表作《性别麻烦:女性主义与身份的颠覆》(*Gender Trouble: Feminism and the Subversion of Identity*,1990)是酷儿研究领域最重要的著作之一。在这部作品中,巴特勒运用后结构主义批评方法,探究权力话语对欲望的

---

① 王宁:《文化研究语境下的性别研究和怪异研究》,《南开学报》2005年第5期,第31页。
② David Van Leer, "Lesbian and Gay Studies/Queer Theory." *Modern North American Criticism and Theory: A Critical Guide*. Ed. Julian Wolfreys, Qingdao: China Ocean University Press, 2006, p. 112.
③ 朱刚:《性别研究》,载赵一凡,等:《西方文论:关键词》,北京:外语教学与研究出版社,2006年,第715页。

压制和催化,尝试跳出一元论和二元论的窠臼,提出著名的"性别操演理论"(Theory of Gender Performativity)。在巴特勒看来,"生理性别是一种通过操演而演绎出来的意义(因此不是'生来如此')。当生理性别从其自然化的内在和表面解放后,它可以成为展现对性别化的意义进行戏拟增衍以及颠覆游戏的一个场域"①。杜克大学教授伊芙·科索夫斯基·塞奇威克(Eve Kosofsky Sedgwick)是酷儿研究领域的另一位权威专家。1985年,塞奇威克发表《男人之间:英国文学与男性同性社会欲望》(Between Men: English Literature and Male Homosocial Desire),提出区别于"男同性恋"的"男性同性社会欲望"概念,通过对莎士比亚、斯特恩、丁尼生、艾略特、狄更斯等经典作家的解读,"探寻塑造性的方式,探寻哪些东西可以算作性,而这两方面都依赖于并影响了历史上的权力关系"②。在之后出版的《衣柜认识论》(Epistemology of the Closet, 1990)中,塞奇威克继续在后结构主义框架中探究同性恋问题,介入同性恋研究中的本质主义和建构论之争,"揭示同性恋身份在异性恋权力/知识体制中的构成性作用"③。酷儿研究与同性恋研究在理念和方法上有本质区别:与后者不同,它"否认中心与边缘的两分法,认为……身份的连贯性及稳定性不过是文化上的一种幻想";它的

---

① 朱迪斯·巴特勒:《性别麻烦:女性主义与身份的颠覆》,宋素凤译,上海:上海三联书店,2009年,第46—47页。
② 都岚岚:《酷儿理论等于同性恋研究吗?》,《文艺理论研究》2015年第6期,第186页。
③ 都岚岚:《酷儿理论等于同性恋研究吗?》,《文艺理论研究》2015年第6期,第190页。

价值"在于其概念的流动性,意义的多样性,身份的开放性"。①

酷儿视角虽然有优势,但并非没有问题:它对身份本真性的彻底扬弃会使它口号化,成为缺乏实质内容的空壳,走向另外一个极端。正如有论者所担忧的:"身份政治(对身份范畴可以成为规范性领域的认可)的解构有其优点,但在学术界以及其他社会空间,它也会成为强占的工具:一名激进的酷儿理论家,实际上是已婚异性恋。"②这种漏洞无疑会削弱酷儿理论的批判锋芒。一个重要表现是:性别不是被深入研究,而是被忽视,或者说被"超越"了。在这方面,有色女性对性别理论的批判恰是酷儿理论没有做到的。换言之,性别在黑人女性主义写作中没有被"超越",而是"被复杂化、拓展和深化,挑战其'特权'地位,使其成为交叉性和多样性理论的关注对象"③。然而,尽管"酷儿理论与种族化身份的政治和理论化的关系,和它与女性主义及女性主义身份的关系一样复杂"④,这方面的研究还有待深化。事实上,酷儿研究和黑人研究各自都取得了重要进展,尤其在全球化和流散研究的学术语境中,两者之间存在许多通约之处,但事实是,"在酷儿理论对全球化、移民和流散的思考中,黑人性基

---

① 都岚岚:《酷儿理论等于同性恋研究吗?》,《文艺理论研究》2015年第6期,第190页。

② Suzanna Danuta Walters, "From Here to Queer: Radical Feminism, Postmodernism and the Lesbian Menace." *Queer Theory*. Eds. Iain Morland and Annabelle Willox, New York: Palgrave Macmillan, 2005, p. 10.

③ Suzanna Danuta Walters, "From Here to Queer: Radical Feminism, Postmodernism and the Lesbian Menace." *Queer Theory*. Eds. Iain Morland and Annabelle Willox, New York: Palgrave Macmillan, 2005, p. 14.

④ Suzanna Danuta Walters, "From Here to Queer: Radical Feminism, Postmodernism and the Lesbian Menace." *Queer Theory*. Eds. Iain Morland and Annabelle Willox, New York: Palgrave Macmillan, 2005, p. 11.

本上被忽略"①。黑人性在酷儿研究中的缺席从一个侧面说明了黑人酷儿的窘境:"不仅黑人主体对正常人来说已经是怪异的了,黑人酷儿对绝大多数酷儿研究和同性恋流行文化和政治来说,也是过于怪异了。"②这种困境在黑人女性酷儿身上表现得尤为突出:如果说白人女性酷儿面临来自男性酷儿和异性恋体制的双重压力,那么对黑人女性酷儿来说,因为白人社会的敌视,这种压力就是多重的。

黑人酷儿虽然在学术研究中被边缘化,却是不少经典黑人文学作品中的关键人物形象,发挥着重要的叙事作用。艾丽斯·沃克的《紫色》(*The Color Purple*)就是表现黑人女同性恋情感的经典之作。女主人公西莉从小受继父的摧残,婚后又被丈夫虐待,忍受他的精神和肉体折磨。正是在与同性恋人莎格的交往中,西莉走出阴霾,找回自信和勇气,重新感受到生活的美好。小说以此强调了"以黑人妇女之间的团结友爱来抗击种族主义和男性主义的重要性"③,揭示出酷儿身份与黑人女性主义之间的紧密关联。莫里森的《秀拉》(*Sula*)是另外一部讲述黑人女同性恋的经典作品。小说以主人公秀拉和女友奈儿的友谊为主线,描绘了俄亥俄州黑人社区长达半个世纪的生活变迁,在生与死、善与恶、传统与现代的多重对立中审视黑人女性的成长。借助秀拉和奈儿的同性情谊,小说展现了黑人女性追寻自

---

① Jafari S. Allen, "Black/Queer/Diaspora at the Current Conjuncture." *A Journal of Lesbian and Gay Studies* 18. 2-3 (2012): 216.

② Jafari S. Allen, "Black/Queer/Diaspora at the Current Conjuncture." *A Journal of Lesbian and Gay Studies* 18. 2-3 (2012): 222.

③ 薛小惠:《〈紫色〉中的黑人女同性恋主义剖析》,《外语教学》2007年第5期,第63页。

我、构建自我的人生历程,是对黑人女同性恋主义的文本诠释。

　　本节参照同性恋和酷儿研究,以布兰德的《在别处,不在这里》为例,聚焦加拿大黑人文学的同性恋书写,探讨加拿大黑人文学对黑人身份的多元呈现。加拿大"在世界上一向表现为性格温和、政策中性,在很多方面的立场都较为保守。然而,在对待同性恋及其相关问题上,加拿大却表现出少有的激进"[①]。2005年,加拿大成为继荷兰、比利时和西班牙之后,世界上第四个通过国家立法形式认可同性婚姻的国家。在某种程度上,对同性关系的认可成为加拿大多元文化主义的一种表现形式。但在加拿大文学批评方面,同性恋话题却不太受关注。在《这里是酷儿:民族主义、性和加拿大文学》(*Here is Queer: Nationalisms, Sexualities and the Literatures of Canada*, 1999)一书中,彼得·迪金森正面回应了弗莱提出的"这是哪里"(Where is here)这一扎根加拿大集体文化心理并深深影响了其民族主义文学批评导向的问题,指出同性恋在加拿大文学批评中的缺席:"在围绕加拿大文学经典化出现的叙事中,……(同)性话语及其在这个国家文学传统的形成和构架中的作用(或者说没有起到的作用),基本没有体现。"[②]该著提出,如果说民族主义话语是父权制的,那么它也经常被情色化为同性社会;作为一种文学批评范畴,"酷儿"挑战和动摇了加拿大文学的民族正

[①] 张剑波:《加拿大同性婚姻立法发展研究》,《环球法律评论》2010年第5期,第90页。

[②] Peter Dickinson, *Here is Queer: Nationalisms, Sexualities and the Literatures of Canada*. Toronto: University of Toronto Press, 1999, p. 4.

统。[1] 迪金森明确指出,其研究目标就是"在主导的文学批评民族主义框架之外寻找另一种政治,一种被性尤其是同性问题驱动的政治"[2]。

布兰德可以说是最具才华的加拿大黑人作家之一,是一位真正意义上的多面手:她不仅是作家,还是学者、文化活动家、电影制作人。当然,她的另外一个重要身份是同性恋者。布兰德曾公开表示:"我是一个女人,一个黑人和同性恋者。这是毋庸置疑且有趣的。"[3]布兰德的不少作品中都有女同性恋形象,《我们都在希冀什么》中的宣和卡拉就是一对同性恋人,她们的情感纠葛是推动小说进程的重要叙事因子。布兰德最具代表性的同性恋题材作品是她的长篇小说处女作《在别处,不在这里》。小说以 20 世纪七八十年代的加拿大和加勒比为背景,讲述来自加勒比的维莉娅、埃莉兹和阿贝娜等几位黑人女同性恋之间的情感故事。维莉娅十几岁的时候去加拿大的叔叔家寄宿,后加入多伦多的黑人组织,成为一名激进的黑人革命者,并与阿贝娜相识相恋。受黑人革命思想的感召和时局影响,维莉娅在她三十多岁的时候又回到加勒比,加入当地的革命组织,对抗西方帝国主义暴政,并最终为革命献身。在这期间,维莉娅认识了种植园工人埃莉兹,与其发展了一段关系。维莉娅死后,为了纪念和更多地了解维莉娅,埃莉兹来加拿大找到阿贝娜,和她一起追忆过

---

[1] Peter Dickinson, *Here is Queer: Nationalisms, Sexualities and the Literatures of Canada*. Toronto: University of Toronto Press, 1999, p. 5.
[2] Peter Dickinson, *Here is Queer: Nationalisms, Sexualities and the Literatures of Canada*. Toronto: University of Toronto Press, 1999, p. 3.
[3] Amy Kebe, "Geographies of Displacements: Theorizing Feminism, Migration and Transnational Feminist Practices in Selected Black Caribbean Canadian Women's Texts." Diss. University of Montreal, 2009, p. 13.

去的点滴,相互抚慰恋人的离去带来的伤痛。

《在别处,不在这里》中同性恋书写的意义,首先体现在它以象征和隐喻的手法,将黑人女同性恋嵌入奴隶制历史叙事,凸显出奴隶制叙事的酷儿维度。从性别角度看,基于奴隶制历史的黑人文学文化批评,通常受制于男性和异性恋话语,很少涉及女性和同性恋要素——杜波依斯的《黑人的灵魂》、盖茨的《意指的猴子》和吉尔罗伊的《黑色大西洋》莫不如此。在《黑色酷儿,黑色大西洋:对"中间通道"的酷儿想象》("Black Queer, Black Atlantic: Queer Imaginings of the Middle Passage")一文中,奥米塞克·娜塔莎·廷斯利(Omise'eke Natasha Tinsley)针对吉尔罗伊以运奴船为切入点构建"黑色大西洋"的做法提出自己的见解,指出吉尔罗伊对贩奴事件中同性关系和酷儿身份的忽略:"吉尔罗伊从来没有告诉我们的是,酷儿关系是如何在商船和海盗船上形成的,在这些船上,欧洲人和非洲(我是指同性别的)船员们睡在一起。更为重要和难于发现的是,酷儿关系是如何在穿行于西非和加勒比群岛的贩奴船上形成的。"[1]廷斯利提到,这些问题是她在研究苏里南的女性关系并考察 mati 这个词的词源时想到的。mati 具有丰富的含义,比喻层面上是克里奥尔女性对她们同性恋人的称呼;字面意思是"伙伴"(mate),也就是从"中间通道"生存下来的同船伙伴(shipmate)。廷斯利指出,在"中间通道"期间,不少非洲女奴和男奴在贩奴船上有同性

---

[1] Omise'eke Natasha Tinsley, "Black Queer, Black Atlantic: Queer Imaginings of the Middle Passage." *A Journal of Lesbian and Gay Studies* 14. 2-3 (2008): 191-192.

伴侣。① 据此,廷斯利认为,黑人性和酷儿性在数百年前的海洋洲际接触中就已经显现,具体说,就是 17 世纪的大西洋,因此"黑色大西洋一直是酷儿大西洋"②。

《在别处,不在这里》虽然把背景放在当代加勒比,但和克拉克的《锃亮的锄头》等作品一样,也把视角延伸至奴隶制时代,表现出纵深的历史感。小说的第一部分聚焦埃莉兹,同时追溯了她的女性先辈阿黛拉。阿黛拉是一位黑奴,被从非洲贩卖至加勒比,是"中间通道"的亲历者:

> 一路来到这里,带着船上的恶臭,阿黛拉一定记住了出去的路,这条路不仅是坚实的陆地,也是水,并且过了太长时间,但真正过去的不是时间,而是残骸……她有足够的时间在海水里找到平衡,计算需要喝多少海水才能回去,但当她来到这里,发现自己被人紧紧地锁住时,她放弃了。她把这个地方叫作"乌有之地"(nowhere),开始通过遗忘来忘记来时的路,……每到一个地方,她都记住所有她想要忘记的东西。阿黛拉记得那些,以及比那些都早的,那条船上的东西。她揣摩他们的脸,他们的心。但当她来到"乌有之地"后,所有的揣摩都停止了。在那条通往新世界的狭窄通道之

---

① 参见 Omise'eke Natasha Tinsley, "Black Queer, Black Atlantic: Queer Imaginings of the Middle Passage." *A Journal of Lesbian and Gay Studies* 14. 2-3 (2008): 192。

② Omise'eke Natasha Tinsley, "Black Queer, Black Atlantic: Queer Imaginings of the Middle Passage." *A Journal of Lesbian and Gay Studies* 14. 2-3 (2008): 191.

后，在那条只能一人走过的通往那艘船的过道之后，所有的都停止了……①

和所有被迫走出"无返之门"的黑奴一样，阿黛拉也承受着"中间通道"经历导致的心理创伤，在渐行渐远的家园和所谓的"新世界"之间，以及记忆和忘却的撕扯之中挣扎。在《一张通往"无返之门"的地图》中，布兰德通过讲述她与爷爷的过往描绘了这种断裂感。布兰德问爷爷他们从哪里来，但"爷爷从来不记得。……这是一种历史的断裂，一种存在意义上的断裂；也是身体和地理上的断裂。……我们不是从我们生活过的地方来，我们也不记得我们从哪里来或者我们是谁。我爷爷想不起一处有名字的地方或一群有名字的人。没有名字叫就是没有过去；没有过去指向的是过去和当下的裂痕。这种裂痕就体现在'无返之门'之中。我们的祖先从那里离开，去往另一个世界：从旧世界去往新世界"②。不难看出，布兰德把对爷爷的记忆，尤其是他的身份之惑融入对阿黛拉的刻画。但与布兰德的爷爷和（在很大程度上）布兰德本人不同，对阿黛拉而言，遗忘不是一种被动的强加，而是主动的选择。她把"新世界"称为"乌有之地"并且拒绝命名："她说这里什么都没有名字。她从来不给她的孩子起名，……她也从来不回应他们给她的名字——阿黛拉。"(18)和所有背井离乡的黑奴一样，阿黛拉的身份"只有与从她被带离

---

① Dionne Brand, *In Another Place, Not Here*. New York: Grove Press, 1996, p. 21. 以下引文出自同一作品，只标页码。

② Dionne Brand, *A Map to the Door of No Return: Notes to Belonging*. Toronto: Vintage Canada, 2001, p. 5.

的地方的关联中才能获得"①,这种关联的切断导致了她的身份迷失,让她抗拒被给予的身份,也拒绝赋予其他事物以身份。从这个意义上说,阿黛拉的拒绝命名是一种抵抗策略。

埃莉兹和阿黛拉虽然相隔数代,但在埃莉兹身上能看到阿黛拉的影子。和克拉克《锃亮的锄头》一样,《在别处,不在这里》对奴隶制的叙写并没有停留在某个时间点,而是着力展现奴隶制的延续性及其当下的影响。埃莉兹不是黑奴,没有经历过"中间通道",却过着奴隶般的生活:她是一个孤儿,从小受养母虐待,在种植园当苦力,成年后又时常遭受丈夫以赛亚的毒打,充当他的泄欲工具。小说从埃莉兹的第一人称视角写道:"我命中注定要给以赛亚打扫房子,从小在种植园干活。你们说吧,以赛亚养我,我所做的就是晚上躺在他身下,白天在种植园干活。"(4)阿黛拉和《锃亮的锄头》中的玛丽有几分相像,也极具反叛精神,在忍无可忍的情况下,杀死了奴隶主;但阿黛拉的凶器不是锄头,而是诅咒:"每晚从可可种植园回家,……她都要让自己经过那座大宅,在地上画一个圈,在里面扔一块石头,当作她的眼睛,然后把嘴咬破往圆圈中间吐口水,并说出那个男人的名字。她坚持做了三年,风雨无阻。终于,在某天,他倒在那个圈子里死掉。"(18)埃莉兹也有明显的反叛心态,动过杀夫的念头:"我每天都想用一把铲子劈开他的头,他头上梳着辫子,因为他在《圣经》上读到他不能剪发。在坚果成熟的季节,他会爬到采石场上面去采摘。我站在下面看着他,希望果子里苦涩的汁液把他杀死,因为我知道那是有毒的。"(11)阿黛拉一心想逃离,传说

---

① Paul Huebener, "'No Moon to Speak of': Identity and Place in Dionne Brand's *In Another Place, Not Here*." *Callaloo* 30. 2 (2007): 617.

她"离开'乌有之地',没人知道她去哪里了。就像赤身来到这个世界上一样,再也没有她的消息,有人说她去了莫赖厄和更远的地方"(23)。埃莉兹也有强烈的逃离冲动:"我想逃,逃到阿鲁巴岛或者马拉开波湾。我听过这些地方。是的,马拉开波湾。我喜欢这个地方的读音,但我从来没去过。我想用一把弯刀割了他的脖子,然后逃到马拉开波湾,是的"(18)。

埃莉兹似乎在很多方面重复着阿黛拉的命运,小说中仿佛有一条无形的线把生活在不同年代的黑人女性串联在一起。但两者更深层的关联体现在阿黛拉对埃莉兹的精神指引和启迪。如前所述,被强行从家园带走、历经"中间通道"磨难的阿黛拉,以"沉默"的方式对抗奴隶制。阿黛拉的拒绝发声和命名(或者说特殊的命名方式),给了埃莉兹无尽的灵感。埃莉兹痴迷于阿黛拉的传说,尤其是"乌有之地"这个名字;冥冥之中,她好像能够走入阿黛拉的内心,悟出其中的道理:"我不断地想一个叫'乌有之地'的地方是什么意思,后来明白,阿黛拉必须把自己的大脑清空来构想它。她想念的那个地方一定是充盈饱满且生机勃勃,占据了她整个内心,所以当她来到这里,已经没有空间给这里了。"(20)的确,阿黛拉没有把空间留给奴役她的"新世界",而是给了埃莉兹——阿黛拉的拒绝命名赋予了埃莉兹充足的命名空间。埃莉兹从小迷恋名字并且喜欢起名字:"……我所能想到的,是各种事物的名字能够让这个地方变得多么美丽。……布花、臭气熏天的水果树、吸血灌木、猴面花、坚硬的沼泽鱼。……我对自己说,如果我能向阿黛拉说出这些名字,或许能唤起她对自己和她真实名字的记忆。"(23—24)埃莉兹填充着阿黛拉留下的空白,开启了与先辈跨越时空的对话:"阿黛拉,在我眼中,这里一点都不荒芜,到处丰满充实,一切都在生产,山药的乳汁,芋头迸射出蓝色的果肉。有时,我还会为绿色倾倒,它在我两边无限生长,潮潮的,就像竹子、不凋花和柚木搭起的拱顶。……为此,我必须感谢你。你眼中的乌有,我看到了所有;你留下的空缺,我来填满。"(24)可以看出,对埃莉兹而言,阿黛拉既是缺席,也是在场的,或者说她的缺席就是在场——正是阿黛拉的沉默,促成和激发了后辈的想象,也彰显出两者间的深层和内在关联。埃莉兹与阿黛尔的认同还体现在她与恋人维莉娅的情感中。维莉娅以跳崖自杀的方式回击帝国主义霸权,埃莉兹目睹了整个过程,心理遭受了巨大冲击,她后来从失去维莉娅的感觉中体会到阿黛拉当年的痛苦:"她的心关上了。对雨、对光、对水,以及以后所有的一切,她的心都关上了。"(22)借助埃莉兹和阿黛拉之间的情感关联,小说象征性地把黑人女同性恋揉进奴隶制历史叙事,显现出"中间通道"的性别和性政治维度。

《在别处,不在这里》同性恋书写的另一重含义在于,布兰德把黑人女同注重身体和深层情感体验的情欲、爱恋置于流散故事的核心,重审地缘意义上的基于实际位移和归属观念的流散叙事。"流散故事是各种版本的流放故事,因此故事的架构里都有一些回望家园和归属之地的人物。这种被流放者或者说流散主体我们可以称之为从 A 点(家园)到 B 点(指流放之地,可能还包括到 C 点、D 点等其他地方)的移动,借助对一个'不在这里'之地的想象或憧憬的回归,表明流放叙事中一个明显和普遍的目的论。"①"流散"可以说是理解布兰德文学创作最为重要的关键词之一。布兰德在其作品(比如《月满月更之时》和《我们都在希冀什么》)中绘制了一幅广阔的流散图谱,善于通过对边界的跨越,在"这里"和"别处"的张力中探讨归属和身份认同。②相比布兰德的其他作品,《在别处,不在这里》更加直观地体现了这一特质——标题本身就是说明。

从表面上看,小说遵循了传统流散叙事的套路,聚焦主人公在加勒比和加拿大之间的地理位移,而埃莉兹和维莉娅在某种程度上都可被视为流放者。维莉娅有一个不堪回首的童年。她的家乡贫穷、落后,笼罩在一种消极、悲观和迷信的气氛中,家人和乡亲们都以悲痛为乐:"他们喜欢悲痛,并且把所有的钱都花在上面,认为这是神圣的,……他们去参加陌生人的葬礼,站在墓旁看着绝望的哀悼者,灰蒙蒙的眼睛里满是激情。"(124)不仅如此,"他们还期待危险,晚上关了灯在窗前伸着耳朵听它的动静,迎着早晨七点的尘埃坐在门口,努力地辨认出它在徘徊或靠近时的模样"(124)。所以维莉娅从小就和危险如影随形,惶惶不可终日,"她到后来明白了这些,那时什么都不管用,她无法远离伤害,不记得哪年是平安无事的,因为心中的重荷和颤抖无法入眠"(125)。维莉娅患有睡眠障碍,感到极度疲劳时会产生做梦的幻觉,有次她梦到的恰巧在现实中得到应验,家人就认为她具备特异功能,靠她的梦算命,赌运气。当她说出实情,过度疲

---

① Kristina Quynn, "Elsewheres of Diaspora: Dionne Brand's *In Another Place, Not Here.*" *The Journal of Midwest Modern Language Association* 48.1 (2015): 128.
② 可参见第二章第三节对《月满月更之时》的分析。

意无法再支撑下去时,母亲恶语相向:"你不想再做梦了是什么意思,我们刚刚有点了好运,你就不想做了?……你是从我肚子里出来的,你给我听着,维,我让你做梦你就得做。你的命是我给的,我也可以把它收回去。"(128)生活在这种压抑和无情的氛围中,维莉娅有一种强烈的逃离欲望,决心长大后"离开这些似乎无法保护她和他们自己的人……这些不知道接下来会发生什么,只是等待迹象、天意和谜底的人"(122);她想挣脱束缚,"在另一个地方醒来"(127)。

十七岁那年,维莉娅来到加拿大的叔叔家寄居,盼望新的生活环境能给她的人生带来转机。对维莉娅来说,"来到这里,离开那里就是诱惑所在,是她所有行动的第一步"(136)。但真正来到加拿大,维莉娅发现理想和现实之间存在相当大的距离,"这里不是世界的中央,不是她想的那样"(138)。维莉娅的叔叔和婶婶先是在多伦多谋生,因为忍受不了周围黑人的抱怨搬到萨德伯里,"他们一同来到这个城市,离开之前的环境,找活干。……他们想奋斗,不像有些人会被恶意吓退"(140—141)。维莉娅的叔叔和婶婶是坚定的融入派,为了生存竭力遮盖自己的黑人身份,向白人靠拢。在萨德伯里,同样处在白人的包围和注视下,"他们会一直显得奇怪,永远不会被真正地注意到,但这都没关系。……他们已经把自己置于进入白人城市的想象中。他们来这里就是要避开黑人,让白人知道他们是无害的,就像他们白人一样"(142)。他们坚信只要过正常生活,就能最终被接受,成为白人,并试图把这种想法灌输给维莉娅。但维莉娅无法接受这种委曲求全的做法,"她不明白……他们怎么会认为她应该和他们生活在一起,在接受现状、征求同意和请求宽恕中安静地死去,在她想……进入黑人自我的时候,把她自己与任何生长和凝结在一起的东西割裂开"(148—149)。作为年轻一代,生性叛逆的维莉娅和叔叔一家的价值观背道而驰,她看重和张扬自己的黑人身份,拒绝退让和妥协。于是她离开萨德伯里,只身来到多伦多闯荡,加入当地的黑人革命组织,准备大干一场。然而,维莉娅激进的作风也招致了部分革命者的反对,这让她显得有些另类,无法完全融入。在黑人革命阵线转移的背景下,倍感孤立的维莉娅又回到加勒比,成为反帝组织的一员,并最终为事业献身。

无论是加勒比还是加拿大,都不是维莉娅的归属。埃莉兹也面临同样的困境。加勒比对埃莉兹来说肯定算不上安身栖居之地,她在那里受尽折磨,尽管有阿黛拉的精神陪伴,仍然生活在水深火热之中。维莉娅牺牲后,作为一种纪念,埃莉兹去多伦多寻觅爱人生前的足迹,但等待她的是另一场梦魇。多伦多对埃莉兹来说完全是另一个世界,那里没有飞鸟、群山和海洋,失去这些日常生活参照的埃莉兹迷失在都市的车水马龙之中。周围的一切都在抗拒埃莉兹的认知,让她丧失了命名的能力:"当她试着去叫它什么时,那些词就是出不来。……她认识不了这个地方,无论她在里面走了多久,无论她是否主动去了解,她就是无法评价。"(69)更为糟糕的是,埃莉兹不是合法移民,所以在多伦多完全没有立足之地:她居无定所,像一个流浪汉,还得时刻防备警察的搜捕;为了谋生,她先是在缝纫厂打工,后到白人家庭做用人,还惨遭雇主的强暴。施暴者清楚埃莉兹的身份,认定她无力反抗,只能默默忍受:"他知道她不会去医院。他知道她不会去警察局。……她不会告诉任何人。"(93)对于埃莉兹及

第五章　对黑人身份和种族问题的多维思索

其同类人的悲惨遭遇,叙事者有非常精准的解释:"……一开始就没人关心他们是糊涂了还是搞砸了。一开始他们的故事就正在变成谎言,因为没人想听,没人有这功夫。一旦没人想听,没人有这功夫,那么这就是故事的结局,它从你嘴里说出,而你的嘴就张在那里。你最终只能是一个骗子,因为你的话不重要。"(60)每当埃莉兹"想要抓住这个城市,她都在想别处。……她对这个地方没有感觉,只有想逃离的感觉"(70—71)。但可悲的是,埃莉兹无处可逃。面对好心人让她回家的劝告,埃莉兹只能在内心哀叹:"回家。没有一个国家称得上是家。她想不出地球上哪个地方能行。没有一个地方是她可以住的。"(110)

可以看出,维莉娅和埃莉兹尽管都是流放者,但她们并没有一个可以回望的家园,没有对回归的憧憬;她们的家园从一开始就是被问题化的,她也找寻不到家园,流离失所似乎是她们的宿命。用沃尔科特的话说,布兰德以这两个人物的经历创造了一种存在于"居间空间"(in-between space)[1]的文本。由此可见,《在别处,不在这里》实际上是以流散的名义对流散进行改写和重新定义,"通过质疑和解构流散话语的传统焦点之一——人们遥远的'家园',间接批判了流散话语"[2]。布兰德曾说:"我一点都不渴望家园,我渴望的是一个过去,一种对自己历史的确认。"[3]布兰德追寻的不是物质意义上的家园,而是精神层面的

---

[1] Rinaldo Walcott, Rinaldo Walcott, *Black Like Who?: Writing Black Canada*. Toronto: Insomniac, 2003, p. 47.

[2] David Chariandy, "Land to Light On: Black Canadian Literature and Language of Belonging." Diss. York University, 2002.

[3] 转引自 M. Ellen Quigley, "Desiring Intersubjects: Lesbian Poststructuralism in Writing by Nicole Brossard, Daphne Marlatt, and Dionne Brand." Diss. Alberta: University of Alberta, 2000, p. 348。

归属,这是布兰德对流散的独特理解,在《月满月更之时》中有明确的表达。这种观念在《在别处,不在这里》中有更加突出的表现。通过对维莉娅和埃莉兹这对同性恋人的刻画,小说揭示出对实际家园以及基于地理空间转换的家园追寻的空洞和虚幻,表明情欲在构建黑人身份中的重要性。恰如马特·理查德森(Matt Richardson)所言,对布兰德来说,流散之痛的疗愈不在于重新找回某处、某地,而在于和谁相处,在于黑人间的情感维系。①

在《在别处,不在这里》中,布兰德把焦点从流散错置转移到情感联结,将后者构想为一种"开端场域"(the site of beginning)②。小说开篇讲述了维莉娅从多伦多回到加勒比后,和埃莉兹在种植园相遇的场景。此时两人还互不相识,正在田间劳作的埃莉兹无意中看到维莉娅,被她深深地吸引:

> 我抬眼望去,那个女人就像一杯清凉的水。四点的光线穿透了她的衣裳,她的背部看上去漂亮而又强壮,我看到她的时候她正挥汗如雨;猛地甩头,开阔的嘴巴大大地吸了一口气,吐出了疲惫,露出洁白、硕大的牙齿。她又去干活了,又浸入四点的阳光里。我看着她,火热、凉爽且湿润。我的砍刀不小心戳到了脚,血从甘蔗根茎里冒出来,一种甜蜜成熟的味道扑面而

---

① 参见 Matt Richardson, *The Queer Limit of Black Memory: Black Lesbian Literature and Irresolution*. Columbus: Ohio State University Press, 2013, p. 138。
② Matt Richardson, *The Queer Limit of Black Memory: Black Lesbian Literature and Irresolution*. Columbus: Ohio State University Press, 2013, p. 146.

来,让我晕厥,夹杂着痛感。这种感觉覆盖了整个田野,在她周围大片的绿色中散播开来。看着她流汗,像糖一样甜。(3—4)

维莉娅的出现为埃莉兹阴暗的生活增添了色泽,让她看到了重生的希望:"……维莉娅比我之前看到的任何事情都确定,比我出生那天还确定,因为维莉娅来之前,在我身上什么也没发生过;而当维莉娅到来后,我看到了走出日常的希望,不用每天做一个女人必须做的事情:躺在男人身下并且忍受他对她身体的鞭打……"(4)与维莉娅的相处为埃莉兹打开了视界,让她明白:"一个女人可以是一座桥,灵动和充满活力,让人气喘吁吁,因为她不知道这座桥通向何方;她不需要任何保证,只要能确保有出路,不需要任何保证,只要有那个拱门,然后消失。在尽头也许会是一阵风,一个她不知道的裂缝,一个不受约束的她在掠过和高飞,把自己变成一个穿越的通道。一个女人可以是一座桥,来自这些鞭打根茎的身体。"(16)

一个是忍受鞭打的身体,一个是鞭打根茎的身体,这两个身体其实是同一个身体——就是埃莉兹以及像埃莉兹一样的黑人劳工的身体——体现着父权制和种族主义作为一种合力对黑人身体的规训,恰如布兰德所言,"黑人身体是流散中受到最多规训的身体之一"[1]。《在别处,不在这里》的黑人女同性恋书写,一个重要的落脚点就是身体。"情感在布兰德的作品中是具有

---

[1] Dionne Brand, *A Map to the Door of No Return: Notes to Belonging*. Toronto: Vintage Canada, 2001, p. 37.

高度身体性的。"[1]布兰德曾说:"对我而言,女性身体本身最激进的策略,就是向她自己坦白所有欲望和迷恋的女同性恋身体。"[2]她把这种观点揉进《在别处,不在这里》中的人物形象塑造,通过表现黑人女同性恋对彼此的身体欲望,将身体构想为黑人女性抵抗压迫、重新认识自我的资源。在与维莉娅的交往中,埃莉兹体验到了前所未有的快感:

> 我为维莉娅放弃了一切。我沉浸在维莉娅中,让她的肉体把我吞噬。我也吞噬了她。她每天早晨都会把我打开。一阵阵的无力感,雨后的光线,深入骨髓的柔软。她让我湿润。她的舌像炽热的太阳在灼烧。我喜欢她双腿间的震颤,喜欢她的水流和海洋、她膨胀和盛放的柔软。这就足够了。如果这就是我在这个世界上所能做的,那就足够了。(5)

维莉娅也得到了满足,深情地对埃莉兹说:"……你把我夹在你的双腿间,就像岩石控制了流水。"(5)此刻两位女性的身体不再是独立的意识,这种给双方带来愉悦感的情欲体验打开了自我创造的边界。[3] 水的意象在此有丰富的含义:它既代表女

---

[1] John Corr, "Affective Coordination and Avenging Grace: Dionne Brand's *In Another Place, Not Here*." *Canadian Literature* 201 (2009): 116.

[2] 转引自 M. Ellen Quigley, "Desiring Intersubjects: Lesbian Poststructuralism in Writing by Nicole Brossard, Daphne Marlatt, and Dionne Brand." Diss. Alberta: University of Alberta, 2000, p. 338。

[3] Matt Richardson, *The Queer Limit of Black Memory: Black Lesbian Literature and Irresolution*. Columbus: Ohio State University Press, 2013, p. 156.

第五章　对黑人身份和种族问题的多维思索

性细腻的情感,也隐喻了身体的抵抗属性,因为"身体与快感的抵抗潜力源于其流动性,快感可以于身体表面或内部的任意位置萌芽,行云流水般地在身体上穿梭,以此对抗死板的规训权力"①。而与维莉娅的身体交融也的确给了埃莉兹勇气和力量,让她敢于直面丈夫的淫威:"以赛亚看到我躺在维莉娅身下时气得发疯,但就算是他满眼的杀气也无法把我从她的甜蜜中冲走。我甚至连头都不抬。我表达完对维莉娅的爱,我捧着她的脸,摸着那像水一样的黑色皮肤,这样我就记得我是因为什么失去了一些东西。从那以后,我再也没有看到过他。"(5)

《在别处,不在这里》突出了身体的抵抗潜能,将黑人女同性恋的情欲政治化。"在父权制社会里,妇女被贬抑为等同于身体,她就是她的身体,她的身体就是她;与此相反,男人却并不被限制在身体之中,男人的价值不与身体密切相关,他的意义超越了身体。"②《在别处,不在这里》显然颠覆了对女性与身体关系的程式化认知,它既聚焦女性身体欲望,同时又超越纯粹的情欲描写,赋予身体更为深邃的内涵,使其成为紧密关联压迫、觉醒和抗拒的符码,因此与身体的相关性就不再表示女性的弱势地位,而在很大程度上体现了她们的特殊性,成为她们的力量来源。特里·伊格尔顿(Terry Eagleton)曾言,"肉体中存在反抗权力的事物"③,这正是《在别处,不在这里》力图说明的;而这方面的象征意义,又因为小说整体的背景设置而得到强化和放大。

---

① 陈畅:《论酷儿理论的身体维度》,《当代外国文学》2017年第1期,第150页。
② 张金凤:《身体》,北京:外语教学与研究出版社,2019年,第81页。
③ 转引自张金凤:《身体》,北京:外语教学与研究出版社,2019年,第5页。

埃莉兹和维莉娅情感发展的一个重要见证是20世纪80年代加勒比的反帝运动。《在别处,不在这里》拒绝将黑人女同性恋浪漫化,而是把它与宏大的社会斗争联系起来,凸显其历史性和意识形态维度。正如有论者所指出的,该作"是一部把欲望和情感与对抗种族主义、帝国主义和父权制的政治斗争结合起来的地缘政治小说"①。小说虽然采用虚化的手法表现这段历史,但现实指向是非常明确的,那就是1983年美国对格林纳达的入侵。② 格林纳达位于东加勒比海向风群岛的最南端,西濒加勒比海,东临大西洋,战略位置突出,历史上曾经是英法两国的殖民地。1974年,格林纳达宣布独立,同年加入联合国;1979年,"新宝石运动"组织发动军事政变,推翻奉行亲西方政策的统一工党政府,成立人民革命政府,莫里斯·毕晓普出任总理。毕晓普上台后与古巴建立了密切联系,引来美国的不悦;1983年,毕晓普不幸被暗杀,里根政府以解救美国侨民为借口,联合巴巴多斯、牙买加和多米尼加等国分遣队,出兵格林纳达,这也是越南战争以后美国的第一次军事行动。诺姆·乔姆斯基(Noam Chomsky)认为这次战争尽管规模有限,但重要性不言而喻:它表明跨国资本借助美国军事力量重新掀起全球攻势。③

　　布兰德是这次战争的亲历者,她曾作为格林纳达情报官员

---

① Greg A. Mullins, "Dionne Brand's Poetics of Recognition: Reframing Sexual Rights." *Callaloo* 30. 4 (2007): 1100.
② 格林纳达(Grenada)在小说中叫Grenade(手雷)。
③ 参见 Pamela Mccallum and Christian Olbey, "Written in the Scars: History, Genre, and Materiality in Dionne Brand's *In Another Place, Not Here*." *Essays on Canadian Writing* 68 (1999): 174。

参与其中,目睹了 1983 年 10 月 25 日美国发动的军事打击。[①] 布兰德早年是一位充满革命理想的激进主义者,认为单凭创作无法改变受压迫者命运:"我已经想明白了,仅仅写是不够的,只靠写无法实现黑人解放。我问我自己,写作如何才能帮助到革命?"[②]这次战争经历无疑加深了布兰德这方面的认识,促使她进一步思考相关问题,同时也释放出她内心积聚已久的愤怒,事后她在文章中写道:"我希望有一天,敌人被我祖先拖拽锁链的声音压垮,被刺耳的喧嚣声杀死。我希望有一天,他们也会受那个缠绕着我的符咒驱使,他们的武器失灵,或者因为受不了脑子里的尖叫声落荒而逃。"[③]

布兰德把这场战事带给她的冲击融入她对《在别处,不在这里》,尤其是维莉娅这个人物的塑造中。维莉娅在某种程度上是布兰德的文学化身。她是一位满怀理想的革命家,加拿大的旅居经历塑造了她的激进立场,她崇拜法侬、切·格瓦拉、胡志明、甘地和卡斯特罗等革命领袖,服膺于他们的思想,在其中找到了"新的语汇"(166)。回到加勒比,她全身心地投身革命,加入人民阵线的反帝国主义运动。小说从埃莉兹的视角再现了维莉娅和其他革命者抵抗美国入侵的战斗场景,直接映射美国对格林

[①] 参见 Amy Kebe, "Geographies of Displacements: Theorizing Feminism, Migration and Transnational Feminist Practices in Selected Black Caribbean Canadian Women's Texts." Diss. University of Montreal, 2009, p. 118。

[②] 转引自 Amy Kebe, "Geographies of Displacements: Theorizing Feminism, Migration and Transnational Feminist Practices in Selected Black Caribbean Canadian Women's Texts." Diss. University of Montreal, 2009, p. 118。

[③] 转引自 Amy Kebe, "Geographies of Displacements: Theorizing Feminism, Migration and Transnational Feminist Practices in Selected Black Caribbean Canadian Women's Texts." Diss. University of Montreal, 2009, p. 119。

纳达的军事打击：

> 她把一切都赌在这场革命上。她没有其他地方可去，没有其他国家，没有其他革命，我们也是这样。那天我们都梦想着，想象着，奋力用猎枪和诅咒把天上的喷气式战斗机打下来。……有一位同志在墓园里不停地旋转，朝天上射击。我们试图让他镇定下来，但他一直在打转，绕着圈跑，直至头晕目眩后倒下。他的眼睛就像他的手帕一样红，瞪得大大的。有人听说米格找机会来帮我们。每个小时他都会抬头看，嘴里说："米格，好样的，伙计，米格，我就知道古巴人会来的。""他们不来"，维莉娅说，"他们不能来，他们不来，不能来。"我试着让她平静下来，告诉他他只是想说出来让自己好受些。……她不停地说服他，直到筋疲力尽。我们都半睡半醒，而美国佬在撬动天际，用飞机和直升机在天上豁开一个大口子。(114—115)

因为实力悬殊，寡不敌众，革命军节节退守，最后来到一处堡垒作为最后的防线，但维莉娅却不见了踪影："当他们到达堡垒时，她不知去向，再往前就是面朝大海的悬崖。……她撞到了地面上，扬起了尘土，滚起了黄白色的岩石。她嘴里满是沙砾和灰尘，她的身体是僵硬的，她所有的重量都压在她胸上，重重地砸在地上。"(245)

维莉娅以跳崖自杀的方式完成了对强权的终极反抗，"否定了格林纳达的美国殖民者和入侵者抑制黑人主体，以及通过美国资本利益定义民主的能力"①。同时值得注意的是,小说对维莉娅自杀过程的描写具有明显的情欲色彩。在坠崖的那一刻,"她不停地笑。……她朝大海飞去,在翠绿色中她看到了大海,它的眼睛是透亮的,它的背坚硬有力,去往一个非常古老以至对其已经没有记忆的地方。她跳了下去。她在品尝自己的眼泪,她没有重量,犹如死尸一般。……她的身体在空中冷却下来。她的身体离开了,就像一条线,一个电流"(246—247)。这是小说的最后一段,饱含情感力量:水的意象再次浮现,而对海洋的拟人化处理模糊了人与物的界线,象征了女性间的情欲吸引。正像克里斯蒂娜·奎恩(Christina Quynn)所说的,小说结尾更多的是表现女性欲望和爱人的兴奋,而非纪念死者。② 实际上,小说对整个抵抗过程的描述都充满了情欲冲动。在奔赴战场的路上,埃莉兹跟在维莉娅身后,"她注视着她脖子上油腻的汗水,她想去舔,想吻她的脖子。她想让雨水把她们困在房间里,地板上都是水,所以她们必须爬到窗下的床上去,然后睡啊睡,直到一切都结束"(113)。战斗过程中,埃莉兹紧紧依偎在维莉娅身旁,用心去感受她的身体:"我吻她的背,我想透过火药的味道嗅到她的气息。……我能感觉到她皮肤发烧一样的热度。"(115)

---

① M. Ellen Quigley, "Desiring Intersubjects: Lesbian Poststructuralism in Writing by Nicole Brossard, Daphne Marlatt, and Dionne Brand." Diss. Alberta: University of Alberta, 2000, p. 361. 奎格利还指出,维莉娅的自杀"呼应了1651年,加勒比人为了不被法国殖民,在格林纳达北海岸的索特尔跳崖"(361)。约翰·柯尔也注意到维莉娅的自杀与加勒比殖民史的关联。参见 John Corr, "Affective Coordination and Avenging Grace: Dionne Brand's *In Another Place, Not Here*." *Canadian Literature* 201 (2009): 126。

② 参见 Kristina Quynn, "Elsewheres of Diaspora: Dionne Brand's *In Another Place, Not Here*." *The Journal of Midwest Modern Language Association* 48. 1 (2015): 122。

小说把女性身体与革命紧紧联系在一起,赋予其超越生理范畴的文化政治意义,充分说明"情欲是一种被低估的政治意识资源"[1]。

相比同性恋理论,"同性恋文学创作总体上层次比较肤浅,大多局限于纯粹个人情感的流露,很难和异性恋社会形成交流;而且很多这种作品的阅读对象是自己小圈子的人,……异性恋者很难进入,所以没有形成如同性恋理论那般的影响,至今仍然停留在同性恋的'密室'中"[2]。《在别处,不在这里》显然属于"另类"的同性恋文学作品。它通过突出黑人女同性恋与奴隶制历史的关联,尝试从源头上构建黑人酷儿的谱系;又跳出基于地理空间位移的传统流散叙事框架,将同性情欲作为思索归属和身份认同以及实现抵抗的关键资源,呈现出广博的视野和深刻的思想内涵。尽管同性恋和酷儿研究表现出鲜明的去中心和反本质主义立场,但一般认为"石墙酒吧"事件是现代同性恋运动的起点,这种思维定式在很大程度上将美国和欧洲等国家地区固化为同性恋和酷儿运动的核心地带,无视其他区域。沃尔科特认为在酷儿运动内部存在不均衡的现象:北大西洋处于优势地位,被认为是中心,而南部地区相对滞后,需要被启蒙。[3] 从这个角度看,小说把黑人同性情欲纠葛与加勒比革命关联在一起,将其揉进格林纳达对抗美国霸权的斗争中,显现出"南部地

---

[1] Matt Richardson, *The Queer Limit of Black Memory: Black Lesbian Literature and Irresolution*. Columbus: Ohio State University Press, 2013, p. 147.

[2] 朱刚:《性别研究》,载赵一凡,等:《西方文论:关键词》,北京:外语教学与研究出版社,2006年,第717页。

[3] 参见 Rinaldo Walcott, *Queer Returns: Essays on Multiculturalism, Diaspora, and Black Studies*. Toronto: Insomniac Press, 2016, p. 148。

区"之于同性恋身份的意义,为从多维视角考察同性恋和酷儿研究提供了参照。《在别处,不在这里》这样的作品无疑已经走出同性恋的"密室",它不仅揭示出黑人身份的多样性,也展现出同性恋文学创作的广阔空间。

第二节 种族不重要吗?:《月蜜》和《凯姆利恩人》中的混血身份

黑白混血是黑人身份认同中的另外一个敏感和争议性话题。在基于黑白二元对立的种族话语中,黑白混血身份往往被遮掩和抹除,美国著名的"从下原则"(hypodescent)和"一滴血法则"(one-drop rule)就是典型的例子。"从下原则"指"父母双方属于不同种族时,其后代的种族身份依据父母双方中地位较低一方的种族身份而定"。而根据"一滴血法则","一个人身上只要有哪怕一滴黑人血统,就属于黑人。换言之,一个人不论外表是否看起来像黑人,只要家世中有可追溯的黑人血统,就被归为黑人。"[①]在黑白肤色区隔深重的美国社会,"混血不仅和黑人一样处于被剥夺的状态,他们其实就是黑人"[②]。

然而,相似的遭遇并不意味着混血就完全被黑人群体接纳。迫于生存压力,不少黑白混血儿——尤其是只有四分之一

---

① 黄卫峰:《美国黑白混血儿的种族身份》,《世界民族》2019 年第 3 期,第 11 页。

② Habiba Ibrahim, "Mixed Race." *Keywords for African American Studies*. Eds. Erica R. Edwards, Roderick A. Ferguson and Jeffrey O. G. Ogbar, New York: New York University Press, 2018, p. 113.

(quadroon)或八分之一(octoroon)黑人血统的混血儿——刻意向白人靠拢,回避黑人身份,形成"种族冒充"(passing)现象,导致他们"被认为是拒绝黑人性,而/或崇拜白人性"[1]。法侬不信任混血,认定他们是白人的共谋;马库斯·莫西亚·加维(Marcus Mosiah Garvey)贬低混血,指责他们玷污了种族。[2] C. L. R. 詹姆斯(C. L. R. James)批评混血是叛徒,总是想背叛或破坏黑人起义,他在代表作《黑色雅各宾》(*The Black Jacobins*)中对黑白混血做了如下评价:

> 做白人的好处太明显了,以至于黑白混血的脑子里满是对黑人的种族偏见,他们和白人痛恨同样的东西。黑奴和黑白混血互相敌视。不论在言谈还是行动中,抑或是生活中的成功,黑白混血都表明,白人所谓的内在优越性是有问题的,但那些几乎是白人的混血鄙视只有一半白人血统的混血,后者又看不起只有四分之一白人血统的混血,就这样一直接下去。……黑皮肤太受鄙视,就连黑白混血奴隶都觉得自己高自由黑人一等。黑白混血宁愿自杀,也不愿做黑人的奴隶。[3]

---

[1] Tru Leverette, "Speaking Up: Mixed Race Identity in Black Communities." *Journal of Black Studies* 39. 3 (2009): 435.

[2] 参见 George Elliott Clarke, *Odysseys Home: Mapping African-Canadian Literature*. Toronto: University of Toronto Press, 2002, p. 213, p. 216。

[3] C. L. R. James, *The Black Jacobins: Toussaint L'ouverture and the San Domingo Revolution*. New York: Vintage Book, 1989, pp. 42-43.

第五章 对黑人身份和种族问题的多维思索

马尔科姆·艾克斯(Malcolm X)也不看好黑白混血,被问及"需要多少黑人血统才能成为黑人",他的回答是:"……对我们来说,只要我们能看出你有黑人血统,那你就是我们的兄弟。但如果你来到了分界线,搞不清楚自己是谁,或者身份是可疑的,那你最好要搞到一些文件,尤其是现在,因为你正进入一个你的肤色可能会救你一命的时代。"①这些立场和观点充分说明黑白混血的尴尬处境:他们既受白人排斥,也不被黑人认可,身处无所依托的灰色地带。

当然,也有论者从正面评价黑白混血,称赞他们"被赋予了白人性和黑人性的最佳品质"②。事实上,许多黑人社会文化运动的领袖都是混血,"以杜波依斯、威廉·门罗·特罗特、詹姆斯·威尔登·约翰逊、菲利普·伦道夫、沃尔特·怀特为代表的著名黑白混血精英在反种族隔离政治斗争中发挥了重要作用。……哈莱姆文艺复兴期间,兰斯顿·休斯、佐拉·尼尔·赫斯顿、克劳德·麦凯、吉恩·图默等黑白混血儿作家在自己的作品中描述美国黑人的经历,唤醒了黑人的种族意识"③。随着全球化进程的深入和多元文化观念的散播,不同种族和族裔群体之间的交融日益明显,混血身份愈发受到学界关注。20世纪90年代,美国出现了"混血研究"(mixed race studies),契合了推动将混血作为一种独立社会范畴进行研究的文化运动;正如

---

① 转引自 George Elliott Clarke, *Odysseys Home: Mapping African-Canadian Literature*. Toronto: University of Toronto Press, 2002, pp. 216-17.
② Tru Leverette, "Speaking Up: Mixed Race Identity in Black Communities." *Journal of Black Studies* 39. 3 (2009): 438.
③ 黄卫峰:《美国黑白混血儿的种族身份》,《世界民族》2019年第3期,第15页。

20世纪八九十年代的黑人文化研究挑战了同质化的历史编纂，混血研究丰富了对种族作为一种社会范畴的认识。① 进入21世纪，对混血的研究热情有增无减，"面对千禧年焦虑和种族将会具有的无法预见的意义，文化话语越来越多地关注多元文化主义和混血问题"②。总体上看，研究议题主要涵盖混血经验和历史的梳理、范畴厘定、"冒充"现象、种族政治、大众文化和媒介再现，以及混血的社会责任，等等。③ 这些研究帮助厘清了混血身份的内涵和外延，挑战了对种族身份的本质主义理解，揭示出种族作为一种文化政治话语的建构性，有力说明"混血一直代表了纯洁性种族政治和种族本体论中的断裂，他们的存在为重新定义（并且通常是具体化）这些彼此相关的范畴提供了机会"④。

尽管美国仍旧是混血研究的中心，但对混血问题的探讨已经成为一个全球性学术议题。纽约大学出版社推出的《全球混

---

① 参见 Habiba Ibrahim, "Mixed Race." *Keywords for African American Studies*. Eds. Erica R. Edwards, Roderick A. Ferguson and Jeffrey O. G. Ogbar, New York: New York University Press, 2018, p. 114。

② Tru Leverette, "Speaking Up: Mixed Race Identity in Black Communities." *Journal of Black Studies* 39. 3 (2009): 440.

③ 相关研究成果可参见：《美国混血》(*Racially Mixed People in America*, 1992)、《种族与混杂种族》(*Race and Mixed Race*, 1993)、《多元种族经验》(*The Multiracial Experience*, 1996)、《虚假的问题：种族与多元种族身份政治》(*Spurious Issues: Race and Multiracial Identity Politics*, 1999)、《新有色人种》(*The New Colored People*, 2000)、《来自肤色界线的派遣：媒体与混血美国》(*Dispatches from the Color Line: The Press and Multiracial America*, 2007)、《美国的棕色化与社会正义的逃避》(*The Browning of America and the Evasion of Social Justice*, 2008)、《混血儿的灵魂：新千年的种族、政治和美学》(*The Souls of Mixed Folk: Race, Politics, and Aesthetics in the New Millennium*, 2011)、《明显的隐身：种族冒充与文化身份的肤色》(*Clearly Invisible: Racial Passing and the Color of Cultural Identity*, 2012)。

④ Celena Maureen Simpson, "The Mixed-Race W. E. B. Du Bois: Historical and Contemporary Insights." Diss. Eugene: University of Oregon, 2019, p. 22.

血》(*Global Mixed Race*, 2014)就集中体现了这一趋势。该书"悬置"了美国混血经验,放眼全球,考察赞比亚、特立尼达和多巴哥、墨西哥、巴西、哈萨克斯坦、德国、英国、加拿大、日本、澳大利亚和新西兰等国家和地区的混血族群,探讨混血群体对种族划分的复杂立场,关注这些经历如何影响人们对社会差异的观察和介入。因为特殊的社会文化语境,混血在加拿大又有特殊的意义。在加拿大,混血"意味着应付社会强加的种族化连字符——这些连字符不一定是看得见的,甚至不一定是想要的,但却对加拿大文化社会框架内混血儿的生活和位置产生持续影响",意味着"要在加拿大官方多元文化同时也是白人主导的想象中奋力开辟出一个空间"。[1]

首先必须承认,得益于官方多元文化主义,混血在加拿大有更多的身份认同可能和空间;美国之所以对混血有严格的归类,背后是根深蒂固的种族至上观念。迈克尔·奥米(Michael Omi)和霍华德·怀南特(Howard Winant)在《美国的种族构成》(*Racial Formation in the United States*, 1986)一书中对此有精准的阐述:"我们把种族当成一种线索,判断一个人是谁。当我们碰到无法在种族方面轻易归类的人——比如是混血或是来自我们不熟悉的族裔或种族群体,这一事实就会被痛苦地放大。这种碰面会引发不适,并会暂时造成种族含义的危机。没

---

[1] Heike Bast, "'The Quiltings of Human Flesh': Constructions of Racial Hybridity in Contemporary African-Canadian Literature." Diss. Hansa: University of Greifswald, 2010, p. 18.

有种族身份,就处于没有身份的危险境地。"①和美国不同,混血在加拿大通常不需要面对如此之大的身份认同压力。劳伦斯·希尔就是一位混血作家,他的父亲是美国黑人,母亲是美国白人,20世纪50年代移民至加拿大。希尔在回忆录《黑果与甜汁:论加拿大黑白混血》(*Black Berry, Sweet Juice: On Being Black and White in Canada*, 2001)中讲述自己的成长经历,认为相比美国,混血在加拿大有更加宽松的生存环境:

> 加拿大人一眼就能看出我们混血儿不是什么——我们不是白人,我们也不是黑人——但他们不会告诉我们我们是什么。这是加拿大的精髓所在:真正的北方、骄傲,并且含混。……在成长过程中,我意识到加拿大给我提供了一些我美国的表亲所没有的操作空间。……我至少有空间调制自己的身份,我可以说出来,检验一下,看看它在我的世界里有怎样的呈现。我想,对一个混血儿来说,这就是当下定义加拿大的东西。这里是有余地的。②

希尔把这种体会和感受带入他的创作中,以文学虚构的形式表达他对混血身份的理解,前文分析的《血缘》就是一个典型

---

① Michael Omi and Howard Winant, *Racial Formation in the United States: From the 1960s to the 1980s*. New York and London: Routledge and Kegan Paul, 1986, p. 62.

② 转引自 Heike Bast, "'The Quiltings of Human Flesh': Constructions of Racial Hybridity in Contemporary African-Canadian Literature." Diss. Hansa: University of Greifswald, 2010, pp. 144 – 145。

第五章　对黑人身份和种族问题的多维思索

的例子。这部作品具有很强的自传性，主人公凯恩五世在很大程度上就是希尔的文学化身。他在小说开篇就以戏谑的口吻道出自己对种族身份的"调制"：

> 我有一个罕见的特质——它就像一个潮湿的救生衣压在我身上，但有时我能很好地利用它——我看上去不属于任何特定的种族，但许多种族放在我这里似乎都合适。
>
> 在西班牙，人们会问我是不是法国人。在法国，宾馆经理问我是不是摩洛哥人。在加拿大，有人——总是试探性地——问我是不是秘鲁、美国或是牙买加人。但我从来没有就我的来源给出一个真实的回答。
>
> 有一次，一个人问我："你是来自马达加斯加吗？我认识一个马达加斯加那里的人，他很像你。"
>
> 我回答说："事实上，我是的。我出生在马达加斯加首都，塔那那利佛。我十几岁时随家人来到加拿大。"
>
> 还有一次，在一个卖油炸圈的店铺里，坐在我旁边的一个男人抱怨乘船偷渡到纽芬兰甘德镇的锡克人。我对他说："我生在加拿大，不戴头巾，但我是锡克人。我母亲是白人，但我父亲是锡克人，那我也就是锡克人了。"这个人的下巴都惊掉了。我付钱给服务员，给他来了十二个油炸圈。"我得走了，"我对他说，"不过下次你想诋毁锡克人，记得曾经有个锡克人给你买过一盒油炸圈！"

之后我又找机会试了一次。在一个派对上,一个女人说摩洛哥人有性别歧视,于是我又成了摩洛哥人。后来我开始扯自己有部分犹太血统、部分克里人血统、部分祖鲁人血统,只要是部分人们看不惯的人的血统。①

希尔曾指出:"'种族'是一个人造概念,它是人类强加给彼此的一种想法。"②凯恩五世对种族身份的实验性和超现实态度,可以说是对希尔这一观点的绝佳诠释。《血缘》中的边界穿越和混血身份相互映照,"通过混血主体性的变动、含混、阈限性和跨国经历",揭示出"加拿大黑人混血作家如何将任何关于加拿大身份以及加拿大文化文学的固化观念去稳定和问题化"。③

另一方面也要认识到,尽管"混血身份表面上可以被称赞为一个鲜活的例证,证明多元文化主义的成功,以及由此延伸出的加拿大应该具备的包容性",但"混血儿依然被种族化,归入非白人性范畴,被排除在民族国家之外"。④ 多元文化主义本质上遵循白人中心原则,建构逻辑是基于白人与非白人之间的对立,将

---

① Lawrence Hill, *Any Known Blood*. Toronto: HarperCollins, 2011, pp. 1-2.
② Lawrence Hill, *Blood: A Biography of the Stuff of Life*. London: Oneworld Publications, 2014, p. 174.
③ Ana Maria Fraile, "When Race Does Not Matter, 'except to everyone else': Mixed Race Subjectivity and the Fantasy of a Post-Racial Canada in Lawrence Hill and Kim Barry Brunhuber." *Unruly Penelopes and the Ghosts: Narratives of English Canada*. Ed. Eva Darlias-Beautell, Waterloo: Wilfrid Laurier University Press, 2012, p. 77.
④ Minelle Mahtani, Dani Kwan-Lafond and Leanne Taylor, "Exporting the Mixed-Race Nation: Mixed-Race Identities in the Canadian Context." *Global Mixed Race*. Eds. Rebecca C. King-O'Riain et al., New York: New York University Press, 2014, p. 240.

"白人认同为'加拿大人',非白人是丰富加拿大的多元文化元素,本身不是'加拿大人'"①。然而吊诡的是,加拿大多元文化主义虽然是种族主义话语,但其运作方式并不是种族导向的,而更多的是基于族裔认同——具体说,它"要求和期待一种'族裔化'叙事,基础是构成其多元文化马赛克的那些人的'来源'"②。多元文化政策强调"族裔性","鼓励加拿大人在民族国家内保持他们的族裔身份,明显忽略'种族'这个概念。……这种倾向会让人们对肤色不敏感,很难应对种族主义"③。如果说美国的种族主义是显性的,那么加拿大则是隐性的,在某种程度上更具杀伤力和破坏力。加拿大混血作家、批评家韦德·康普顿(Wayde Compton)指出,相比美国的"一滴血法则",在加拿大:

> 我们倾向于让白人定义谁是黑人,谁不是黑人,而他们是根据肤色的隐喻来这么做的,但他们似乎不觉得这是隐喻——对他们来说,除非你真的是黑色皮肤(谁是呢?),否则你不会是黑人。更糟糕的是,他们无法描述你是什么,只会轻描淡写地告诉你"种族不重要"。如果你认同,那这绝对会让你失去力量并被鄙

---

① Jillian Paragg, "'Canadian-First': Mixed Race Self-Identification and Canadian Belonging." *Canadian Ethnic Studies*, 47. 2 (2015): 36.

② Jillian Paragg, "'What are you?': Mixed race responses to the racial gaze." *Ethnicities*, 17. 3 (2017): 283.

③ Minelle Mahtani, Dani Kwan-Lafond and Leanne Taylor, "Exporting the Mixed-Race Nation: Mixed-Race Identities in the Canadian Context." *Global Mixed Race*. Eds. Rebecca C. King-O'Riain et al., New York: New York University Press, 2014, p. 247.

视。这就是加拿大白人自由主义。①

康普顿所谓的"加拿大白人自由主义"很容易让我们想起福斯特对多元文化主义的质疑——一种"仁慈的种族主义"。与美国式的聒噪和喧闹一样,加拿大式的"温和"和"无声"也是一种歧视,只不过是一种变相的歧视,其可怖之处在于让被歧视者失去(或者说找不到)反抗的对象。就此而言,在加拿大,混血(尤其是浅肤色的混血)比黑人的处境还要危险;但多元文化主义无论受到怎样的指责,它毕竟赋予混血更多的言说空间,这也是不争的事实。因此,"在加拿大种族和族裔运作的语境中,混血与认同和叙述他们作为'加拿大人'的身份有一种复杂的关系"②。这种复杂的关系,这种认同与非认同之间的张力,是加拿大混血作家进行创作的重要灵感和动力。

除了前文提到的希尔和康普顿,加拿大黑人作家中还有不少才华横溢的混血作家,来自卡尔加里的苏塞特·迈尔就很具代表性。迈尔有德国和加勒比双重血统,不仅是混血,还是一位女同性恋者。作为一名具有多重身份的作家,迈尔在创作中"聚焦种族身份,考察种族身份如何与族裔、文化和民族身份,以及性别和性取向等范畴相关联"。迈尔认为,"作为一名加拿大有色作家,她的任务是为展现那些声音——体现加拿大地域、语

---

① 转引自 Minelle Mahtani, Dani Kwan-Lafond and Leanne Taylor, "Exporting the Mixed-Race Nation: Mixed-Race Identities in the Canadian Context." *Global Mixed Race*. Eds. Rebecca C. King-O'Riain et al., New York: New York University Press, 2014, p. 248。

② Jillian Paragg, "'Canadian-First': Mixed Race Self-Identification and Canadian Belonging." *Canadian Ethnic Studies*, 47. 2 (2015): 22.

言、文化、种族和美学差异的声音——被埋没之人的多元经历创造空间"①。迈尔的作品视野开阔,想象力充沛,极具辨识度和个人化风格。她的处女作《月蜜》就是这样一部作品。小说从奥维德的《变形记》中汲取灵感,以魔幻主义手法叙写混血主题,探究混血的生存状态和意义。

主人公卡门起初是一个白人女孩,和白人男孩格里芬处于热恋中,小说开篇就描写了两人在格里芬家中做爱的场景:"他们在激情做爱,房间里挂着一幅画,镶嵌在一个木框里,画上有三个开心的黑人。她想可能是非洲人。脖子细长,头上顶着篮子,嘴唇又红又厚,耳朵上挂着金色的环。他们并排躺在台球桌下,非常放松,大汗淋漓,往上看着这幅画,这个所有墙上唯一的装饰。"②尽管卡门和格里芬如胶似漆,但格里芬的母亲弗兰并不喜欢卡门,"卡门不是弗兰想为她儿子挑选的女孩,不是她想吸收进她家族血脉的那种女孩"(2)。不过,弗兰虽然对卡门不满,但让她欣慰的是,这至少证明她儿子不是同性恋,她不用像邻居艾达那样整日为同性恋儿子烦恼。小说开始的这几处交代为接下来的故事走向埋下伏笔。

卡门上学读书之余在一家餐馆打零工,餐馆经理名叫拉玛,有印度血统。拉玛行事雷厉风行,属下都对她敬畏有加,她带有异域风情的外表也成为大家的谈资,在许多员工眼里,"她是这个世界上最美丽的女人"(13)。然而,她的混血长相也让她感到

---

① Heike Bast, "'The Quiltings of Human Flesh': Constructions of Racial Hybridity in Contemporary African-Canadian Literature." Diss. Hansa: University of Greifswald, 2010, p. 160, p. 161.

② Suzette Mayr, *Moon Honey*. Edmonton: NeWest Press, 1995, pp. 1-2. 以下引文出自同一作品,只标页码。

苦恼,每当有顾客问她来自何处,她总感觉自己被冒犯,强调说"来自加拿大!"顾客的好奇心典型体现了基于"来源"的族裔化叙事,而拉玛的回答则反映出为了享有加拿大身份,非白人对族裔和民族身份的主动构建。"白人把自己定位成'真正的加拿大人','加拿大人'就是他们唯一需要的身份叙事。相反,虽然非白人可以并且的确想成为'加拿大人',但他们需要一种与此相符的叙事,以便能够证明'他们是什么'。"[1]卡门起初也惧怕拉玛,不敢接近她,她的畏惧更多是出于对陌生族群的无知:

> 卡门不认识几个有色女性,所以拉玛让她感到紧张;她永远不会问拉玛在家吃了什么或者用什么香水。所有卡门碰到过的有色女性似乎都怒气冲冲,不是说她真正遇到过几个——没错,她和她们中的一些上过同样的课,但她们似乎都不健谈。她在电视上看到过她们参加的游行和暴动还有美国发生的那些事。她们总是成群结队。卡门害怕在拉玛面前讲话,害怕她会说一些冒犯的话。(14)

卡门一方面与拉玛保持距离,同时又被她的混血气质所吸引:"卡门对格里芬说拉玛的皮肤像桂皮,不,是卡布奇诺。卡门想要黄褐色的皮肤,介于她自己和拉玛之间。这将会是完美的颜色。"(14)不仅如此,卡门最终还是抑制不住自己作为白人

---

[1] Jillian Paragg, "'Canadian-First': Mixed Race Self-Identification and Canadian Belonging." *Canadian Ethnic Studies*, 47.2 (2015): 34.

第五章　对黑人身份和种族问题的多维思索

的好奇心,鼓起勇气,要对拉玛的"来源"一探究竟:"'拉玛,你来自哪里?'卡门试着问道,表现得很友好、很开心。'你懂的,我是说你最初来自哪里?''嗯,'拉玛有些犹豫,'我出生在温尼伯,我父母来自那里。'"(20)看到拉玛没有过激的反应,拉玛继续追问和评价:"温尼伯,好的。我是想问你真正来自哪里。我的男友祖上是苏格兰人,他父亲甚至收藏了一件苏格兰短裙。你没有口音,完全就是一个加拿大人。我的意思是,还有加拿大父母。……你不像其他有色人种,你表现得不像有色人种。很多时候我都注意不到。我是说,你的皮肤。"(20)此时的拉玛已经面露不悦,气氛骤然紧张,但已经进入状态的卡门开始无所顾忌、滔滔不绝起来:

……我不理解有什么大不了的。我是说我们皮肤下面都是一样的,不是吗?我永远不会故意说一些种族主义的话,但如果能让我知道,以免不小心犯错,这样不好吗?你为什么不能告诉我,每次人们问你来自何处,你总是如此苦恼?你为何总是如此愤怒?你跟白人到底有什么对立的地方?……你有一份非常好的工作。我不理解大家为何总是如此敏感。为什么不融入呢?为什么总是要站出来?没有人故意刻薄。这一点你肯定明白。不要把自己竖成一个靶子——放松些。(20—21)

卡门的这番"敞开心扉"看似真诚,实则暴露出她作为白人的种族优越感——她是从一种居高临下的位置、以说教的口吻

309

去评判、指点;她尽管声称对有色人种没有偏见,但本质上仍旧戴着"有色眼镜"和拉玛交流——她认为拉玛和其他有色人种不同,本身就是一种种族主义立场。卡门这段"善意"的言辞太过刻意和做作,甚至连她自己都有些吃惊,感觉不像是自己说出的话:"在卡门听来,她自己的声音都有些跑调,要么太高,要么过低,好像猛拉之下小提琴崩断的琴弦。从她嘴里说出的话不属于她认识的任何人。属于另外那个、另一个卡门。"(21)果然,不久之后,"另外一个卡门"粉墨登场,小说迎来了最具戏剧性的一刻——卡门从白人变身为黑人。小说对卡门变身的描写极具隐喻和预言性:"变形就是这么发生的。它们每时每刻都在发生。在危急关头,当愤怒、悲伤和绝望把她们生吞之前,女人们变成树木、鸟儿、花儿、无形的声音。……在最恐怖的时刻,人身变形为狗熊、夜莺、蝙蝠。但是谁的身体呢?谁是幸运儿?在一个糟糕的时刻,白人女孩生出了树皮,体内流淌着有色女孩的树液。"(25)卡门始终有一种摆脱白人身体束缚、找寻另一种自我的冲动,她对非洲人画像的注视以及对拉玛肤色的向往,都具有某种暗示,为她的变身做了铺垫。

卡门的变身揭示出"种族"的建构性,说明"'黑'与'白'更多的是具有政治建构性的跨文化或超验的种族范畴,无法反映主体位置、社会和历史经历或族裔身份的巨大多样性"[1]。变为黑人的卡门没有让格里芬感到震惊,两人的关系反而更进一步,格里芬对她说自己"一直想跟黑人女性睡觉"(26)。公共场合,在

---

[1] Heike Bast, "'The Quiltings of Human Flesh': Constructions of Racial Hybridity in Contemporary African-Canadian Literature." Diss. Hansa: University of Greifswald, 2010, p. 163.

众人异样眼光的注视下,格里芬安慰卡门说:"我想这是因为我们现在是一对混血吧,……就像约翰·列侬和小野洋子。"(29)然而,卡门的变身对弗兰来说却是一个十足的灾难。卡门原本就是弗兰的眼中钉,现在又成了异族,更让后者深恶痛绝:"这不是弗兰能够了解和容忍的卡门。……这不是弗兰认识的人,不是她想认识的人。"(36)作为一个白人,弗兰对黑人明显有偏见,她"从电视上了解到,黑人女子年纪越大,她们的屁股就越大"(42)。大众传媒的形象建构助长了弗兰对卡门的厌恶,以至于让"弗兰已经习惯用第三人称喊卡门了,有时和卡门共处一室,也完全对她视而不见。弗兰的眼睛不往卡门的地方看,太恐怖了;她能想到的就是那个愚蠢、满嘴胡说的奥普拉·温弗里以及她又胖又平的脸"(42)。

弗兰的冷眼深深刺痛了卡门,让她开始在意自己的肤色,对风言风语变得敏感。和格里芬再次激情缠绵时,她望着他们赤裸的身体,有些迷茫和疑惑:"她目不转睛地看着他们的身体。……格里芬的皮肤突然间如此苍白,如此白皙,而在四散的光线中,她的颜色是如此的深,如此的黝黑。……她摸着他的胸,手指铺开划过胸腔,困惑于他的肋骨和她手指颜色的反差。……皮肤底下都是一样的吗?都是骨头。或许不是。"(44)显然,卡门开始怀疑她当初作为白人对拉玛的"劝慰",因为她已经体会到了拉玛的痛苦,意识到她的焦虑和愤怒是有原因的。随着时间的推移,卡门愈发苦闷,和格里芬在一起时,"她有时能在他的衣服中闻到从前的自己,那种汗味,她的白色头发和头皮的味道,那时她的皮肤还是粉色的"(52)。身处逆境,变身黑人后的卡门失去了往日的自信和光彩,她怀念过去,想回到从前,又囿于当下,这种撕扯让她苦不堪言:"她想牢牢抓住自己做白人女孩的记忆,因为她越来越不记得她曾经是谁,甚至忘记她为什么要记得。"(61)这种心理让卡门产生了强烈的自卑感,她开始厌恶自己的肤色:"一个小丑,她心想。粉色口红和没有调好的米色粉末对她的脸来说太淡了,蓝色的眼影让她看上去像一只奇怪的金鱼。"(54)她疯狂购物,急切地想找到适合自己肤色的化妆品,当看到白人销售员和自己的反差时,卡门几近崩溃:

> 这位化妆师的头发自来直,染成金色,深蓝色的眼睛,涂有米色的眼影,皮肤上有雀斑,就像卡门之前那样白,但肤色还没有卡门的淡。上嘴唇也是淡淡的毛发,眼睛下方的阴影,还有涂抹均匀的嘴唇。这位销售员明明是卡门,那个时候的卡门可以理所当然地照镜子,镜子是她的朋友。汗水从她的背上流下来,腋窝里都有了积水。……想到自己的丑和微不足道,她号啕大哭起来。卡门是一个深褐色的女妖,只能靠回忆定义自己。她不停地回头看自己,只能躲在角落里,头埋在胳膊里。(56)

受到严重刺激的卡门选择了逃避,"她一连几个礼拜不去看自己。她躲在自己脑袋里,想把眼珠子抠出来。皮肤因为不去打理而干涸并脱落。她不去照镜子。她看上去是不对的,她看上去是不对的!"(56)后来,一次偶然的机会,卡门发现商场里其实出售专门为有色女性准备的化妆品,"她往手背上涂了一些,往嘴唇上涂了一些……然后就对着展台的小镜子看了看自己的嘴唇和下巴"(57),勉强挤出一丝尴尬的笑容。

更让卡门痛苦的是格里芬的背叛。他表面上和卡门保持关系,背地里跑去欧洲和白人女孩雷纳塔约会,还和她订婚,因为"她是高加索人,他的妈妈会同意的"(130)。格里芬终究还是认同白人,他对黑人女孩的兴趣只不过是敷衍和欺骗,是白人男性的猎奇心理在作祟。格里芬结婚的那天,落寞孤寂的卡门到一家她做白人时经常光顾的古董店闲逛。变身后,卡门感觉身体好像装上了雷达,"她的皮肤对脸谱化的东西变得非常敏感",所以她进店后首先看到的是"一些深色人物形象,他们在吃西瓜,大口啃鸡腿"(169)。她买了一个印有黑人小孩的匾牌,生出许多感慨:"看着这个被禁锢在锡条上的裸体黑人女孩,她想哭。这个女孩的嘴唇很厚,就像她拿在手里的西瓜一样红。眼睛大大的,像大理石一样,皮肤黝黑。卡门想把这个小女孩带回家,想保护她,给她自由。"(169)卡门显然由这个黑人女孩联想到了自己的命运,她变身后的悲惨遭遇将她原来熟悉的世界陌生化,让她重新认识这个世界,看清其本质。

《月蜜》是一部充满戏剧冲突和张力的作品,它一方面刻画了卡门的悲情形象,同时借助特殊人物和情节设置对其进行解构。格里芬的新欢雷纳塔其实是同性恋,"她十八岁那年,为了回应挑战摸了一个女孩的胸部,她永远无法对挑战说不。她用汗渍渍的拇指划过女孩的乳头,看着蓝色的血管,感受乳脂的分量"(145)。婚后不久,雷纳塔向格里芬道出实情,表明自己的身份,并且追寻内心,去和自己的真爱相聚,留下一脸茫然的丈夫。格里芬的移情别恋最终以闹剧收场,这也应和了小说标题的反讽——原本好好的"蜜月"(honey moon)，到头来成了让人啼笑皆非的"月蜜"(moon honey)。还有格里芬的母亲弗兰，她虽然是一名恐同人士，庆幸儿子不是同性恋，自己却是同性恋："弗兰十四岁那年在她堂姐的婚礼上当伴娘，她吻了一位远房女亲戚斯蒂芬妮——她亲吻斯蒂芬妮的嘴唇并非因为她们是亲戚，而是因为弗兰**恋爱了**。"(105)弗兰的母亲发现了女儿的"非正常"性取向，强行介入纠正，直接导致了弗兰日后的恐同。小说中的同性恋情节和种族话题密切相关，展现出这些叙事是如何"服务于秩序而流通和再生产的"①。《月蜜》营构了一个互文与反讽紧密交织和相互映照的叙事网络②，以隐喻的形式探究混血身份——小说不仅用 black 和 dark 等描写卡门变身后的肤色，还多次用到了 brown 等词汇，这在一定程度上说明"黑"与"白"在卡门体内的共存。小说结尾处，brown 一词集中出现：

---

① Helen Hoy, "'No Woman Is Natural': The (Re) production of Race, Gender and Sexuality in Suzette Mayr's *Moon Honey*." *Wild Words: Essays on Alberta Literature*. Eds. Donna Coates and George Melnyk, Athabasca: Athabasca University Press, 2009, p. 113.

② 毫无疑问，小说与《变形记》的互文关系最为明显：不仅卡门变身为黑人，弗兰后来也变形为一只喜鹊。除此以外，还有论者指出，卡门指向乔治·比才(George Bizet)的名剧《卡门》中命运多舛的女主人公卡门；拉玛会让人联想到印度神话中的罗摩衍那(Ramayana)。参见 Heike Bast, "'The Quiltings of Human Flesh': Constructions of Racial Hybridity in Contemporary African-Canadian Literature." Diss. Hansa: University of Greifswald, 2010, p. 178。还有研究注意到格里芬这个人物的互文性，指出他是对美国传奇作家约翰·霍华德·格里芬(John Howard Griffin)的戏仿。参见 George Elliott Clarke, *Odysseys Home: Mapping African-Canadian Literature*. Toronto: University of Toronto Press, 2002, p. 224。作家格里芬1961出版回忆录《像我一样黑》(*Black Like Me*)，讲述自己如何用药物让自己变为黑人的经历，感动无数读者，成为美国民权运动的重要催化剂。《月蜜》中变身黑人的是卡门，格里芬被更多地树立为一种反面形象。这也是小说的另一重反讽所在。

第五章 对黑人身份和种族问题的多维思索

做一个棕色(brown)女孩就感觉像喝醉了一样。她努力想记起自己是白人并且清醒的那段时间,但所能想起的全部是她棕色的样子——印象中自己一直是棕色的,所以惊叹这些年作为白人是怎么过来的。……现在她是棕色的,并且醉得不省人事。……醉到清醒,大脑就像崭新的针头一样锐利和明亮。这就是白人女孩变成棕色女孩的感觉吧。又或者,本来就一直是棕色女孩,只是没人知道,甚至她自己都不知道。现在她开始享受这杯酒的味道,不仅是一杯让人沉醉的鸡尾酒,更是一剂给人力量的灵丹妙药。(211—212)

这段叙述一方面暗示了卡门的混血身份,同时说明了她的坚强和韧性:虽然遭遇了种种挫折,但她没有被压垮,而是选择乐观面对,因而也就具备了走出阴霾、重获新生的无限可能。在这个意义上,可以说《月蜜》这部作品表面的反讽显示了霸权在重申自我中对声音和身体的收编,而(通过奇幻手法实现的)现实裂变和身份裂变又表明了抵抗的可能性"[1]。

如果说《月蜜》以超现实主义技法剖析混血问题,那么金·巴里·布伦休博的《凯姆利恩人》对混血身份的关注则表现出更多的现实主义特征。布伦休博常年居住在多伦多,是一位作家、

---

[1] Helen Hoy, "'No Woman Is Natural': The (Re) production of Race, Gender and Sexuality in Suzette Mayr's *Moon Honey*." *Wild Words: Essays on Alberta Literature*. Eds. Donna Coates and George Melnyk, Athabasca: Athabasca University Press, 2009, pp. 115 - 116.

记者和纪录片制片人,他制作的电视剧在北美和欧洲播出,文章在美国、加拿大和南非的报纸和杂志上发表。《凯姆利恩人》是他的长篇小说处女作,也是他为数不多的虚构类作品,出版后广受关注,进入多个文学奖项的决选名单。和迈尔一样,布伦休博也有德国血统,他的母亲是德国白人,父亲是非洲人。《凯姆利恩人》带有一定的自传色彩,小说主人公斯泰西也是黑白混血,母亲也是德国人,但他的职业身份和经历带有明显的虚构性。斯泰西是一位男模,在蒙特利尔和多伦多等地谋生,事业没有太大起色,后来遇到经纪人埃米尔,介绍他到德国著名服装公司凯姆利恩当服装模特。来到德国后,因为一次意外冲突,斯泰西面部受伤,在朋友的帮助下勉强做了临时手术,但因为囊中羞涩,无力支付费用,无奈之下只能为帮他手术的人偷运毒品,最终被困西班牙,所幸得到黑人女艺术家 B 的帮助,得以脱身。

相比《月蜜》,《凯姆利恩人》对混血问题的讨论更为直接,主人公对混血身份的困惑和纠结可以说是贯穿小说的一条主线。斯泰西在蒙特利尔小城内皮安出道,那里的观众对他的肤色比较感兴趣,因为"黑白混血儿在内皮安很少见"[1]。斯泰西起初认为混血是自己的优势,可以像变色龙一样适应各种场景,尤其是要求多变的模特职场:"我是一个普通的模特,或许特点在于拥有比较漂亮的混血皮肤,较好的形体,高翘的鼻梁,饱满的嘴唇,以及芭比娃娃式的眼睫毛。"(8)但这些远不足以确保他事业上的成功,因为人们还是倾向于把他归为黑人,不断告诉他"黑人在这里没有什么市场"。所以无论他多努力,都难有起色,只

---

[1] Kim Barry Brunhuber, *Kameleon Man*. Vancouver: Beach Holme Publishing, 2003, p. 6. 以下引文出自同一作品,只标页码。

能无奈叹息"我就像情景喜剧里的主人公,冒过几次险后,总是回到原点"(27)。然而,混血身份毕竟让他对自己有所期待,他的模特同行也认为他有可能会走红,事业有成的黑人男模西米恩就对他说:"你知道,既然名册已经满了,他们就不会再用其他黑人模特了。他们现在有淡皮肤的伙计,他们的黑白混血儿,不管是不是悲惨的,他们才不管呢,只要你体现了棕色和淡色皮肤的风尚。"(42—43)这种身处夹缝、进退维谷的状态让斯泰西苦不堪言:

> 这个世界是黑白的,只是每种颜色的深浅不同。我们是黑色的,或者是白色的。又或者,像我一样,我们是阴影,是真实之物的简单意象,几乎沦为虚无。唯一比生活在黑白世界更加糟糕的,是生活在一个灰色世界,在那里,除了对其他人,种族是不重要的;在那里,没有黑白之分,而所有的又都包含黑白。生活在灰色世界里的问题是你无法获得自然防御。在灰色世界里长大就如同在失重的月球上生长。回到地球就意味着要被自己皮肤的重量压垮。(49)

为了寻求更好的发展,斯泰西来到多伦多,但境况并没有多少改善,依旧四处碰壁,举步维艰,只能靠拍写真打零工维持生计,还经常被拖欠报酬。他生活拮据,甚至负担不起日常生活用品:"现在我拍摄的时候就明白我会几个礼拜甚至几个月看不到一分钱。……我所有的钱都用来付账单了。我被迫做出一些艰难的选择——比如是否应该只买牙刷而不买牙膏,然后不用牙膏刷牙,还是只买牙膏还不买牙刷,然后用手指把牙膏涂在牙齿上。"(77)就像他的邻居、来自索马里的穆罕默德一样,他所要抵御的不仅是多伦多寒冷的天气,更是无处不在的人情冷漠:他在路上会被白人小孩喊"猴子",坐电梯时看到的是"黑鬼滚回家"的涂鸦。看到电视上播放的动物节目,他不禁想到自己,感觉自己也是生活在一个弱肉强食的世界,就好比被狮子捕猎的斑马:"又有一匹斑马被狮子抓住了。斑马一般会挣扎几下,发出几声哀号和喘息,然后就没有动静,接受命运了。它怎么就轻易投降了?我会撕咬、猛踢,战斗到最后一刻,就像那些忙碌的河狸,宁可咬断腿也不愿困在陷阱里。可我的陷阱比狮子狡猾,比铁冰冷。"(108)①斯泰西一方面同情斑马的遭遇,同时也表达了他的不甘、无奈和绝望。的确,即便是理发这种日常琐事,也让斯泰西无所适从:"白人理发师摇头,拒绝帮我理,说他们无法剪出'那种样子'的头发,好像我头上长了羽毛或毛发。……你可能认为去找黑人理发师会好些。但实际上不是的。我总是感觉赤身裸体,甚至他们开始修剪之前就有这种感觉,似乎他们知道我不是一类人,我压根就没权利来这里。"(117)他的白人女友梅洛

---

① "斑马"一词在加拿大混血语境中具有明显的象征意义,用"斑马"喻指混血身份是加拿大混血作家的修辞策略。迈尔 1991 年出版诗集《斑马说》(*Zebra Talk*),以诗歌的形式探讨种族和混血问题。希尔曾发表题为《斑马:作为黑白混血在加拿大的成长经历》("Zebra: Growing Up Black and White in Canada", 1994)的自传文章,认为相比"黑白混血儿"(mulatto),他更认同"斑马"的说法,尽管用这个词描述种族身份有些可笑。《血缘》中的凯恩五世就称自己是"和斑马混合在一起的"(zebra incorporated)。克拉克教授用"斑马诗学"(Zebra Poetics)概括加拿大混血作家对混血问题的开放态度和多元探讨。当然,也有论者不赞同这种提法,认为它"强化了黑/白二元对立"。参见 Heike Bast, "'The Quiltings of Human Flesh': Constructions of Racial Hybridity in Contemporary African-Canadian Literature." Diss. Hansa: University of Greifswald, 2010, p. 158。

迪倒是认为他集合了黑人和白人世界的精华,"足够黑,有异域风味,又足够淡,不至于被脸谱化",但只有他自己明白,"当你哪个世界都不属于的时候,你不可能拥有两个世界最好的东西"(169)。

其实梅洛迪的看法在某种程度上就一种脸谱化,而这也是斯泰西想竭力挣脱的。他厌烦了"总是干干净净,没有威胁性"的混血形象,不想每次看到自己的照片,脑海中闪现出"如果你女儿非要带一个黑人回家的话,你不希望他是这样的吗?"的说明文字;他想换一种外貌,"碰碰运气,整出点个性"(119)。但他每次有这种念头,都会被劝退,因为这不符合市场需求。在《凯姆利恩人》中,"混血身体被视为一种新近发现的营销商品,回应了国际市场及其需求制定的规则"①。这正是这部作品的深刻和高明之处——它视角新颖,选材独特,通过聚焦混血模特这一特殊群体,透视制约混血身份认同的政治经济学。小说中,跨国资本与消费主义合力,推动"西方种族化进程朝混杂种族和多元种族主义方向发展"②。正是这种趋势把斯泰西带到了德国跨国公司、服装业巨头凯姆利恩,公司主管戴特·温对斯泰西的一番洗脑很能说明问题:

---

① Heike Bast, "'The Quiltings of Human Flesh': Constructions of Racial Hybridity in Contemporary African-Canadian Literature." Diss. Hansa: University of Greifswald, 2010, p. 32.
② Ana Maria Fraile, "When Race Does Not Matter, 'except to everyone else': Mixed Race Subjectivity and the Fantasy of a Post-Racial Canada in Lawrence Hill and Kim Barry Brunhuber." *Unruly Penelopes and the Ghosts: Narratives of English Canada*. Ed. Eva Darlias-Beautell, Waterloo: Wilfrid Laurier University Press, 2012, p. 86.

> 我们不再相信"正宗"和"纯粹"这些提法。真正的非洲，真正的亚洲，这些都是过去式了。我们对种族的看法正在发生改变。这个世界会逐渐接受这样一个观点：我们都是一样的。我不是说我们内在都是一样的。有一天，我们的长相会是一样的。如果我们在一个罐子里搅拌足够长的时间，罐底留下的就是你。凯姆利恩不再只是关于牛仔服的，它关乎我们，关乎人性，关乎最终结果。你就是这个结果。(204)

这段极具煽动性、带有明显广告特征的言辞，明白无误地说明消费主义与种族政治的联姻，这种联姻在很大程度上决定了斯泰西混血身体的商品属性。它导致的另外一个重要后果就是"种族不重要"的幻觉和假象。《月蜜》中，卡门变身前就生活在这种幻象中，她对拉玛的劝慰"我们皮肤下面都是一样的"与温的"我们都是一样的"异曲同工，都受制于"一样"或者说"同样"修辞。斯泰西虽万般无奈，但还算清醒，他自嘲灰色世界里"除了对其他人，种族是不重要的"可以说直击要害；或者用他另外一句意思相反却殊途同归的话说，"我的黑人性只有自己清楚，其他人都看不见"(172)。猎奇心理和利益驱动的消费主义对黑人身份的戕害之一，在于它对黑人形象的破坏性重组以及对某些黑人特质的片面夸大，使其远离本真和传统。西米恩对斯泰西的劝诫有力地说明了这点："永远不要让他们为你创造形象。他们这样做的后果我想我不说你也应该知道。你觉得黑人为什么过得这么糟？因为我们的形象被重新包装，然后卖给出价最高的买家。灵魂可以买卖。我们的灵魂是可以随便处理的，就

第五章 对黑人身份和种族问题的多维思索

像手套一样。"(135)消费文化语境中,混血身份往往被宣扬为"黑人性"的对立面,与黑人历史文化的纽带被切断。因而,斯泰西的困境是,混血身份并没有让他飞黄腾达,相反,"它让他陷入完全的孤立,因为对种族的蓄意抹除恰恰阻断了对历史的认知,隐匿了过去和当下的歧视,使通过创建同盟来对抗歧视成为不可能"①。

事实上,斯泰西一直在潜意识中与这种隔绝状态抗争,在不同场合表现出明显的回溯本源的冲动。得知西米恩去非洲创业,他感到震惊并陷入沉思;躺在德国一处公园的草坪上,他半开玩笑地对白人同伴说:"伙计,如果你们没有把我们从非洲偷走,那么我每天都会这样晒太阳,喝朗姆酒;"(210)被困西班牙,他展开了想象:"西班牙蹲在下方,朝上看着。……如果不是因为这些建筑,很难想象我的远亲摩尔人在这里统治了七百年。如果我能任意选择生活的地点和时间,我会选这里,回到塔里克时代,那时一位黑人成为西班牙的主人,非洲在比利牛斯山脉雄起。"(273)②真正让斯泰西重新融入的是黑人女艺术家 B。她擅长制作非洲风格艺术作品,并且不定期在世界各地举办个人作品展。B 在斯泰西做人体模特的时候和他相识,她不断鼓励斯泰西坚持自己的职业理想,还邀请他参加自己的作品展,并且把他的摄影作品和照片放进展馆,让更多的人认识和了解他,也

---

① Ana Maria Fraile, "When Race Does Not Matter, 'except to everyone else': Mixed Race Subjectivity and the Fantasy of a Post-Racial Canada in Lawrence Hill and Kim Barry Brunhuber." *Unruly Penelopes and the Ghosts: Narratives of English Canada*. Ed. Eva Darlias-Beautell, Waterloo: Wilfrid Laurier University Press, 2012, p. 97.

② 公元 7 世纪,北非穆斯林在柏柏尔人塔里克将军的带领下入侵伊比利亚半岛(今天的西班牙和葡萄牙),开启了西班牙长达七个多世纪的伊斯兰统治。

让他自己更真切地了解自我。在 B 的帮助下，斯泰西逐渐走出阴霾，坦然接受自己的混血身份，决定不再根据雇主的要求去过别人的生活，去做"黑人、巴西人、古巴人、印度人、墨西哥人、巴基斯坦人、葡萄牙人、黎巴嫩人"(273)；意识到他生活的唯一目的"就是要对生活本身有一个说法"(274)，相信"那份微小的幸福感终究会到来"(281)。和《月蜜》一样，《凯姆利恩人》也采用了"先抑后扬"的策略，虽然花费大量笔墨表现混血人物的迷惘和挣扎，但落脚点在他们的觉醒和重生，表现出一种乐观和积极向上的总体基调。

至此，通过对加拿大黑人文学中混血问题的探讨，至少可以得出两个结论。首先，加拿大黑人文学不是回避混血问题，更不是把它当成一种禁忌，而是作为影响黑人身份认同的重要因素进行展示和研究。事实上，对混血身份的书写并不局限于加拿大混血作家，在非混血作家中也是存在的，埃多彦的《混血布鲁斯》就是一个很好的例子，这说明了加拿大多元文化环境对混血问题的包容度。其次，也要一分为二和辩证地看待这种包容性：多元文化主义一方面有助于关注和认可混血身份，同时也为否认种族问题的存在提供了借口。从上述分析可以看出，《月蜜》和《凯姆利恩人》都在很大程度了上回应了康普顿对鼓吹"种族不重要"的加拿大白人自由主义的质疑。种族界线的淡化并不等于种族界线的消失，加拿大黑人文学探析混血身份无疑体现了它对种族问题的多元思考，但其终极目的在于唤醒人们对种族问题的重视。正如布伦休博在评价对《凯姆利恩人》的接受时指出的："我唯一的不满就是很少有评论者关注其中的种族话题，这是本书的重要主题之一。……这正印证了我的观点，即加拿大人不愿意谈论种族。……如果没人愿意承认，那我们就无法改变我们这个社会中的一个最根本的问题。"①加拿大黑人文学对混血问题的辨析既表明了种族概念的丰富内涵和多元取向，又引导我们去思考全球化和后种族时代的黑人身份构建，具有深刻的现实意义。

第三节 后种族语境下的"去黑人性"写作

混血问题是触发后种族社会讨论的主要因素之一。"混血运动成员把这种混杂设想为终结种族主义的方式，认定种族混杂挑战了种族同质性，并且有希望引导社会在种族之外理解差异。"②

对后种族社会最具权威性的理论探讨之一，来自吉尔罗伊的《反对种族：在肤色界线之外想象政治文化》(*Against Race: Imagining Political Culture Beyond the Color Line*, 2000)。从标题可以看出，吉尔罗伊正面回应了杜波依斯在《黑人的灵魂》中的著名论断："20 世纪的问题是肤色界线问题。"③吉尔罗伊站在时代前沿，对 21 世纪"种族"内涵的变化做出预测。在他看

---

① 转引自 Ana Maria Fraile, "When Race Does Not Matter, 'except to everyone else': Mixed Race Subjectivity and the Fantasy of a Post-Racial Canada in Lawrence Hill and Kim Barry Brunhuber." *Unruly Penelopes and the Ghosts: Narratives of English Canada*. Ed. Eva Darlias-Beautell, Waterloo: Wilfrid Laurier University Press, 2012, p. 82.

② Tru Leverette, "Speaking Up: Mixed Race Identity in Black Communities." *Journal of Black Studies* 39. 3 (2009): 441.

③ W. E. B. Du Bois, *The Souls of Black Folk*. New York: Bantam Dell, 2005, p. 10.

来,生物技术、整形技术、医学技术、生物政治、电子信息产业等领域的发展,全球化市场对语言和文化差异的抹除等因素深刻影响了"种族"的呈现、表达以及作用方式,"皮肤、骨头,甚至血液都不再是种族话语的主要参考"[1]。这些变化决定了对"种族"的单一、决定论和本质主义理解和阐释都已不合时宜,"我们需要重新概念化我们与自我、我们的物种、我们的天性,以及生命观念的关系"[2]。为了应对这种变局,更新对种族问题的认知,吉尔罗伊主张跳出狭义的地域和环境论,从广义的生态视角,从关系的角度出发审视"种族",而唯一恰当的方式是"需要一种解放,不仅是从白人霸权中的解放,无论这是多么迫切,而是从所有种族化和种族学思想,从种族化的观看、种族化的思维,以及关于思维的种族化思考中解放出来"[3]。吉尔罗伊的后种族观与他在《黑色大西洋》中的"跨民族和文化间性视角"在本质上是一脉相承的,都体现了其学术思想中的反本质主义立场。

后种族观念不仅停留在理论层面,而且渗透和体现在现实生活的方方面面。2008年奥巴马当选美国总统,成为第一位非裔(也是混血)美国总统,引发了对后种族社会更为广泛的讨论。

---

[1] Paul Gilroy, *Against Race: Imagining Political Culture Beyond the Color Line*. Cambridge and Massachusetts: The Belknap Press of Harvard University Press, 2001, p. 48.

[2] Paul Gilroy, *Against Race: Imagining Political Culture Beyond the Color Line*. Cambridge and Massachusetts: The Belknap Press of Harvard University Press, 2001, p. 20.

[3] Paul Gilroy, *Against Race: Imagining Political Culture Beyond the Color Line*. Cambridge and Massachusetts: The Belknap Press of Harvard University Press, 2001, p. 40.

第五章　对黑人身份和种族问题的多维思索

这一历史性事件的意义毋庸置疑——有论者甚至将其与1994年曼德拉当选南非总统相提并论,认为两者的共性在于"民主进程让人们对他们国家的第一位黑人总统能带来什么充满希望,感到乐观,尤其是那些被极度边缘化的人"①。奥巴马的当选制造了充分的话题,让人们有理由相信美国不再纠结于种族观念,各大媒体和各路评论家纷纷亮出观点,乐观地认为奥巴马入主白宫"进一步确认了当代美国已经进入'后种族时代',标志着美国黑人已经没有了种族的牵绊,完全有条件取得事业的成功,收获生活的幸福"②。美国是否已经进入后种族时代,暂且不论,关于后种族的讨论影响了美国黑人文学创作,或者说后种族语境下的美国黑人文学表现出新的特点,是不争的事实。

如果说杜波依斯对20世纪主要问题的论断在鲍德温、埃里森、沃克、莫里森等经典作家的创作中得到充分印证,那么"在21世纪初,种族与社会正义、种族与身份、种族与历史之间关系的变化,需要美国有色作家创造一个全新的'想象',来思考公正社会的本质以及种族在构建这个社会中发挥的作用"③。美国佐治亚大学教授、《兰斯顿·休斯评论》主编瓦莱丽·巴布(Valerie Babb)注意到,后现代美国黑人作家在创作中"表现出

---

① Pedro A. Noguera, "Foreword: Beyond the Postracial Society." *Contesting the Myth of a "Post Racial" Era: The Continued Significance of Race in U. S. Education*. Eds. Dorinda J. Carter Andrews and Franklin Tuitt, New York: Peter Lang, 2013, p. x.

② 孙璐:《美国"后种族时代"话语的建构与解构——从保罗·贝蒂〈出卖〉的讽刺艺术窥探当代美国的种族问题》,《四川大学学报》(哲社版)2018年第4期,第123页。

③ Ramón Saldívar, "The Second Elevation of the Novel: Race, Form, and the Postrace Aesthetic in Contemporary Narrative." *Narrative* 21. 1 (2013): 5.

一个明显的转向,即不再把种族视为一个生物实体,而是将其看作一种文化里的策略",体现在具体的创作手法上,就是作家们"对视觉文化的运用,突出形象在建构种族中的作用"。① 巴布指出:"在一个视觉媒体——比如电视、电影、漫画书、杂志、电脑游戏和数字化形象——占主导地位的时代,操控视觉元素的再现成为探究黑人性的主要方式之一,这很正常。"② 事实上,在吉尔罗伊对后种族社会的阐述中,"视觉"也是一种重要的维度。在他看来,因为视觉技术的进步,"黑人身体正在被用不同的方式观看——呈现和形象化",因此需要"把对人种学和'种族'形而上学的历史和批判性研究,与正在被生产的视觉性和正在被观看的全新历史关联起来"。③ 巴布以特雷·埃利斯(Trey Ellis)、科尔森·怀特黑德(Colson Whitehead)和马特·约翰逊(Mat Johnson)等作家为例,分析新一代美国黑人文学如何运用视觉元素探究种族意义的生产和再生产,证明当下是"一个重新定义黑人性所指的时代"④。

---

① Valerie Babb, "African American Literature in a Post-Racial (?) Age." *Foreign Literature Studies* 6 (2010): 35.
② Valerie Babb, "African American Literature in a Post-Racial (?) Age." *Foreign Literature Studies* 6 (2010): 35.
③ Paul Gilroy, *Against Race: Imagining Political Culture Beyond the Color Line*. Cambridge and Massachusetts: The Belknap Press of Harvard University Press, 2001, p. 23, p. 42.
④ Valerie Babb, "African American Literature in a Post-Racial (?) Age." *Foreign Literature Studies* 6 (2010): 40.

第五章 对黑人身份和种族问题的多维思索

在美国，对后种族社会的讨论某种程度上已经成为一种"显学"[①]，这与美国深厚的种族主义传统密切相关，反映了人们对种族主义的不满以及希望改变现状的急切心态。相比之下，加拿大在这方面就平静许多，当然这也与加拿大的社会文化体制密不可分——在多元文化主义营造的"包容"和"平等"的"温和"氛围中，加拿大似乎从来都是"后种族的"。然而，这并不意味后种族观念在加拿大不是一个问题，或者说可以理所当然地认定加拿大就是一个后种族社会。如果说对后种族社会的关注在美国更多的是一种公共舆论和宣传，带有较多的政治色彩，那么加拿大对这一问题的思考或者说回应则更多地以文学作品的形式呈现。前文分析的加拿大混血作家的创作就是一个例子，他们对黑白混血儿生存困境的揭橥正是对后种族社会的反思。除了这些作品，还有一种创作类型（或者说创作趋势）值得关注，即作家们刻意模糊黑人身份，规避种族题材，尝试摆脱"表征负担"的束缚，转而抒写普世价值和情感。相对美国黑人作家对视觉元素的诉诸，以及加拿大黑人文学对混血身份的思考，这种"去黑人性"写作无疑以最为"直观的"方式体现了后种族理念与黑人文学创作之间的关联。

[①] 相关研究可参见：《混杂种族，后种族：性别、新族裔与文化实践》(*Mixed Race, Post-Race: Gender, New Ethnicities and Cultural Practices*, 2003);《后种族美国的神话：在物质主义时代寻求公正》(*The Myth of Post-Racial America: Searching for Equality in the Age of Materialism*, 2011);《质疑"后种族"时代神话：种族在美国教育中持续的重要性》(*Contesting the Myth of a "Post Racial" Era: The Continued Significance of Race in U. S. Education*, 2013);《后种族社会就在这里：认可、批评及民族国家》(The Post-Racial Society is Here: Recognition, Critics and the Nation-State, 2013);《后种族，还是最种族?：奥巴马时代的种族和政治》(*Post-Racial or Most-Racial?: Race and Politics in the Obama Era*, 2016)。

说起加拿大黑人文学中的"去黑人性"写作,首先要提布兰德。这并不是因为她的作品这方面表现得最为突出,而恰是因为她的政治立场和创作理念与"去黑人性"的反差最大。的确,要把以激进和革命姿态著称的布兰德和"去黑人性"联系起来,不是一件容易的事。但正如伊诺克·帕多尔斯基(Enoch Padolsky)所指出的:"细读她的作品就会发现她创作的宽广和多元语境,而不是对黑人种族的'狭隘'支持。"[1]《爱个够》(*Love Enough*,2014)就是这样一部值得细细品读的作品,这是布兰德继《我们都在希冀什么》之后的又一部长篇小说力作。

这部作品一定程度上可以看作《在别处,不在这里》和《我们都在希冀什么》的综合体。和《我们都在希冀什么》一样,《爱个够》也聚焦多伦多,讲述各自独立又相互关联的几组人物的人生故事,"暗示一种可能性,即将多伦多城市空间转化为以群体生存和自我实现为目标的人类社交和合作场域"[2]。在人物塑造上,小说又会让读者想起《在别处,不在这里》:它和后者一样,也刻画了让人印象深刻的女同性恋形象。《在别处,不在这里》中埃莉兹和维莉娅这对经典女同性恋人物在《爱个够》中的莉娅和贾斯梅特身上找到对应。埃莉兹和维莉娅的动人之处就在于她们之间巨大的性格反差和情感张力,莉娅和贾斯梅特同样如此。莉娅就一个邻家女孩,"有些小欲望","但她不想生活总是变来

---

[1] Enoch Padolsky, "Ethnicity and Race: Canadian Minority Writing at a Crossroads." *Journal of Canadian Studies* 31. 3 (1996): 141.

[2] Ana María Fraile-Marcos, "Afroperipheralism and the Transposition of Black DiasporicCulture in the Canadian Glocal City: Compton's *The Outer Harbour* and Bran's *Love Enough*." *African American Review* 51. 3 (2018): 189.

变去"①。贾斯梅特则完全不同,她不安于现状,向往精神层面的生活,有一种强烈的冒险欲望以及挣脱此时此地的冲动。她滔滔不绝地对莉娅讲她周游世界的经历,尤其是那些心灵之地:"她去过瓦拉纳希,在山路上待了五天五夜参加祭河神仪式,还在恒河里沐浴。然后她又去了瑞诗凯诗,随斯瓦米·悉瓦南达学习薄伽梵歌。"(24)②贾斯梅特认为这些地方充满力量,有强大的磁场,可以让人恢复元气;她还想去秘鲁接触玛雅文明,并鼓励莉娅和她一起去。正如埃莉兹对维莉娅的倾慕,莉娅对贾斯梅特也满是欣赏:"听贾斯梅特讲话就是一种享受,就像呼吸空气一样。她如同来自另外一个世界,与莉娅熟悉的那个世界相距甚远,那个世界里都是些琐碎生活的突发事件。"(24)当然,也正是因为这种生活理念和方式上的差异,两人一直若即若离,无法真正在一起。

小说中的另外一对女同性恋人是西德尼和琼。相比莉娅和贾斯梅特,西德尼和琼之间的反差更加明显。莉娅尽管没有贾斯梅特那种热切的精神追求,但也有非常细腻的情感,对周遭的事物极度敏感,经常陷入对美的沉思:"美没有重量,所以它无法长期存在,无法制造伤害。美的重量是可以忽略不计的。"(150)与其相对的西德尼完全是一个世俗人物,一个实用主义者,只顾眼前和表面的快感,缺少思想深度,"老是讲办公室里的人、街上的人,讲他们如何带盗版视频,购买更多的鞋和手套,更多的电

---

① Dionne Brand, *Love Enough*. Toronto: Alfred A. Knopf Canada, 2014, p. 25. 以下引文出自同一作品,只标页码。
② 瓦拉纳希是印度圣教地,著名历史古城,位于印度北方邦东南部。瑞诗凯诗是印度最主要的瑜伽静修圣地,印度最著名的朝圣中心之一。斯瓦米·悉瓦南达是20世纪最伟大的瑜伽师之一。

子设备"(137)。西德尼的伴侣琼则明显具有维莉娅和贾斯梅特的气质,似乎被一种神秘的精神光晕环绕,不受现实的羁绊。她拒绝平庸和日常的琐碎,有强烈的求知欲,追求高质量的智性生活,认为西德尼这种生活状态是不可思议的:"怎样的脑子,琼在想,早晨听到闹钟起床后不知道正在发生什么,只关心早饭或者午饭吃什么,完全不理会人类历史上的伟大时刻。"(172)和维莉娅一样,琼也有充沛的革命热情,早年是一位社会活动家,"参加了数个团结委员会,支持世界各地的革命"(55—56)。在激情飞扬的20世纪七八十年代,琼结识了来自智利、萨尔瓦、莫桑比克、南非、赞比亚和尼加拉瓜等地的革命者,发展和终结了一段又一段感情,最终情归西德尼。但因为各方面巨大的差距,琼和西德尼之间始终横亘着一条无形的鸿沟。

除了上述两对同性恋人,小说还刻画了杰曼和贝德里两位叛逆少年形象,通过他们,小说展示出更多的人物关联和脉络。杰曼和贝德里是铁哥们,两人都是混社会的"好孩子"。杰曼是莉娅的弟弟,从小喜欢惹是生非,吸引母亲的注意。贝德里的父亲是索马里难民,曾经是一名经济学家,会讲五国语言,来到加拿大后靠开出租车为生。他始终无法走出过去的阴影,对各种暴力事件记忆犹新。贝德里无法忍受压抑的家庭氛围,决定和杰曼驾车逃离多伦多,去蒙特利尔寻找新的生活。同样无法忘却暴力的还有琼:"……就在她离开加纳的1979年,有人试图发动政变。无论在哪里,总是会经常发生像强奸这样的暴力。……琼认为,暴力是经常发生的,总的来说,是经常发生的。"(140)这种悲天悯人的情怀让琼与弱者和边缘群体有一种天然的认同,她会自发地去帮助一些失足少年,希望他们能够迷途知返,这其中就有贝德里。小说中仿佛有一条无形的线,将原本互不相干的人和事串联起来,构成一个让人回味悠久的整体。

相比布兰德之前的作品,《爱个够》最突出的特点就是对黑人角色和种族问题的淡化。《月满月更之时》和《在别处,不在这里》是典型的"抗议"和"泄愤"之作;《我们都在希冀什么》虽然尝试对种族和族裔进行多维透视,但黑人角色贯穿始终;而到了《爱个够》,黑人身份彻底隐没。事实上,小说中的绝大部分人物都没有明确的种族和族裔身份。除了贝德里的父亲,小说还交代了莉娅的外公外婆是意大利人,而其他人物的"来源"一概不明。对琼的描写就是一个典型:"其他人要过滤掉的,她都吸收进来。只是她从来不说她到底是谁,或者她如何来到这个城市。或许她就是在这里出生的,或许不是。"(30)《爱个够》的人物塑造不是聚焦式的,而是发散式的,所讲述的就是广义上的人的故事。

小说不仅模糊处理了人物的种族和族裔身份,还规避种族歧视和种族冲突等常见的黑人文学题材。小说的主题其实就是题目中的关键词——爱。如果说杰曼和贝德里的人物设置是串联小说情节的显性线索,那么对爱的思索就是整部作品隐性和更加深层的黏合剂。小说中几乎每一个人物都在爱与(不)被爱的过程中体悟和成长,有感动,有挣扎,也有妥协。莉娅和杰曼的母亲梅塞德儿时缺少家庭的关爱,这让她成年后极度渴望爱,也给予她的孩子充分的爱,但她的爱极具压迫性和功利性,因为她希望自己付出的爱能够立刻得到回报。这是导致孩子和自己逐渐疏远的主要原因。然而,尽管一家人有隔阂,他们还是被一种原发和天然的爱维系在一起:莉娅本有机会一走了之,和贾斯梅特周游世界，但她终究放不下母亲和弟弟；杰曼虽然不走正道，但记忆深处还是有温情，还是会想起他和母亲以及外公外婆去过的海滩。当然，小说对爱最具戏剧冲突的展现还是来自琼和西德尼这对恋人。琼对爱的理解和维莉娅完全一致："她的爱是超越个人的，比人与人之间的爱要宏大。……这种非个人的爱，这种政治化的爱对琼来说是一种更深沉的爱，一种更民主的爱，就是道德意义上的爱。"(65)对琼来说，爱是一种理念，背后有强大的情感和广博的关怀做支撑。西德尼远没有这种境界，她认为只要物质上得到满足就是爱。琼竭力反对这种被商品化、带有消费色彩的爱，对西德尼解释说："被商品化的东西应该让人快乐，但那种'快乐'是什么？我是说……真正的快乐是不断变化的。它不总是一样，但商品化行为却说它总是一样的，这就是为什么人们最终会不开心，因为它的确是一样的。它不会带来任何新的感受……"(176)这是琼对消费主义和商品社会的人文主义批判，西德尼虽无法参透其中的深意，却也意识到"对于爱这件事，没有什么是普遍或者是永恒的"(180)。

《爱个够》将细腻的情感描写和带有普世意义的主题关怀有机结合在一起，对"爱"这一文学创作中的经典话题进行棱镜式透视，探究其本质，揭示出"城市空间中爱、道德和审美的复杂关联，在那里，新自由主义政治和日益凸显的全球流动加剧了社会分裂，让集体和个体层面上的爱越来越难实现"[①]。

[①] Ana María Fraile-Marcos, "Afroperipheralism and the Transposition of Black Diasporic Culture in the Canadian Glocal City: Compton's *The Outer Harbour* and Brand's *Love Enough*." *African American Review* 51.3 (2018): 189–190.

第五章　对黑人身份和种族问题的多维思索

《爱个够》可以说是一部让熟悉黑人文学的读者感到陌生的作品,另外一部具有同样效果的作品是迈尔的《麒麟星座》(*Monoceros*, 2011)。该作是迈尔的第四部小说,根据真实事件改编,聚焦校园霸凌。帕特里克是一所天主教中学的高年级学生,即将毕业。一个礼拜一的上午,传来他自杀的消息,举座哗然。随着故事的展开,真相渐渐浮出水面:帕特里克是一名同性恋,因为忍受不了众人的歧视上吊自尽。事实上,小说开篇就描写了帕特里克被同学欺辱的场景:"……上个周四放学后,他爱的那个家伙的女朋友朝他砸冻僵的狗屎,她的朋友把他的滑板扔进河里。尽管他跌跌撞撞,踏破河上厚厚的冰层去捞……但河上的冰块散落四处,很滑,而且水流太急,温度很低,水很深很脏。刺骨的河水没到他的胸部,水和碎冰片扎进他的腋窝,刺痛了他的心。他的黑色外套湿透了,把他拽进水流。他的滑板被埋进了河里。"[①]这里提到了两个关键人物——帕特里克的男友金杰以及金杰的女友佩特拉。帕特里克深爱着金杰,但有双性恋倾向的金杰在帕特里克和佩特拉之间摇摆不定。佩特拉非常有音乐天赋,是校园乐队的主力,经常为金杰作曲,讨他欢心。佩特拉性格强势,认定是帕特里克横刀夺爱,于是对他百般羞辱,骂他是"基佬",甚至扬言要把他杀掉。佩特拉的发难是导致帕特里克悲剧的主要原因之一,她很自然地被怀疑是杀人"凶手",金杰也与她日渐疏远。

帕特里克在小说中是一个"缺席的在场",他的死触发了连锁反应,仿佛在人们的内心投下一个石子,激起了层层波澜。同

[①] Suzette Mayr, *Monoceros*. Toronto: Coach House Books, 2011, p. 10. 以下引文出自同一作品,只标页码。

学法拉第听闻噩耗后百感交集,情绪低落。法拉第的父母感情不和,经常争吵,给法拉第带来深深困扰,影响了她的正常成长。为了逃避不幸的家庭生活,法拉第寄情于神话中的独角兽,希望它能给自己带来好运,因为这个特殊爱好,她成了同学眼中的异类。尽管平日和帕特里克交集不多,但因为共同的边缘身份,法拉第与帕特里克有一种天然的认同,这种认同在帕特里克死后被彻底激活。她会不自觉地回忆起和帕特里克为数不多的相处细节,后悔当初没有更多地和他交流,没有更深入地了解他:"她希望这个死去的男孩能和她交谈;她会告诉他神灵这几天就会从大厅那里飞奔来提供帮助,她已经安排好了。独角兽的福祉正在路上,他们都会得到拯救,或许是在英语课上,也可能是一个礼拜一的早上。伴有独角兽嘶鸣的礼拜一,那该是多么荣耀的一天。"(65)

帕特里克的死还冲击了学校的管理层和教师群体。事发前,帕特里克曾经找过学校的校长马克斯、指导顾问沃尔特和英语老师莫林说明情况,寻求帮助。马克斯认为他是在校外被欺负的,应该由警方处理;沃尔特没有正面回应,而是用官话搪塞;莫林倒是表示同情,但也没有给予实质性帮助。实际上,马克斯和沃尔特也是一对同性恋人。身为天主教学校成员,两人一直不敢公开恋人身份,尤其是马克斯,一直遮遮掩掩,缺乏勇气。得知帕特里克死讯后,马克斯要求封锁消息,维持秩序,保护学校的名声。沃尔特的反应截然不同。他后悔自己对帕特里克的敷衍,有一种深深的负罪感,感觉"每一天都是那个无尽的礼拜一"(42)。沃尔特一直不满马克斯在两人关系上的暧昧态度,这次事件中马克斯表现出的无情让沃尔特彻底失望,两人最终分道扬镳。莫林同样深感自责。她此时正在与丈夫离婚,心力交瘁,没能给学生更多的关心和帮助。悲剧发生后她追悔莫及,不禁回想起去欧洲看到的墓园,想起"墓碑上那些在一战中死去的男孩的名字,他们和她教的孩子一样大"(168)。为了寻求心理上的安宁,莫林还去找马克斯和沃尔特理论,想把真相公之于众,"让父母们、警察们和媒体知道,这个男孩是霸凌的受害者,因为他是一名男同"(201),但都为时已晚。

校园霸凌是当今的社会热点问题,《麒麟星座》的选材非常独特,具有突出的现实意义。小说同样表现出较为明显的"去黑人性"写作特征。沃尔特是唯一的黑人角色,但他显然不是故事的重点和中心。对于他的种族身份,小说一笔带过:"他是一个五十多岁的肥胖黑人,一个老单身汉,每次午饭时间独自在指导顾问办公室用餐;"(29)至于他的来源,小说也没有明确交代,而是通过他经常吃的埃塞俄比亚食物间接给出答案。如果迈尔将霸凌的受害者设置为黑人,那小说就会呈现出完全不同的意蕴,但她并没有这么做。显然,作者的用意不在于探讨种族问题,而是从更广义的文化层面剖析帕特里克悲剧的成因。朱莉娅·克里斯蒂娃(Julia Kristeva)在《恐怖的权力:论卑贱》(*Powers of Horror: An Essay on Abjection*)中论述了"卑贱"(the abject)的概念,追问人类文化为何会以近乎凶残的方式孤立、驱逐异己。在克里斯蒂娃看来,排斥"卑贱"是构建主体的前提和必要条件。在小说中,"必须被清除的卑贱是同性情欲元素"[1],而其主要代表就是帕特里克。帕特里克不仅生前是佩特拉的眼中

---

[1] Liane Schneider, "Abjection and Violence in *Monoceros*, by Suzette Mayr." *Acta Scientiarum. Language and Culture* 37. 1 (2015): 5.

钉,死后依然被记恨,在佩特拉看来,他坐过的桌椅都是污秽之物:"那个凳子应该被隔离,以免她的臀部不小心碰到,或者她的衣服、书本或书包无意间擦到。她甚至不愿在它附近走动。她想离开,洗个热水澡消消毒,用牙刷和牙线清理三遍牙齿。"(70—71)事实上,帕特里克即便在同类中也是被孤立的:他去找沃尔特寻求帮助时已经表明自己的同性恋身份,也暗示自己知道沃尔特的性取向,沃尔特依然退缩,足可看出成见的强大。

小说不断用"那个死去男孩的校长"和"那个死去男孩的指导顾问"指代马克斯和沃尔特,讽刺和批判意图是显而易见的。毫无疑问,学校是小说的首要批判对象。通过聚焦校园霸凌,小说质疑了"当下学校体系应对挑战性状况的无能,这些状况不仅出自全新的价值观和行为,而且带来了必要的学习和生产知识的其他方式"[1]。家庭也有不可推卸的责任。在有关帕特里克母亲的章节,小说从第二人称视角,以近乎直白的方式斥责她对儿子真实感受的漠视:"你知道他不喜欢学校,但你想反正他马上就要毕业了。你知道他比成绩报告单上写的要聪明,你是知道的,但你为什么不问他为何逃了这么多课。"(114)帕特里克曾向母亲表明自己的性取向,得到的是后者的强行矫正:"他告诉你他是同性恋的那天,你对他说能不能正常一些。如果他愿意的话可以卖保险。到欧洲去转一圈,然后回家上大学,攒钱买车。他会找到一个女朋友。"(157)小说还撕破了宗教的虚伪面纱——天主教学校不允许同性恋和自杀,却任凭佩特拉这种恶毒之人兴风作浪,这是何等的荒谬。《麒麟星座》秉承了迈尔作

---

[1] Liane Schneider, "Abjection and Violence in *Monoceros*, by Suzette Mayr." *Acta Scientiarum. Language and Culture* 37.1 (2015): 6-7.

第五章 对黑人身份和种族问题的多维思索

品一贯的奇幻风格,小说结尾处,法拉第日思夜想的独角兽终于现身,它们呼啸而来,踏平了整个校园。这种戏剧性结尾方式,是小说整体的压抑氛围中投射出的一丝亮光,预示了改变的可能性。

如果说"去黑人性"是布兰德和迈尔文学创作的特点之一,那么对安德烈·亚历克西来说就是一以贯之的创作理念了。亚历克西是加勒比移民作家,作品饱含哲学思辨,几乎没有黑人角色,也很少涉及种族议题,具有鲜明的个人风格,在加拿大黑人作家中独树一帜。他的处女作《童年》(*Childhood*,1998)出版后广受好评。小说以主人公、第一人称叙事者托马斯对童年和成长往事的回忆为主线展开,探讨"记忆""家园"和"爱"等主题。托马斯是加勒比移民后代,在加拿大出生,童年在南安大略省的彼得罗利亚度过,外祖母去世后随母亲到渥太华定居。外祖母麦克米兰太太是第一代加勒比移民,对她来说家园永远有两个维度——加勒比和加拿大;但对托马斯而言,家园就是对加拿大的认知,不存在跨国语境。小说最打动人的地方在于对人类情感的细腻表达——整部作品仿佛是叙事者在母亲去世后写给母亲的长信,在回忆中建构母亲的形象,表达对母亲的爱,同时也为了更加清楚地认清自我。小说对母女/子关系的处理很像福斯特的《继续睡吧,亲爱的》,都表现了两者从分隔到相处再到认同的过程。

作为亚历克西的首部长篇小说,《童年》在写作手法和主题等方面还是表现出与传统加勒比移民文学的承接关系,但与克拉克和福斯特等作家相比,还是有比较明显的不同:它更加注重人物的心理描写,探究他们的精神世界,同时弱化人物的种族身份——对于麦克米兰太太的种族身份,小说甚至没有在正文中说明,只是在注释里一笔带过。无怪乎有论者在评价《童年》时指出:"这是一部出自表面上是黑人,实际是白人作家之手的小说。"[1]

这一判断也适用于亚历克西的另外一部作品《避难所》(Asylum, 2008)。《避难所》也可以说是一部关于"记忆"的小说。主人公马克是出生在渥太华的特立尼达人,受父亲的影响,对智性生活特别感兴趣,经常参加由大学教授沃尔特等人组织的沙龙,讨论哲学问题。受这些知识分子的影响,马克二十多岁的时候就离开家乡,去意大利寻找自己理想的生活。但多年来,家乡一直让马克魂牵梦绕,于是他开始回忆往事,用文字建构家乡。寻找自我、探索生命的意义是贯穿小说的一条主线。可以说,小说中的绝大部分人物都在经历了世事沉浮后重新认识了自我。沃尔特和路易丝的婚外情让双方都痛苦不堪,沃尔特甚至想过自杀,后来走出阴影,重拾生活的信心;路易丝的丈夫保罗更是饱受煎熬,作为直接受害者,他先是报复沃尔特,后又暗算出轨的妻子,最终也放下一切,皈依上帝。保守党政治之星伦德因为政治阴谋主动提出辞呈,选择回归家庭;他的助手富兰克林在建造完梦寐以求的监狱以后了却多年的夙愿——向家乡阿尔伯塔致敬;作为富兰克林个人理想的牺牲品,问心无愧的爱德华坦然地接受了失业,干回老本行,也认清了富兰克林的为人;政府秘书玛丽和她的家人在经历了遗产纠纷后也都恢复了内心

---

[1] Peter Hudson, "The Last Days of Blackness: André Alexis Gets Over." *Rude: Contemporary Black Canadian Cultural Criticism*. Ed. Rinaldo Walcott, Toronto: Insomniac Press, 2000, p. 192.

的平静,开启了一段新的人生旅程。

和《童年》一样,《避难所》也关涉个体记忆,但相比前者,《避难所》的背景显然要更加宏大。小说花了大量篇幅表现20世纪80年代加拿大的政坛风云,把虚构和历史融合在一起,从个体视角重构历史。此外,小说还涉及冷战时期美苏两大阵营之间的对抗,并通过玛丽的祖父母牵扯出二战。小说的另外一个突出特点就是它对"黑人性"的淡化。虽然主人公、第一人称叙事者是特立尼达人,但他并没有强调自己的种族身份。事实上,除了第一部分的引入和最后一部分之外,第一人称叙事者在大多数时间里都是隐身的,也就是说,小说在很大程度上已经游离了叙事者和人物之间的关系,从相对客观的第三者视角观察人物。正如莱斯利·桑德斯所言,亚力克西"从来不关注其黑人角色的'黑人性'。通常情况下——虽然不总是——他们的'黑人性'被归化了"[1],相比种族问题和种族事件,《避难所》更加关心的是:我们怎样才能实现自我救赎?我们如何才能做一个好人?

亚历克西对普世价值和形而上问题的思索和追问在他的吉勒奖获奖作品《十五只狗》中达到顶峰。这部作品将亚历克西创作的"去黑人性"特征体现得淋漓尽致——小说中不仅没有黑人角色,就连人类也退居其次。《十五只狗》的故事源自一场赌博。来到凡间的阿波罗和赫尔墨斯在多伦多的一家酒吧打发时光。闲聊中,阿波罗认为人类不比其他物种优越,赫尔墨斯则觉得人类还是有他们的不同之处。赫尔墨斯突发奇想,想知道动物如

---

[1] Leslie Sanders, "Impossible to Occupy: André Alexis's *Childhood*." *Rude: Contemporary Black Canadian Cultural Criticism*. Ed. Rinaldo Walcott, Toronto: Insomniac Press, 2000, p. 173.

果能像人一样思考会怎样。于是,两位天神打了一个赌:阿波罗赌动物如果有了人类的智慧会比人更加不开心,赫尔墨斯赌反面,谁输了就要受对方差遣一年。正巧,离他们不远处有一家兽医诊所,里面有十五只狗,他们就施法让这些狗具有了人的思想,看看到底结果如何。获得人的意识后,这些动物的表现超出了两位天神的预期,并不能用简单的开心或不开心来评判,而是引出了对欲望、情感和生命等问题的思考。《十五只狗》具有明显的寓言特征,小说出版后,评论界纷纷给予高度评价,称赞它对人性的深刻剖析,将其与《伊索寓言》等经典作品相提并论。

打开铁笼,迈出诊所,这群狗自然分成了两派,分别由阿提库斯和麦吉努两只狗带领。面对一个熟悉而又陌生的世界,它们开始变得焦躁、不安。阿提库斯极度抵触发生在自己身上的变化,想回到过去,做真正的狗,对它来说,"只有狗的语言,没有其他语言;只有狗的方式,没有其他方式"[1]。麦吉努相对理性,虽然也感到困惑,但主动尝试去适应。阿提库斯生性残暴,专横独裁,容不得异见。一次交谈过后,阿提库斯探明了麦吉努的立场,决定杀死麦吉努和它的追随者,铲除异己。阿提库斯和它的同伙精心布局,先是把麦吉努支开,除掉它的支持者雅典娜和贝拉,然后合围麦吉努,将其咬成重伤。之后,它们又残忍地杀害了不服从管教的博比和道吉。对权力和地位的贪欲而造成的暴力与杀戮,在人类社会中并不少见,亚力克西表面上写动物,实则以兽喻人,映射人性的弱点。

麦吉努受伤后,幸运地被一对夫妇收养。一开始,会说人类

---

[1] André Alexis, *Fifteen Dogs*, Toronto: Coach House Books, 2015, p. 33. 以下引文出自同一作品,只标页码。

第五章　对黑人身份和种族问题的多维思索

语言的麦吉努让这对夫妇大为惊恐,对其敬而远之;后来,随着相处的深入,麦吉努慢慢融入这个家庭,与女主人尼拉更是成了要好的朋友,她们一起聊天、读书、看电影,关系越来越密切、融洽——对尼拉而言,麦吉努的重要性甚至超过了丈夫。从疏远到理解再到认同,最后,麦吉努与乌尼拉之间已经不需要太多的语言交流,一个眼神、一个动作,就知道彼此的心意。尼拉车祸逝世,不知情的麦吉努一直守候在她生前的住处不肯离去。面对突如其来的变故,麦吉努久久无法释怀,在日复一日的等待中它顿悟到:原来有一种情感叫"爱"。小说从动物的视角将"爱"悬置,把人们习以为常的概念陌生化,引导人们超脱世俗喧嚣,重新关注并思考在一定程度上已经被淡忘的"什么是爱""如何才能爱与被爱"等关涉人类生存福祉的基本问题。

小说中的十五条狗虽然经历不同,但最终都死去。班吉无法忍受阿提库斯的欺压,用计将其毒死,自己也因为饥不择食,服毒而亡;麦吉努等待了六年之后,在赫尔墨斯的引导下与尼拉相会;最具语言天赋却始终不被同类认可的普林斯,最后失明失聪,也迎来自己的大限。如何面对死亡?这是小说对人性的终极一问。"生存还是毁灭",哈姆雷特的纠结之所以深入人心,是因为它道出了人性中最复杂、最敏感的部分——对死亡的恐惧。人生观比比皆是,死亡观却并非人皆有之,因为没有人不惧怕死亡。但或许正因为有死亡,生命才显现出它的意义。临终前,阿提库斯"懂得了理想和纯粹的狗应该是一种没有思想瑕疵的生物"(95);班吉"有种静止的感觉,让它能够超越生命、痛苦和世界本身,看到一种没有苦难的状态"(117);普林斯相信自己的语言"在某处,在其他物种身上……或许会生根发芽,再次开花结果"(168)。可见,它们的生命在生死交界处都得到了某种升华,这种感觉是阿波罗和赫尔墨斯这些天神体验不到的,因为他们是永生的。小说指出,正是死亡的缺失让这些天神始终不忘凡间的芸芸众生,在他们看来,"死亡存在于这些物种的每一根神经中,隐藏在它们的语言中,是其文明的根底"(170)。小说以动物为载体,从"上帝视角"拉开距离,尝试去理解或"还原"死亡,并由此审视人生。吉勒奖评委会认为《十五只狗》是一部"精彩和原创的作品,挑战读者检视他们自己的存在,并唤起那个古老的问题:生命的意义在哪里?"[1]小说借助寓言和神话的外衣,"通过人、神和狗的困境探讨了文化与自然、上帝与人之间的终极关系问题"[2]。

上述作品无疑在相当程度上会刷新甚至颠覆人们对黑人文学的认知。之所以如此,多半因为人们对黑人文学总是有一种期待:黑人文学要表现黑人的精神和文化品质,要彰显黑人区别于白人的特殊性,即"黑人性"。但需要指出的是,"黑人性"并不是一个同质概念。事实上,早在20世纪六七十年代,在经历了作为一种政治口号和标语的"黑人性"引领下的黑人解放运动之后,已经有人注意到,"黑人性"在增强黑人民族自豪感和自信心的同时,也会保存下黑人文化的糟粕。[3] 而受全球化进程和地缘政治影响,在非洲流散身份分化与重组的背景下,"黑人性"的异质性就进一步凸显出来。不同于早先的"黑人如何不同于白

---

[1] http://www.scotiabankgillerprize.ca/2015winner/.
[2] 丁林棚:《2016加拿大文学:"无国界"文学和超民族写作》,《文艺报》2017年第四版。
[3] 参见陈融:《论黑人性》,《江西师范大学学报》1988年第4期,第35页。

人"的二元对立,如今人们更加关心的是"如何确认黑人身份""作为黑人意味着什么"等本体论问题。

这种关注点的转向一定程度上催生了关于后种族社会的讨论。那么后种族社会真的到来了吗?其实关于这个问题,奥巴马自己已经给出答案,他在 2017 年 1 月 10 日的告别演讲中坦言:"在我当选总统后,一些人认为美国已经进入了后种族时代。尽管这种想象是出于善意的,但却是不现实的。因为种族问题至今仍然是一个可以造成社会分裂的重大问题。"[1]奥巴马的这番话足够真诚,直击要害和痛点。有论者认为,奥巴马时代不是后种族时代,而是"最种族的"(most-racial)时代:"奥巴马上台后社会的种族态度让大众政治变得更加两极化。也就是说,奥巴马的当选带来了一个'最种族的'政治时代,在一系列政治立场上,在种族问题上持自由和保守态度的美国人,比他们在现代时期的分歧要大得多。"[2]当然,种族因素导致的美国社会政治意义上的分裂,是另外一个层面的话题,但黑人在社会各个领域遭受歧视是不争的事实。2020 年 5 月 25 日,美国明尼苏达州明尼阿波利斯市白人警察暴力执法,导致黑人男子乔治·弗洛伊德死亡,引发了全美抗议并产生世界性影响。这充分说明,后种族社会还只是一种美好的愿景。诚如有学者所告诫的:"我们真正要问的问题不是我们是否已经进入一个后种族主义的新阶

---

[1] 转引自孙璐:《美国"后种族时代"话语的建构与解构——从保罗·贝蒂〈出卖〉的讽刺艺术窥探当代美国的种族问题》,《四川大学学报》(哲社版)2018 年第 4 期,第 125 页。

[2] Michael Tesler, *Post-Racial, or Most-Racial?: Race and Politics in the Obama Era*. Chicago and London: The University of Chicago Press, 2016, p.3.

段,而是我们在实现更加公正的社会秩序方面有没有任何进步。"[1]其实,吉尔罗伊所论的后种族社会是指"种族"内涵以及我们理解"种族"方式的变化,并不代表种族主义的终结。[2] 2015年,美国黑人作家保罗·比蒂(Paul Beatty)发表讽刺小说《叛徒》(*The Sellout*),"戴着幽默和调侃的面具,撕开了后种族时代的温情面纱"[3]。2016年,小说摘得曼布克奖,成为首部获此殊荣的美国文学作品,它的成功恰恰反衬出美国在处理种族问题上的失败。

事实上,后种族时代的黑人文学依然关注黑人身份和种族问题,只是关注方式发生了变化。无论是《爱个够》中的索马里,还是《麒麟星座》中的埃塞俄比亚,都说明"黑人性"是这些作品中不可忽视的"潜台词";即便是在《十五只狗》中,"黑人性"也是若隐若现的。麦吉努的黑色大狗形象,莉迪亚因为自己的混血身份而感到的焦虑,这些处理都带有一定的种族暗示,会让我们不自觉地联想到黑人文学的创作题旨;而普林斯从阿尔伯塔到安大略的迁居及其引发的情感和认知上的不适,更是可以被解读为对流散和移民导致的黑人身份认同困惑的文学隐喻。在一次访谈中,当被问及这个问题时,亚力克西回答道:"这是一个流

---

[1] Pedro A. Noguera, "Foreword: Beyond the Postracial Society." *Contesting the Myth of a "Post Racial" Era: The Continued Significance of Race in U. S. Education*. Eds. Dorinda J. Carter Andrews and Franklin Tuitt, New York: Peter Lang, 2013, p. xi.

[2] 参见 Paul Gilroy, *Against Race: Imagining Political Culture Beyond the Color Line*. Cambridge and Massachusetts: The Belknap Press of Harvard University Press, 2001, p. 44。

[3] 张莉:《保罗·比蒂〈叛徒〉——后种族时代的种族问题书写》,《文艺报》2017年第四版。

放问题,不是吗?让你离开 X 世界,好的,但 X 世界定义了你,你就是从那些人和那个地方出来的。那就是你的全部。没有那些你是什么呢?……对我来说,这是一个深刻的问题……一个移民的问题。"①从这个意义上讲,《十五只狗》可以说是亚力克西黑人移民身份的无意识投射。

其实,亚力克西对"黑人性"问题有自己独到的理解。早在 20 世纪 90 年代,他就撰文比较美国和加拿大黑人文化。他认为,美国"黑人性"的特殊性在于,美国黑人扎根美国本土经验,创造出一种强大到足以抗拒白人介入的文化,而加拿大黑人在这方面还有许多欠缺。他由此感叹道:"我想念对加拿大有意识的加拿大黑人作品,那些不仅关于处境和土地,而是从土地出发的作品。毕竟,这是我们的国家,我们有责任把我们的声音添加到正在表述加拿大的白人声音上。"②不难看出,亚力克西对加拿大黑人作家的职责有清醒的认识。既如此,又该如何理解其"白人化"的创作风格?

答案要从加拿大社会文化语境对加拿大黑人文学的影响中去寻找。这种风格的背后是加拿大黑人文学与加拿大社会文化体制的紧密关联。和美国不同,加拿大同时运行英法两种传统和体系,它们之间的竞争和制衡在加拿大的种族和族裔关系形成中发挥着重要作用,正是这种二元对立没有让加拿大出现像美国那样基于盎格鲁文化的泛加拿大民族叙事,"同时也

---

① Naheed Mustafa, "Q & A with AndréAlexis: *Fifteen Dogs* author talks about animals as allegory and his bond with words", http://www.cbc.ca/news/arts/andre-alexis-fifteen-dogs-q-a-ideas-1.3466154/.

② André Alexis, "Canadian Blacks are Seen as Quieter Clones of Their Bold American Counterparts." *This Magazine* (1995): 20.

阻碍了完全基于种族的叙事"[1]。与此直接相关的是两国政治体制方面的差异：美国是共和制，加拿大是君主制。在克拉克教授看来，体制因素直接影响了加拿大的文化形态和黑人文学创作：

> 这种体制上的主要差异所带来的影响是，相比美国文化，加拿大文化的教育性、等级性和精英性更加突出。对文学创作而言，这意味着加拿大作家更看重知识性以及对两种语言的掌握，塑造的人物很少激烈地对抗挑战，而是沉浸在哲学意义上的内省和（或者是）某种微妙和精细的反叛。托尼·莫里森是一位伟大的知识分子和作家，但即便是像她这么杰出的作家，也不一定能写出像安德烈·亚历克西的《十五只狗》这么挑战我们智力的作品。[2]

加拿大黑人文学中的"去黑人性"特征反映了加拿大多元文化语境对黑人文学创作选材和手法的包容度，在这样一种语境中，加拿大黑人作家"没有太大的压力，非要做'黑人'或者探讨被认为是'黑人的'主题"[3]。然而必须清楚的是，加拿大黑人文学对黑人身份和种族问题的多维探讨，并不能改变加拿大多元

---

[1] Enoch Padolsky, "Ethnicity and Race: Canadian Minority Writing at a Crossroads." *Journal of Canadian Studies* 31. 3 (1996): 132.
[2] 綦亮：《关于非裔加拿大文学创作和批评的对话——乔治·艾利奥特·克拉克教授访谈》，《当代外语研究》2018年第2期，第92页。
[3] 綦亮：《关于非裔加拿大文学创作和批评的对话——乔治·艾利奥特·克拉克教授访谈》，《当代外语研究》2018年第2期，第93页。

文化主义的种族主义实质。正如后种族时代的喧嚣没能改变美国黑人的命运,加拿大黑人的生存境况也没有因为多元文化主义而有本质改观。弗洛伊德事件发生后不久,多伦多、蒙特利尔、温哥华、渥太华等地也爆发示威游行和骚乱,抗议针对黑人的种族主义。加拿大之所以有如此迅速的回应,黑人群体遭受的不公和偏见必然是关键因素。在这个意义上,挖掘黑人历史、揭露黑人生存困境、谴责种族主义以唤醒公众良知,依然是加拿大黑人文学的主要任务。雷蒙·索尔迪瓦尔(Ramón Saldívar)在论述当代美国小说的后种族美学时指出:"'后种族'这个词不是说我们已经超越种族;这里的前缀'后'不是时间意义上的'更替',不是表示胜利后的意思。相反,这个词代表一种概念转向,所关注的是'种族'观念在我们这个时代具有怎样的含义。"[1]也就是说,后种族语境并不意味着种族问题的消弭,而是需要从不同角度去审视种族问题和黑人身份。"去黑人性"写作无疑彰显了加拿大黑人文学的开阔视野,但不可否认的是,这种风格对黑人文学的界定也带来一定的挑战。正如有论者所担忧的:亚力克西虽然成功摆脱了黑人作家的"表征负担",但代价是什么?[2]继续追问:在非洲流散不断区域化和本土化的背景下,使黑人文学成为黑人文学的核心品质在多大程度上还是可辨识的? 黑人文学应该坚守的价值是什么? 这些是加拿大黑人文学中的"去

---

[1] Ramón Saldívar, "Historical Fantasy, Speculative Realism, and Postrace Aesthetics in Contemporary American Fiction." *American Literary History* 23. 3 (2011): 575.

[2] 参见 Peter Hudson, "The Last Days of Blackness: André Alexis Gets Over." *Rude: Contemporary Black Canadian Cultural Criticism*. Ed. Rinaldo Walcott, Toronto: Insomniac Press, 2000, p. 198。

黑人性"现象留给我们的问题,也是它的深层价值和意义所在。

小　结

有学者在20世纪90年代对加拿大将来的文学和社会话语走向做出预测,认为有可能出现两种情形:第一种是复制美国模式,强调"种族"的主导地位,使其成为"分析和社会互动的决定性因素",最终导向"白人"与"非白人"、"黑人"与"非黑人"之间的二元对立;第二种是"多元"(pluralist)模式,在此模式下,"种族和族裔间的关系,无论是合作的还是对抗性的,都将在处于不同种类的(种族、族裔、性别、阶级)交错边界的复杂组合中实现。文化和功能层面的身份、表征、经济机会问题,以及政治、文化和社会赋权,都将在这些更加宽广的参照系内,而不是严格或首要在种族的层面上去理解"[①]。

加拿大黑人英语小说表现出鲜明的反本质主义立场,倾向于从关系和构成的角度思考,对种族问题的探讨具有突出的开放性,无疑印证了第二种走向。劳伦斯·希尔曾说:"人类身份不能以算数的方式被量化。你无法把血统分解成明确的种族部分。每当我们去这样做的时候,我们都会暴露我们心智最疯狂的一面。施虐和不公会随之而来。"[②]希尔反对把"种族"用作衡量一切的标准,而这正是包括他自己在内的许多加拿大黑人作

[①] Enoch Padolsky, "Ethnicity and Race: Canadian Minority Writing at a Crossroads." *Journal of Canadian Studies* 31. 3 (1996): 131.

[②] Lawrence Hill, *Blood: A Biography of the Stuff of Life*. London: Oneworld Publications, 2014, p. 183.

家在创作中表达的立场。无论是对黑人女同情感的抒发,还是对混血身份困惑的描刻,抑或是对黑人身份的淡化,都表明加拿大黑人文学拒绝对种族问题的化约和同质化。但需要指出的是,这一特点并不局限于本章讨论的作品,也不止于这几个方面。克拉克在"多伦多三部曲"中就借助犹太人物形象,在少数族裔和多数种族之间建立关联,将"白人性"问题化。《吉普力盖特》中的主人公、肯尼亚人吉普力盖特虽然是第一人称叙事者,但明显被"去中心化",其种族身份被置于一个宏观场域中进行考察:他的好友库尔温德是印度人,他们两家在肯尼亚就认识;和他发展过一段感情的斯维特拉娜来自东欧,是一位生活在社会底层的白人。通过在种族、族裔和阶级等范畴之间的交错和组合,小说将绝对意义上的"种族"语境化和动态化。《我们都在希冀什么》同样表现出丰富的族裔内涵,小说中的亚裔移民宣与她三位非裔朋友的故事既互相关联,又独立成篇,主导性视角的缺席使小说对种族和族裔问题的考量具有了更多的层次感;另外,小说还以细腻的笔法描写了宣和卡拉之间跨越种族和族裔的同性情感,呈现出不同于《在别处,不在这里》的性政治内涵。

在著名的《文化身份和流散》("Cultural Identity and Diaspora")一文中,斯图尔特·霍尔(Stuart Hall)提出把身份看作"一种'生产',永远不完整,永远在过程中"[①]。他继而区分了两种文化身份的构想方式:第一种"反映共同的历史经历和共享的文化编码",提供"稳定的、不变的和连续不断的参照系和意

[①] Stuart Hall, "Cultural Identity and Diaspora." *Identity: Community, Culture, Difference.* Ed. Jonathan Rutherford, London: Lawrence and Wishart, 1990, p. 222.

义";第二种处于不断的流动之中,"不是已经存在的东西,超越地点、时间、历史和文化",而是"经历不断地变化。……受制于历史、文化和权力持续的'游戏'之中"。① 加拿大黑人文学对黑人身份和种族问题的多角度阐释,与第二种构想不谋而合。当然,这种多角度阐释是有限度的,其根本目的是更透彻地理解和分析,而非否定和抛弃。后种族言论尽管在加拿大没有形成气候,但白人自由主义的影响同样不可忽视,另外还有"新种族主义"(new racism)和"民主种族主义"(democratic racism)的冲击,它们以"不利于可见少数族群的方式重新表述色盲(color-blindness)、种族平等和种族中性等概念的含义"②。这更需要加拿大黑人文学创作者保持清醒的头脑。如果说混血题材作品直接表明"种族"在"后种族时代"的重要性,那么"去黑人性"写作则以间接却更具冲击力的方式,让我们做出同样的判断。这些作品给我们的启迪是:对黑人身份和种族问题的多重透视,可以且应当与对黑人历史、黑人生存境况以及黑人主体的持续关注有机结合起来,只有这样,黑人文学才能永葆活力。

---

① Stuart Hall, "Cultural Identity and Diaspora." *Identity: Community, Culture, Difference*. Ed. Jonathan Rutherford, London: Lawrence and Wishart, 1990, p. 223, p. 225.

② Joseph Mensah, *Black Canadians: History, Experience, Social Conditions*. Halifax and Winnipeg: Fernwood Publishing, 2010, p. 17.

本书聚焦20世纪60年代至21世纪前十几年的加拿大黑人英语小说创作,论及二十余部作品,点面结合,兼顾细读和泛读,从移民生存困境、奴隶制历史记忆、跨民族主义、民族主义和地域主义等范式和思潮的影响,以及对黑人身份和种族问题的多维探究等角度,系统阐释了加拿大黑人英语小说的艺术特色和文化内涵。概括起来看,本研究认为加拿大黑人英语小说的价值主要表现在以下三个方面。

首先,无论是对现实还是历史的观照,加拿大黑人英语小说都透射出理论的光芒,对深入或重新认识非洲流散批评、黑人文学批评以及加拿大文学批评中的关键概念、路径和范式有参考和启发意义。这根本上还是如何看待理论和文本关系的方法论问题。毫无疑问,绝大多数作家并不是带着理论预设进行文学创作,文学作品有属于自身的生产流通法则以及解读参照系,与理论之间没有必然的联系。但不可否认的是,某些文学作品的确隐含着某种理论特质,能够触发和启迪理论建构。约翰·福尔斯、巴塞尔姆、冯内古特和约翰·巴斯等作家的创作就为帕特里夏·沃(Patricia Waugh)论证"元小说"(metafiction)提供了依据;翁达杰、蒂莫西·芬德利(Timothy Findley)和汤婷婷的作品则为哈钦阐述"历史编纂元小说"带来了灵感。同样,如前文所论,加拿大黑人英语小说也为探讨"黑色大西洋"观念以及跨民族主义、民族主义和地域主义等思潮的对抗、交融和共生进一步打开了空间,提供了更多可能性。

其次,在选材上,加拿大黑人英语小说兼具经典性和时代性。《混血布鲁斯》尽管通过聚焦纳粹时期的欧洲黑人历史,挖掘出通常不被关注的"莱茵兰杂种"这一特殊历史时期的特殊黑人群体,提供了一种新的叙事选择,偏离了强调奴隶制创伤记忆的黑人文学批评和创作传统范式,但它同时把黑人音乐有机融入人物塑造和情节编排,在形式和内容层面上吸纳黑人音乐元素,又是对黑人文学经典叙事传统的致敬,是一部让人既陌生又熟悉的黑人文学作品。而加拿大黑人英语小说对黑人身份和种族问题的多元透视,尤其是"去黑人性"写作特征,又表现出鲜明的时代性。2011年,美国黑人批评家杜尔(Touré)发表《谁害怕"后黑人性":黑人的当下意义》(*Who's Afraid of Post-Blackness: What It Means to Be Black Now*)一书,"驳斥和推翻一种观点,即认为有一种正确和合法的呈现'黑人性'的方式"[①]。他指出,当今时代是一个"后黑人时代"(post-Black era),"就是说,'黑人性'的定义和界限正在朝四千万个方向——或者干脆说无限——扩展"[②]。"后黑人"和"后种族"其实是一个硬币的两面。加拿大黑人英语小说一方面体现了"后"学背景下黑人身份和种族内涵的演进,同时揭橥在权力与利益交错纵横的话语时代去伪存真的重要性。

最后,加拿大黑人英语小说把本土视角和全球视野有机融合在一起。一面是非洲流散的"正宗"(比如美国和加勒比),一面是加拿大国内主流话语的压制,处于两者的夹缝中,加拿大黑人作家面临的挑战之一,就是如何构建加拿大"黑人性"。此处有必要再次引用沃尔科特的观点:

---

① Touré, *Who's Afraid of Post-Blackness: What It Means to Be Black Now*. New York: Free Press, 2011, p. 11.

② Touré, *Who's Afraid of Post-Blackness: What It Means to Be Black Now*. New York: Free Press, 2011, p. 12.

>   在加拿大语境中，书写黑人性是一件让人生畏的事情：我们总是要被抹除的那个缺席的在场。因为加拿大黑人性处于美国和加勒比之间，所以它往往对别处想入非非、对民族感到失望、在放逐中寻找快感——即便对世代生活在这里的人来说也是如此。要清晰地表述加拿大"黑人性"，这项工作之所以难，不是因为我们没有人尝试去书写，而是我们有太多人几乎总在关注别处，很少注意这里。①

加拿大黑人英语小说可以说在很大程度上化解了这种"影响的焦虑"，它深植于加拿大这片土地，表现出强烈的现实关怀，无论是加勒比移民的生存之痛，还是美加之间的边界跨越，抑或是地域历史和风貌的展现，都深深描刻出"黑人性"的加拿大维度；而像《黑人之书》这样的奴隶制历史题材作品，更是揭示出加拿大黑人和种族主义的历史源流，把加拿大牢牢嵌进非洲流散的整体版图。

在扎根本土的同时，加拿大黑人英语小说还放眼世界，表现出鲜明的全球视野。加拿大黑人来源混杂，包括在加拿大出生的奴隶贸易时期来自非洲的黑人后裔、美国南北战争期间来加拿大的保皇派黑人和逃亡奴隶的后代，以及二战后的加勒比和非洲移民。② 在本书讨论的作家中，有来自加勒比的初代和二

---

① Rinaldo Walcott, *Black Like Who?: Writing Black Canada*. Toronto: Insomniac, 2003, p. 27.

② Joseph Mensah, *Black Canadians: History, Experience, Social Conditions*. Halifax and Winnipeg: Fernwood Publishing, 2010, p. 22.

代移民作家(克拉克、福斯特、布兰德、切利安迪),有希尔这样的当代美国移民后代,也有埃多彦这样的非洲大陆二代移民作家。这种混杂性保证了黑人英语小说开阔的叙事视野,正如克拉克教授指出的,"加拿大黑人文学从来都是国际性的"[①]。《黑人之书》《锃亮的锄头》和《月满月更之时》所关注的是奴隶制的世界影响;《混血布鲁斯》把视野拓展至二战和战后的欧洲,对黑人文学创作范式更新带来启迪;更不必说像《我们都在希冀什么》这种把全球和地方作为一个整体进行考量、致力于在两者之间搭建桥梁的作品。加拿大黑人英语小说能够脱颖而出,一个重要原因在于它很好地处理了"这里"和"别处"之间的关系,把两者有机结合在一起,既有时间上的深度,又不乏空间上的广度,营构出一种具有独特美学和文化蕴意的"时空体"[②]。

加拿大黑人英语小说的成功从一个侧面反映了加拿大黑人文学的整体崛起。2006年的总督文学奖评选,在七个类别的角逐中,黑人作家进入了四个类别的决选名单。[③] 加拿大黑人文学作品不仅受到读者和评论界的青睐,加拿大黑人作家还多次担任加拿大重要文学奖项的评委,劳伦斯·希尔还出任了2016

[①] George Elliott Clarke, *Eyeing the North Star: Directions in African-Canadian Literature*. Toronto: McClelland and Stewart Inc., 1997, p. xv.

[②] "时空体"是巴赫金在《长篇小说的时间形式和时空体形式——历史诗学概述》中提出的概念,是"文学作品中时间和空间彼此相互适应所形成的一个统一的整体,或者更具体地说是时间和空间相互结合形成的某种相对稳定的模式"。参见潘月琴:《巴赫金时空体理论初探》,《俄罗斯文艺》2005年第3期,第60页。

[③] 分别是:库珀的非虚构类作品《绞杀安琪莉可:未被讲述的加拿大奴隶制与蒙特利尔老城的烧毁》、布兰德的诗歌集《清单》(*Inventory*)、丽莎·科灵顿(Lisa Codrington)的戏剧《铸铁》(*Cast Iron*)、亚历克西的《英格丽和狼》(*Ingrid and Wolf*)和达尼·拉费里埃(Dany Laferrière)的《我疯狂地爱上瓦瓦》(*Je suis fou de Vava*)。

年吉勒奖评委会主席。① 除了文学奖项,黑人作家在其他荣誉方面也有不俗表现,著名学者、作家克拉克于2016年被选为加拿大第七任国家桂冠诗人,标志着加拿大对黑人文学的认可达到了新的高度。种种迹象表明,加拿大黑人文学是目前加拿大文坛最具活力和发展前景的族裔文学之一。但也有论者持谨慎的态度。切利安迪认为,相对黑人,亚裔和原住民在加拿大更受关注,而在理论新潮的冲击下,"种族"话题已经开始显得老旧和过时,这些都是黑人文学向纵深发展的制约因素。② 尽管自身成就斐然,被问及加拿大黑人文学是否已经进入主流,克拉克还是保持了客观和冷静:"……对我们是否已经'抵达',成为一个成熟文学的参与者,我必须持保留态度——甚至迫使自己这么去想。我们有多少作品是因为内在优秀品质,而不是因为迎合知识上针对种族化少数族裔的一时兴起和我们'独特的'视角而受到重视,是很难说的,而我想答案最终是时间本身。"③ 的确,时间是检验经典的标尺。但无论如何,加拿大黑人英语小说的出色表现充分说明,加拿大黑人文学已经开辟出了一片天地,而且我们有理由相信,凭借对良知的忠诚守护、对正义的不懈求索,属于加拿大黑人文学的精彩还将继续。

---

① 此外,还有埃多彦和福斯特先后出任2013年和2015年吉勒奖评委。
② 参见 David Chariandy, "Black Canadian Literature: Fieldwork and 'Post-Race'." *The Oxford Handbook of Canadian Literature*. Ed. Cynthia Sugars, New York: Oxford University Press, 2016, pp. 539–540。
③ 綦亮:《关于非裔加拿大文学创作和批评的对话——乔治·艾利奥特·克拉克教授访谈》,《当代外语研究》2018年第2期,第105页。

后 记

都说"万事开头难",但对写书来说,最难的恐怕是"后记"。原因大致有二:一是要以完全不同的文风续写学术推演,二是要在有限的篇幅里表达万千的思绪。

要说这万千思绪,其实归结起来就是两个字:"感恩"。这里我要首先感谢我的博士生导师、上海师范大学比较文学与世界文学国家重点学科负责人朱振武教授。朱老师在我读博一的时候就破例让我参与国家社科基金重大课题"新中国外国文学研究60年"的研究,负责撰写子课题"欧美诸国文学研究的学术历程"中的加拿大文学部分,这对一个新人来说是莫大的荣幸和鼓励。我正是从那时起开始接触加拿大文学并关注加拿大黑人文学。可以说,没有朱老师当年的提携,就不会有后来我在加拿大文学研究方面的系列成果。

2015年,我到多伦多大学访学,在加拿大著名非裔学者、作家乔治·埃利奥特·克拉克教授的指导下钻研加拿大黑人文学。克拉克教授学识渊博,为人和善,与他的每一次交流都能得到思想和境界上的升华。这段访学经历让我对加拿大黑人文学有了更加全面的认识,为之后的深入研究打下良好基础。

经过近三年的准备,我于2016年成功申请国家社科基金项目"加拿大黑人英语小说研究"。项目申报过程中,时任苏州科技大学外国语学院院长的祝平教授给予了莫大帮助。他虽然行政事务繁忙,依然不厌其烦地指导我撰写和修改申报书。没有祝老师的指点,我不可能顺利地拿到国家社科基金项目,也自然不会有现在这本专著。

也是在2016年,我有幸进入上海外国语大学博士后流动站学习,成为我国著名英美文学研究专家李维屏教授的弟子。因为有前期课题，我根据李老师的建议，确定将"加拿大黑人英语小说"作为博士后研究选题，在李老师的悉心指导下，我完成了课题的主体部分研究并以"优秀"的考核成绩出站。李老师超凡的人格魅力让我如沐春风，他严谨的治学态度是我学术道路上的精神坐标。

我还要感谢另外两位学术研究上的引路人。一位是我本科阶段的老师、南京邮电大学王玉括教授。王老师是美国黑人文学研究专家，也是本课题的主要参与者；从课题申报到书稿撰写，王老师都提出了非常中肯和专业的意见和建议。另外一位是我的硕士生导师、南京师范大学王晓英教授。王老师在美国黑人文学和加拿大文学研究方面都有很深的造诣，本课题能够顺利结项，与王老师的关怀密不可分。

感谢蒋承勇教授、刘建军教授、杨金才教授、傅俊教授对本研究的关心和帮助。几位老师的学问就如一座座高峰，我辈只能仰望。

学术研究没有家人的支持是很难做好的。我要特别感谢我的母亲，感谢她给予我生命并教会我做人——做一个善良、正直和懂得感恩的人。母亲的教诲和培养是激励我前行的动力。每次得知我在工作上的小成绩，她都会第一时间为儿子点赞，那种喜悦是发自内心的。感谢我的妻子，我们相识于南师随园，一起走过十五年，感谢她的陪伴、理解和默默付出。感谢我的岳父岳母，感谢他们日复一日的辛苦操劳，让我有时间和精力从事学术研究。感谢我的女儿，女儿出生那年我刚好考上博士，如今十多年过去了，女儿长大了，我也人到中年。女儿的成长与我学术上的不断累积几乎同步，这不得不说是一种奇妙的缘分。

本书的部分章节曾在《当代外国文学》《外国文学》《外语教学》《上海师范大学学报》《解放军外国语学院学报》《当代外语研究》《外国语文》《复旦外国语言文学论丛》等刊物发表,对发表过程中受到的认可和点拨,表示诚挚的谢意。

最后,感谢南京大学出版社,感谢董颖女士和她的团队,没有他们的策划和耐心细致的编辑工作,这部专著的出版就不可能实现。由于水平所限,书中肯定有诸多不当之处,恳请各位前辈、学长、同仁及外国文学爱好者批评指正。

綦亮
2022 年 9 月于苏州

参考文献

Andrews, Dorinda J. Carter, and Franklin Tuitt, eds. *Contesting the Myth of a "Post Racial" Era: The Continued Significance of Race in U. S. Education.* New York: Peter Lang, 2013.

Alexis, André. "Canadian Blacks are Seen as Quieter Clones of Their Bold American Counterparts." *This Magazine*, (1995): 15–20.

Alexis, André. *Fifteen Dogs.* Toronto: Coach House Books, 2015.

Allen, Jafari S. "Black/Queer/Diaspora at the Current Conjuncture." *A Journal of Lesbian and Gay Studies* 18. 2–3 (2012): 211–248.

Assmann, Jan. "Collective Memory and Cultural Identity." *New German Critique* 65 (1995): 125–133.

Atwood, Margaret. *Survival: A Thematic Guide to Canadian Literature.* Toronto: House of Anansi, 2012.

Babb, Valerie. "African American Literature in a Post-Racial (?) Age." *Foreign Literature Studies* 6 (2010): 34–41.

Barrett, Paul. *Blackening Canada: Diaspora, Race, Multiculturalism.* Toronto: University of Toronto Press, 2015.

Bast, Heike. "'The Quiltings of Human Flesh': Constructions of Racial Hybridity in Contemporary African-Canadian Literature." Diss. Hansa: University of Greifswald, 2010.

B'béri, Boulou Ebanda De, et al., eds. *The Promised Land: History and Historiography of the Black Experience in Chatham-Kent's Settlements and Beyond*. Toronto: University of Toronto Press, 2014.

Beckford, Sharon Morgan. "'A Geography of the Mind': Black Canadian Women Writers as Cartographers of the Canadian Geographic Imagination." *Journal of Black Studies* 38. 3 (2008): 461–483.

Brand, Dionne. *A Map to the Door of No Return: Notes to Belonging*. Toronto: Vintage Canada, 2001.

Brand, Dionne. *At the Full and Change of the Moon*. Toronto: Vintage Canada, 2000.

Brand, Dionne. *In Another Place, Not Here*. New York: Grove Press, 1996.

Brand, Dionne. *Love Enough*. Toronto: Alfred A. Knopf Canada, 2014.

Brand, Dionne. *What We All Long For*. New York: Thomas Dunne Books, 2005.

Brunhuber, Kim Barry. *Kameleon Man*. Vancouver: Beach Holme Publishing, 2003.

Brydon, Diana and Marta Dvorak, eds. *Crosstalk: Canadian and Global Imaginaries in Dialogue*. Waterloo: Wilfrid Laurier University Press, p. 55.

Campbell, Kofi Omoniyi Sylvanus. *Literature and Culture in the Black Atlantic: From Pre-to Postcolonial*. New

York: Palgrave Macmillan, 2006.

Caruth, Cathy. *Unclaimed Experience: Trauma, Narrative, and History*. Baltimore: The Johns Hopkins University Press, 1996.

Chariandy, David. "'Canada in Us Now': Locating the Criticism of Black Canadian Writing." *Essays on Canadian Writing* 74 (2002): 196–216.

Chariandy, David. "Land to Light On: Black Canadian Literature and Language of Belonging." Diss. York University, 2002.

Chariandy, David. "'The Fiction of Belonging': On Second-Generation Black Writing in Canada." *Callaloo* 30. 3 (2007): 818–829.

Chariandy, David. *Soucouyant*. Vancouver: Arsenal Pulp Press, 2007.

Chilton, Myles. "Two Toronto Novels and Lessons of Belonging: The Global City in Modern Canadian Literature." *Studies in the Literary Imagination* 41. 1 (2008): 47–68.

Clarke, Austin. *'Membering*. Toronto: Dundurn, 2015.

Clarke, Austin. *The Meeting Point*. Toronto: Macmillan of Canada, 1967.

Clarke, Austin. *The Polished Hoe*. New York: Amistad, 2003.

Clarke, George Elliott. *Directions Home: Approaches to*

African-Canadian Literature. Toronto: University of Toronto Press, 2012.

Clarke, George Elliott. *Eyeing the North Star: Directions in African-Canadian Literature*. Toronto: McClelland and Stewart Inc., 1997.

Clarke, George Elliott. *Fire on the Water: An Anthology of Black Nova Scotian Writing* (vol. 1). Nova Scotia: Pottersfield, 1991.

Clarke, George Elliott. *George & Rue*. London: The Harvill Press, 2005.

Clarke, George Elliott. *Odysseys Home: Mapping African-Canadian Literature*. Toronto: University of Toronto Press, 2002.

Clifford, James. "Diasporas." *Cultural Anthropology* 9.3 (1994): 302–338.

Coates, Donna, and George Melnyk. *Wild Words: Essays on Alberta Literature*. Athabasca: Athabasca University Press, 2009.

Compton, Wayde. *After Canaan: Essays on Race, Writing, and Region*. Vancouver: Arsenal Pulp Press, 2010.

Corr, John. "Affective Coordination and Avenging Grace: Dionne Brand's *In Another Place, Not Here*." *Canadian Literature* 201 (2009): 113–129.

Creelman, David. *Setting in the East: Maritime Realist Fiction*. Montreal and Kingston: McGill-Queen's University

Press, 2003.

Cuder-Domínguez, Pilar. "In Search of a 'Grammar for Black': Africa and Africans in Lawrence Hill's Works." *Research in African Literatures* 46. 4 (2015): 90 – 106.

Cuder-Domínguez, Pilar. "Oblique Kinds of Blackness in Esi Edugyan's *Half Blood Blues*." *Journal of the Spanish Association of Anglo-American Studies* 39. 2 (2017): 89 – 104.

Cuder-Domínguez, Pilar . "On Black Canadian Writing: In Conversation with George Elliott Clarke." *Atlantis* 23. 2 (2001): 187 – 200.

Darlias-Beautell, Eva, ed. *Unruly Penelopes and the Ghosts: Narratives of English Canada*. Waterloo: Wilfrid Laurier University Press, 2012.

Davis, Andrea. "Black Canadian Literature as Diaspora Transgression: *The Second Life of Samuel Tyne*." *TOPIA: Canadian Journal of Cultural Studies* 17 (2007): 31 – 49.

Delany, Martin R. *Blake, Or The Huts of America*. Boston: Beacon Press, 1970.

Delisle, Jennifer Bowering. "'A Bruise Still Tender': David Chariandy's *Soucouyant* and Cultural Memory." *Ariel: A Review of International English Literature* 41.2 (2011): 1 – 21.

Dickinson, Peter. *Here is Queer: Nationalisms, Sexualities and the Literatures of Canada*. Toronto: University of Toronto Press, 1999.

Diedrich, Maria, et al., eds. *Black Imagination and the Middle Passage*. New York and Oxford: Oxford University Press, 1999.

Dobson, Kit. "'Struggle Work': Global and Urban Citizenship in Dionne Brand's *What We All Long For*." *Studies in Canadian Literature* 31. 2 (2006): 88–104.

Dobson, Kit. *Transnational Canadas: Anglo-Canadian Literature and Globalization*. Waterloo: Wilfrid Laurier University Press, 2009.

Dobson, Kit and David Chariandy, "Spirits of Elsewhere: A Dialogue on *Soucouyant*." *Callaloo* 30. 3 (2007): 808–817.

Du Bois, W. E. B. *The Souls of Black Folk*. New York: Bantam Dell, 2005.

Duff, Christine. "Where Literature Fills the Gaps: *The Book of Negroes* as a Canadian Work of Rememory." *Studies in Canadian Literature* 36. 2 (2011): 237–254.

Eckstein, Lars. *Re-Membering the Black Atlantic: On the Poetics and Politics of Literary Memory*. New York: Rodopi, 2006.

Edwards, Whitney B. "'Migration Trauma': Diasporan Pathologies in Austin Clarke's *The Meeting Point*, Edwidge Danticat's *The Dew Breaker*, and Cristina

García's *Dreaming in Cuban*." Diss. Howard University, 2009.

Elliott, Emory. "Diversity in the United States and Abroad: What Does It Mean When American Studies Is Transnational?" *American Quarterly* 59.1 (2007): 1-22.

Elliott, Lorris. *Literary Writings by Blacks in Canada: A Preliminary Survey*. Canada, Multiculturalism and Citizenship Canada, 1988.

Erwin, Lee "Suffering and Social Death: Austin Clarke's *The Polished Hoe* as Neo-Slave Narrative." *Journal of Literature and Trauma Studies*, 2.1-2 (2013): 93-104.

Edugyan, Esi. *Dreaming of Elsewhere: Observations on Home*. Edmonton: University of Alberta Press, 2014.

Edugyan, Esi. *Half-Blood Blues*. New York: Picador, 2011.

Edugyan, Esi. *The Second Life of Samuel Tyne*. New York: Amistad, 2004.

Edwards, Erica R, Roderick A. Ferguson and Jeffrey O. G. Ogbar, eds. *Keywords for African American Studies*. New York: New York University Press, 2018.

Edwards, Justin D, and Douglas Ivison, eds. *Downtown Canada: Writing Canadian Cities*. Toronto: University of Toronto Press, 2005.

Evans, Chris. "The Plantation Hoe: The Rise and Fall of an Atlantic Commodity, 1650-1850." *The William and*

Mary Quarterly 69. 1 (2012): 71-100.

Evans, Lucy. "The Black Atlantic: Exploring Gilroy's Legacy." *Atlantic Studies* 6. 2 (2009): 255-268.

Evans, Lucy. "Tidal Poetic in Dionne Brand's *At the Full and Change of the Moon*." *Caribbean Quarterly* 55. 3 (2009): 1-19.

Fanon, Franz. *Black Skin, White Masks*. Trans. Richard Philcox. New York: Grove Press, 2008, p. 93.

Fanon, Franz. *The Wretched of the Earth*. Trans. Constance Farrington. London: Penguin Books, 2001.

Featherstone, Mike, Scott Lash and Roland Robertson, eds. *Global Modernities*. London: Sage Publications, 1995.

Fishkin, Shelley Fisher. "Crossroads of Cultures: The Transnational Turn in American Studies." *American Quarterly* 57. 1 (2005): 17-57.

Flagel, Nadine. "Resonant Genres and Intertexts in Neo-Slave Narratives of Caryl Phillips, Octavia Butler, and Lawrence Hill." Diss. Dalhousie University, 2005.

Foster, Cecil. *A Place Called Heaven: The Meaning of Being Black in Canada*. Toronto: HarperCollins, 1996.

Foster, Cecil. *Sleep On, Beloved*. Toronto: Random House of Canada, 1995.

Fraile-Marcos, Ana María, ed. *Literature and the Glocal City: Reshaping the English Canadian Imaginary*. London and New York: Routledge, 2014.

Fraile-Marcos, Ana María. "Afroperipheralism and the Transposition of Black Diasporic Culture in the Canadian Glocal City: Compton's *The Outer Harbour* and Brand's *Love Enough*." *African American Review* 51. 3 (2018): 181–195.

Fraile-Marcos, Ana María. "The Transcultural Intertextuality of George Elliott Clarke's African 'Canadianite': (African) American Models Shapin 'George & Rue.'" *African American Review* 47. 1 (2014): 113–128.

Frye, Northrop. *The Bush Garden: Essays on the Canadian Imagination*. Concord: House of Anansi, 1995.

Gantz, Lauren J. "Archiving the Door of No Return in Dionne Brand's *At the Full and Change of the Moon*." *Meridians: feminism, race, transnationalism* 13.2 (2016): 123–147.

Garvey, Johanna X. K. "'The Place She Miss': Exile, Memory and Resistance in Dionne Brand's Fiction." *Callaloo* 26. 2 (2003): 486–503.

Gates, Jr. Henry Louis. *The Classic Slave Narratives*. New York: Signet Classics, 2012.

Gikandi, Simon. "Afterword: Outside the Black Atlantic." *Research in African Literatures* 45. 3 (2014): 241–244.

Gilroy, Paul. *Against Race: Imagining Political Culture Beyond the Color Line*. Cambridge and Massachusetts: The Belknap Press of Harvard University Press, 2001.

Gilroy, Paul. *The Black Atlantic: Modernity and Double Consciousness*. Cambridge: Harvard University Press, 1993.

Gorddard, Horace I. "The Immigrants' Pain: The Socio-Literary Context of Austin Clarke's Trilogy." *ACLALS bulletin* 8 (1989): 39 – 57.

Goldman, Marlene. "Mapping the Door of No Return: Deterritorialization and the Work of Dionne Brand." *Canadian Literature* 182 (2004): 13 – 28.

Goyal, Yogita. "Africa and the Black Atlantic." *Research in African Literatures* 45. 3 (2014): v – xxv.

Goyal, Yogita. "Theorizing Africa in Black Diaspora Studies: Caryl Phillips' *Crossing the River*." *Diaspora* 12. 1 (2003): 5 – 38.

Goyal, Yogita, ed. *The Cambridge Companion to Transnational American Literature*. Cambridge: Cambridge University Press, 2017.

Graham, Shane. "Black Atlantic Literature as Transitional Cultural Space." *Literature Compass* 10. 6 (2013): 508 – 518.

Grandison, Julian. "Bridging the Past and the Future: Rethinking the Temporal Assumptions of Trauma Theory in Dionne Brand's *At the Full and Change of the Moon*." *University of Toronto Quarterly* 79. 2 (2010): 764 – 782.

Grant, George. *Lament for A Nation*. Montreal and Kingston: McGill-Queen's University Press, 2005.

Green, Kim D. "To Be Black and 'At Home': Movement, Freedom, and Belonging in African American and African Canadian Literatures." Diss. Emory University, 2010.

Harris, Jennifer. "Ain't No Border Wide Enough: Writing Black Canada in Lawrence Hill's *Any Known Blood*." *The Journal of American Culture* 27. 4 (2004): 367–374.

Hill, Lawrence. *Any Known Blood*. Toronto: Harper Collins, 2011.

Hill, Lawrence. *Blood: A Biography of the Stuff of Life*. London: Oneworld Publications, 2014.

Hill, Lawrence. *The Book of Negroes*. London: Black Swan, 2009.

Hirsch, Marianne. "The Generation of Postmemory." *Poetics Today* 29. 1 (2008): 103–128.

Hlongwane, Gugu D. "Whips, Hammers, and Ropes: The Burden of Race and Desire in Clarke's *George & Rue*." *Studies in Canadian Literature* 33. 1 (2008): 291–306.

Howells, Coral Ann and Eva-Marie Kröller, eds. *The Cambridge History of Canadian Literature*. Cambridge: Cambridge University Press, 2009.

Huebener, Paul. "'No Moon to Speak of': Identity and

Place in Dionne Brand's *In Another Place, Not Here.* *Callaloo* 30. 2 (2007): 615 - 625.

Hutcheon, Linda. *The Politics of Postmodernism.* London and New York: Routledge, 2002.

Issacs, Camille A, ed. *Austin Clarke: Essays on His Work.* Toronto: Guernica, 2013.

James, C. L. R. *The Black Jacobins: Toussaint L'ouverture and the San Domingo Revolution.* New York: Vintage Book, 1989.

Jay, Paul. *Global Matters: The Transnational Turn in Literary Studies.* Ithaca and London: Cornell University Press, 2010.

Josephs, Kelly Baker, and David Chariandy, "Straddling Shifting Spheres: A Conversation with David Chariandy." *Transition* 113 (2014): 111 - 127.

Kamboureli, Smaro. *Scandalous Bodies: Diasporic Literature in English Canada.* Oxford: Oxford University Press, 2000.

Kamboureli, Smaro, and Roy Miki, eds. *Trans. Can. Lit: Resituating the Study of Canadian Literature.* Waterloo: Wilfrid Laurier University Press, 2007.

Kebe, Amy. "Geographies of Displacements: Theorizing Feminism, Migration and Transnational Feminist Practices in Selected Black Caribbean Canadian Women's Texts." Diss. University of Montreal, 2009.

King, Rosamond S. "Born under the Sign of the Suitcase: Caribbean Immigrant Literature 1959 – 1999." Diss. New York University, 2001.

Kröller, Eva-Marie, ed. *The Cambridge Companion to Canadian Literature*. Cambridge: Cambridge University Press, 2004.

Kröller, Eva-Marie, ed. *The Cambridge Companion to Canadian Literature* (2nd edn). Cambridge: Cambridge University Press, 2017.

Kyser, Kristina. "George and Ruth: An Interview with George Elliott Clarke about Writing and Ethics." *University of Toronto Quarterly* 76. 3 (2007): 861 – 873.

Lacovia, R. M. "Migration and Transmutation in the Novels of McKay, Marshall, and Clarke." *Journal of Black Studies* 7. 4 (1977): 437 – 454.

Lazarus, Neil. "Cosmopolitanism and the Specificity of the Local in World Literature." *Journal of Commonwealth Literature* 46. 1 (2011): 119 – 137.

Leow, Joanne. "Beyond the Multiculture: Transnational Toronto in Dionne Brand's *What We All Long For*." *Studies in Canadian Literature* 37. 2 (2012): 192 – 212.

Leverette, Tru. "Speaking Up: Mixed Race Identity in Black Communities." *Journal of Black Studies* 39. 3 (2009): 434 – 445.

Livingston, Robert Eric. "Glocal Knowledges: Agency and

Place in Literary Studies." *PMLA* 116. 1 (2001): 145-157.

Mackey, Allison. "Postnational Coming of Age in Contemporary Anglo-Canadian Fiction." *English Studies in Canada* 38. 3-4 (2012): 227-253.

Marel, L. Camille van der. "Amortizing Memory: Debt as Mnemonic Device in Caribbean Canadian Literature." *Small Axe* 21. 3 (2017): 17-39.

Mason, Jody Lynn. "Landed: Labour, Literature, and the Politics of Mobility in Twentieth-Century Canada." Diss. University of Toronto, 2007.

Massaquoi, Hans J. *Destined to Witness: Growing Up Black in Nazi Germany*. New York: William Morrow and Company, Inc., 1999.

Mayr, Suzette. *Monoceros*. Toronto: Coach House Books, 2011.

Mayr, Suzette. *Moon Honey*. Edmonton: NeWest Press, 1995.

Mccallum, Pamela, and Christian Olbey. "Written in the Scars: History, Genre, and Materiality in Dionne Brand's *In Another Place, Not Here*." *Essays on Canadian Writing* 68 (1999): 159-182.

McKibbin, Molly Littlewood. "Subverting the German Volk: Racial and Musical Impurity in Esi Edugyan's *Half-Blood Blues*." *Callaloo* 37. 2 (2014): 413-431.

McKittrick, Katherine. "'Their Blood Is There, and They

Can't Throw It Out': Honouring Black Canadian Geographies." *Topia* 7 (2001): 27-37.

Medovarski, Andrea Katherine. "Un/settled Migrations: Rethinking Nation Through the Second Generation in Black Canadian and Black British Women's Writing." Diss. Toronto: York University, 2007.

Mehta, Sandhya Rao, ed. *Language and Literature in a Glocal World*. Singapore: Springer, 2018.

Mengiste, Maaza. "An Interview with Esi Edugyan." *Callaloo* 36.1 (2013): 46-51.

Mensah, Joseph. *Black Canadians: History, Experience, Social Conditions*. Halifax and Winnipeg: Fernwood Publishing, 2010.

Minto, Deonne N. "*Soucouyant*: A Novel of Forgetting by David Chariandy." *Callaloo* 33.3 (2010):887-889.

Morel, Pauline. "Rag Bags: Textile Crafts in Canadian Fiction since 1980." Diss. McGill University, 2008, p. 207.

Morland, Iain, and Annabelle Willox, eds. *Queer Theory*. New York: Palgrave Macmillan, 2005.

Moss, Laura, ed. *Is Canada Postcolonial?: Unsettling Canadian Literature*. Waterloo: Wilfrid Laurier University Press, 2003.

Moynagh, Maureen. "The Melancholic Structure of Memory in Dionne Brand's *At the Full and Change of the Moon*."

Journal of Commonwealth Literature 43.1(2008): 57-75.

Mullins, Greg A. "Dionne Brand's Poetics of Recognition: Reframing Sexual Rights." *Callaloo* 30. 4 (2007): 1100-1109.

Nehl, Markus. *Transnational Black Dialogues: Reimagining Slavery in the Twenty-First Century*. Verlag, 2016.

Nischik, Reingard M. *Comparative North American Studies: Transnational Approaches to American and Canadian Literature and Culture*. New York: Palgrave Macmillan, 2016.

Nyhuis, Alison. "Domestic Work, Masculinity, and Freedom in Austin Clarke's Toronto Trilogy." *Journal of West Indian Literature* 22. 1 (2013): 85-100.

Oboe, Annalisa, and Anna Scacchi, eds. *Recharting the Black Atlantic: Modern Cultures, Local Communities, Global Connections*. New York and London, 2007.

Omi, Michael, and Howard Winant. *Racial Formation in the United States: From the 1960s to the 1980s*. New York and London: Routledge and Kegan Paul, 1986.

Padolsky, Enoch. "Ethnicity and Race: Canadian Minority Writing at a Crossroads." *Journal of Canadian Studies* 31. 3 (1996): 129-147.

Paragg, Jillian. "'Canadian-First': Mixed Race Self-Identification and Canadian Belonging." *Canadian Ethnic Studies*, 47. 2 (2015): 21-44.

Paragg, Jillian. "'What are you?': Mixed race responses to the racial gaze." *Ethnicities*, 17. 3 (2017): 277-298.

Petropoulos, Jacqueline. "Performing African Canadian Identity: Diasporic Reinvention in 'Afrika Solo'." *Feminist Review* 84 (2006): 104-123.

Philip, M. NourbeSe. *Frontiers: Selected Essays and Writings on Racism and Culture, 1984-1992*. Stratford: Mercury, 1992.

Plasa, Carl. *Slaves to Sweetness: British and Caribbean Literatures of Sugar*. Liverpool: Liverpool University Press, 2011.

Pooch, Melanie U. *DiverCity: Global Cities as a Literary Phenomenon*. Transcript Verlag, 2016.

Quigley, M. Ellen. "Desiring Intersubjects: Lesbian Poststructuralism in Writing by Nicole Brossard, Daphne Marlatt, and Dionne Brand." Diss. Alberta: University of Alberta, 2000.

Quirt, Margaret Christine. "Citizenship Identity in the History and Literature of English-speaking Canada, 1947-1967." Diss. Trent University, 2010.

Quynn, Kristina. "Elsewheres of Diaspora: Dionne Brand's *In Another Place, Not Here*." *The Journal of Midwest Modern Language Association* 48. 1 (2015): 121-146.

Rebecca C. King-O'Riain et al., eds. *Global Mixed Race*. New York: New York University Press, 2014.

Richardson, Matt. *The Queer Limit of Black Memory: Black Lesbian Literature and Irresolution*. Columbus: Ohio State University Press, 2013.

Ritzer, George. "Rethinking Globalization: Glocalization/Grobalization and Something/Nothing." *Sociological Theory* 21. 3 (2003): 193-209.

Roudomelof, Victor. "Theorizing Globalization: Three Interpretations." *European Journal of Social Theory* 19. 3 (2016): 391-408.

Runte, Hans R. "Nationalism, Regionalism and Regional Nationalism: Myths and Realities of Canadian Multiculturalism." *Canadian Studies* 1 (1994/1995): 58-75.

Rushdy, Ashraf H. A. *Neo-slave Narratives: Studies in the Social Logic of a Literary Form*. Oxford: Oxford University Press, 1999.

Rutherford, Jonathan, ed. *Identity: Community, Culture, Difference*. London: Lawrence and Wishart, 1990.

Ryan, Cornor. "Defining Diaspora in the Words of Women Writers: A Feminist Reading of Chimamanda Adichie's *The Thing Around Your Neck* and Dionne Brand's *At the Full and Change of the Moon*." *Callaloo* 37. 5 (2014): 1230-1244.

Sagawa, Jessie. "Projecting History Honestly: An Interview with Lawrence Hill." *Studies in Canadian Literature* 33.

1 (2008): 307-322.

Saldívar, Ramón. "Historical Fantasy, Speculative Realism, and Postrace Aesthetics in Contemporary American Fiction." *American Literary History* 23.3 (2011): 574-599.

Saldívar, Ramón. "The Second Elevation of the Novel: Race, Form, and the Postrace Aesthetic in Contemporary Narrative." *Narrative* 21.1 (2013): 1-18.

Sarsfield, Mairuth. *No Crystal Stair*. Toronto: Women's Press, 2004.

Schaub, Danielle, and Christl Verduyn, eds. *Identity, Community, Nation: Essays on Canadian Writing*. Jerusalem: The Hebrew University Press, 2002.

Schneider, Liane. "Abjection and Violence in *Monoceros*, by Suzette Mayr." *Acta Scientiarum. Language and Culture* 37.1 (2015): 1-7.

Siemerling, Winfried. "A Conversation with Lawrence Hill." *Callaloo* 36.1 (2013): 5-26.

Siemerling, Winfried. *The New North American Studies: Culture, Writing, and the Politics of Re/cognition*. London and New York: Routledge, 2005.

Siemerling, Winfried. *The Black Atlantic Reconsidered: Black Canadian Writing, Cultural History, and the Presence of the Past*. Montreal and Kingston: McGill-Queen's University Press, 2015.

Siemerling, Winfried, and Sarah Phillips Casteel, eds. *Canada and Its Americas: Transnational Navigations*. Montreal and Kingston: McGill-Queen's University Press, 2010.

Simpson, Celena Maureen. "The Mixed-Race W. E. B. Du Bois: Historical and Contemporary Insights." Diss. Eugene: University of Oregon, 2019.

Smyth, Heather. "'The Being Together of Strangers': Dionne Brand's Politics of Difference and the Limits of Multicultural Discourse." *Canadienne* 33. 1 (2008): 272–290.

Sr., Ralph Reckley. "Barriers, Boundaries and Alienation: Caribbean Women in the Novels of Cecil Foster." *MAWA Review: Quarterly Publication of the Middle Atlantic Writers Association* 13 (1998): 24–30.

Straub, Julia, ed. *Handbook of Transatlantic North American Studies*. Berlin and Boston: De Gruyter, 2016.

Strong-Boag, Veronica, et al., eds. *Painting the Maple: Essays on Race, Gender, and the Construction of Canada*. Vancouver: UBC Press, 1998.

Sugars, Cynthia, and Eleanor Ty, eds. *Canadian Literature and Cultural Memory*. Oxford: Oxford University Press, 2014.

Sugars, Cynthia, ed. *The Oxford Handbook of Canadian*

Literature. New York: Oxford University Press, 2016.

Tanti, Melissa, et al., eds. *Beyond "Understanding Canada": Transnational Perspectives on Canadian Literature*. Edmonton: The University of Alberta Press, 2017.

Tesler, Michael. *Post-Racial, or Most-Racial?: Race and Politics in the Obama Era*. Chicago and London: The University of Chicago Press, 2016.

Thomas, H. Nigel. "Cecil Foster's 'Sleep On, Beloved': A Depiction of the Consequences of Racism in Canadian Immigration Policy." *Journal of Black Studies* 38. 3 (2008): 484–501.

Thomas, H. Nigel, ed. *Why We Write: Conversations with African Canadian Poets and Novelists*. Toronto: TSAR, 2006.

Tinsley, Omise'eke Natasha. "Black Queer, Black Atlantic: Queer Imaginings of the Middle Passage." *A Journal of Lesbian and Gay Studies* 14. 2–3 (2008): 191–215.

Touré, *Who's Afraid of Post-Blackness: What It Means to Be Black Now*. New York: Free Press, 2011.

Trivedi, Harish, et al., eds. *The Nations across the World: Postcolonial Literary Representations*. New Delhi: Oxford University Press, 2007.

Ty, Eleanor. "Representing 'Other' Diasporas in Recent Global Canadian Fiction." *College Literature* 38. 4 (2011): 98–114.

Valentine, Desi. "Contesting Clarke: Towards A Deracialized African-Canadian Literature." *Ariel: A Review of International English Literature* 4 (2014): 111-132.

Valkeakari, Tuire Maritta. "Passage to (Be) Longing: Contemporary Black Novels of Diaspora and Dislocation." Diss. Yale University, 2012.

Vernon, Karina Joan. "The Black Prairies: History, Subjectivity, Writing." Diss. University of Victoria, 2008.

Visser, Irene, and Heidi van den Heuvel-Disler, eds. *Family Fictions: The Family in Contemporary Postcolonial Literatures in English*. CDS Rearch Report. Vol. 23 Netherlands: University of Groningen, 2005.

Walcott, Rinaldo. *Black Like Who?: Writing Black Canada*. Toronto: Insomniac, 2003.

Walcott, Rinaldo. *Queer Returns: Essays on Multiculturalism, Diaspora, and Black Studies*. Toronto: Insomniac Press, 2016.

Walcott, Rinaldo. "Rhetorics of Blackness, Rhetorics of Belonging: The Politics of Representation in Black Canadian Expressive Culture." *Canadian Review of American Studies* 2 (1999): 1-24.

Walcott, Rinaldo, ed. *Rude: Contemporary Black Canadian Cultural Criticism*. Toronto: Insomniac Press, 2000.

Ward, Frederick. *Riverlisp: Black Memories*. Plattsburgh,

New York and Montreal: Tundra Books, 1974.

Whitehead, Anne. *Trauma Fiction*. Edinburgh: Edinburgh University Press, 2004.

Wilson, Janet, Cristina Sandru and Sarah Lawson, eds. *Rerouting the Postcolonial: New Directions for the New Millennium*. London and New York: Routledge, 2010.

Wilson, Rob, and Wimal Dissanayake, eds. *Global/Local: Cultural Production and the Transnational Imaginary*. Durham and London: Duke University Press, 1996.

Winks, Robin. *The Blacks in Canada: A History*. Montreal and Kingston: McGill-Queen's University Press, 1997.

Wolfreys, Julian, ed. *Modern North American Criticism and Theory: A Critical Guide*. Qingdao: China Ocean University Press, 2006.

Wright, Michelle M. *Physics of Blackness: Beyond the Middle Passage Epistemology*. Minneapolis: University of Minnesota Press, 2015.

Wyile, Herb. *Anne of Tim Hortons: Globalization and the Reshaping of Atlantic-Canadian Literature*. Waterloo: Wilfrid Laurier University Press, 2011.

Zeleza, P. T. "Rewriting the African Diaspora: Beyond the Black Atlantic." *African Affairs* 104. 414 (2005): 35 – 68.

比尔·阿希克罗夫特,等.逆写帝国:后殖民文学的理论与实践.任一鸣,译.北京:北京大学出版社,2014.

陈畅.论酷儿理论的身体维度.当代外国文学,2017(1):148—158.

陈后亮,申富英."艺术是通往他者的桥梁":论查尔斯·约翰逊的小说伦理观.中南大学学报,2015(6):173—179.

陈俊松.文化记忆批评——走向一种跨学科跨文化的批评范式.当代外国文学,2016(1):159—166.

陈融.论黑人性.江西师范大学学报,1988(4):30—35.

丁林棚.加拿大地域主义文学研究(英文).北京:北京大学出版社,2008.

丁林棚.加拿大文学中的地域和地域主义.国外文学,2008(2):29—35.

丁林棚.加拿大地域主义文学批评的历史、形式与视角.东华大学学报,2010(3):179—183,189.

丁林棚.2016加拿大文学:"无国界"文学和超民族写作.文艺报,2017(4).

都岚岚.酷儿理论等于同性恋研究吗?.文艺理论研究,2015(6):185—191.

黄启芳.约翰·布朗.世界历史,1982(3):85—87.

黄卫峰.美国黑白混血儿的种族身份.世界民族,2019(3):11—18.

何昌邑.西方女同性恋文学及其理论建构.云南民族大学学报,2013(6):117—122.

江玉琴.黑人音乐与流散黑人的认同性意义:兼论保罗·吉洛伊的流散理论.深圳大学学报,2012(5):13—20.

劳伦斯·布尔.(跨国界)美国文学研究的新走势.王玉括译,当代外国文学,2009(1):20—31.

琳达·哈钦.另外的孤独.王逢振译,世界文学,1994(5):156—174.

林树明.女同性恋女性主义批评简论.中国比较文学,1995(2):76—91.

林元富.历史与书写:当代美国新奴隶叙述研究述评.当代外国文学,2011(2):152—160.

潘月琴.巴赫金时空体理论初探.俄罗斯文艺,2005(3):60—64.

綦亮.关于非裔加拿大文学创作和批评的对话——乔治·艾利奥特·克拉克教授访谈.当代外语研究,2018(2):92—94,105.

秦旭,何丽燕.论奥斯汀·克拉克《锃亮的锄头》和《更多》中的戏仿互文与反讽互文.外国文学研究,2011(5):80—85.

申慧辉.寻回被盗走的声音——当代加拿大英语文学中的后殖民意识.世界文学,1994(5):196—209.

生安锋.霍米·巴巴的后殖民理论研究.北京:北京大学出版社,2011.

孙红卫.民族.北京:外语教学与研究出版社,2019.

孙璐.美国"后种族时代"话语的建构与解构——从保罗·贝蒂《出卖》的讽刺艺术窥探当代美国的种族问题.四川大学学报(哲社版),2018(4):118—126.

陶家俊.创伤.外国文学,2011(4):117—125.

王璐.当代加拿大华裔文学家族小说范式初探.暨南学报,2010(2):23—29.

王家湘.漫谈加拿大当代黑人文学.外国文学,1994(6):44—45.

王宁.文化研究语境下的性别研究和怪异研究.南开学报,2005(5):27—33.

徐丹.19世纪末加拿大联邦诗人的新民族主义运动.郑州大学学报,2013(5):172—177.

薛小惠.《紫色》中的黑人女同性恋主义剖析.外语教学,2007(5):62—65.

杨玉圣.关于约翰·布朗起义的两个问题.山东师大学报,1983(3):34—36.

袁霞.试论《苏库扬》中的加勒比流散.外国文学评论,2014(2):90—100.

张金凤.身体.北京:外语教学与研究出版社,2019.

张剑波.加拿大同性婚姻立法发展研究.环球法律评论,2010(5):90—99.

张莉.保罗·比蒂《叛徒》——后种族时代的种族问题书写.文艺报,2017(4).

赵一凡,等.西方文论:关键词.北京:外语教学与研究出版社,2006.

朱迪斯·巴特勒.性别麻烦:女性主义与身份的颠覆.宋素凤,译.上海:上海三联书店,2009.

朱徽.加拿大英语文学简史.成都:四川大学出版社,2005.

图书在版编目(CIP)数据

加拿大黑人英语小说研究／綦亮著.— 南京：南京大学出版社，2022.9
ISBN 978-7-305-25852-7

Ⅰ.①加… Ⅱ.①綦… Ⅲ.①英语文学－小说研究－加拿大－现代 Ⅳ.①I711.074

中国版本图书馆 CIP 数据核字(2022)第 100829 号

出版发行	南京大学出版社		
社　　址	南京市汉口路 22 号	邮　编	210093
出 版 人	金鑫荣		

书　　名　加拿大黑人英语小说研究
著　　者　綦　亮
责任编辑　董　颖
照　　排　南京南琳图文制作有限公司
印　　刷　苏州市古得堡数码印刷有限公司
开　　本　880×1230　1/32　印张 12.375　字数 310 千
版　　次　2022 年 9 月第 1 版　2022 年 9 月第 1 次印刷
ISBN　978-7-305-25852-7
定　　价　68.00 元

网址：http://www.njupco.com
官方微博：http://weibo.com/njupco
官方微信号：njupress
销售咨询热线：(025) 83594756

＊版权所有，侵权必究
＊凡购买南大版图书，如有印装质量问题，请与所购　图书销售部门联系调换